DOCTORAL DISSERTATION OF
LITERATURE AND JOURNALISM SCHOOL,
SICHUAN UNIVERSITY

主编 ◎ 曹顺庆

四川大学文学与新闻学院博士论文丛书

远距离阅读视野下的文类、空间和文学史

——弗兰克·莫莱蒂文论思想研究

高树博 ◎ 著

中国社会科学出版社

图书在版编目(CIP)数据

远距离阅读视野下的文类、空间和文学史：弗兰克·莫莱蒂文论思想研究 / 高树博著 . —北京：中国社会科学出版社，2016.6

（四川大学文学与新闻学院博士论文丛书）

ISBN 978 - 7 - 5161 - 7872 - 0

Ⅰ.①远…　Ⅱ.①高…　Ⅲ.①莫莱蒂 - 文学理论 - 研究　Ⅳ.①I0

中国版本图书馆 CIP 数据核字（2016）第 063135 号

出 版 人	赵剑英
责任编辑	任　明
特约编辑	乔继堂
责任校对	王　斐
责任印制	何　艳

出　　版	中国社会科学出版社
社　　址	北京鼓楼西大街甲 158 号
邮　　编	100720
网　　址	http：//www. csspw. cn
发 行 部	010 - 84083685
门 市 部	010 - 84029450
经　　销	新华书店及其他书店

印刷装订	北京市兴怀印刷厂
版　　次	2016 年 6 月第 1 版
印　　次	2016 年 6 月第 1 次印刷

开　　本	710×1000　1/16
印　　张	16
插　　页	2
字　　数	263 千字
定　　价	58.00 元

目　　录

绪　　论

在这个充斥着不确定性和震颤感的时代，人文科学难免遭遇到各种各样的尴尬。新生事物层出不穷，而理论往往捉襟见肘。文学的生存空间逐步被挤压，文学研究的合法性持续地受到挑战。在西方，长期宗法于德、法形而上学的文学研究范式被后现代思潮所解构。另外，网络时代、多媒体时代的来临，也给文学研究和批评提出了新的问题。如何从既有的思想传统之中发掘出相当有效的资源，或者创造出崭新的致思路径以应对此情此境，成为每一个文学研究者迫切需要解决的问题。

意大利学者弗兰克·莫莱蒂（Franco Moretti，又译"佛朗哥·莫雷蒂""弗兰科·莫莱蒂""弗兰哥·莫雷蒂"）置身于这样的语境之下，尝试从自然科学中汲取营养，弥合人文科学和自然科学之间的裂痕，从而为文学研究带来一股新鲜之气。具体而言，莫莱蒂将文学与生物学、历史学、社会学、地理学、统计学、哲学等学科的知识资源整合在一起，提出了"远距离阅读"（Distant Reading）[①] 理论。基于该理论，莫莱蒂致力于思考文学形式与社会之间的关系、文类与空间的关系以及文学史的书写问

[①]　有人译为"远离阅读"，有人译为"距离阅读"，还有人译为"远读"，都让人感觉不知所云。本书译为"远距离阅读"，概基于如下考虑：（1）与"close reading"相比较。close 中译有封闭的、接近的；distant 中译有远的、遥远的。在这个意义上，"close reading"译成"近距离阅读""封闭性阅读"并无多大问题。但若将"distant reading"译为"开放式阅读"则显得太过空泛、缺乏具体所指。（2）莫莱蒂在界定"distant reading"时，反复强调"距离"是知识的条件。由此而言，中译应该对"距离"一义有所突出、体现。（3）那么，距离远、近的参照系是什么呢？答案是文本。接近文本，看到语言结构；远离文本看到文类、系统或技巧、修辞。后者的视野自然高于前者。当然，这里并不是说"远距离阅读"就是最好的译文。

题。同时，他的致思构架也带有明显的马克思主义特色。① 可以说，他对马克思主义文论的发展有一定的贡献。由于国内关注莫莱蒂的文献不多，所以本书必须进行双重操作：介绍、描述其文论思想；阐释、评价其文论思想。在这个过程中，我们将领略到莫莱蒂带给我们的启示。

第一节　莫莱蒂其人

弗兰克·莫莱蒂1950年出生于意大利南蒂罗尔布鲁尼科的一个父母双教师家庭。② 他的父亲是已故的金石学家路易吉·莫莱蒂（Luigi Moretti），罗马第一大学（即罗马大学）一位有影响力的希腊语教师。1972年，莫莱蒂以"最优等成绩"在罗马大学获得现代文学博士学位。在2000年之前，莫莱蒂曾先后做过意大利维罗纳大学比较文学教授、美国哥伦比亚大学英国文学教授。在此期间，有一件非常值得一提的事情。在1991年的夏天，出于制作文学地图集的强烈愿望，莫莱蒂将大量精力倾注于自己尚不熟悉的地理学领域，并在哥伦比亚建立了实验研讨班。1992年，他说服20位文学史家成立了一个编辑委员会。经过两天的激烈讨论之后，莫莱蒂拟订了一份长长的、详细的研究计划。他坦承，由于自己不擅长此领域，该计划未能获得全美人文基金会（The National Endowment for the Humanities）的支持，编辑部也被迫解散。③ 不过，他的兴趣并未因此受挫，而是坚持不懈、不断调整视域，终于1998年出版了相关的论著。自2000年开始，莫莱蒂的身份是斯坦福大学 C. Danily 和劳拉·路易斯·贝

---

① 笔者曾就这个问题致函莫莱蒂，他既没有承认也没有否认自己是个马克思主义者，他只说自己是个"奇怪的唯物主义者"。维基百科认为，莫莱蒂是训练有素的马克思主义批评家（原文为：Franco Moretti is an Italian literary scholar, trained as a Marxist critic）。马尔赫恩在《当代马克思主义文学批评》一书里，把莫莱蒂纳入当代（1968年以后）马克思主义文学批评家的图谱之中。他指出，莫莱蒂吸收了阿尔都塞马克思主义的思路，而非意大利原生的早期实证主义派代表人物德拉－沃尔佩的路径。本书认为，莫莱蒂实际上也吸收了德拉－沃尔佩的理论。相关论述参见［英］弗朗西斯·马尔赫恩编《当代马克思主义文学批评》，刘象愚等译，北京大学出版社2003年版，第15页。

② 对莫莱蒂生平的介绍，参见维基百科、斯坦福大学的网站：http://en.wikipedia.org/wiki/Franco_Moretti；http://en.wikipedia.org/wiki/Nanni_Moretti；http://english.stanford.edu/bio.php? name_id=84；http://news.stanford.edu/news/2006/april26/aaas-042606.html；以及弗朗西斯·马尔赫恩编《当代马克思主义文学批评》，第124页。

③ Franco Moretti, *Atlas of the European Novel*, *1800—1900*. London and New York: Verso Press, 1999, p.6.

尔讲席教授及英国文学与比较文学教授。同年，莫莱蒂在斯坦福创立"小说研究中心"并任主席四年。他还和马特·乔克斯（Matt Jockers）一起建立了文学实验室。2006 年 4 月，莫莱蒂当选美国最古老的综合性学术研究机构——美国文理科学院（American Academy of Arts and Sciences）的院士。除此之外，莫莱蒂还是柏林高等研究所的会员、法国研究部的科学顾问和一个名为"抵抗"的激进组织的成员。近年来，莫莱蒂主要在斯坦福大学讲授《文学史》《形式的胜利：从班扬到奥威尔的英国小说》等课程。

　　莫莱蒂对史诗、戏剧、电影等都有所涉猎，但主要致力于对小说和小说史的研究，认为形式才是最值得文学研究者关注的对象。到目前为止，他已出版的专著包括：《被当做奇迹的符号：文学形式社会学论集》（ Signs Taken for Wonders：Essays in the Sociology Literary Forms）、《世界之路：欧洲文化中的成长教育小说》（ The Way of the World：The Bildungsroman in European Culture ）、《现代史诗：从歌德到加西亚·马尔克斯的世界体系》（ Modern Epic：The World-system from Goethe to García Márquez）、《欧洲小说地图集：1800—1900》（ Atlas of the European Novel，1800—1900）、《图表、地图、树形：文学史的抽象模型》（ Graphs，Maps，Trees：Abstract Models for a Literary History）、《布尔乔亚：在文学与历史之间》（ The Bourgeois：Between History and Literature）、《远距离阅读》（ Ditsant Reading），并主编了两卷本的《小说》。另外，莫莱蒂还有以下一些代表性的论文（它们绝大多数发表在《新左派评论》上）：《话语、话语、话语：答复托尼·平克尼》（ Words、Words、Words：A Reply to Tony Pinkney）、《再猜想》（ More Conjectures）、《精神市场》（ Markets of the Mind）、《星球好莱坞》（ Planet Hollywood）、《"纽约时报"上的讣闻》（ New York Times Obituaries）、《2000 年的纽约现代艺术博物馆》（ MoMA 2000：The Capitulation）、《小说：历史和理论》（ The Novel：History and Theory）、《开始的结束：答复克里斯多夫·普伦德加斯特》（ The End of the Beginning：A Reply to Christopher Prendergast）、《灰色地带：易卜生和资本主义精神》（ The Grey Area：Ibsen and the Spirit of Capitalism）、《对世界文学的猜想》（ Conjectures on World Literature）、《现代欧洲文学：地理学素描》（ Modern European Literature：A Geographical Sketch）、《文学屠宰场》（ The Slaughterhouse of Literature）、《文明的安慰》（ The Comfort of Civilization)。据统计显示，莫莱蒂的著作已经被翻译成 20 多种语言，产生了广泛的影响。有西方学者赞誉莫莱蒂为"20 世纪末最重要的批评家之一，也是对文学批评进行革命并让小说家以不同的方式思考小说的生产与接受的主要力量之一"①。他凭《远距离阅读》一书获得由美国"国家书评人协会"（NBCC）颁发的 2014 年度"评论奖"。他所提出的"远距离阅读法"及"世界文学观"引起了广泛激烈的讨论和争议。如古德温（Jonathan Goodwin）和霍尔勃（John Holbo）就编选了一部名为《阅读图表、地图、树形：回应弗兰克·莫莱蒂》（*Reading Graphs, Maps, Trees: Responses to Franco Moretti*）的文集。近两年来，莫莱蒂的世界文学思想和文学地图思想逐渐得到国内学界的关注。据悉，莫莱蒂的某些专著很快会有中译本出版。②

此外，值得一提的是，莫莱蒂的弟弟是意大利的电影导演、制片人、编剧及演员、金棕榈奖获得者南尼·莫莱蒂（Nanni Moretti）。

总体而言，莫莱蒂继承了年鉴学派第二代代表人物布罗代尔的长时段历史观，以计量方法和地图对小说进行远距离阅读——他建立了许多抽象的模型。所以，莫莱蒂更多的是从社会科学和自然科学而不是从传统的德、法形而上中去获得研究的灵感和方法。他的这些研究路径引起了极大的争议。

第二节　莫莱蒂的思想资源

20 世纪算得上是一个理论爆炸的时代，各种各样的理论此起彼伏、层出不穷。自 1960 年以来，"从事文学研究的人已经开始研究文学研究领域之外的著作，因为那些著作在语言、思想、历史或文化各方面所做的分析都为文本和文化问题提供了更新、更有说服力的解释。这种意义上的理论已经不是一套为文学研究而设的方法，而是一系列没有界限的、评说天下万物的各种著作……'理论'的种类包括人类学、艺术史、电影研究、性研究（gender，现在通译为'性别研究'——笔者注）、语言学、哲学、

---

① Brian Evenson, "A Fine Mess", *Novel: A Forum on Fiction*, Fall2007, Vol. 41, Issue 1, pp. 149 – 153.

② 梅新林在 2015 年发表于《浙江社会科学》的文章《文学地理学：基于"空间"之维的理论建构》的注释中提到，他的两位博士已将《欧洲小说地图集：1800—1900》译为中文。

政治理论、心理分析、科学研究、社会和思想史，以及社会学等各方面的著作"①。如此多的理论让后继者应接不暇，惊叹于思想遗产丰富的同时，不免又背上传统的沉重负担，如何对待它们就成了首先必须要面对的问题。由于这些理论之间盘根错节，既有具体领域的具体理论，也有作为方法论总体的哲学理论，所以首先厘清它们的相互关系方不至于迷失。就哲学理论而言，哈贝马斯在《后形而上学思想》中指出，20 世纪有四大哲学思潮：分析哲学、现象学、西方马克思主义和结构主义，它们是"一条大河中四条各具特色的思想体系""在形式、结构和影响等方面都有着相当大的差别"②。应该说，莫莱蒂对四派的思想都有所吸收，其中尤以西方马克思主义、结构主义的影响最为明显。在历史理论方面，年鉴学派的思想构成了莫莱蒂的研究框架。此外，他还始终坚持一种达尔文式的进化论文学史观。

一　西方马克思主义的传统

《新左派评论》（*The New Left Review*）的主编佩里·安德森在《西方马克思主义探讨》③ 和《当代西方马克思主义》④ 中描绘了马克思主义在西方各国的发展状况和地域分布。如果说他是侧重从空间角度来勾勒西方马克思主义的发展史，那么同样作为英国人的弗朗西斯·马尔赫恩在《当代马克思主义文学批评》中则侧重从时间角度描述了马克思主义的几个发展阶段并做出了"展望"。从时间上来讲，马克思主义经历了从 19 世纪后半期和 20 世纪前半期的古典阶段、20 世纪 20 年代到 60 年代的批判阶段以及其后的批判的古典主义阶段⑤等，总体上呈现出多样性的特点。在空间传播上，包括德国、匈牙利、法国、英国、意大利、美国等国家，具有国际性品格。⑥ 由此可见，马克思主义的影响和重要性是不容否认的。

① ［美］乔纳森·卡勒：《当代学术入门：文学理论》，李平译，辽宁教育出版社 1998 年版，第 4 页。
② ［德］于尔根·哈贝马斯：《后形而上学思想》，曹卫东、付德根译，译林出版社 2001 年版，第 4 页。
③ ［英］佩里·安德森：《西方马克思主义探讨》，高铦等译，人民出版社 1981 年版。
④ ［英］佩里·安德森：《当代西方马克思主义》，余文烈译，东方出版社 1989 年版。
⑤ ［英］弗朗西斯·马尔赫恩：《当代马克思主义文学批评》，第 3—20 页。
⑥ 当然，苏联和中国的马克思主义也很有特点，限于论题的关系，兹不论述。事实上，对马克思主义的国际传播进行了全面梳理的是英国学者戴维·麦克莱兰的《马克思之后的马克思主义》。

某种程度上，它已经作为一个传统深深地扎根在西方的文化中，并且在不同国家发展出不同形态的马克思主义。作为一名意大利籍的学者，莫莱蒂的思想天然地倾向于意大利的马克思主义传统，但他不是葛兰西主义者，他在《图表、地图、树形：文学史的抽象模型》里坦言自己的"马克思主义范式（formation）深刻地受到德拉－沃尔佩的影响"①。另外，我们要看到，卢卡奇在莫莱蒂的思想资源中也占有非常重要的地位——这点在他的早期著作中表现得相当明显。然而，意味深长的是，德拉－沃尔佩曾经猛烈地抨击卢卡奇的黑格尔式马克思主义，而两者又都在莫莱蒂那里扮演着重要的角色。

（一）德拉－沃尔佩

在意大利的马克思主义图谱中，往往为我们所熟知的就是安东尼·葛兰西，他的"文化霸权"理论早已得到广泛的认同和运用。被称为"新实证主义的马克思主义"的后起之秀德拉－沃尔佩学派同样值得我们重视。"在意共1956年的危机与1965年的退却这段时间内，意大利最有影响的马克思主义研究者和革新者是德拉－沃尔佩"，"他主张人文科学和自然科学在认识上均等和互为补充，以及将它们共同的'认识论'基础建立在逻辑经验上。……他坚持必须把马克思主义的方法和认识论与科学的（而不是纯理论的、神秘哲学的）逻辑联系起来。他提出了一种带有普遍意义的科学逻辑，这种逻辑是亚里士多德式的而不是柏拉图式的和数理的（公理的），它与伽俐略的有前提的演绎法一致"②。也就是说，他"试图把马克思主义建成一门最高级的经验的社会科学"③。不过，当这种提法"涉及在某种特定的、历史的社会经济结构中的政治和伦理问题时"常常引起一些严重的困难④。当然，这个困难可以说是所有形式的实证主义最终都不可避免地要碰到的。基于上述假设，德拉－沃尔佩在美学领域着力反对克罗齐的唯心主义美学思想、批判浪漫主义的神秘论美学方法，

---

① Franco Moretti, *Graphs*, *Maps*, *Trees*: *Abstract Models for a Literary History*. London and New York: Verso Press, 2005, p. 2.

② ［英］约翰·弗雷泽：《德拉－沃尔佩和他的学派》，夏伯铭译，《现代外国哲学社会科学文摘》1982年第4期。

③ ［意］德拉－沃尔佩：《趣味批判》，王柯平、田时纲译，光明日报出版社1990年版，第1页。

④ ［英］约翰－弗雷泽：《德拉－沃尔佩和他的学派》，夏伯铭译，《现代外国哲学社会科学文摘》1982年第4期。

"主张从社会历史的基础、背景和理性价值出发，去探寻艺术的意义、特性和规律"①，他的这类尝试集中体现在《趣味批判》里。莫莱蒂奉为圭臬的就是德拉－沃尔佩的这些革新。确切地说，莫莱蒂的方法论恰是由德拉－沃尔佩提供的。具体而言，莫莱蒂的文学研究实从社会科学和自然科学如数学、生物学、地理学等学科借鉴知识生产的范式，也正是那些抽象范式将莫莱蒂与一般的文学研究者区分开来，体现了他"对科学精神的尊重"。总而言之，德拉－沃尔佩的思想为莫莱蒂的研究前提和合法性做了奠基，并且他沿着这条道路不假反思地进行小说研究。

（二）卢卡奇

作为黑格尔主义马克思主义的代表，匈牙利的卢卡奇今天依然是学界讨论的热门话题。不过，这里要简述的并不是《历史与阶级意识》中的物化理论，也不是他的现实主义审美反映论，而是他后来号召大家"忘却和批判"的两部早期著作《心灵与形式》和《小说理论》——据说彼时卢卡奇还是一位非马克思主义者。前者受惠于西美尔的"形式类型学"。他的小说类型学深深地打上了马克斯·韦伯的"宗教类型学"的烙印。可以说，形式在卢卡奇的整个学术生涯中一直占据着重要地位，例如美国加利福尼亚大学教授巴尔（M. Burr）认为，起先"卢卡契研究心灵和形式，后来研究精神与形式，而最后探讨社会与形式"②。莫莱蒂关于小说类型学和形式的理论皆与卢卡奇一脉相承。特别是卢卡奇在《现代戏剧发展史》当中提出的那句"文学中真正的社会因素是形式"③让莫莱蒂兴奋不已，并伴随他在文学研究生涯里左奔右突。

当然，除了上述两点外，詹姆逊的"认知图绘"、布迪厄的"文学场域"理论也为莫莱蒂的思考提供了灵感。

二　年鉴学派的遗产

年鉴学派作为20世纪最重要的历史研究流派，给以兰克为代表的实证主义和以政治事件为中心的历史研究模式带来了巨大的挑战，被称为"新史学""史学界革命"。简单地说，年鉴学派"主张'总体观念'，不

---

① ［意］德拉·沃尔佩：《趣味批判》，第2页。
② 转引自冯宪光《"西方马克思主义"美学研究》，重庆出版社1997年版，第83页。
③ 转引自［英］特里·伊格尔顿《马克思主义与文学批评》，文宝译，人民文学出版社1980年版，第24页。

赞成'支离破碎的思想',即主张研究经济和社会根源、长时段、'总体的人',而不赞成研究政治表象、事件和'片面的人'"①。总体而言,年鉴学派经历了三代:第一代是创立者吕西安·费弗尔、马克·布洛赫;第二代以费尔南·布罗代尔为代表;雅克·勒高夫、埃马努尔·勒华拉杜里则成为第三代的领衔者。在整整 60 年(1929—1989 年)的历程中,年鉴学派从最初的一份经济学杂志到后来成为掌握史学话语权并完全被制度化的学术机构以及影响深远的学术流派,其中的很多问题是值得我们深入思考的②。年鉴派的成员很多,理论也很多,限于论题,这里仅仅论述对莫莱蒂影响较大的几个理论:长时段(longue durée)、计量史(histoire quantitative)、地理或然论③,虽然这些概念被学派的多数成员所共有和运用,但只有布罗代尔是被莫莱蒂反复征引和感谢的。

(一) 长时段

布罗代尔认为,历史时间由地理时间、社会时间、个人时间等一系列层次构成——它们不是客观的构型,而仅仅是一种阐释手段。它们并非平均、匀速地流逝,而是"有着不可胜数的各不相同的步调,时快时慢",例如地理时间几乎原地不动,个人时间则倏忽而逝。因此,布罗代尔将绵延的历史时间切分成三种形态:短时段(事件史)、局势(周期)、长时段。短时段是传统史学关注的对象,它一般是按小时、日、月、年来度量的。它所"对应的是个人、日常生活、我们的错觉、我们的瞬间印象,特别是编年史作者和新闻记者的时间"④,这是一种"急匆匆的、戏剧性的、短促的叙述节奏"。虽然在"经济、社会、文学、制度、宗教、甚至地理(一阵狂风、一场暴雨)"中我们都能看到短时段在起作用,可是过去几百年来的历史学几乎总是以重大政治事件为中心的短时段政治史。所以,史书被一场场战役,一次次政治家的冲突,一场场重要的演讲等历史中的瞬间充斥着。布罗代尔批评道,这样的史学是如此烦琐、乏味和变幻莫测乃至充满着任意性和欺骗性,如此令人憎恶。而且,短时段也是表层的,

① [法] 费尔南·布罗代尔:《论历史》,刘北成、周立红译,北京大学出版社 2009 年版,第 250 页。

② 关于年鉴学派的历史,请参见 [英] 彼得·伯克《法国史学革命:年鉴学派,1929—1989》,刘永华译,北京大学出版社 2007 年版;姚蒙《当代史学主流——从年鉴派到新史学》,远流出版公司 1988 年版。

③ 这个概念不属于年鉴学派的原创,但鉴于它对年鉴派的巨大影响,我们权且于此论之。

④ [法] 费尔南·布罗代尔:《论历史》,第 30 页。

单独的瞬间无法预示历史发展的潜在方向。因此，短时段自身面临着重重危机，然而它的生命力非常顽强，即使新的范式已经确立还不断发生着返回短时段的现象。

另外，短时段已经不再能适应新的时代需求，不能把握住新的"时代精神"，"新的经济和社会史偏重周期性运动，因此关注的是相应的时段"①，例如价格曲线、人口级数、工资运动、利率变动、生产力研究、流通的严密分析等都要求有更大的时间度量单位。这个新的时间概念就是长时段。类似的观点可见于涂尔干派的社会学家弗兰索瓦·西米昂（François Simiand）。可以说，他的思想在多方面为年鉴学派的研究范式奠定了基础。他声称要抛弃把超常性和所谓不可重复性的事件作为唯一研究对象的传统习惯。他认为，"未来史学家关注的不是特殊性和偶然事件，而是反复出现的现象，这才是真正科学研究的对象。这一观点对年鉴学派社会史范式的形成有深刻的影响。这个范式包括：强调尽可能大的集合；在分析社会现象时优先使用计量方法；选择尽可能长的时间段，以此凸显大规模的转型"②。当然，对长时段概念最集中、最有影响的思考是在布罗代尔的《历史学和社会科学：长时段》一文中。布罗代尔并没有把长时段的发现之功归于自己，相反地，他指出："18世纪以及19世纪初的历史学家在某种程度上注意到某些长时段远景。以后只有很少的杰出人物，如米什莱、兰克、布克哈特、库朗日能够再发现这一点。"③遗憾的是，这些前辈只是有所关注，却没有深入地、细致地加以剖析和阐发。布罗代尔坦承，在自己的整个学术生涯中，之所以对长时段情有独钟，并不仅仅是兴趣使然，而是因为"长时段具有非同寻常的价值……它构成人类历史的深层，正是深层的历史决定着历史的结构"④。也即是说，布罗代尔不是为了理论创新的需要而去发明一个术语，而是努力去面对一个长久以来被忽略和遮蔽掉的事实。这句话也从学理上道出了长时段的重要性："无数的层面和无数次的历史时间的剧变都能根据这些深层结构、这种半停滞的基础得到解释。所有事物都围绕着这个基础转。"⑤需要指出的是，

---

① ［法］费尔南·布罗代尔：《论历史》，第29页。

② ［英］彼得·伯克：《法国史学革命：年鉴学派，1929—1989》，第xvii页。

③ ［法］费尔南·布罗代尔：《论历史》，第31页。

④ ［法］费尔南·布罗代尔：《资本主义论丛》，顾良、张慧君译，中央编译出版社1997年版，第44页。

⑤ ［法］费尔南·布罗代尔：《论历史》，第36页。

在短时段和长时段之间有个过渡时段叫局势，亦可称周期。换言之，短时段和长时段是时间的两极。局势以 10 年、20 年、50 年为一段。比周期或中周期更高的一个层次乃是长时段。从度量上来讲，长时段一般是指一个世纪、几个世纪。如果接受这个概念就意味着必须改变思维方式，超越具体的、短暂的经验和事实，习惯"缓慢的、有时近乎停滞的时间"和数量繁多、重复而且有规律的"细枝末节"（不是事件，更不是重大的社会事件）。布罗代尔在实践中就是以 15 世纪到 18 世纪为一个长时段去研究资本主义文明的。同样，他对马克思的评价也是基于此，他说："马克思的天才及其影响的持久性的秘密，在于他第一个在历史长时段的基础上构造了真正的社会模式。"① 总之，对布罗代尔来说，在历史阐释之中必须遵循长时段、局势、事件的时段顺序才能真正认清历史发展的总体性图景。然而，只是把历史时间按世纪来切分远远是不够的，那样的做法依然是表层的、肤浅的。实际上，"支配着长时段的种种问题"的两个关键词为结构和模式（或曰模型）——把它们理解成长时段的组成要素也是可行的。布罗代尔宣称，"长时段是无穷尽、无止境的结构和结构组合的历史"②。

　　"结构"一词的内涵向来众说纷纭，尤其是随着由索绪尔语言学所引发的结构主义的兴起。布罗代尔对结构的界定具有两个特征：其一，与社会学的定义做对比；其二，强调结构是一种现实而非建构的结果。他说："社会问题的研究者们将结构解释为现实与大众之间相当固定的关系的一种组织，指的是这种关系的协调一致。在我们历史学家看来，一个结构自然是一种集合、一座建筑物，但更重要的是，它是在一定长时期里由时间任意支配并连续传递的现实。某些结构有很长的寿命，因为它成为经历无数代人而稳定不变的因素。它们挡在历史的路上，阻遏历史的流逝，并以此规定历史。而另一些结构会迅速分裂。但所有的结构都同时既是历史的基础又是历史的障碍。"③ 这段话可以导出的结论：（1）结构是一个实体而不是一种关系；（2）结构具有整体性；（3）这些实体在历史中延续并构成历史的骨架；（4）一个长时段可能由一种或几种结构组成；（5）每种结构都有自己固有的生命周期；（6）一种结构就是一种传统，制约着

---

① ［法］费尔南·布罗代尔：《论历史》，第 55 页。
② 同上书，第 83 页。
③ 同上书，第 34 页。

后来的结构的生成及其上的要素的特点。既然结构是一种现实，那么我们如何来认识它呢？进一步说，长时段以世纪为单位，如此巨大的跨度，我们又该怎样去选择所需要的材料？布罗代尔借鉴了列维－斯特劳斯的理论路径，认为需要建立各种各样的模型（模式）——新的认识工具。模型既可视化又能呈现出对象最主要的特征或要素，更重要的是它能显示出对象的历史发展轨迹。易言之，模型能帮助我们超越时间和空间的限制，揭示一些隐藏的关系。通过模型可以对结构做出有效的解释和比较，"能够检验结构的坚实性和寿命"。

很显然，模型实质上是一些假说，它"是用等式或函数式将一些解释紧密地结合在一起的体系"①。或者说，模型是在数学的参与下建构起来的，所以它是极其抽象的。如此一来，历史研究似乎就变成了对经验的分析和综合，那些不符合模型的原材料也势必要被舍弃。而计算机技术的高速发展为模型的建立带来了很大的便利，大大地节约了数据处理的时间。建立模型的原则是多种多样的，可"依据使用者的性格、计算及目的而千变万化：或简单或复杂、或定性或定量、或静态或动态、或是机械的或是统计的"②。无论如何，可以肯定的一点是，模型的最终确立依然要根据对象本身的特质，否则就缺乏说服力。模型以时间为基本单位，至于选择哪种时段是因人而异的，布罗代尔更倾向于局势和长时段。在《菲利普二世时代的地中海和地中海世界》（以下依照惯例简称为《地中海》）一书中，他建造了大量的地中海经济的模式。

并不像有些人所批评的那样，布罗代尔一味地拔高宏观的长时段而完全忽视了微观的事件，至少从理论上来讲，这种说法是站不住脚的。他曾说："我们所能辨别的各种时段都是相互依存的。这种时间与其说是我们自己心智的产物，不如说是我们分解时间的方法。这些片段经过我们的劳动而重新组合。长时段、局势和事件，彼此能够融合地相互配合，因为它们都是用同样的比例尺来度量的。同样地，我们能够富有想象力地理解这些时段中的一个，那么就能理解它们全体。"③ 简言之，三者具有同等重要的地位，事件乃是整个时间的基础，局势和长时段都依赖于此，它们不是凭空产生的——历史学是时段的辩证法。虽然如此，布罗代尔毕竟为它

① ［法］费尔南·布罗代尔：《论历史》，第43页。
② 同上书，第44页。
③ 同上书，第52页。

们规定了顺序，这个规定遭致的反对几乎能动摇他的整个研究。在《布罗代尔：历史学家；"局势中的人"》一文中，沃勒斯坦说："布罗代尔的主要著作《地中海》一书处理这三种时段的顺序是：结构、局势和事件。但是我认为，这是该书的一个严重错误。如果布罗代尔先考虑事件，再考虑结构，最后以局势做总结，那么该书的说服力就会大大增加。"① 这种不满引发了第三代在运用的同时也对整个学派的致思路径做了反思。

（二）计量史学

计量史学又称定量史学，是系统地运用现代数学和统计方法来研究历史现象和历史过程的一种方法，"其主要特征为定量分析，以区别传统史学中以描述为主的定性分析"②。计量方法在西方历史学研究中取得核心地位经历了一个漫长的过程。20 世纪是计量史学的黄金时代。"对量的探索无疑是历史学中最强大的新趋势，是区别 20 世纪 70 年代和 30 年代对待历史研究的不同态度和不同方法的首要因素。……在历史学界，没有任何问题比它引起了更大的骚动，它的光荣地位在 1970 年 8 月于莫斯科举行的第十三届国际历史科学大会上得到了确认。"③ 计量史学的兴起和兴盛应该说与年鉴学派有莫大关系——他们的前导是西米昂和拉布鲁斯对工资、物价、收入等的计量研究。勒华拉杜里说："在我们国家内，本世纪 30 年代的最优秀的历史学家，在很大程度上都是'计量'的历史学家，……年鉴派的创始人费弗尔和布洛克（Bloch），就他们著作的大部分而言，也是计量的作家。"④ 普赖斯（J. M. Price）认为，"1949 年布罗代尔关于 16 世纪地中海世界的研究——在计量的基础上研究商业、价格和居民——是史学中计量方法发展的一个重要转折"⑤。布罗代尔也号召他的同事和学生重视计量方法。"二战"后，法国和美国的计量研究齐头并进。年鉴学派的所在地"法国高等实验研究院第六部"成为计量史学的

① ［法］费尔南·布罗代尔：《论历史》，第 244 页。

② ［英］罗德里克·弗拉德：《计量史学方法导论》，王小宽译，上海译文出版社 1997 年版，第 1 页。

③ ［英］杰弗里·巴勒克拉夫：《当代史学主要趋势》，杨豫译，上海译文出版社 1987 年版，第 139 页。

④ 转引自何兆武、陈启能主编《当代西方史学理论》，中国社会科学出版社 1996 年版，第 409—410 页。

⑤ 同上书，第 410 页。

大本营，并且自 50 年代中期开始，《年鉴》杂志发表了大量计量研究成果。[①] 此时这方面的代表人物是皮埃尔·肖努、弗朗索瓦·菲雷。1960 年计量史学在美国获得正式的命名且迅速发展。此后的 20 多年，"计量史学已成为美国史学的主流中的重要一支"[②]。从使用范围来看，计量史学最初用于人口史和经济史的研究，后来广泛用于社会史、政治史、文化史、军事史、法律史、思想史等领域，特别是对书籍史的定量研究深刻影响了莫莱蒂的文学史思考。

根据罗德里克·弗拉德的介绍，计量史学大致包含这样的操作步骤：首先依据定名、定序、区间三种类型对历史资料进行分类，其次把资料加以整理以符合统计的要求，最后使用一些简单的数学方法和描述性统计方法做资料的初步分析及时间数列分析。[③] 此外，弗拉德还论述了在资料缺失的情况下如何进行抽样。霍俊江则总结为五个主要的程序："课题的选择和确定，资料的收集和整理，统计计量分析，构造模型及运行，结论的检验和表达，等等。"[④] 不论有多少步骤，计量史学皆是以数据为基础的，这是它的优点也是它的缺点——人文社科的很多东西是无法量化的，比如对于意义的追索，并且所构造出来的模型有时甚至可能是对事实的曲解。所以，在实施定量化研究的时候一定要谨慎对待历史资料和数据，反复验证，而且要与定性研究相结合，方不至于出现荒谬的结论。

（三）地理或然论

西方人对地理环境的好奇，远在古希腊就已经形成了风气——"很多最基本的研究程序是在柏拉图和亚里士多德的著作中提出的"[⑤]。不过，现代意义上的地理学的形成却是漫长的。在近代地理学发展史上，法国地理学可谓独树一帜。[⑥] 与德国拉采尔派过分纠结于自然地理学和人文地理学之分野的"地理决定论"不同，以保尔·维达尔·德·拉·白兰士（Paul Vidal de la Blache） 为代表的法国地理学派倡导自然地理学和人文

---

① 何兆武、陈启能：《当代西方史学理论》，第 414 页。

② 霍俊江：《计量史学基础——理论和方法》，中国社会科学出版社 1991 年版，第 34 页。

③ ［英］罗德里克·弗拉德：《计量史学方法导论》，第 5—130 页。

④ 霍俊江：《计量史学基础——理论和方法》，第 150 页。

⑤ ［美］杰弗里·马丁：《所有可能的世界：地理学思想史》，成一农、王雪梅译，上海人民出版社 2008 年版，第 8 页。

⑥ 关于法国地理学的发展状况，可参见［法］安德烈·梅尼埃《法国地理学思想史》，蔡宗夏译，商务印书馆 1999 年版。

地理学密切联系的"地理或然论",或曰"地理可能论"。维达尔坚持认为,"自然为人类的居住规定了界限,并提供了可能性,但是人们对这些条件的反应或适应,则按照他自己的传统的生活方式而不同"①。换言之,"在同样的环境条件下,人们并不会选择同样的生活方式,因此在人地关系中并不存在必然的因果关系"②,即环境不是决定人类的唯一因素。法国历史学家一贯注重从地理学中汲取营养。吕西安·费弗尔的《历史的地理学导言》是或然论代替决定论的总结。他反复指出人文地理学应该和历史学结合。布罗代尔非常提倡地理学研究,尤其是维达尔传统的地理学③,他说:"法国社会科学的优势之一正是韦达·白兰士所创始的地理学派,背弃他的思想和教诲实乃无可慰藉的损失。"④ 在《地中海》的第一部分"地理的作用"中,布罗代尔"论述(了)一种几乎静止的历史——人同他周围环境的关系史。这是一种缓慢流逝、缓慢演变、经常出现反复和不断重新开始的周期性历史"⑤。需要特别说明的是,他"介绍地理氛围,侧重人文资料"⑥。雅克·勒高夫说,这种融合的价值是不言而喻的,"地图绘制对新史学具有重要的意义。新史学大量绘制和使用各种地图,但这些地图已经不再是简单地标明地理方位及作插图之用,而是试图用空间的长时段演进、量化研究(由其具体地域所体现)和各种解释性假设来进行研究和解释。这是历史学向一个撇开了一切决定论的地理学所作的一次请教"⑦。

　　莫莱蒂的文学史观得益于年鉴学派,当然他与布罗代尔的侧重点还是

---

　　①　[美] 普雷斯顿·詹姆斯、杰弗雷·马丁:《地理学思想史》,李旭旦译,商务印书馆1989年版,第248页。

　　②　高国荣:《年鉴学派与环境史学》,《史学理论研究》2005年第3期。

　　③　[美] 杰弗里·马丁:《所有可能的世界:地理学思想史》,第257页。

　　④　[法] 费尔南·布罗代尔:《论历史》,第56页。由此可以看出,那种认为布罗代尔是地理决定论者的观点完全是一种误解——美国史学家 S. 金瑟(Kinser)也认为此论不太妥当,相关辨析颇多,可参见张芝联《费尔南·布罗代尔的史学方法》,《历史研究》1986年第2期;井建斌《布罗代尔史学思想新论》,《殷都学刊》2001年第2期;孙晶《布罗代尔的长时段理论及其评价》,《广西大学学报》2002年第3期;王作成《布罗代尔"地理环境决定论"辨析》,《思想战线》2003年第6期。

　　⑤　[法] 费尔南·布罗代尔:《菲利普二世时代的地中海和地中海世界》第一卷,唐家龙、曾培耿等译,商务印书馆1996年版,第8页。

　　⑥　同上书,第19页。

　　⑦　[法] J. 勒高夫、P. 诺拉等:《新史学》,姚蒙编译,上海译文出版社1989年版,第4页。

有所不同。地理空间与计量方法，一直是莫莱蒂思考的基点。也就是说，他之所以能挖掘出那些隐藏的东西，一大半功劳要算在这两个视角上。

三　进化论

　　自然科学对人文科学的影响是毋庸置疑的，人文科学的诸多假设也不断地被自然科学所证明或者证伪。这里主要涉及的概念是进化论①。它在传播过程中所遭致的误解简直是一种悲剧——当今世界上著名的进化论者古尔德称其为"被宣传扭曲的达尔文"②，"人类历史上还没有哪一种误传的思想所导致的恶劣影响超过进化论"③。众所周知，达尔文在著名的《物种起源》中提出了这个概念，但他"并不是新真理的唯一和非凡的创立者"，至少布丰、狄德罗、莫佩尔蒂、阿尔弗雷德·罗素·华莱士（Alfred Russel Wallace）、伊拉斯谟·达尔文④的名字应该被记住。不过，"在这些先驱当中，没有一个论证实际的物种演变"⑤，达尔文正是在这方面提供了很多令人信服的证据。进化论甫一出世便引起强烈的反响——因动摇了"神创论"⑥ 和"物种不变论"而遭到教会的围攻和污蔑；因打破了思想的禁锢而被赫胥黎等人所公开宣扬和积极捍卫。在正式讨论达尔文的进化观之前，我们有必要先介绍一下另外一种进化论——拉马克主义。因为现在很多人所理解的进化论实质上是拉马克主义的而不是达尔文意义上

---

　　① 本书本应使用演化论而非进化论来翻译"Evolution"，然而鉴于目前大多著作都使用进化论，故仍沿用。只是必须指出：进化不等于进步，中国人所接受的所谓进化论实际上是由严复翻译的赫胥黎的《天演论》（作为进化论的拥趸，赫胥黎却只喜欢有方向性的、目的性、进步的进化论）和斯宾塞的社会进化论（他的进化论思想基本上是拉马克主义的，而且先于达尔文的理论的发表）混合，而不是达尔文的进化论本身。

　　② ［美］斯蒂芬·杰·古尔德：《生命的壮阔——古尔德论生物大历史》，范昱峰译，生活·读书·新知三联书店2001年版，第12页。

　　③ 刘华杰：《被"劫持"的达尔文：对进化论传播历史的一点反思》，《中华读书报》，2009年9月30日，第9版。

　　④ 事实上，《物种起源》之"本书第一版刊行前，有关物种起源的见解的发展史略"所列举的人远不止这几个，参见［英］达尔文《物种起源》，周建人等译，商务印书馆1997年版，第1—14页。

　　⑤ ［美］罗兰·斯特龙伯格：《西方现代思想史》，刘北成、赵国新译，中央编译出版社2005年版，第316—317页。

　　⑥ 然而，创世论和进化论的斗争在整个20世纪一直延续着。例如，2005年12月在美国宾夕法尼亚还就此发生过一场诉讼，参见张增一《创世论和进化论的世纪之争——现实社会中的科学划界》，中山大学出版社2006年版，第1—66页；［美］杰里·A. 科因《为什么要相信达尔文》，叶盛译，科学出版社2009年版，第v页。

的。另外，莫莱蒂的进化论文学史观乃是以区分拉马克主义和达尔文主义为起点的。

（一）拉马克主义

法国大革命时代杰出的博物学家拉马克是布封的学生，继承了其师之生物因环境、气候、营养等条件的作用而变异的思想。他的"进化观点是在他对无脊椎动物进行广泛的比较研究以后形成和发展的"①，1809 年发表的《动物学哲学》表明他已经"构想出系统的进化论"。"这是人类历史上第一个科学的进化论。拉马克的目的是要解释当时众人皆知的两个生命现象：一是动物显示出的'完美'等级序列，另一种现象是生命表现出的惊人的多样性。"② 他打破了传统静态的自然等级世界观，主张生物从简单到复杂、从低级到高级的进化乃是动态的过程——人类是进化的顶端、是最完美的，也就是说，进化具有一定的方向性。在拉马克看来，进化的动力来自两个方面：生物向上发展的内在倾向或潜能，这是造物主定下来的等级规则；外界环境的影响。环境对低等生物的影响是直接的，而对高等生物和人类的影响则是间接的。环境的多样性是造成生物多样性的原因。拉马克的另一个主张是"用进废退"，即"自然中的一切美妙适应都归因于使用和不使用的作用"③。例如长颈鹿的长颈就是长期伸脖子取食的结果。这个过程中所发生的性状改变是可以遗传下去的——获得性遗传。在 19 世纪末叶出现的新拉马克主义既是拉马克思想的复活，更多的是把非拉氏的思想纳入这个概念的名下。

（二）达尔文主义

达尔文的进化论包含两条非常核心的原理：自然选择和随机变异。自然选择涉及生物进化的动力，认为生物的进化都是自然（相对于人工选择）的结果，因此在自然的进化过程中既可能淘汰不适者，也可能使物种适应新的环境。随机变异"并不是数学含义上的同样可能向各个方面的变化"，而是指生物"发生的变异在适应的方向上没有倾向性"④，即是说，有些变化是进步，有些变化可能就不是。达尔文主义的情况比较复杂，

---

① 方宗熙：《论拉马克学说》，《山东大学学报》1953 年第 1 期。

② 田洺：《未竟的综合——达尔文以来的进化论》，山东教育出版社 1998 年版，第 9 页。

③ ［英］达尔文：《物种起源》，第 2 页。

④ ［美］斯蒂芬·杰·古尔德：《熊猫的拇指》，田洺译，生活·读书·新知三联书店 1999 年版，第 79 页。

"在不同的时代，达尔文主义有着不同的含义。例如在达尔文时代，'达尔文主义'主要指生物是进化的，生物的进化是逐渐而缓慢的，生物进化的机制是自然选择，以及人类是生物进化中的一部分，即人类起源于灵长类。而在 20 世纪 30—40 年代的进化论综合期，'达尔文主义'则意味着，生物的进化是逐渐的，自然选择是生物进化中的重要机制。而对于当代的一些进化论者来说，达尔文主义的精髓在于坚持认为自然选择是进化中主要的（但不是唯一的机制），而且自然选择不仅具有淘汰不适生物的能力，更重要的是，自然选择具有创造性的作用，可以产生适应"①。无论如何，许许多多的人都已经承认生物的演化是事实，而且接受自然选择是最关键的机制。在进化过程之中，子代和亲代的关系，达尔文认为用树形做比喻较为恰当。达尔文的进化树是莫莱蒂的树形图的来源。

（三）　间断平衡和功能变异

除了达尔文本人的进化论思想之外，我们还需介绍一下综合进化论的主要代表，美国当代最坚执的进化论者古尔德（Stephen Jay Gould）的相关理论，因为莫莱蒂对文学的演化过程的看法绝大多数受到古氏的影响，特别是他的间断平衡理论②和功能变异概念。关于功能变异的概念，在古尔德与弗尔巴（Elisabeth S. Vrba）合著的《功能变异：形式科学遗漏掉的一个术语》一文中有所阐释。

古尔德认为，进化论缺乏一个关键的概念——一个描述进化"特征"的术语。它对于解释有机体在进化时期的适应情况非常有用。有机体并不是为了适应它目前的功能产生的，而是在进化过程中慢慢适应目前的功能。古尔德将这种特征称为"功能变异"（exaptation）。它既不罕见也不神秘，而是进化的主要特征。功能变异观战胜了人类社会生物学的谬论，有助于我们理解生命史里的变异性和偶然性，掌握人类进化中大脑容量的起源和意义。它还是我们认识进化心理的一把钥匙。一言以蔽之，生物体的历史起源与生物体目前的功用性属于两个不同的概念，绝不能混为一谈。③

---

①　田洺：《未竟的综合——达尔文以来的进化论》，第 33—34 页。

②　Stephen Jay Gould, *Punctuated equilibrium*. Cambridge, Massachusetts, London and England: The Belknap Press Of Harvard Universuty Press , 2007.

③　Stephen Jay Gould, Elisabeth S. Vrba, "Exaptation: A Missing Term in the Science of Form", *Paleobiology*, Vol. 1 （Winter , 1982）, 4 – 15.

　　间断平衡是指生物的进化链条不是连续不断的。古尔德在《帝蜥是帝蜥》里说："进化论是关于生物变化的理论。但是进化并非像许多人设想的那样意味着，自然界是变动不息的。而且自然界中的构成也并非只是一瞬间的特征。更常见的情况下，生物的变化是稳定状态的迅速转变，而不是某种状态以缓慢、稳定的速度不断地演化。"[①] 简言之，生物的进化长期处于稳定状态，但快速的突变可能导致失衡。经过一段时期的调整，最终又获得平衡。或者说，生物的进化是渐变与突变的结合。

　　沿着这些思想轨迹，我们将领略莫莱蒂所开拓出来的文论疆域。本书共分六章来展示莫莱蒂的文论观。

　　第一章详细论述莫莱蒂的远距离阅读方法的来龙去脉、具体内涵、相关操作方式及使用范围。远距离阅读法是莫莱蒂为回答文学领域的"大量未读"作品缘何消失不见和世界文学体系的建构而提出的。它与英美新批评的"细读法"相对。简单地说，远距离阅读方法是指系统地运用定量图表、地图和树形图来处理文学现象和文学事实。它以文本为参照，更多地关注文类、体系或技巧、修辞。与细读重视经典和单个文本、排斥文学之外的因素不同，远距离阅读坚持一种开放的视野，力求颠覆经典与非经典、伟大作品与平庸之作、高雅文学和通俗文学之间的等级结构，并始终把文本群/文本系列作为主轴。当然，对莫莱蒂而言，远距离阅读法同细读法并行不悖、互为补充。为了更清晰地阐明远距离阅读法，文章直接援引了莫莱蒂绘制的部分图表和实例。然而，奠定方法论只是文学研究的第一步。

　　第二章到第五章让文类/形式概念穿针引线，勾连莫莱蒂的主要研究对象：形式、空间、文学史以及三者的关系。与第一章相似，第二章也属于为后面三章的论述做准备，只不过它涉及的是研究对象。此章从莫莱蒂在《现代史诗》里的一连串疑问出发，引出文类问题。它先追溯了文类概念的观念史即历来各家各派对文类的界定。在此过程中可以看到，文类的权力在 19 世纪末终至衰落，在 20 世纪基本上被"文本"概念所取代。但是，文类自有其不可磨灭的魅力。事实上，19 世纪的文体分类学损害了文类应有的价值。莫莱蒂认为，文类和技巧是形成文学史的力量。因

───────────

　　① ［美］斯蒂芬·杰·古尔德：《熊猫的拇指》，田洺译，海南出版社 2008 年版，第 148 页。

此，"回归文类"似乎成了莫莱蒂必然的理论诉求。巴赫金、托多罗夫、弗莱、韦勒克、詹姆逊等人的理论和实践一定程度上回答了返归文类的必要性。

第三章从"小说对民族国家的象征""小说阅读城市""乡村故事的圆形结构"三个维度阐释了"形式生产空间"的命题。它作为莫莱蒂的文学地理学的第一层面，处理的是虚构的空间。叙事作品对空间具有丰富多彩的想象方式，从而形成不同的叙述结构：二元对立、三极、多极共存、圆形结构。在论述该问题时，莫莱蒂始终以其他学者绘制的真正地图为参照，从叙述流中抽取一些因素，放在地图上，然后进行阐释。空间不再仅仅是文本故事借以发生的背景，而是形成叙事的动力，制约着文类的风格。莫莱蒂指出，发生什么取决于在哪里发生。由此，文学不再被界定为模仿或反映现实，而是人类象征/想象现实，或者说把握复杂现实的手段。就方法论而言，他将文学地理学（地图、空间、结构）和文学社会学（民族国家、城市、乡村）奇妙地结合在一起。

第四章涉及文学地理学的另一层面：真实空间中的文学。"空间生产形式"命题并非指叙述作品所对应的现实空间。它主要讨论小说的传播与叙述市场的形成。莫莱蒂以小说文体为核心，借助书籍史的方法，考察了图书馆、民族国家以及世界等大大小小的空间对小说传播的影响。总的来说，空间的规模制约着形式的数量、类型、读者选择的余地。莫莱蒂得出了一些颇有启发的结论，然而其局限也是存在的。我们必须清楚，作为一个欧洲文学的研究者，莫莱蒂即使在研究中涉及亚、非、美三洲的部分国家的文学，但不代表他就认同他们的文学。换句话说，至少在面对非欧洲国家的文学时，莫莱蒂充满优越感。一部《现代史诗》就足见莫莱蒂试图把全世界文学纳入一种审美理想、阐释框架的野心。这跟他一贯坚称自己偏好多元的阐释模式是矛盾的：方法论与价值立场的悖反。

第五章立足于三个基本点阐释莫莱蒂的文学史观。莫莱蒂以长时段为总体时间背景，把握文学史的整体趋势；从达尔文式进化论入手，揭示文学史演化的动力、机制、规律；而两者皆在为建构以文类为核心的新文学史景观做奠基。不论是哪个方面，都跟我们惯见的文学史有所差异，显示了文学史书写的新动向。这次，他把小说、悲剧、现代史诗纳入同一阵营之中。不过，主角仍然是他所熟稔的小说。除此之外，在多数情况下，莫莱蒂的注意力并不在单个文本，文类才是他关心的。

　　第六章着力于反思莫莱蒂的文论思想。这项工作主要从跨学科视角、形式、文学史等层面入手。首先，一方面，它从当代文学面临的危机出发，考察莫莱蒂坚持的理论是否对我们应对那些挑战有所启示。另一方面，它也从跨学科角度去阐发莫莱蒂的文论的意义。莫莱蒂在人文科学和自然科学之间寻找平衡点。其次，一方面，纵观西方和中国的文学学术圈之总体趋势，对形式有种矛盾的态度：既爱又恨，尤其在语言学转向之后。俄国形式主义、英美新批评、结构主义扑倒之后，继之而起，符号学、叙事学似乎催生了形式主义（广义）的新时代。另一方面，各种"后学"以及文化研究逐渐远离形式，更着重于各种价值系统的解构与重构。莫莱蒂自始至终都致力于使用自己的新方法，回答文学形式与社会之间存在的诸多问题。由于莫莱蒂被贴上西方马克思主义者的标签，而他又自称是一个唯物主义者，文章因此对莫莱蒂的文论思想进行了一个定位。最后，鉴于文学史观本身对文学理论、文学批评的重大意义，文章分析了莫莱蒂对俄国形式主义文学史观的承继和反驳，接着展示了他与普伦德加斯特之间的对话，再与约瑟夫·卡罗尔的文学达尔文主义作比对。

第一章

作为方法论的远距离阅读

任何文学研究都必须从文学现象或文学事实出发，尤其是要从变化着的文学事实出发。这个态度既是现象学的也是唯物主义的。那么，什么样的文学事实？抑或文学事实是什么，从何种角度切入才能有效地认识它？第一个问题表面看起来很简单，难道文学事实不就是由作家写作、出版机构出版和传播、公众阅读、专业批评、文学评奖等一系列活动所构成的吗？的确如此。可是，文学的文化研究转向似乎说明文学事实远比想象的要复杂，并且随着文学边界的不断消解，文学这个概念本身都成为不确定的，又如何判定某个文本是不是文学作品，那又怎能确认它是不是文学事实？此问题所衍生的问题实在太多、太多，我们绕不过，却又无力给予满意的回答。纵观西方文学批评理论史，其对文学事实的观照视角依据艾布拉姆斯所提出的"四坐标"来看①，经历了从世界到艺术家、从艺术家到作品、再从作品到欣赏者的转换。拉曼·塞尔登所总结的则更为详尽和细致。他划分出"再现""主体性""形式、体系与结构""历史与社会""道德、阶级与性别"五大主题，并在每个大主题之下又细分出若干小主题。② 然而，作为一个历史还算古老的领域，文学研究的视角移转是相当缓慢的，相比再现论统治的两千多年而言，后来者既来得太晚，持续性又太短——最长者如表现论也不过区区两百多年的时间。可以说，每一次转换都是对文学事实的一次重新确认和深描，但一次次地"面向事实本身"

---

① ［美］M. H. 艾布拉姆斯：《镜与灯——浪漫主义文论及其批评传统》，郦稚牛等译，北京大学出版社1989年版，第5—10页。

② ［英］拉曼·塞尔登：《文学批评理论——从柏拉图到现在·译序》，刘象愚等译，北京大学出版社2006年版，第2页。

又都是一次次地对文学事实的偏离，它们太容易各自为政、故步自封，而忽略了对方的正当性。

　　既然迄今为止的文学研究加起来都囊括了文学事实的所有方面，那么后来的文学研究者是不是束手无策、该另起炉灶呢？解构主义选择颠覆逻各斯中心主义以及形而上学。虽然它被视为走向另一极端的反抗，但是它反文学研究的形而上学之姿态是我们应该记取的。抛开既有的理论框架和研究路径，以更宏观的视野来审视文学和文学研究，一个不容否认的文学事实是：文学这个由语言构筑的人类实践的形态是客观存在的，而我们的研究则往往主观性、随意性过强——我们常常把"一千个人有一千个哈姆莱特"当作文学的魅力所在。但事情有另外一面，我们宣称文学研究乃是一门科学（难道我们不是把它当作人文科学的一个分支？），文学研究是对文学现象和规律的认识（难道我们不是把感性体验变成由概念、判断、推理组成的理性文字？）。既然文学研究的最终样态是所谓的知识，那么它的客观性如何保证？作为一门科学的合法性又何在？主观性和客观性，又回到这对令人头疼的问题。这个悖论许多学者和流派都曾遭遇，康德的解决方案是"人同此心，心同此理"的共通感；再现论的标准为是否真实、逼真地描摹了对象；解释学则直接承认阐释循环的合理性以及通过视域融合来实现……其实，我们似乎淡忘了真正宣扬认识客观性的乃是以数学为基础的自然科学，甚至社会科学——不论是涂尔干的模式还是韦伯的模式抑或马克思的模式，它们的知识的确定性确乎大于人文学科。不过，人文学科的学者似乎在有意或无意地抗拒自然科学的霸权——追问意义的学科以量化的思维方式来处理本身就是荒唐的。总之，在文学研究中敢于宣称要向自然科学借法的学者的确微乎其微，由此而受到非议和指责将是不可避免的、猛烈的。莫莱蒂已经在沿着那个方向开拓、前进，不过他也承认很多尝试都才走出了第一步，后面的路还很长。莫莱蒂将自然科学和人文科学融合的成果之一便是远距离阅读。作为文学研究的一种新方法、新范式，远距离阅读与细读形成鲜明的对比：细读多数情况下着眼于经典的文本，远距离阅读则要把那些早被遗忘的非经典纳入其中以完成对文学演化形态的重塑。

第一节 问题的提出

在《文学屠宰场》一文中，莫莱蒂描述了这样一个现象。① 他在英国德比郡的库鲁姆贝尔（Columbell）流通图书馆（circulating library）看到，在一份 1845 年的目录的第一页，有 40 多个小说标题，但是它们之中只有两三本为人所知。很显然，其中的大部分永久地消失了，只剩下存目。他说，如果我们设定 19 世纪英国的经典小说的数量是 200 部的话，那么它们仅占已出版小说总量的 0.5%，另外 99.5% 的小说殒命于学校、市场、盲目的经典制造者等屠宰者的屠刀下② ——文学史就是文学的屠宰场。在 2005 年出版的《图表、地图、树形：文学史的抽象模型》一书中，他继续探讨了这个问题，但是数据有所变化。他通过对民族文献目录学的研究发现，我们一度认为 19 世纪的英国有 200 部经典小说，数量就很大了，然而它远不足实际出版的 1%，也就是说，当时出版了 20000 部、30000 部，甚至更多的小说。③ 这还仅仅是一个世纪、一个国家所生产的小说文本的数量。如果是几个世纪呢？例如从小说诞生的 18 世纪到问题化（problematic）的 20 世纪。多个国家的小说呢？譬如中国、意大利、德国、法国、美国、阿根廷、西班牙、日本等国家的小说。语言障碍首先就摆在面前。本来，如果英国学者只管英国的小说，中国的学者只管中国的小说，对象就能减少许多，这在理论上和实践上也是可行的。不过，莫莱蒂在《对世界文学的猜想》里说，歌德和马克思早已宣布世界文学时代的来临，民族的狭隘性和片面性应该被超越，民族文学亦是如此。文本着实不计其数。被遗忘的 99% 和世界文学缠绕在一起使任务更艰巨。另外，在晚期资本主义时代，电子技术高度发达，使文学写作和传播的速度空前加快，所生产的各式各样的小说正以几何级数增长，因此，我们面对的文学事实是如此的庞大、繁杂。那么，对于如此多的小说，作为个体的读者

---

① 对于这个问题，1998 年出版的《欧洲小说地图集：1800—1900》一书就提到了 99% 的已出版文学作品从人们的眼前消失，并且无人愿意为它恢复过来。仅此而已。虽然只是一句话，但我们可以发现，莫莱蒂后来将地图作为远距离阅读的一个构成要素并不是突发奇想。

② Franco Moretti, "The Slaughterhouse of Literature", *Modern Language Quarterly*, March 2000, pp. 207 – 211.

③ Franco Moretti, *Graphs*, *Maps*, *Trees*: *Abstract Models for a Literary History*, London and New York: Verso Press, 2005, p. 4.

该怎么办?

　　莫莱蒂认为，依靠传统的细读法是行不通的，至于为何行不通，下节再行讨论。在时间上，仅就 19 世纪的几万本小说而言，哪怕一天读一本，年年都读，也得花上一个世纪。不可否认，有些人读得多，但他们读的全是经典。没有被阅读，甚至永远无人会阅读的毕竟占了多数。斯坦福大学教授、莫莱蒂的同事玛格丽特·科恩（Magaret Cohen）使用"大量未读"（great unread）一词来描述这种情况。的确，"读书必有取舍，因为实际上一个人没有足够的时间读尽一切，即使他万事不做光读书也罢"①，所以我们只读经典。那么，莫莱蒂的问题和担心岂不是杞人忧天？然而，经典从何而来？它难道不是从一团混杂的文学市场中被甄别和遴选出来的？是的，任何经典都不是天生的，而是在流通之中不断建构的结果，并且经典与非经典的边界本来就是变化的，非经典可能转化为经典，经典也可能变成非经典。由此看来，莫莱蒂所提出的问题绝不是一个伪问题。相反，这充分体现了他的问题意识和唯物主义精神。指出事实是一回事，为那些99%的大量未读找到重返文学史的根据又是另一回事。也就是说，我们的精力如此有限，为何还要费心去阅读那些被时间淘汰了的书？连文学专业的学生都在抗议他们的文学作品选太厚，遑论一般的读者？这样行文似乎在表明，莫莱蒂要为文学史挖掘更多的经典？不然。莫莱蒂声称自己并不意在改变 19 世纪的经典小说的数量，因为一个教授即使能把大量未读从99.5%减少到 99%，也根本不会给文学领域造成什么变化，② 而且他改变的是学院意义上的经典，而不是社会意义上的经典。他的侧重点是考察经典和非经典的关系——这个二元对立的等级结构的所有要素结合起来才是一个文学整体。此外，对大量未读的召回将有助于理解经典何以成为经典。例如，莫莱蒂以线索（clues）为关键词，通过与大量未读的比较，确证了柯南·道尔的侦探小说之所以成为该种文体的典范，而他的同时代的竞争对手则被遗忘的事实。一句话，文学史家必须要正视大量未读。

　　现在不得不回到起初的问题，怎么处理大量未读？能读两百本书就很难了，更何况两千本……两万本呢？前文已述，细读不适合。更广博的文

---

　　① ［美］哈罗德·布鲁姆：《西方正典：伟大作家和不朽作品》，江宁康译，译林出版社2006 年版，第 11 页。

　　② Franco Moretti, "The Slaughterhouse of Literature", *Modern Language Quarterly*, March 2000, pp. 207 - 209.

学史需要开拓新的批评方法。在 2000 年发表的《文学屠宰场》里，莫莱蒂列举了几个技巧：抽样、统计；研究系列（不是单个的文本）、标题、索引（concordance）、开始（incipit，中世纪手抄本开端用语）以及采用树形模式。同年发表的《对世界文学的猜想》一文，莫莱蒂首次提出了远距离阅读这个术语，并对其内涵、意义做出了界定。但此时的远距离阅读概念仍然有些模糊，至少莫莱蒂没有为我们提供比较明晰的操作方法——他关于文化史究竟是波形还是树形的比喻，远不如《文学屠宰场》里所绘制的《史传德杂志》（*Strand Magzine*）上的"线索出现"（presence of clues）树状图有吸引力和一目了然。五年之后，在《图表、地图、树形》中，莫莱蒂说："在旧的领域里是新的研究对象：不是具体作品和个体作品，而是人为建构的三重奏——图表、地图和树形——文本经过了有意的简化和抽象处理。我曾把这种类型的方法称作远距离阅读。"[1] 简言之，远距离阅读法就是系统地运用图表、地图、树形去分析文学现象的方法。图表来自计量史学，地图源于地理学，树形属于进化论领域：文学以前和它们的交流很少——今天让它们交流首先必须证明其正当性。以上就是远距离阅读概念的形成过程。2013 年远距离阅读一词赫然成了莫莱蒂新著的书名。由此可见，该概念在他的学术思想中所占的地位。当然，莫莱蒂并没有在《远距离阅读》一书中再详细地、系统地从理论上阐述此概念。或者说，该书并没有给我们提供更多关于远距离阅读这一概念的信息。因为它是一本没有序言的论文集。

　　简化和抽象，这就是远距离阅读的特点。抽象：将文学元素（例如比喻、意识流、复调、线索、自由间接引语等技巧）从叙述流中抽取出来；焦点不是单个文本而是它们之间的关系；事件的重要性远远低于结构；偶然的、特殊的事件被冷落，重复的、平庸的大量存在现象反而受到青睐……抽象是一切理论研究必然要付出的代价：社会现实是多么丰富多彩，而概念却是如此贫乏和枯燥。抽象不仅仅是把对象概念化的问题，更重要的是会建立一系列模型。那些模型是以数学为基础的，将过滤掉文学事实的多样性自然不言而喻。当然，模型虽然是抽象的，但与单纯的文字描述比较起来却更形象化、更可视化、更直观——有时候一幅地图甚至胜过千言万语。一言以蔽之，"抽象本身不是目的，而是扩大文学史家研究

---

[1]　Franco Moretti, *Graphs*, *Maps*, *Trees*: *Abstract Models for a Literary History*, p. 1.

领地的一种方式，它丰富了文学研究的内在问题"①。那么，远距离阅读法将对文学研究产生怎样的影响呢？莫莱蒂说："文学史学将很快地与目前的迥然不同：它会变成'二手的'——没有单独的、直接的文本阅读，只有别人的研究的拼贴。"② 此处的"二手"实际上是同细读相对的——细读的字面含义就是仔细地阅读单个文本。可是，莫莱蒂的远距离阅读一方面更注重文本群（多个文本）；另一方面，它是以数据为基础的，而这些数据都不是现成的——对于那些不擅长数据统计或缺乏数据统计精力的研究者来说，其他人的研究成果显得尤为重要。举例来说，莫莱蒂对英国、日本、意大利、西班牙、尼日利亚等国小说的兴起以及衰落规律的判断与相关图表的绘制乃是基于麦克伯尼（W. H. Mcburney）《英国散文体小说的备忘录，1700—1739》、比斯利（J. C. Beasley）《1940 年代的小说》、格瑞斯伍德（Wendy Griswold）等近 10 位学者所提供的数据。他制作地图和文学进化树的路径亦大体如此。因此，对莫莱蒂而言，远距离并不是知识的障碍，而是知识的条件和形式："要素越少，它们的总体关系越明晰。"③ 距离越远，越能让我们看清楚那些隐藏了的关系。

　　莫莱蒂的这类综合性（整合性）致思路数，实际上在经济学、历史学、社会学诸领域已经结出了丰硕的成果。莫莱蒂指出，年鉴学派创始人马克·布洛赫在《论欧洲社会的比较史学》（*Pour une histoire comparée des sociétés européennes*）里提出了一个非常有趣的口号："多年分析，一日综合。"此一口号在布罗代尔和沃勒斯坦的著作中得到了相当充分的体现。布罗代尔的扛鼎之作《菲利普二世时代的地中海和地中海世界》的第一卷共有注释 3000 多条。典型的沃勒斯坦式文本如《现代世界体系》第一卷的引文也多达 1400 条，占了一页的 1/3、1/4，甚至是一大半——此乃一日综合的结果：沃勒斯坦的文章"把别人的分析综合为一个体系"。事实上，莫莱蒂已出版的所有著作中的注释当然远不如前两者多，然而在广泛地以他人的研究数据为基础来构建自己的理论这一点上，他们是相同的。文学档案亦是莫莱蒂的新方法的重要数据来源。

　　那么，莫莱蒂究竟为何排斥文本细读方法？为何他说他不指望自己的

---

① Franco Moretti, *Graphs, Maps, Trees: Abstract Models for a Literary History*, p. 2.

② Franco Moretti, "Conjectures on World Literature", *New Left Review* 1, January-February 2000, p. 57.

③ Franco Moretti, *Graphs, Maps, Trees: Abstract Models for a Literary History*, p. 1.

思想能够在美国特别流行？远距离阅读的具体操作步骤又是怎样的？下面
两节将试着回答这些问题。

第二节　文本细读法

从 20 世纪的英美新批评开始，"细读"（close reading）作为文学批评
的根本法则席卷了西方的文学研究世界进而影响到中国，这种方法一直延
续到解构主义。细读以文本为对象固然打破了传统的作者中心论，但也正
因此将文学研究限制在一个封闭的体系中，并且批评家往往囿于追索文本
的形而上的意义。实事求是地说，莫莱蒂并没有因此抛弃和否定细读法，
他把文体和形式作为资本主义文明的象征，分析了一系列经典小说、戏
剧、史诗的意义。不过，莫莱蒂广受关注并非缘于其细读成果，而是远距
离阅读试验。

一　细读与时间

对文本形式、结构和语言的细读在西方的批评实践中一直存在着，但
"作为一种重要的批评策略，（细读）在 20 世纪前半期随着'新批评'的
出现才被确立。……新批评使细读逐渐体系化和制度化，使之在文学批评
的实践中被广泛地和有意识地运用"[1]。这首先不得不提到 20 世纪 20 年
代瑞恰慈在剑桥大学所做的一个著名实验：去掉诗篇的作者之名，要求受
试者阅读之后写出评论并交回。实验的结果虽然出人意料："杰作被评得
一钱不值，平庸之作却受到赞美"，但瑞恰慈觉得，那些诗比普通课程中
的大多数作品得到了更透彻的理解，这归功于花了一星期的时间：每首诗
歌皆有机会至少被研究四次，甚至有的诗被阅读了十多次。[2] 易言之，
"透彻"需要时间。诗歌如此短当然不是问题。小说呢？其长度乃是诗歌
望尘莫及的。如前文所述，一个世纪、一个国家的几万本小说所需的时间
就已经太多、太多。更何况，现代的快节奏生活，已使人们无暇也无耐心
去仔细阅读。然则，莫莱蒂的远距离阅读是为了解决当前的阅读困境：把
慢读变成快读，以最大限度地掌握话语资源或者激发文学作品的功能？或

---

① 赵一凡：《西方文论关键词》，外语教学与研究出版社 2006 年版，第 630 页。
② 赵毅衡：《"新批评"文集》，中国社会科学出版社 1988 年版，第 363—365 页。

者说，它迎合了快读的需求？不直接阅读单个文本，代之以他人的研究成果的拼贴确乎能节省不少时间。但它并不必然导致阅读速度的加快。一方面，远距离阅读所需的各种要素只有通过细读才能抽取出来；另一方面，图表、地图、树形的技术性操作并不能一蹴而就。因此，这个质疑是不成立的。究其根源，远距离阅读的核心要义乃是以各种模型处理大量未读问题，至于阅读的速度根本不是莫莱蒂关心的问题。莫莱蒂认为，真正的问题不是时间而是方法："通过把分散的、零碎的关于个案之知识缝合起来将无助于理解如此庞大的领域，因为文学领域绝非一个个单个文本相加的总和，它是集合系统（collective system），应该当作一个整体来理解。"①此一说法无疑具有纠偏意义，"有了整体的观点，在文学研究中就不会脱离作品的整体联系，把个别因素孤立起来，生发开去进行微言大义的索隐"②。莫莱蒂反复提到，"希望形象化的结构将大于部分之和"③。细读不是将文学作为一个整体？怎样的文学整体观？新批评的文本批评切入角度是语音、语义、词义分析即着重于对语言、技巧、情节等所谓内部要素的审视④，而排除作者、社会、情感等传统文学批评常常使用的角度。最终，"他们把教师、学生、批评家和读者的注意力引向最本质的东西：作品说了些什么和怎么说的这样两个不可分割的问题"⑤。当然，这种考察文学性（以语言为前提和起点）的文学批评思路发端于俄国形式主义。延伸一步来讲，除了新批评之外，依据艾布拉姆斯的"四坐标"理论来看，再现论、表现论、读者反应论等所有的批评派别都是片面的、单向度的。莫莱蒂的所谓文学整体观侧重于复调性的、多维的视野。或许，韦勒克的思想有助于我们对莫莱蒂的主张的理解。对韦勒克而言，从文学的某个侧面出发去观照文学的本质会误入歧途。⑥他痛感于传统的批评路径造成了内部研究和外部研究的彼此蔑视，呼吁将两者合起来并论证了其紧迫

---

① Franco Moretti, *Graphs*, *Maps*, *Trees*: *Abstract Models for a Literary History*, p. 4.

② 季红真：《文学批评中的系统方法与结构原则》，《文艺理论研究》1984 年第 3 期。

③ Franco Moretti, *Atlas of the European Novel*, *1800 - 1900*, p. 6.

④ 李卫华：《价值评判与文本细读——"新批评"之文学批评理论研究》，中国社会科学出版社 2006 年版，第 105—148 页。

⑤ ［美］威尔弗雷德·L. 古尔灵等：《文学批评方法手册》，姚锦清等译，春风文艺出版社 1988 年版，第 102 页。

⑥ 李艳丰：《论韦勒克"整体性"文学批评观的理论与现实意义》，《深圳大学学报》2010 年第 1 期。

性，他说："我认为唯一正确的看法是一个必然属于'整体论'的看法，它把艺术作品看作是一个多样统一的整体，一个符号结构，但却又是一个蕴涵并需要意义和价值的结构。"① 应该说，莫莱蒂的整体观与此大体相似。一句话，不论是艺术手法还是社会内容，不论是读者还是作者，都在莫莱蒂的探索范围之内。这些问题在后面的行文中将会一一展现。另外，如果不固着于 close reading 一词的中译，而充分考虑一下 close 这个英文词的多义性，它有两个意思是需要注意的：接近的和封闭的。接近什么？与之相对，远离什么？文本。独立自足的文本。封闭的语言有机体。新批评实践的事实是，细读把注意力过分集中在单个文本而忽略了文本之间的关系。莫莱蒂所要处理的恰是文本间性问题。他试图从不同的文本中抽出共同要素进行系列研究。实际上，不管文学的定义如何，它是语言形态的存在实体这一点当是不容否认的。故而，一切文学研究必然以对语言文本的仔细阅读开始，但它的缺点在于无法彰显文学史的整体演化进程、形态和规律，这对文学史家来说是不能容忍的。所以，细读必须考虑扩大它的视域以求得生存。事实上，后来的阐释学、接受美学、结构主义、解构主义、女性主义、后殖民主义等批评流派皆突破了韦勒克所说的"内部研究"的界限，运用了"经过改良的细读方法"对具体的文本做出别具一格的分析和阐释。② 尽管如此，"改良过的细读法"依然不能解决莫莱蒂所提出的问题——大量未读，哪怕它比新批评的细读法更开放、更具包容性。前述只是细读方法的局限的第一个方面。

二 细读与经典

毋庸讳言，细读方法必然导致一种倾向：读者和批评家会选择那些经典文本。不仅仅是前文所述的时间的问题，更多的是因为经典本身的不朽价值和无穷魅力：它韵味丰富，禁得起一代代读者的咀嚼，只有这样的阅读活动才是有意义的。相反，那些非经典甚至一些文字垃圾只会败坏胃口、损害人们的道德观。对于细读与经典的逻辑关系，莫莱蒂有一段非常有趣的话，他说：

---

① ［美］雷内·韦勒克：《批评的概念》，张金言译，中国美术学院出版社 1999 年版，第 278—279 页。

② 赵一凡主编：《西方文论关键词》，第 639 页。

　　细读（从新批评到解构主义都是它的化身）所带来的困扰在于，它必定依赖于极少的经典。目前这可能已成为一个无意识的和无形的前提，可它也是残酷的前提：只要你认为它们之中很小的一部分是要紧的，你就会在个别文本上投入很多。否则，那将毫无意义。如果你想超越经典（世界文学当然会那么做：不那样做是很荒唐的），细读是做不到的。实际上，非常庄严地对待少数文本是神学仪式，然而，我们真正需要的是跟魔鬼签订一个小小的契约：我们已经知道怎样阅读文本，现在让我们学习怎样不读它们。①

　　该段引文包含以下几个问题。首先，什么是经典？莫莱蒂强调两个关键词：极少的和流传性。前者自不必多论。后者一方面意味着那些能被代代传承的作品才是经典；另一方面，正因为代代相传才使它成为经典亦即经典是累积的结果。用伊塔马·埃文－佐哈尔（Itamar Even-Zohar）的术语来对应，莫莱蒂此处所指的是"恒态经典"（static canon）而非"动态经典"（dynamic canon）。"前者指经过时间的淘洗，已经获得永恒性的文本；后者则是指尚未经过较长时间的考验，不稳定的、有可能被颠覆的文本。"② 前者包括"神圣化的文本；教学机构课程表上的高雅文学"③，如荷马史诗、古希腊三大悲剧、诗经、楚辞等；后者如中国十七年文学中的八个样板戏。这说明经典与非经典之间的边界不是固定的。总体而言，恒态经典的数量毕竟是少量的，更多的是动态经典。因此，没有动态经典和大量非经典的文学史将是寂寥的、单调的、无趣的。而如何让动态经典变成恒态经典或者建构出更多的恒态经典是文学研究者必须认真面对的问题。当然，要完成这个任务依靠细读只能解决部分问题，加强传播环节的力量势在必行。换句话说，恒态经典的形成除了文本自身的独特审美属性和价值之外，还需要借助诸多外在因素。外在因素（社会）和内在因素（形式）的共同作用，这就是经典的必由之路。

　　其次，谁的经典？文学史家的还是普通读者的？因为两者的审美趣味、价值取向毕竟不是相等的。而且不同群体的经典的形成机制和过程可

---

① Franco Moretti, *Conjectures on World Literature*, p. 57.
② 吴思敬：《一切尚在路上——新诗经典化刍议》，《江汉论坛》2006 年第 9 期。
③ ［加］斯蒂文·托托西：《文学研究的合法化》，马瑞琦译，北京大学出版社 1997 年版，第 43 页。

能不同，不同群体的经典的受众数量也不同。杜威·佛克马对该问题的论述相当具有启发性，他说："我们必须明确我们考虑的是出于学校教育目的的严格意义上的选本，还是文学史或批评史上提到的相对宽松的选本，还只是小说和诗歌中偶尔提到的文本。往往还会有一个由出版社和书店提供的更为宽松的选本，因为总有一些不受官方干涉的边缘作品的印刷和买卖。简言之，我们讨论的是'谁的经典'？每一个经典都有自己地理的、社会的和文化的范围，有它自己的市场，那些固定程度或高或低的规则只能在那个范围内调整文学权威（教育者、批评家或其他专家）和一般读者之间的关系。"① 相较而言，莫莱蒂的类型比佛克马的简洁，他将经典划分为学院（academic）意义上的经典和社会（social）意义上的经典。他认为，由各种机构尤其是学校挑选出来的文学作品是学院意义上的经典。它代表专家的、精英的、小众的口味。然后，通过权力的作用，它占据学生的时间和头脑。学生后来可能成为专家，再来重复上述的过程。但莫莱蒂更看重社会意义上的经典——在市场流通和竞争中得到许许多多不同时代、不同空间的普通读者反复确认的作品。它的绝对数量远远大于学院派的数量。两者会有诸多重合并非莫莱蒂的观点，相反，他指出，前者是对后者的附和与回响。也即是说，社会意义上的经典成形在先，学院派只不过是后来对它的追认而已。这种情况广泛存在于中外文学之中。例如柯南·道尔的小说立刻在社会上成了超级经典，但成为学院里的经典则是100多年之后的事情。塞万提斯、笛福、奥斯汀、巴尔扎克、托尔斯泰……无不拥有那样的经历。至于中国的小说，《红楼梦》乃是一个典型。虽然当时在社会上出现极大的反响，但是被确认为学院意义上的经典却是20世纪以来的事情——清政府将其列为"诲淫诲盗"的禁书实际上已切断了它进入学院的可能。莫莱蒂也举出了相反的情形：假如有一天读者不再喜欢简·奥斯汀，那么许多英国教授将会抛弃《劝导》，用艾米丽·奥佩（Amelie Opie）的《艾德琳·莫布雷》（Adeline Mowbray）② 代替之。同样地，莫莱蒂的结论依赖于计量数据的存在——詹姆斯·雷文（James Raven）《1750—1770年的英国小说》对18世纪50—70年代的英国出版的卓越研究是个佳例。由于目前资料的缺乏，此处不作具体描述。

---

    ① ［荷］杜威·佛克马：《所有的经典都是平等的，但有一些比其他更平等》，李会方译，《中国比较文学》2005年第4期。

    ② Franco Moretti, *The Slaughterhouse of Literature*, p. 209.

不得不提醒的是，莫莱蒂是以小说经典的形成作为研究经典问题的典范和事实依据。之所以如此选择，原因在于小说近两三百年在西方的影响实在颇为广泛——"它具有巨大的人类学力量，把阅读变成一种快乐，重新界定了现实感、个体存在的意义以及对时间和语言的认知"①，以它来进行文学社会学研究比较容易得出令人信服的判断。随之而来的问题是，细读的经典是社会意义上的还是学院意义上的？显而易见是后者，并且多数时候是那些恒态经典。这里需要事先为我们的诸多推理揭开一个不证自明的前提：我们所说的细读本身就是学院派的行为，如前所述，它起源于学院也被其一以贯之地使用。倒不是说，一般读者没有细读或者说它们的细读缺乏意义，毋宁说，由于他们的阅读带有浓重的私密化色彩，而且他们的相关成果不会或不能像学院派那样进入公共学术传播领域从而产生广泛的关注。此外，细读作为一种方法并不把读者涵纳其中——文本、语言实体，才是它的最爱。相反，一般读者却是远距离阅读必须考虑的一维。因此，我们一提到细读就自然而然地指向学院派。学院派自我标榜，有时甚至与社会脱节，所以常见的情况是教育者和学生都围绕着少数所谓的经典重复生产，皓首穷经，新生的具有经典潜质的文本逐渐被边缘化直至被无情地遗忘。细读或许能够曲尽既定经典之妙处，但它到底还是一种保守的力量。历史总是如此演绎着。文学史迫切地需要更为宏观的、开放的视野，需要把从部分到整体、从整体到部分的阐释学循环发展下去，否则，我们的文学史将真正是一个悲剧频仍的屠宰场：失去的不仅仅是新经典，更是巨大的市场——文学赖以生存的空间。一句话，远距离阅读必须兼社会意义上的经典和学院意义上的经典而有之。然而，远距离阅读是否就能改变上述现状，尚待进一步的讨论。

再次，莫莱蒂批评了细读法对经典的态度：把它当作神学崇拜的对象。从词源上来讲，经典一词最初用于宗教，后来扩展到文艺批评。② 基督教要求信徒不得违背《圣经》的教义，必须以十足的虔诚来仰望《圣经》，但教义本身的认证又是由教会权威和机构来实施的，这种悖论为后来的宗教改革准备了突破口。艺术经典照样步其后尘。本雅明的《机械复

---

① Franco Moretti. ed., *The Novel*, Volume 1. Princeton and Oxford: Princeton University Press, 2006, p. ix.

② 对"经典"的词源和形成、修正等问题较为全面的考察，参见赵一凡主编《西方文论关键词》，第 280—305 页。

制时代的艺术作品》可以说对这个命题做了较为透彻的剖析。当然，不只是经典的问题。本雅明认为，传统艺术能够获得膜拜价值的奥秘在于它的光韵（aura，又译为灵韵、韵味、灵光）。套用本雅明的话，经典的恒态性何尝不是缘于它具有光韵。这个从阳光在山脉或树枝上的显影得来灵感而创设的比喻，指的是原作的本真性和独一无二性。然而，机械复制打破了传统艺术和美学的妄想。原作的即时即地性消失，光晕散落，只剩下展示价值。① 这个过程把艺术从宗教仪式中解脱出来，不仅造成了艺术生产方式的变革——艺术从无中生有的创造物成为现成物的拼凑或拼贴（bricolage），也带来了艺术接受范式的变革——人们不再将艺术看成神圣的、只能采取无利害的静观态度的神圣世界，相反，他们积极地参与到作品的写作中去，把文学写作和阅读变成一场场狂欢，这场狂欢里应该说体现着一种平等的、民主的精神。本雅明所表明的这种转移回应了技术革新给文学提出的挑战：不是阿多诺式地举起社会学和哲学批判的大棒，而是以一种积极的态度去理解、赞扬。因此，缺乏光韵的现代艺术得到了本雅明有力的辩护。事实已经证明了本雅明的论断。尽管在 20 世纪初叶后期艾略特强调传统不可抗拒的制约力量，尽管到了 20 世纪 90 年代布鲁姆依然大谈"影响的焦虑"，依然声称"正典"的独特艺术价值，坚持精英的审美趣味和审美范式，但在激进的后现代文化背景下，一股解构思潮叫器着新一轮的"重估一切价值"并逐步成为主潮。于是，欧美学界自 20 世纪 80 年代后期开始便展开了关于经典的激烈的、旷日持久的争论。② 随着对经典的形成过程有了越来越深入和全面的解剖，"纯经典"被一一解构和颠覆。是否莫莱蒂迎合了后现代主义？从整个社会文化环境而言，莫莱蒂已有的几十年人生都浸染在后现代主义的学术文化氛围之中。但就此认为莫莱蒂是位后现代主义者未免过于草率。如果说多元论或无中心论为后现代主义的必备要素的话，那么莫莱蒂在价值立场上确实倾向于由它所形成的包容性、敞开性和张力。这点当然很重要。然而，由于后现代主义过于庞杂、边界过于模糊，需要澄清的内容又太多，我们不得不暂时搁置对莫莱蒂的文论思想的后现代性的全面寻绎。另外，从本书的绪论部分关于莫莱蒂的思想资源的讨论中可以看出，不论是马克思主义、年鉴学派还是进化

---

① ［德］瓦尔特·本雅明：《机械复制时代的艺术作品》，王才勇译，中国城市出版社 2002 年版，第 5—19 页。

② 莫聿：《"文学经典"解读》，《中国社会科学院研究生院学报》2007 年第 3 期。

论，皆非后现代主义的产物和对应物。无论如何，可以肯定的是，莫莱蒂的思想多多少少受到后现代主义思想的烛照。因此，我们必须转换角度去理解莫莱蒂在文学祛魅、经典祛魅之后的新取向。

不得不说，经典本身的光韵就带有某种神秘色彩。细读对经典的膜拜姿态加重了经典的这种神秘特点。诚如阿多诺和霍克海默在《启蒙辩证法》中所言，计算代替神话乃启蒙的后果之一，但当理性沦落为工具理性，神话再次诞生。此为启蒙的辩证法。细读固然打破了唯世界至上和唯作者至上的传统，然而它也变成了语言文本至上。此为细读的辩证法。莫莱蒂直接抛弃了该怪圈，从该圈的外部入手以求突破。质言之，莫莱蒂追求的是客观性而非文本的形而上意义。他把文学变成知识的对象，是对神学目的论和历史目的论的解构。文学史将不再是按照某个既定方向进步的历史：文学的演化过程充满着不可预料的偶然。文学研究不再遵循柏拉图主义的演绎逻辑，取而代之的是以数量关系和对文学现象诸要素的抽象为基点的各种模型，并根据那些模型思考文学（形式）与社会的关系。这是一种基于经验和观察的研究。

综上所述，莫莱蒂既从时间、方法角度也从对文本的态度角度论证了细读的局限，并为远距离阅读的正当性初步锚定了基石。当然，诚如前面所述，细读和远距离阅读虽然是一对对立的概念，但是两者对莫莱蒂而言是互为补充的。如果说细读法着重于解决文本的内部问题的话，那么远距离阅读则是在细读的基础上侧重于外部研究。这种外部研究不是传统文学学科的发明逻辑而是激活英美派的发现逻辑。发明是从无到有的先验预设；发现是在已有的基础上找到隐藏的规律。本节仍然没有解决第一节末尾部分提出的第二个问题：远距离阅读具体如何操作。

第三节　远距离阅读

以抽象模型为基础的远距离阅读法，首先需要的就是各种数据，然而传统的文学研究缺乏这样的数据。莫莱蒂说："新方法要求新的数据，但那些数据不是现成的，我不能确定该怎么去发现它们。"[1] 所以，一切都是尝试，一切仅是呈现了可能性。图表、地图、树形，各自遵循自己的逻

---

[1] Franco Moretti, *Atlas of the European Novel*, *1800 - 1900*, p. 5.

辑，但又相互支撑。然而，更进一步来看，莫莱蒂把三者都视为图表（diagram）：数量图表（以曲线图、柱状图为主要表现形式）、空间图表（绝非行政区划）、形态图表①。合而言之，图表、地图、树形是按照不同的切面去看待文学现象。数量图表以时间为横轴勾勒了小说的历史演变状况；空间图表揭示了小说中的故事能形成怎样的结构和如何形成结构；形态图表展现了文学嬗变的整体机制和特点。在以下对三种模型的描述过程中，我们将援引莫莱蒂制作的具体图表加以论证。

一 定量图表

定量研究与定性研究相对。什么是定量研究？什么是定性研究？二者的区别何在？社会学学者认为，"定性一词意味着一种对实体的性质和过程的强调，同时，其含义不能通过实验来观察，也不能以量、数字、强度或频率来测量。定性研究者强调现实的社会建构性，强调研究者与他（她）所研究的对象之间的密切关系，强调研究问题受情景限制。这种研究者强调研究的价值承载性质。他们寻求这些问题的答案即强调社会经验是如何被创造出来并被赋予意义。与此相反，定量研究强调变量间因果关系的测量和分析，而不是过程。这种研究的拥护者声称，他们的工作是在一种价值无涉的框架内完成的"②。当然，这两种不同的研究风格、认识范式、表达方式之间的差异是可争议的。简言之，定性研究者往往聚焦于印象、词语、句子、照片、象征等软性资料（soft data）③；定量研究者则常常依靠更为"远距离的、推论性的经验方法和材料"，即采用数学模型、统计表格和图表来处理以数量关系为表现形式的硬性资料（hard data），从而实现他们自谓的客观性的研究工作。④ 无疑，我们的人文社会学科研究传统习惯和熟稔于定性研究。我们所熟知的很多理论范式可以说都属于定性研究："从建构主义到文化研究、女性主义、马克思主义，以及研究的种族模式，都宣称是对定性研究方法和策略的运用。"⑤ 那么，我们的文学研究需要定量方法吗？答案是

---

① Franco Moretti, *Graphs*, *Maps*, *Trees*: *Abstract Models for a Literary History*, p. 69.

② ［美］诺曼·K. 邓津、伊冯娜·S. 林肯主编：《定性研究：方法论基础》，风笑天等译，重庆大学出版社 2007 年版，第 11 页。

③ ［美］威廉·劳伦斯·纽曼：《社会学研究方法——定性研究与定量研究》，人民邮电出版社 2010 年版，第 151 页。

④ ［美］诺曼·K. 邓津、伊冯娜·S. 林肯主编：《定性研究：方法论基础》，第 12—13 页。

⑤ 同上书，第 8 页。

肯定的。如绪论所述，作为同样重视意义追寻和价值判断的历史学与社会科学都在运用定量方法做研究，文学领域又何尝不可以呢？我国目前出版的很多著作之中，统计表格已被广泛地应用，研究者们也在着手建立相关的数据库①，如中国的古代文学研究②——宋词的定量研究成绩斐然、前景广阔③；陈大康的《明代小说史》是在中国古典小说研究领域的突出表现④。那么，莫莱蒂为何偏爱定量图表？它究竟能得出什么与单纯的解释性定性研究不一样的结论？用莫莱蒂的话来讲，定量方法能为文学研究增加什么？也许有人会从宏观的文化背景角度想当然地认为，计量方法是美国的主流学术话语形态，莫莱蒂的所作所为只不过是一种迎合姿态。它无视了莫莱蒂学术研究的时间次序，也无法解释莫莱蒂为何要在强大的定性研究文学传统中另辟蹊径。事实上，早在《欧洲小说地图集》的绪论和第三章，定量方法的地位就已经被莫莱蒂确定。毋宁说，他所坚持的年鉴学派的史学观，使他必然会选择计量的方式来处理文学现象和文学事实。然而，不得不提醒的是，莫莱蒂能长期坚持计量方法的动力是否源于美国的整体学术环境我们就不得而知了。

　　莫莱蒂已经预料到可能会招致的批评，所以他为自己运用定量方法进行了辩护。这涉及两个关键词：系列史和文本独特性（uniqueness of texts）。年鉴学派的皮埃尔·肖努于 1960 年提出了系列史的概念，并很快被布罗代尔等人采纳。系列史指的是"通过研究一系列相对同质的资料（小麦价格、酒类收成的日期、年均出生率、复活节领受圣餐的人数等等）中的连续性与非连续性，分析长时段的总趋势"⑤。莫莱蒂沿着肖努的致思路径前进，但重心已转移到系列史的第三层面——文化史。然而，同质与否需要归纳、认证；连续性和非连续性是切割的结果；至于长时段的总趋势，是建立在以上两方面的。总之，一切都不是天然存在的。一切依赖于对各种数量关系的厘清。因此，莫莱蒂说："在所有系列史中，我的对象是人造的，因为系列史从来不是被发现的，而通常是建构——集中

---

① 尚永亮：《数据库、计量分析与古代文学研究的现代化进程》，《文学评论》2007 年第 6 期。
② 唐磊：《试论古代文学研究中计量方法的应用》，《中国社会科学院研究生院学报》2006 年第 2 期。
③ 刘尊明：《中国文学史研究定量分析方法论》，《江西师范大学学报》2010 年第 1 期。
④ 陈大康：《明代小说史》，上海文艺出版社 2000 年版。
⑤ ［英］彼得·伯克：《法国史学革命：年鉴学派，1929—1989》，北京大学 2006 年版，第107 页。

于重复的东西，然后就能把具体对象变成系列。定量方法对文学批评家来说是讨厌的，害怕它们可能抑制文本的独特性。但我不相信独特性的认识论价值，所以抑制并不令我厌恶。"[1] 的确，莫莱蒂的兴趣点就是反复发生的事实。从某种程度上来说，大量未读即属于那些被忽视了的重复发生的事实。此点他后来一再强调，并援引了法国史学家克里齐斯托夫·波米安（Krzysztof Pomian）在《结构史学》一文里的说法作为论据。他说，长期以来我们都关注那些特殊的、超常的事件，文学史的确也从来不缺这样的事件，但如果我们转变视域去关注那些看起来平庸的、常规的、日常中重复发生的事件，而这些事件却是被遗忘的大量存在的事实（大量出现的现象或事实），那么我们的文学研究会是怎样一番景象呢？从单个对象到文本系列，从个别作家、作品到某个术语的概念史，从审美特性和审美自律到日常的社会生活总体的子系统……这就是我们的文学史的前景。寻求同质的系列史必然会排斥对象之间的差异性和独特性。如前所引，莫莱蒂承认这个事实。分歧在于，独特性是否具有认识论价值。该命题的肯定判断可以从康德的《判断力批判》那个著名的天才论说起。康德认为"美的艺术是天才的艺术"，正是天才为艺术提供法则和典范。作为一种天生的内在禀赋和才能，"独创性"必须是天才的第一特性。[2] 它颠覆了传统的模仿论，将作家视为文学作品的起源，也由此将自然美和艺术美区别开来。不仅如此，对艺术美的鉴赏也"要求有天才"。正是天才独一无二的创造才使艺术区别于道德、科学、哲学、法律、宗教等实践活动。也正是不同的天才赋予不同的文本以不同的特性，才使一个文本迥异于另一个文本。这就要求鉴赏者必须通过追索文本的独创性或曰独特性来确证其蕴含的意义和价值。此观念差不多成为后世美学不可动摇的一条基本原理。时至 20 世纪，俄国形式主义摒弃了艺术是作者心灵之表现的天才论，罗兰·巴特甚至宣布了作者之死，文本独特性的来源从作者转到语言符号：文本性和结构性成了最可信赖的东西——只要想想奥西普·布里克那句戏言"即使没有普希金这个人，普希金的《欧根·奥涅金》也会被写出来"[3]，就能明白此处所表达的意思。然而，莫莱蒂却反其道而行之：否

---

① Franco Moretti, *Atlas of the European Novel*, *1800 - 1900*, p. 143.

② ［德］康德：《判断力批判》，邓晓芒译，人民出版社 2004 年版，第 151 页。

③ ［英］特雷·伊格尔顿：《二十世纪西方文学理论》，伍晓明译，陕西师范大学出版社 1987 年版，第 4 页。

定独特性的认识论价值。首先，独特性实际上意味着主观性和随意性。康德的天才论自不待言。形式主义和结构主义与其他模式一样，其阐释结果也带有极其明显的个人标记。而莫莱蒂的实证研究所追求的是客观性——最大限度地接近真实——以数学为基础的定量研究乃是客观性的代表。其次，如果说追求认识的普遍性是人类的本能冲动的话，那么莫莱蒂在这方面的取向不证自明。笛卡尔主义矗立在主、客二分的基础上，因此不管是大陆哲学还是经验哲学都只能在其中左冲右突。胡塞尔现象学则试图突破这种二元对立，他界划出个体直观和本质直观。概言之，按照传统哲学，类本质的显现和普遍性的获取要么通过先验的设定，要么借助经验的归纳；而依据胡塞尔现象学，我们在直观个体的红比如红纸时，我们就能直观地把握住红的类本质：它不是隐藏在个体之中，而是原本地、直接地给予我们，只要我们改变目光的朝向就能发现。① 当然，胡塞尔的范式也有自身的缺陷，例如它不能解决这样一个问题：假如我要获取颜色的类本质——因为我要把它与线条相区分，我必须连续直观到红、黄、蓝、白、绿、黑等的类本质，这明显违背了个体直观和本质直观同时进行的规定。显而易见，莫莱蒂的认识论不是胡塞尔式的而是传统的二分式的，而且是严格的经验归纳式的。但在朝向事实本身这一点上，他是现象学的。最后，独特性思维主要围绕单个文本的内在特性，而莫莱蒂坚持强调文本间性即互文性。文本与文本之间的相互生发和制约是后现代主义的焦点之一。这样，进入莫莱蒂视野的"就不是事物的实际联系，而是界定不同学科的范围之问题的概念性关系"。总的来说，莫莱蒂选择定量方法，既出于个人的学术兴趣，也是整个文化、学术潮流使然。

　　新方法探索新问题。那么，选择什么样的对象做定量分析呢？分析的时间单位是什么？莫莱蒂说，文学的定量研究可以采用不同的形式，例如计算文体学（computational stylistic）、主题数据库、书籍史等，他选择了书籍史。为什么是书籍史？其一，在文学档案中寻找到文学出版流通方面的数据相对容易，这对研究文学市场的形成过程是极为有利的。其二，与计算文体学和主题数据库比较起来，书籍史更符合定量研究的要求，它的数据相对较为客观、明晰，而且年鉴学派的理论和实践也可以作为良好的

---

① 倪梁康：《现象学及其效应——胡塞尔与当代德国哲学》，生活·读书·新知三联书店1994年版，第76页。

参照。其三，这方面的相关研究材料已经相当成熟和完备。具体来说，莫莱蒂主要对小说的书籍发展史作了定量研究。他选择本书绪论所述的布罗代尔倡导的长时段来建立各种模型，如图 1 - 1 所示。它的整个时间跨度是两个多世纪，涉及五个国家、三个大洲的小说兴起状况。

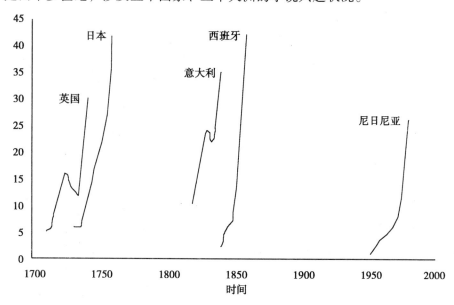

图 1 - 1　小说的兴起：18 世纪到 20 世纪

前文提到，莫莱蒂声称定量研究是一项合作的事业，所以，他的文学定量研究的成功施行得益于分享其他研究者所搜集的数据。而作为世界文学理念的拥护者和坚持者，莫莱蒂当然不止关注上图中的五个国家，所以我们有必要将其完全列举。不过，遗憾的是，中国在其中是缺席的。倒不是说，莫莱蒂压根儿不关注中国，例如他所主编的《小说》就收录了赵毅衡论中国文学史学的文章，但在小说的计量研究方面，莫氏确实没有提到中国。各国小说兴起情况的数据来源如表 1 - 1 所示。

表 1 - 1　　　　　　　　　　**莫莱蒂定量小说兴起的数据来源**

国　家	数据来源
	麦克伯尼（Mcburney）
	比斯利（Beasley）
英　国	瑞恩（Raven）
	加塞德（Garside）
	布洛克（Block）

续表

国　　家	数据来源
法　　国	安格斯（Angus）
	迈尔恩（Mylne）
	弗洛茨（Frautschi）
意大利	里根（Ragone）
日　　本	茨威格（Zwicker）
丹　　麦	彼得森（Petersen）
西班牙	马尔蒂 - 罗佩次（Martí-Lopez）
	桑塔纳（Santana）
印　　度	居什（Joshi）
尼日利亚	格瑞斯伍德（Griswold）

　　表 1 - 1 中数据来源的数量既向我们显示了这些国家小说计量研究的
进展程度，也表明莫莱蒂的重心所在：英国，小说的先发国家。现在的问
题是，为何他要把五个国家绘制在一张图表上呢？换句话说，其同质性何
在？莫莱蒂说，它们的小说兴起都遵循了相似的模式：在大约 20 年中
（英国，1720—1740 年；日本，1745—1765 年；意大利，1820—1840 年；
西班牙，1845—1860 年代早期；尼日利亚，1965—1980 年），图表显示出
如下转变：从每年 5—10 个新的小说标题，这意味着每月仅一部或不足一
部小说，到每周一部新小说。此间的变化充满跳跃性。与此相应的是，小
说阅读视界的改变。如果每年只有少量的小说出版，它就是不值得依赖
的、可有可无的产品，不能要求阅读公众的偏爱与忠诚。此时，小说还是
个正在等待完全开发的市场。相反，要是每周一部小说，它则变成了"生
活的必需品"。① 从可有可无到必需品，小说的市场占有份额越来越大，
渐渐膨胀为"霸权形式"（hegemonic form），属于小说的时代真正来临。
诚然，小说满足了资本主义社会的猎奇、求新心理，但也像两个世纪后的
电影一样让读者"懒惰、愚蠢、放荡、疯狂、不羁"。这就是资本主义的
矛盾修辞法。此外，五个国家各自的小说发展曲线图也表现出惊人的相
似：虽然总体上如图 1 - 1 所示呈现出上升的态势，但其实际的情况却是

———————

① Franco Moretti, *Graphs*, *Maps*, *Trees*：*Abstract Models for a Literary History*, p. 5.

兴起和衰退交织、勃发和低谷并存。① 例如英国小说经历了三次增长：1720—1770 年的飞跃期、1770—1820 年的进一步增长期、1820 年左右市场内部的整合期，其具体情况如图 1 - 2 所示。

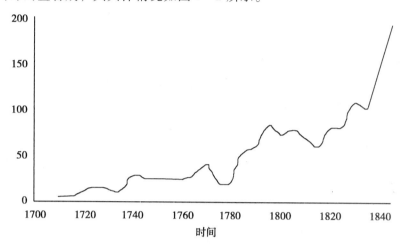

图 1 - 2　英国小说的兴起

在此过程中，小说的受众由开始的随意阅读的"一般读者"变成现在的"专家型读者"。就日本而言，1780—1790 年、1810—1840 年、1860—1870 年是小说的三个急速衰退期。关于衰退的原因，莫莱蒂暂且将其归咎于政治的作用。日本的宽政时期（Kansei）和天保时期（Tempo）对书籍贸易进行抑制是直接因素，明治维新未压制，只能说明政治危机和小说写作的步伐不一致。丹麦由于拿破仑战争。1789 年大革命之后法国小说的出版下降80%，第一次复辟战争之后下降90%：1849 年仅有3 部小说，而1842 年是43 部。印度则受殖民主义的戕害。② 也许，只有在和平时期，作者才有小说写作的冲动和时间，而在战争时期激进的作者宁愿选择易于快速、直接传达情感的诗歌。从以上的数据可以看出，现代意义上的小说作为一种有别于史诗和悲剧的新兴文体，其取得文学市场的领导地位经历了许多波折。而且与史诗和悲剧的两千多年历史比起来，它的两三百年历史实在过于渺小，所以我们很难就此断定小说在未来就一定还是领导性的文体。可以肯定的是，莫莱蒂利用定量图表所勾画的小说微

---

①　事实上，莫莱蒂绘制了英国、日本、丹麦、法国、意大利、印度等国家的小说衰退图表，但限于篇幅和本节的论题，此处不会一一援引，仅对其状态作出说明。

②　Franco Moretti, *Graphs*, *Maps*, *Trees*: *Abstract Models for a Literary History*, pp. 9 - 12.

观历史确实很有说服力。此前颇负盛名的小说研究著作往往抽绎几个重要的作家来说明小说的兴起,如伊恩·瓦特《小说的兴起》[1] 以笛福、理查逊、菲尔丁等为主角。它会给我们这样一种印象,似乎只有他们几人为小说的繁盛做出过贡献。定量方法则使我们摆脱了那种大而化之的、模糊的、直线式的思维定式,而以更为精细和准确的态度去理解文学现象。除了定量研究各国小说的兴起外,莫莱蒂还为英国小说之各种子型文体——160 年左右共计出现 44 类小说——的盛衰规律制作了曲线图。并非大约每四年出现一种新的子型,并非它们各自引领一个时期的风尚。莫莱蒂说,它们之中的超过 2/3 群集在 30 年,有六个创造性的爆发期:1760 年代晚期、1790 年代早期、1820 年代晚期、1850 年代、1870 年代早期、1880 年代晚期。它们似乎根据某种看不见的节奏集体出现,又集体消失。此问题在后文还将论述。它们不断地争夺"霸权形式"的地位。它们各有长短不等的寿命。大多数的子型持续时间为 23—35 年。例外情况是,求爱小说(courtship novel)持续时间长达 80 年,宗教小说则不足 10 年。

　　莫莱蒂深切地意识到,"定量研究提供了独立于阐释的理想数据类型,但那也是它的缺陷:提供数据而非阐释"。[2] 确实如此。根据图表我们能清晰地看到小说在近 300 年来所呈现出来的发展态势,然而为什么是那样的情况,图表当然不能为我们提供直接的答案,因为我们只能看到数字之间的关系。对于此,莫莱蒂提供了具体例子:图表能告诉我们英国一月、一周、一天生产的小说量,但在这连续性后面的关键转折点究竟在哪里和为什么在那里,我们不能据此而知晓。此其一。其二,莫莱蒂基于五个国家的小说具有相似规律而建立的模型,符合定量研究的规则,但是那些并不遵循那样模式的国家怎么办?中国、俄国这样小说资源丰富的国家难道应该被忽略?或许是因为缺乏相应的数据或者术业有专攻,很多国家都被边缘化。这有悖于他的世界文学观。其三,在亚非两洲仅选日本、尼日利亚为代表,是否具有典型性,其根据何在,莫莱蒂没有作出必要的说明。怎么办?我们必须阐释——它超越于定量领域。因此,将定量研究与定性研究结合起来是必需的、有益的。以定量为基础的定性区别于单纯定性的臆测,以定性为指导的定量异于单纯定量的以偏概全。说到底,"研究者

---

　　[1]　[美]伊恩·P. 瓦特:《小说的兴起》,高原、董红钧译,生活·读书·新知三联书店 1992 年版。

　　[2]　Franco Moretti, *Graphs*, *Maps*, *Trees*: *Abstract Models for a Literary History*, p. 9.

面对的是一系列可能性，而不是一种二元对立。在资料收集上，他必须决定，数据应该精确到什么程度，应该具有多大的主观性、可再生性和可复制性。另外一系列问题是，数据资料应该达到什么样的个人化、真实度和情境关联，才能倍受欢迎"①。定量解决"是什么"的问题，阐释解决"为什么"与"怎么样"的问题。套用结构主义的术语，定量处理表层结构，定性挖掘深层结构。总之，不论莫莱蒂的定量图表有多少问题，他的具体结论是否经得起检验，他都在强大的定性研究文学传统中找到了一个突破口，这个尝试非常重要：不仅仅是方法上的革新，也让我们看到了不同的小说景观。它证伪了既有的理论阐释模式，代之以更易验证的经验观察为核心的数据资料。小说市场不再是铁板一块，而是各种亚类型文体之间充满激烈的斗争。

二 地图或空间图表

后现代主义试图打破资产阶级的钟表时间和笛卡尔式的广延空间。而时间的空间化则是后现代的一个重要特点。观照空间的方式很多，莫莱蒂选择了地图。莫莱蒂将地图作为文学研究的工具实际上受到很多人的启发和影响。首先，布罗代尔《菲利普二世时代的地中海和地中海世界》中的一句话"我们没有艺术地图集"触发了莫莱蒂的灵感，于是他决定制作文学地图集来弥补这一项空白。如前所述，这个想法诞生于1991年夏天。他为自己的发现兴奋不已，似乎一片崭新的疆土正等待着他去开垦。然而，莫莱蒂很快就发现，这方面早已出版了不少相关著作，如巴塞洛缪（J. G. Bartholomew）《欧洲文学和历史地图集》（1910）、《法国文学指南》（1964）、卡洛·迪奥尼索蒂（Carlo Dionisotti）《意大利文学地理学和文学史》（1970）、迈克尔·哈德威克（Michael Hardwick）《大不列颠群岛文学地图集和地名一览表》（1973）、大卫·戴启思（David Daiches）《大不列颠群岛的文学景观：叙述地图集》（1979）、施洛塞尔（Horst Dieter Schlosser）编《德国文学地图集》（1983）、奎恩撒特和凯尔魁奇里尼（Gilles Quinsat、Bernard Cerquiglini）合编《宏伟的文学地图集》（1990）、布拉德伯里（Malcolm Bradbury）编《文学地图集》（1996），等等。从这

---

① ［以］艾米娅·利布里奇等：《叙事研究：阅读、分析和诠释》，王红艳主译，重庆大学出版社2008年版，第135页。

些标题来看，意大利、英国、法国、德国等欧洲国家都有了自己的文学地图集。令人惊奇的是，基本上所有的著作都忽视了彼此的存在，更别说相互借鉴。换句话说，它们的性质仍然属于民族文学的范畴，而莫莱蒂倡导和坚持的是国际性视野，追随的是世界文学的潮流，所以他的文学地图集所涵盖的文学作品就比那些前辈广阔得多：德国＋英国＋法国的模式取代了德国、英国、法国的模式。另外，前述著作还有个共同的特点：地图在其中是边缘的、次要的、装饰性的：地图要么被当作附录置于文末，要么居于文中某个无关紧要的位置。① 总之，地图对作者的行文或曰对整个"阐释过程不产生任何干预"，即地图是可有可无的，我们不借助它同样能理解作者所表达的意思。就地图本身的数量而言，那些著作中的地图与莫莱蒂的比起来是小巫见大巫：《欧洲小说地图集》的正文共计186页，地图却有80多幅，比例差不多是2：1；《图表、地图、树形》的"地图"一章，共计30页，地图有15幅，比例也是2：1。由此可见，地图在莫莱蒂的思想中所占的分量——它不再只是插图。不仅如此，莫莱蒂在行文中还反复呼吁读者一定要注意阅读地图、结合地图进行思考。除此之外，一些著名的学者虽然探讨了文学与空间的关系，如巴赫金的时空体理论（chronotope）、雷蒙·威廉斯的《乡村与城市》，但遗憾的是那里面没有一幅地图。地图，一个文学学者不擅长的领域；空间，又是他们必须锚定的维度。在制图学方面，博宁（Serge Bonin）《法国革命地图集》给予莫莱蒂极大的帮助。佩里·安德森《西方马克思主义探讨》的开篇描述了马克思主义思想家的地域分布，使莫莱蒂突然看到地理学能怎样解释文化史。克里斯·罗斯论兰波的《社会空间的产生》，反思地理学和文学想象之间的关系成为莫莱蒂研究文学中的空间的一个前提。布迪厄对福楼拜《情感教育》中权力场的分析为莫莱蒂提供了一个较好的文学地图学参照。最后，詹姆逊的"认知图绘"在空间中审视文化、格雷马斯矩阵把叙事转化为种种二元对立的空间结构、柄谷行人《日本现代文学的起源》等都是莫莱蒂写作的催化剂。② 这就是莫莱蒂选择地图的来龙去脉：材料驳杂却又不可或缺。

　　毋庸置疑，莫莱蒂选择地图作为小说批评的工具，尚有更深层次的原

---

① Franco Moretti, *Atlas of the European Novel, 1800 - 1900*, p. 7.
② Ibid. , p. 9.

因，他说："地图引起我的兴趣并非因为它几乎能像一本小说一样被阅读，而是因为它改变了我们阅读小说的方式。"① 在趣味性、丰富性、涵纳性等方面小说和地图可谓异曲同工。事实却是对两者的阅读沿着两种完全不同的方向：小说往往把一个个简单的事件敷衍成错综复杂的鸿篇巨制，要把握其核心形象、意义必须抽象、概括、压缩；一幅好的地图简单明了，却需要我们发散思维去想象、扩展、重组故事情节、叙述时空。莫莱蒂现在要用后者去阅读前者：把文字序列图像化，并声言后者将会改变我们阅读前者的方式——简单地讲，地图至少突破了文字描述的间接性，把文学形象直接地呈现在读者的眼前——这远非莫莱蒂的最终指归。多么奇妙的搭配！确然，我们的文学研究从来不缺地理或曰空间维度，但我们缺少以真正的地图为参照的文学地理学。② 故而，莫莱蒂在此方向上所做出的一切尝试首先是值得我们给予肯定的。不过，他坦承自己只是在这方面迈出了一小步，未来的路还很长。对他而言，具体结论不可避免地存在缺陷，但目前方法就是一切。那么，地图究竟能为我们增加什么样的文学知识？《欧洲小说地图集》的"序言"给出了这样的回答：

> 地理环境不是一个惰性的容器，也不是文化史在其中发生的盒子，而是作为一种积极的力量渗透在文学领域并形成它的深度。地图能让文学和地理的联系更明显，并且让我们看到一些到目前为止从我们眼前溜掉的重要关系。地图不是比喻，也不是话语的装饰，而是分析的工具：以不同寻常的方式剖析文本，揭开那些依然隐藏的关系。制图学家说，好的地图胜过千言万语，他们是正确的，因为它生产千言万语。它提出问题、思想。它提出新问题，并迫使你去寻找新的答案。③

这段话至少有三方面需要进一步说明：（1）不论对地理决定论者有多少批判，环境对人类文化的形塑能力是不容置疑的。疑问是，莫莱蒂为

---

① Franco Moretti, *Atlas of the European Novel*, *1800 – 1900*, p. 5.

② 相较而言，以杨义先生为代表的中国学者虽一再呼吁重绘中国文学地图，但他们的文章里面只有对文学空间的描述性文字，根本没有一幅严格意义上的地图。可参见杨义《重绘中国文学地图——杨义学术讲演集》，中国社会科学出版社 2003 年版；王纪人《上海文学地图之历史变迁》，《上海师范大学学报》2004 年第 2 期。

③ Franco Moretti, *Atlas of the European Novel*, *1800 – 1900*, pp. 3 – 4.

什么特地强调地理是文学的积极力量？其实，在西方，赫尔德、丹纳、斯达尔夫人都曾谈到山川、河流、交通运输、土壤、气候等自然条件对文学的影响。"从《左传》襄公二十九年记载：季札观乐纵论各国风诗开始到近人刘师培的《南北文学不同论》，讨论地域和文学风格的关系已经成为古往今来文学理论的一个重要议题。"① 应该说，这些观点已经形成了文学批评的无形前提。要注意的是，它们的一个共同点在于，地理通过塑造作家的性情而左右文学作品的内在品格。即是说，地理对文学的作用是间接的。莫莱蒂则改换角度，专注小说的传播、流通，论证地理空间对小说之世界格局的形成的直接影响。这一点将有助于我们区分莫莱蒂理论的特异性。另外，莫莱蒂也看重小说对虚拟空间的构造。可能世界当然不能和实在世界画等号，但可能世界未必不会改变物理实在世界。这涉及文学的功能问题，此处暂不引申讨论。（2）制图学家认为，地图之于地理学就像数学之于其他科学。② 许多人也非常赞同地理学最基本的特征在于应用地图。法国地理学家亨利·博利格（Henri Baulig）曾说："地图是一个必要的工具，不仅是为了表达的工具，而且是为了研究的工具。"③ 它超越了仅仅把地图作为"从事分析和管理的手段"的漠然态度。博利格的看法得到很多人的支持，后来发展成这样的共识："地图比推理论证更能揭示空间现象的相互关系以及这些关系的局限性。地图通过简单的分析就可以推翻过于大胆的假设。"④ 一般而言，把实在界的三维空间变成地图中的二维空间同样需要过滤掉很多东西，只不过比起以概念为基本架构的推理论证来，地图倒显得直观、形象。而且推理论证以种种假设为前提容易被证伪，而在现代高科技的帮助下地图变得更具拟真性、可信性。从此见出，地图的优势相当突出，但它又未必不是逻辑推理的结果——卫星云图、地形图、地貌图等实景图基本上不是我们的文学研究讨论的范围。从根本上来说，文学研究者最终还是会离开变化相对缓慢的自然地理环境，去追寻更为广阔的、复杂的人文地理、社会空间。利用地图发现小说的内部空间本身的关系、内部空间与外部空间的关系，正是莫莱蒂引用皮尔斯

---

① 刘小新：《文学地理学：从决定论到批判的地域主义》，《福建论坛》2010 年第 10 期。

② ［美］威廉·邦奇：《理论地理学》，石高玉、石高俊译，商务印书馆 1991 年版，第 46 页。

③ 转引自［法］安德烈·梅尼埃《法国地理学思想史》，蔡宗夏译，商务印书馆 1999 年版，第 154 页。

④ 同上。

《〈为实用主义辩护〉序言》中讨论通过图表理解思想过程的可行性一段所要表达和论证的内容。这些关系可能很隐蔽，地图能超越推理，将它们一一挖掘出来。至于地图能揭示出哪些隐藏的文学关系，将在后文逐一讨论。在这个意义上，地图"不再是简单地标明地理方位及作插图之用"①，不再是话语的附属品，而是与话语平起平坐，有时甚至只有借助地图，话语的效用才能得到保障。作为文本分析的新工具，地图一样能将大量未读展现在我们的面前。将大量未读文本的空间结构与经典作品的空间模式进行对比，不仅能让我们真切地感受到文学空间究竟如何多样化，并进一步证明文学构造空间模型的能力，也有助于我们理解为何有些空间模型能成为霸权形式，有些模式则被压抑从而被边缘化。与此同时，大量未读文本的模式也可能因此被施魅，经典模式也可能因此被祛魅。例如简·奥斯汀的线性轨迹也许远不如玛丽·米特福德（Mary Mitford）《我们的村庄》的圆形结构有吸引力。（3）当你面对一幅幅地图时，你知道自己在处理空间问题。空间来自何处？它把由时间组成的语言流、叙述流空间化。如果普鲁斯特在追忆似水年华，莫莱蒂则让这些年华的轨迹一一昭示在地图上。② 千言万语的小说最后只不过一幅幅小小的地图，但它们提出的"新思想""新问题"足以令其地位猛增。地图提出什么样的新问题？这里无法笼统地进行理论阐述，仅举一例来说明。后殖民主义的泰斗爱德华·萨义德在《简·奥斯汀与帝国》中运用"对位阅读法"分析了奥斯汀的小说《曼斯菲尔德庄园》所潜藏的帝国主义意识形态倾向。他的两个观点引起了莫莱蒂的不满。一是，"无论英国某个地方多么与世隔绝，它都需要海外的支撑"③。二是，贝特伦（Bertram）爵士离开庄园去安提瓜岛是因为他需要大笔金钱来支撑自己作为种植园主的身份。关于第一点，莫莱蒂说，殖民地确实给英国经济带来了一定的积极作用，但它所扮演的角色并不是必不可少的。④ 亦即是说，英国经济的腾飞主要依赖于工业革命所带来的生产力的提高。很多经济学家皆对此做出了透彻的说明。至于第二点，莫莱蒂的批判是，"贝特伦的离开不是因为他需要钱，而是因为奥斯

---

① ［法］J. 勒高夫、P. 诺拉等主编：《新史学》，姚蒙编译，上海译文出版社1989年版，第4页。

② 这里只是一个比喻，莫莱蒂在此命题上并没有谈论过普鲁斯特。

③ ［美］爱德华·W. 萨义德：《文化与帝国主义》，李琨译，生活·读书·新知三联书店2004年版，第123页。

④ Franco Moretti, *Atlas of the European Novel*, *1800 – 1900*, pp. 3 – 4.

汀需要他离开。他是如此强大的权威人物，以至于威胁着其他人，窒息了叙述的力量，让奥斯汀没有故事可讲：因为情节，他必须走。诚如俄国形式主义者所说，这就是叙述情节的功能和动机的差异，即贝特伦缺席的后果和它的前提之间的差异"①。简单地说，贝特伦的缺场源于完成叙事的需要。在场与离开构成一组空间关系。叙述就在其中展开，故事由此生长。一个是意识形态批评，另一个是地理学批评。不同的方法，相反或相异的结论。这就是地图所带来的新思想。

在文学研究中使用地图的正当性已经得到了论证。那么，是不是只要我们在文学作品中找出关于空间现象的词语、句子、原型，然后把它们绘制在一张张地图上，我们的任务就算完成了？莫莱蒂否认了这种误解。因为如果一部文学研究著作的每一页仅仅由地图和图例来填充，我们还以为在阅读地理教科书或地理学专著。地理学只是把文学作品作为验证地理环境影响的证据和材料，文学批评则借鉴地理学的方法以探讨文学与地理、空间的复杂关系，这就是两者最基本的差别。毋宁说，"把文学现象置于具体的空间之中并不是文学地理学著作的结束，而只是个开始"②，接下来的工作对文学史家来讲才是最具挑战性的。考察什么样的文学问题决定了所制地图应包含的要素和地图最终的形状。反过来，文学史家又不得不首先面对和解决地图所带来的困扰，再论文学本身的问题。如果文学地图制作者和文学地图阅读者是同一人，这种阐释学循环将强烈地困扰他。无论如何，地图本身不是目的，而是获取文学知识的手段。莫莱蒂的文学地图学有自己特定的目的，他说："小说形式和它的内部关系问题是我的地图试图解决的。一个答案、一个图像——此模型让我以一种新鲜、有趣的方式去看待一本书或一种文体。它的明晰性与它所赖以为基础的数据的简单性和丰富性成正比。"③ 从小说整体到小说的形式，莫莱蒂的问题域越来越具体，越来越远离马克思主义专注意识形态批判的传统。而在意识形态批判之外，西方马克思主义还有自己的学术系谱。从卢卡奇开始，中经阿多诺，再到詹姆逊，形式问题愈加引起重视。所以莫莱蒂的形式思考之路并不孤寂。以地图为支架来思考文学形式必然会刺激文学批评惯例并引起严重围观。悬而未决的疑问是，地图与文学形式的关系如何？莫莱蒂给

①　Franco Moretti, *Atlas of the European Novel*, *1800 – 1900*, pp. 3 – 4.

②　Ibid. , p. 7.

③　Franco Moretti, *Graphs*, *Maps*, *Trees*：*Abstract Models for a Literary History*, p. 4.

出了两个基本点：首先，地图"突出了文学形式的空间边界（place-bound）性质：每一种形式都有它独特的几何形状、边界、空间禁忌和最喜爱的路线。其次，地图揭开了叙述的内在逻辑：一个由情节组合在一起并自我组织的符号域。文学形式是两种同样重要的力量相互冲突的结果：一种来自外部，一种来自内部。文学史惯常的、本质上唯一真正的问题是社会、修辞及它们的关系"①。按前所揭，地图把叙述时间流压缩为空间关系：过去、现在、未来的纵向不可逆结构变成同一平面的共时存在。此时，你可以花上几分钟看看那些模型，试着去理解它是如何产生一个故事、一个情节，地理如何形成了欧洲小说的叙事结构。空间、社会、形式、它们的关系，这就是莫莱蒂的文学地理学所涵括的内容和力图回答的问题。

如何制作文学地图？此处我们不拟从技术操作上谈论文学地图的绘制，而把重点放在绘制对象上。《欧洲小说地图集》告诉我们，先"选择文本的特征（此处是起点和终点），找到相关数据，把它们放到纸上，然后观看地图"②。选择什么样的文本特征？莫莱蒂并没有从理论上做出规定，但要是臆测应该与地理空间有关又会被他所绘制的地图所推翻，例如图1-3中的很多要素都跟空间无关。这里的"起点和终点"是指简·奥斯汀的《诺桑觉寺》《理智与情感》《傲慢与偏见》《曼斯菲尔德庄园》《爱玛》《劝导》等小说中故事开始和结束的地点，它们形成了奥斯汀特有的故事结构。后来，《图表、地图、树形》进一步将选择对象明确化："你选择一个单位——如散步、诉讼、奢侈品等，发现它的事件，接着把它们放在空间里。换句话说，你将文本简化为几个要素，把它们从叙述流中抽象出来，建构一个像地图一样新的人造客体。如果有些小幸运，这些地图将大于部分之和：它们将拥有在较低层面不能看见的新兴特质。"③图1-3是米特福德《我们的村庄》所形成的故事结构。与奥斯汀六部小说中的起点、终点的线性轨迹不同，米特福德《我们的村庄》第一卷的24个故事形成一个同心圆模型。第一个圆非常靠近"村庄"，主要集中于人物关系：艾伦、汉娜、玛丽表妹；第二个圆离圆心两倍的距离，但所包含的要素更多、更复杂，既强调自然风景，如霜冻、紫罗兰、报春花、坚

---

① Franco Moretti, *Graphs*, *Maps*, *Trees*: *Abstract Models for a Literary History*, p. 5.

② Franco Moretti, *Atlas of the European Novel*, *1800 - 1900*, p. 13.

③ Franco Moretti, *Graphs*, *Maps*, *Trees*: *Abstract Models for a Literary History*, p. 53.

果，又注重乡村板球比赛、五朔节等集体活动。

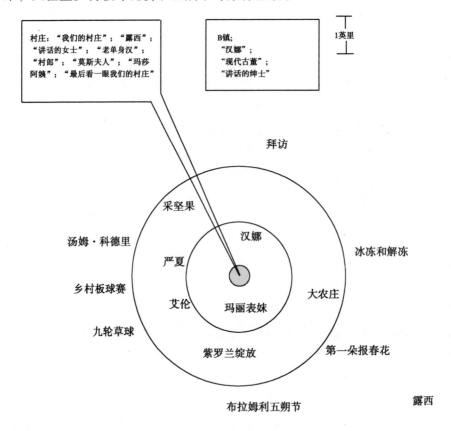

图1-3   玛丽·米特福德《我们的村庄》第1卷（1924年）

　　莫莱蒂的文学地理学遭到专业地理学家的批评。意大利地理学家克劳迪奥·克莱蒂（Claudio Cerreti）指出，莫莱蒂《欧洲小说地图集》中的所有地图模型体现的是笛卡尔式的把空间还原成广延。不管它们彼此的远近，客体都根据相互关系和距离来分析。它不是真正的地理学而是几何学；它不是真正的地图而是图表。[1] 对此，莫莱蒂坦承自己的文学地图确实看起来像图表，因为它把注意力集中在对象的相互关系上，然而这并没有不妥。因为具体方位是制图学的前提，而文学地图学更关心地图所揭示的关系，而非具体方位本身。这样，莫莱蒂的文学地理学便以地图为起点来思考文学形式的时空体特征。

　　① Franco Moretti, *Graphs*, *Maps*, *Trees*: *Abstract Models for a Literary History*, p. 54.

三　进化树或形态图表

从定量图表到空间图表再到形态图表，三种文学史的抽象模型实质上都致力于处理同一个问题：形式（文体）。定量图表针对整体的小说文体系统，空间图表显示了具体的时空体，树状图则考察文体变化的微观层面。[①] 树状图不同于定量图的数字化、地图的几何形状，它以现实界的树形象为基本参照组建新的分析模型。从绘制模型所需数据的来源而言，树状图比定量图和地图更少依靠其他人的研究结果。以树喻生命、喻财富在世界各国家、各民族的文化里都相当普遍，譬如希伯来神话中的伊甸园生命树、印度神话中的如意树、中国文化中的不死之树、太阳神树等。[②] 单就西方而言，树的隐喻可谓由来已久，德勒兹和加塔利甚至指称整个西方思想的发展脉络皆可视为树的隐喻——树是世界的形象。并且"树—思维"（tree thinking）深深地渗透在西方现行的所有学科领域之内，构成了其认识论的范式和知识解析的工具。如何理解该思想呢？凯尔纳和贝斯特有过这样的分析和说明："'树状思维模式'是指那种形构了植物学、信息科学、神学等所有西方思想的认识论。众所周知，西方思想长久以来一直依赖于一种镜像隐喻，认为现实是透明地反映到意识之中的。但是，德勒兹和加塔利认为，西方还存在着另一个重要的隐喻，亦即树的隐喻，认为心灵按照系统原则和层级原则（知识的分支）来组织关于现实的知识（由镜子所提供的），而这些知识都扎根于坚实的基础（根）之上。这些隐喻使得树状文化建立起了自明的、自我同一的和再现性的主体为基础的庞大的、中心化的、统一的、层级化的概念结构。生长在这棵树上的繁茂的树叶则被冠之以形式、本质、规律、真理、正义、权利、我思等名目。柏拉图、笛卡尔、康德是树状思想家，他们试图从普遍化和本质化的图式中铲除所有的暂时性和多样性。信息科学是树状思想，它借用命令树形象将数据纳入一个中心化的层级化系统当中，乔姆斯基的语言学也是树状思想，它依据二元对立的原则对语句作了线性区分。"[③] 后现代主义消解了

---

① Franco Moretti, *Graphs, Maps, Trees: Abstract Models for a Literary History*, p. 91.

② 叶舒宪：《伊甸园生命树、印度如意树与"琉璃"原型通考——苏美尔青金石神话的文明起源意义》，《民族艺术》2011年第3期。

③ ［美］道格拉斯·凯尔纳、斯蒂文·贝斯特：《后现代理论：批判性的质疑》，张志斌译，中央编译出版社2001年版，第128页。

这种逻各斯中心主义的霸权,二元对立逻辑被解构,德勒兹和加塔利因此提出非中心的或无中心的"块茎"思想来代替树—根思想。它们最基本的区别在于,"树是亲缘关系,但块茎是联盟,独一无二的联盟"①。块茎颠覆了本体主义,取消了开端和终点,展示了事物不断处于运动和旅行的开放特质。② 然而,就是此种看似危害甚大(造成资本主义社会严重的精神分裂)的"树—根"理论,却是莫莱蒂在后现代思潮、语境之中依然坚持的思维范型。这个逆反是怎样产生的? 以块茎思想作前提断定莫莱蒂的思想是倒退的、不足取的,恰当吗? 反过来说,莫莱蒂的树状图的合理之处何在? 我们必须细致地、谨慎地审视这些问题。首先必须指出的是,莫莱蒂的树状思想并非来自柏拉图、笛卡尔、康德等人文学家的抽象反思和演绎,相反,生物学才是其思想的触媒和基点。实质上,德勒兹和加塔利所归纳的西方树—根思想传统就是形而上学传统。对形而上学的批判、攻击,代不乏人,兹不赘言。与以块茎思想作为替代物不同,莫莱蒂擎起唯物主义的旗帜。虽然莫莱蒂也承认树状思维的重要性、普遍性,但基于唯物主义精神和对多样性的尊重,他拒绝任何单一的理论模式和阐释框架,所以他赞同史学家对世界文化史的两个基本比喻:树形和波形,这着实异于德勒兹和加塔利的假设。树形和波形遵循不同的甚至是相反的变化轨迹,但它们都仅仅是整个文化史链条中的某个阶段所呈现出来的状态,反过来说,世界文化史整体上是多样态的、非单一性的。在《对世界文学的猜想》一文里,莫莱蒂对两者的关系辨识得相当清楚。他说:"树描述了从整一到多样的阶段:一棵树有很多枝桠,例如从印欧语系到许多不同的语言。波则遵循整一吞没起初的多样性的原则:好莱坞电影征服了一个又一个市场(或者英语吞没了一种又一种语言)。树需要地理上的不连续性(为了各自分叉,语言首先必须在空间中被隔开,就像动物物种那样);波讨厌障碍,并且在地理连续性中茁壮成长(从波的角度来讲,理想的世界是一个池塘)。它们都在起作用。所以,文化史由树和波组成——农业发展之波支持印欧语言之树,然后它被新的语言之波和文化接触所扫除。虽然世界文化在两种机制之间摆动,但是它的产物不可避免地

---

① 陈永国编译:《游牧思想——吉尔·德勒兹、费利克斯·瓜塔里》,吉林人民出版社 2003年版,第 160 页。

② [法]德勒兹、加塔利:《千高原》,姜宇辉译,上海书店出版社 2010 年版,第 33—34页。

构成一体。想想现代小说，它当然是波（事实上我多次称它为波），但波撞上了当地的传统，就意味深长地被它们改变。"① 农业文明、语言学、电影、小说、物质文化和精神文化均涵容其中；波形和树形，世界文化互相碰撞、促进、更替、断续的比喻。地理空间在文化史形成过程中所起的作用被再次强调——地理影响文化史的形态。从前文所述我们可知，波形和树形都在莫莱蒂的理论视野之内：定量图表所勾勒的起伏曲线某种程度上体现了波状逻辑；树形则是此节正在讨论的。现在该是进入正题的时候了。

　　进化树亦称谱系树或系谱树（phylogeny tree），它的最初来源可以追溯到达尔文。在达尔文之前，一些进化论者如拉马克也曾提出类似的观点。达尔文在 1859 年出版的《物种起源》中把自己早期对物种之间关联性的构想明晰化，他称："同一纲中一切生物的亲缘关系常常用一株大树来表示。我相信这种比拟在很大程度上表达了真实情况。"② 树不仅表达了物种之间的真实关系，而且有助于理解自然选择和灭绝原理的复杂机制。碍于生命之树在基督教中的重要地位，达尔文彼时并没有将这个模型明确地命名为进化树。不论如何，所有的进化树都提供相同的基本信息：祖先、分歧、后代③。莫莱蒂正是援引了达尔文所绘制的"性状分歧"（divergence of character，如图 1-4 所示）树来讨论一切文学的亲缘关系。然而，对比达尔文的性状分歧图表原本，我们可以发现莫莱蒂做了一定的修改：去掉了代表 A 点到 L 点共同起源的几条虚线。这说明他把注意力从根转移到枝叶，从起源转移到性状自身的分支和差异。在此图中，A 点到 L 点各表示某个大类，但它们又都来自某个更大的属——同祖。虚线表示各自的世系、后代。横线代表时间的流逝：达尔文那里以一千代为一个单位，莫莱蒂当然不会囊括那么长的文学史——哪怕他坚持的是布罗代尔式的历史观。离 A 点越近，遗传亲代的特征越多，反之越少。虚线和实线相交之处称为"节点"，代表典型的、定型了的、变异了的新物种。然而，A 物种在历史进程中并不必然能发生变异，也许几千年以后子代和亲代的形态并没有什么差异。那么，用来比拟生物各代之间相关性或曰亲缘性的

　　① Franco Moretti, "Conjectures on World Literature", pp. 66-68.
　　② ［英］达尔文：《物种起源》，周建人等译，商务印书馆 1997 年版，第 147 页。
　　③ T. Ryan Gregory, "Understanding Evolutionary Trees", *Evolution: Education and Outreach*, Volume 1, Number 2, pp. 121-137.

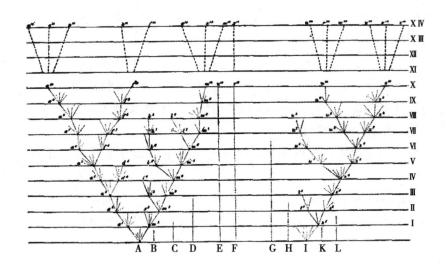

图 1-4　性状分歧

进化树如何与文学相关联？莫莱蒂说："进化树组成形态图表。这样，历史系统地与形式联系在一起。而在目前的文学研究中，形式理论常常对历史视而不见，历史著作也对形式视而不见。与此相反，对进化思想而言，形态和历史真正是同一棵树的两个维度：纵轴（从底部往上）表示均匀的时间段（就像达尔文所说，每个间隔是一千代）；而横轴则表示形式分歧（不等长的、分歧散开的虚线），它最终将导致明显的变异或全新物种的产生。"① 进化树→形态学→形式，这就是莫莱蒂的逻辑。那么，形态学如何与文学形式联系在一起？这涉及对形态学概念的界定。由歌德首创的"形态学"一词最初用于植物演化规律以及其各构成成分之间关系的探求②。20 世纪初叶，K. 季安杰尔《长篇小说形态学》、普洛普《故事形态学》、托马斯·门罗《作为美学分支的艺术形态学》都曾尝试把形态学理论引入美学和艺术学之中。③ 苏联美学家卡冈的《艺术形态学》可以说是这方面最具代表性的著作。普洛普把形态学定义为对形式的研究。④

---

① Franco Moretti, *Graphs*, *Maps*, *Trees*: *Abstract Models for a Literary History*, p. 69.

② 严楚江：《形态学中的植物演化问题》，《厦门大学学报》1955 年第 3 期。

③ ［俄］卡冈：《艺术形态学·自序》，凌继尧、金亚娜译，学林出版社 2011 年版，第 1 页。

④ ［苏］V. 普洛普：《〈民间故事形态学〉的定义与方法》，叶舒宪译，《民族文学研究》1988 年第 2 期。

门罗所说的形态学专指"对于艺术作品可以观察到的形式的研究"①。卡冈认为，"形态学是关于结构的学说"。总而言之，形态学指涉对象的结构关系、形式特征。由此可以推知，形式、结构研究并非俄国形式主义、英美新批评、结构主义之类文学思潮或流派的专利。如此一来，形式就顺理成章地组成系谱树的一轴。在莫莱蒂的谱系树中，纵轴代表的事物不变，而横轴则从物种的性状分歧变成文学形式的分歧，这样，形式和时间不可分割地被锚定在一棵树上。形式会随着时间的推移而逐渐彼此区分开来，直到新的足以与起源形式抗衡的新形式产生。原来，莫莱蒂是在努力纠正形式主义研究忽略历史的毛病。定量图表也是探讨时间与形式的关系，树形图的不同之处在哪里？如上文所言，前者的焦点在于作为整体的形式，后者则在于具体的形式技巧、手法。进一步来说，小说的生产、出版数量和各种亚小说文体的寿命是前者关心的问题，也即是说，前者由时间组成横轴、数量关系构成纵轴，双轴共同揭示小说的总体发展进程、态势；后者展示从叙述流中抽取出来的某种形式技巧的代际更替，它的枝丫上缀满了包含该形式技巧的作家、作品，如侦探小说的"线索"树、1800—2000 年现代叙事中的"自由间接文体"进化树（见图 1-5）。总之，进化树的双轴一起将文学形式内部的、微妙的关系清晰地呈现在我们面前。同时，进化树从另外一个不同的角度把那些被遗忘的 99% 大量非经典重新纳入文学史的结构之中：定量图表取消了数据之间的差异性，而树恰好试图表现那种差异性。例如，线索树把经典侦探小说家柯南·道尔与他同时代的那些不知名的竞争对手作对照，证明非经典为何会死亡；自由间接文体树则罗列一系列经典与非经典作品，证明它们依然存活的原因。也就是说，进化树在解决大量未读问题上同样是有效的。同一个问题从三个不同的视角、使用三种不同的模型来处理，可见莫莱蒂思想视野之开阔。借助三种模型，经典与非经典的障壁被拆除，文学史又重新回到一种完整的状态。不仅如此，进化树也如同定量图表、空间图表一样，把隐藏的关系凸显出来。现在端详一下图 1-5。在创作手法上迥异的批判现实主义（福楼拜、陀思妥耶夫斯基）、自然主义（左拉）与意识流小说（伍尔芙、普鲁斯特、乔伊斯）竟然都由于拥有自由间接文体这一叙述技

---

① ［美］托马斯·门罗：《走向科学的美学》，石天曙、滕守尧译，中国文艺联合出版公司1984 年版，第 274 页。

巧而成为同一棵谱系树的枝叶。而且在这株系谱树上，民族文学的概念暂时被悬置，比较文学的色彩开始显现：英国、德国、法国、俄国、意大利、美国、西班牙、巴拉圭、古巴、哥伦比亚、秘鲁等十多个国家的 20 名作家齐聚一堂，共溯文学上的渊源。这就是系谱树所带给我们的惊喜。

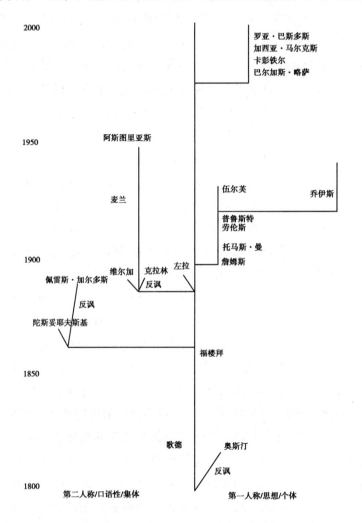

图 1-5　现代叙述中的自由间接文体：1800—2000 年

仔细观察达尔文的进化树，我们会发现，生物的性状之间可能会永远地分歧下去，亦即进化树的枝叶最终不会相交；但以此比喻人类文化史，莫莱蒂并不赞同。美国人类学家阿尔弗雷德·克鲁伯（Alfred Kroeber）的《人类学》提出，人类文化的发展进程不能像有机体的进化那样描述为持

续的分歧，而应该是分支始终会部分或者完全地融合在一起。莫莱蒂据此
认为，形式分歧确实是人类文化演化的主要因素，却不是唯一的。它是分
歧与融合的统一。因为如果文化变化的基本机制只有分歧，文化史注定是
随意的、充满错误的开端，方向基本上是不可逆的，这样的文化将固化为
真正的"第二自然"；假如基本机制只有融合，变化将是频繁的、快速
的、可逆的，如此的文化将更有可塑性、人性，但人类史却布满血腥、缺
乏人性。① 当然，分歧是融合的前提条件，只有分歧才能产生新的形式。
相反，成功的融合常常造成新的、强有力的分歧爆炸。导致文化分歧和融
合的因素是多种多样的，莫莱蒂确认其中最重要的一条是空间的不连续性
所造成的形态分歧。形式从一个空间转移到另一个空间的前提是空间之间
无阻隔，小说的世界传播已经说明了这点。西方文化、价值观念的全世界
散布也建立在地域限制的突破之上。马克思和恩格斯在《共产党宣言》
里，曾说过地理大发现、绕过非洲的航行、中国市场的开辟、美洲的殖民
化均为资本主义的迅速发展和在全世界范围内的经济、政治、文化扩张奠
定了基础。反过来，当地域与地域、国家与国家之间不通有无时，它们的
文化将会按照各自的轨道持续分歧下去。

　　综上所述，我们可以用托尼·本尼特的话来概括远距离阅读法。本尼
特说："莫莱蒂挑战了既有的文学研究，发展了一种新的分析方法。它阅
读的不是具体的、个体的文本，而是由这些文本组成的庞大文集。这种方
法的目标在于：将这些文本的突出方面（selected aspect）转化为数字形
式，然后把那些数字表达变为形象化的图式——它是从科学中借来的地
图、图表和树形，以便找到探索文学与社会关系的新方法。"② 宏观与微
观的结合、分析与综合的融合，这就是远距离阅读法。远、近距离的参照
物是文本，以大于文本的单位文体和小于文本的单位技巧替代文本本身，
这就是远距离阅读法。把文学中的时间与空间和时间与空间中的文学绘制
成抽象的模型，这就是远距离阅读法。远距离阅读：不是直接阅读文本本
身，而是爬梳文学档案资料；一系列文本；不计其数的数据；计算；绘
图；地图、图表、树形等模型。此乃开始，文学与社会的关系才是目标所
在。远距离阅读以新的时间、空间和形态差异三维度去代替旧的、无用的

---

① Franco Moretti, *Graphs*, *Maps*, *Trees*: *Abstract Models for a Literary History*, pp. 79 – 81.

② Tony Bennett, "Counting and Seeing the Social Action of Literary Form: Franco Moretti and the Sociology of Literature", pp. 277 – 278.

高雅和低俗，经典和非经典，世界文学和民族文学之类的二元区分，将提供更开放的空间、扩大文学研究的场域，而把其他一系列要素放进来，符合马克思主义一贯的立场。接下来将讨论三种模型和方法所揭示出来的那些隐藏了的关系。

第二章

文类的权力

　　当远距离阅读方法使被遗忘的大量未读文本无遮蔽地呈现在我们面前时，我们应该怎样去面对呢？对于这个庞然大物，囫囵吞枣意义有限，作为文学研究者仍然需要手持"解剖刀"从种种组成要素入手对其进行具体而微的切割——主题、技巧、语言、修辞、文体、风格、意象、原型等。不同的宰割方式将给我们带来不一样的文学样态和阅读刺激。莫莱蒂则放逐文本，穿梭在文类/文体和技巧两端。这是他的诸种著作一直贯穿着的主题。可以说，第一章应对了"怎样读"的问题，本章试着解决"读什么"的问题。一般而言，"读什么"应该在"怎么读"的前面。也就是说，对于任何研究来讲，"是什么"往往是我们最开始的发问，因为假如研究对象都不知道，"如何研究"便成了无的放矢——许多现行的文论教材都按照此思路来编排。然而，方法论在逻辑上具有优先性，它"制约、支配着研究课题的选择"①。方法也恰恰是显示莫莱蒂研究独特之处的最有效指标。这样，前一章和本章都在为后面的论述做准备。尽管第一章里多次提到莫莱蒂的三种方法的对象是文类，但是我们并未解释为什么莫莱蒂要选择文类。这里有必要先完整地引述一下莫莱蒂的原话。《对世界文学的猜想》是这样说的："远距离阅读允许你集中在比文本更小或者比文本更大的单元上：技巧、主题、修辞或者文类和体系。如果在小与大之间文本消失了，我们便有充分的理由说：少即是多。"②"少即是多"乃远距离阅读所追求的效果。而这一目标的实现从文本本身寻找突破口显然

---

① 陈波：《论方法论原则的核心地位》，《社会科学》1990 年第 10 期。
② Franco Moretti, "Conjectures on World Literature", p. 57.

不够，或者说，在莫莱蒂那里，文本根本不是文学研究的最佳对象。唯有文类、技巧才值得关注。这种观念可以追溯到 20 世纪 90 年代中叶出版的《现代史诗》（意大利文出版于 1994 年，英文版译于 1996 年）。通过一番对比之后，莫莱蒂发现麦尔维尔、惠特曼、福楼拜的写作技巧虽有不同，但他们的趋势却惊人的一致：由复调趋向独白。他对这种轨迹心生疑窦，自问道：

　　　　"文学史真是这样的吗？文学史中什么是'有历史意义的'（historical）？文本么？"他得出了否定的结论，进而指称："单个文本永远不足以描绘历史的趋势，必须离开它，然后激发另外一些作品的作用。这有点像几何学：画一条线至少需要两个点。因此，我认为，文学体裁（literary genre）乃文学史真正的主人公。它所经过的'点'（几何学比喻）的性质比较难以理解。这些点是单个文本么？既是又不是。一方面，文类概念总是依赖于具体作品，如《浮士德》《莫比—迪克》《草叶集》《布瓦尔和佩库歇》等等，但理论反思又必须从文本着手以便从它之中抽取比文本本身更为精确的东西：技巧。……文类和技巧。前者比单个文本更大，后者则比单个文本更小。"①

　　确然，没有具体的文学作品，文类概念则是无根之木、无源之水。反过来说，文类"所指涉的不是一篇作品的形构'殊相'，而是诸多作品'聚合'而成'类'之后的形构'共相'，也就是某一文类由文学社群与传统逐渐地公约化、成规化的普遍性形构及其对应之功能"②。从认识论的角度，单个文本的意义远不如文本群或集合的意义大。单个文本不具有普遍性，只有文本群或集合才能体现出文学发展的趋势。此点在前文讨论远距离阅读时已经指明。这是否在暗示莫莱蒂沿袭了传统的类型学（又译"分类学"）文体观——一个特定文本被作为某种文类的规范、标准，新的文本根据此规则来判断：符合则褒扬，背离则否弃？事实上，莫莱蒂批判了"类型思维"所造就的文类观念。后文将详细回答这个问题。从该

────────────────

① Franco Moretti, *Modern Epic: The World-system from Goethe to García Márquez.* Translated by Quintin Hoare. London and New York: Verso Press, 1996, pp. 74 – 75.

② 颜崑阳：《论"文类体裁"的"艺术性向"与"社会性向"及其"双向成体"的关系》，《首都师范大学学报》2006 年第 1 期。

段引文中，我们尚能看到，通过与几何学的类比，技巧、文本、文类三者似乎变成了数量关系：技巧＜文本＜文类。乍看起来，文本作为连接两端的桥梁应该是重中之重，但莫莱蒂恰恰要让它消失以便实现"少即是多"。这不能不引起我们的好奇？因为文本概念是如此无孔不入地渗透在所有的学科之中。我们言必称文本。总之，莫莱蒂选择了用最微观的单位和最宏观的单位作为勘察文学的基点。在实践上，他很多时候都跟随文学惯例来讨论文体，但在理论上，他依然有一些困惑，这鲜明地体现在对十几部名著的一连串发问。歌德的《浮士德》真如他定义的那样是一部悲剧？还是伟大的哲学故事，抑或抒情性的洞察？麦尔维尔的《莫比—迪克》是百科全书还是传奇，或者如1851年的一篇匿名评论所言为一部"奇异的拼凑"？瓦格纳的《尼伯龙根的指环》是悲剧、歌剧还是神话？1922年，庞德说福楼拜的《布瓦尔和佩库歇》"不再是小说"，艾略特在几个月之后也这样称乔伊斯的《尤利西斯》。若它们不是小说的话，那是什么呢？庞德的《诗章》、艾略特的《荒原》呢？卡尔·克劳斯的《人类的末日》是戏剧作品吗？罗伯特·穆齐尔（Musil）的《没有个性的人》是小说还是散文？来自拉丁美洲和印度的那些完美作品呢？《百年孤独》是魔幻现实主义？[①] 这样的问题实在太多太多。然而，令人惊讶的是，悲剧、哲学故事、抒情诗、百科全书、散文、小说、魔幻现实主义等相互龃龉、彼此区隔的术语，最终却均被莫莱蒂以"史诗"一词名之。亦即是说，它们都被归属于史诗文体。进而，莫莱蒂使用史诗来替换现代主义概念。一方面，因为术语现代主义已经包含了太多东西而显得过于宽泛——从而失去了一个概念应有的严谨和作用；另一方面，他相信借助史诗概念能够比现代主义概念更好地理解那些所谓的现代主义作品即前述之《浮士德》到《百年孤独》等。那么，究竟什么是文类？为何文类是文学史的主人公？文类与文本、文本与技巧到底有何种关系？归纳起来，本章旨在讨论文类的概念以及它的效用。

第一节　文类的谱系

从词源学来看，"Genre"一词来自法语，意指"种类"或"分类"，

---

① Franco Moretti, *Modern Epic: The World-system from Goethe to García Márquez*, p. 1.

中译有"文类""文体""体裁""类型"等。然而，这个术语又容易与"形式""风格"之类的范畴混淆，故其语义绝非总是明确的。辨明其中的扭结之处对我们的整个致思框架是非常有必要的。文类的身影活跃在修辞学、文学史、媒介理论、语言学诸领域。约翰·佛柔（John Frow）所著《文类》一书的扉页赫然将文类范畴的疆域扩张到一切谈话和写作、音乐、绘画、电影、电视，并认为它积极地再生着、塑造着我们的知识世界。① 在《文类》的正文里，佛柔区分了简单文类如谜语和复杂文类如文学。罗伯特·艾伦（Robert Allen）注意到，自21世纪以来，文类承担着为文学世界分类和为那些类型命名的基本任务。② 很多人都接受这种从分类学角度定义文类的习惯，甚至有人干脆把文类等同于"文学类型"，如马·法·基亚将戏剧、诗歌、小说视作三种文学类型③，但是他们的分类标准却人言人殊、莫衷一是。那么，我们关于文类的知识来自哪里？它们是不证自明的吗？杜威·佛克马说："我们关于文类的概念部分由归纳法得来，如我们个人的阅读经验；部分由演绎法得来，如我们学到的区分方法。主要文类间差别的弹性表明文类的概念有助于阅读和写作，既约束了也开拓了我们选择的可能性问题。"④他同意为人所称道的"以认知法为基础的文类原型学研究"。归纳与演绎、个人经验与理论假设：这些说辞只不过表明，文类知识与一般知识的习得手段是一样的。这未免失之笼统。惹人感兴趣的倒是，他对文类辩证关系以及文类功能的洞察。伊夫·谢夫勒告诫我们："不要认为这些分类是理所当然的、适用于所有的文学（特别是非欧洲语言文学），这些分类往往等级分明，可能不过是特定的文化遗产罢了。"⑤ 换句话说，文类的归属地在文化链上。同样地，文类等级的形成也与文化自身的发展息息相关。由此推论，当且仅当某个社会的整体文化、伦理价值观念与氛围倾向于民主、自由、平等之时，文类之间才可能表征出非奴役、无中心的状态。反之亦然。从文化角度寻找事物产生的动因是当代人普遍的、不约而同的冲动和做法。不过，把文类隶属

---

① John Frow, *Genre.* London and New York: Routledge Press, 2006.

② Daniel Chandler, "An Introduction to Genre Theory", http://www. aber. ac. uk/media/Documents/intgenre/intgenre. html.

③ ［法］马·法·基亚:《比较文学》，颜保译，北京大学出版社1983年版，第35—40页。

④ ［荷］杜威·佛克马:《松散的结尾并非终结：论形式手段、互文性与文类》，王蕾译，《西南民族大学学报》2007年第7期。

⑤ ［法］伊夫·谢夫勒:《比较文学》，王炳东译，商务印书馆2007年版，第58页。

文化遗产行列的时髦不能解决所有的问题。应该说，为文学划分出各种各样的类型是多种因素综合作用的结果。这既符合事实，也符合逻辑规则。接下来，我们将概述历代文论家、思想家所制定的文体分类原则。

在古希腊时期，柏拉图的《理想国》第三卷已经"提出基于表现模式的划分法——叙述/表演/二者的混合"①。亚里士多德《诗学》从模仿的媒介、对象、方式入手，对史诗、悲剧、喜剧、酒神颂、双管箫乐、竖琴乐等艺术样式的差异做了较为细致的阐述，并在总体上将文学划分为戏剧、史诗、抒情诗三类。他还称"史诗纯粹用'韵文'，而且是用叙述体；就长短而论，悲剧力图以太阳的一周为限，或者不起什么变化，史诗则不受时间的限制"②。后人常常根据前一点划分诗歌、小说和戏剧。莫莱蒂亦曾撰文《小说史和小说理论》证明"散文"（prose）在小说中普遍存在并非天然而是历史发展的结果。正是散文不同于韵文的句法结构优势使小说更富叙事性、复杂性。③ 后一点是被后继者误读的"三一律"之"时间一律"。总之，亚里士多德所制定的规则为他的众多信徒所遵奉。乌尔利希·韦斯坦因说，在古典时代，西塞罗是"第一个强调划分文学体裁（必要性）的作家"④。修辞学家昆提连（又译"昆体良"）的《雄辩术原理》亦持有类似观点。贺拉斯的《诗艺》祖述和阐发着亚里士多德的观点，他要求体裁必须纯粹："每种体裁都应该遵守规定的用处。"⑤ 古典主义和新古典主义皆严格地恪守此规条。这种文类观与后来那种崇尚文类自由、打破文类界限的浪漫主义思想形成鲜明对照。从亚里士多德和贺拉斯那里，我们还得知，悲剧和史诗是古代两种主要的文学种类。

文艺复兴激活了古希腊、古罗马的文化宝库，笛卡儿的唯理主义为法国乃至整个欧洲世界带来了自省和祛魅的力量，启蒙运动猛烈地冲击着世俗和宗教的权威，这一切带来了自然科学的空前兴盛。条件反射式的提问是，人文科学之中是否也同样弥散着浓厚的理性主义气息？此时，瑞典博物学家、"分类学之父"卡尔·冯·林奈创立了现代分类体系和"双名制

---

① ［古希腊］柏拉图：《理想国》，郭斌和、张竹明译，商务印书馆1986年版，第96—102页。

② ［古希腊］亚里士多德：《诗学》，罗念生译，人民文学出版社1962年版，第17页。

③ Franco Moretti, "History of Novel, Theory of novel", *Novel*, Spring 2010, 43, 1, p. 1.

④ 北京师范大学中文系比较文学研究组：《比较文学研究资料》，北京师范大学出版社1986年版，第278页。

⑤ ［古希腊］贺拉斯：《诗艺》，杨周翰译，人民文学出版社1962年版，第142页。

命名法”“植物 24 纲系”。他赋予分类原则极其重要的地位：“知识的第一步，就是要了解事物本身。这意味着对客观事物要具有确切的理解，通过有条理的分类和确切的命名，我们可以区分开认识客观物体……分类和命名是科学的基础。”文学领域的情况却与此大相径庭。据悉，“17 世纪和 18 世纪是对文学分类十分重视的两个世纪。这时期的批评家们认为文类的存在是确确实实的。但是，他们关于文类的基本原理甚少连贯性，甚至根本没有什么基本原理。例如布瓦洛按照他的标准把文学划分为田园诗、挽歌、颂诗、讽刺短诗、讽刺文学、悲剧、喜剧和史诗，但是他没有解释这些文类学的基础。也许，他认为文类学本身是历史地形成的，而不是一个需要理性分析的结构”①。韦勒克、沃伦解释道：“对许多新古典主义者来说，所有的类型概念似乎都不证自明，这是没有问题的。”② 布瓦洛不满足于贺拉斯的《诗艺》，将希腊、拉丁的诗歌理论与法国当时的现实结合起来，即把亚里士多德、贺拉斯、昆体良与莫里哀、拉封丹、拉辛冶于一炉以创造出自己的诗艺。虽然遭到了时人的讥讽和抨击，但他依然确定了每种文体的特质、写作技巧及容易犯的错误：“诗体各有其所美，它本身就很漂亮”，“要从工巧求朴质，要雄壮而不骄矜，要风雅而无虚饰”。③《诗的艺术》被后人目为“古典主义的菁华”，蒲伯、爱迪生、歌德将之奉为圭臬。歌德的文学类型观的独特之处在于，形态学是其理论基础。他批评当时的德国舞台把体裁不同的戏剧放在一起演出，赞赏伊夫兰和考茨布（两人均反对歌德和席勒的古典主义）的剧本严格区分体裁种类。④ 虽然是古典主义的坚持者、捍卫者，但歌德的文体种类不如布瓦洛那么复杂、含混，他说：“文学只有三种真正的自然形式，即清楚叙述的形式、情绪激昂的形式和人物行动的形式，也就是叙述体、诗歌体和戏剧体”⑤，而且三种自然形式既可以独立成体，也可以结合在一起，即使在最短的诗中亦复如是。歌德以降，文类的划分日趋繁杂、细化，分类标准亦多样化。作家创作时的心理状态、内容和表达方式、韵脚与节奏、语言

---

① 余江涛等编译：《西方文学术语辞典》，黄河文艺出版社 1989 年版，第 283 页。

② ［美］雷·韦勒克、奥·沃伦：《文学理论》，刘象愚等译，生活·读书·新知三联书店 1984 年版，第 261 页。

③ ［法］波瓦洛：《诗的艺术》，任典译，人民文学出版社 1959 年版，第 6 页。

④ ［德］爱克曼辑录：《歌德谈话录》，朱光潜译，人民文学出版社 1982 年版，第 37 页。

⑤ ［德］歌德：《歌德全集·论文学艺术》，范大灿等译，人民文学出版社 1999 年版，第 249 页。

形式、篇幅长短、题材、审美效果①等无一不能作为划界的参照标准。席勒则根据与自然的距离把诗歌分为素朴的诗和感伤的诗。素朴的诗人本身就是自然，感伤的诗人寻求自然。② 相较之下，中国的文体样态由少到多、由粗到细的历史阶段远远早于西方。先秦时期将诗歌和散文分编成集（《诗》《书》）体现出一定的文体意识。③ 被鲁迅称为中国文学"自觉时代"的魏晋时期，文体专著渐成气候，文体种类已逐步形成繁杂局面。曹丕《典论·论文》之"四科八体"论（奏议宜雅，书论宜理，铭诔尚实，诗赋欲丽）④ 以一字概括各体要求，实为中国古代文体论的滥觞。挚虞《文章流别论》囊括颂、赋、诗、七、箴、铭、诔、哀辞、哀策、对问、碑、图谶12种文体。⑤ 陆机《文赋》之"十体"论（诗、赋、碑、诔、铭、箴、颂、论、奏、说）⑥ 用一句话讲每一体的要求。⑦ 任昉《文章缘起》别有韵之文、无韵之笔，分文体为85类。⑧ 萧统《文选》芟剪繁芜、分体编录，有文体37类。⑨ 刘勰《文心雕龙》"论文叙笔，囿别区分"⑩，涉及文体已多达59种⑪——至明朝时期，吴讷《文章辨体》尚分文体为59类；徐师曾《文体明辨》竟分文体为127类，⑫ 大大超越于前人。这些都预示着中国文体的分类日益精细。造成中西文体多样化异代的缘由无须一一去考证，可有一点是相当显在的：西方彼时刚刚拉开漫长的中世纪的序幕——尽管整个中世纪有宗教文学、骑士文学、英雄史诗、城市文学四

---

① 乐黛云：《比较文学原理》，湖南文艺出版社1988年版，第125—127页。

② 伍蠡甫主编：《西方文论选》上卷，上海译文出版社1979年版，第489页。

③ 谢天振：《文类学的研究范围、对象和方法初探》，《外国语》1988年第4期。

④ 郭绍虞、王文生编：《中国历代文论选》，上海古籍出版社1983年版，第60页。

⑤ 王运熙、杨明：《中国文学批评通史——魏晋南北朝卷》，上海古籍出版社1995年版，第121页。

⑥ 陆机著，张少康集释：《文赋集释》，人民文学出版社2006年版，第99页。

⑦ 周振甫：《文心雕龙今译》，中华书局1995年版，第49页。

⑧ "85类"之说，出自吴承学《中国古代文体学研究》，人民出版社2011年版，第314页。

⑨ "37类"包括：赋、诗、骚、七、诏、册、令、教、策、秀才文、表、上书、启、弹事、笺、记、书、移、檄、难、对问、议论、序、颂、赞、符命、史论、连珠、铭、箴、诔、哀辞、碑、志、行状、吊、祭文。参见高步瀛《文选李注义疏》第一册，曹道衡、沈玉成点校，中华书局1985年版，第3—4页。

⑩ 刘勰著，范文澜注：《文心雕龙注》，人民文学出版社2008年版，第727页。

⑪ "59种"之说，出自刘美森《〈文心雕龙〉的应用写作语体论》，《秘书之友》1998年第4期。

⑫ 关于《文章辨体》和《文体明辨》的文体数量，参见郭英德《中国古代文体分类学刍议》，《中山大学学报》2005年第3期。

大文类，然而其早期属于教会文学确立规范的年代。此一比较意在说明，无论如何，由于时代的变迁、文化的积累、流通方式的多样化，中西方的文类样式、种类都会呈现出多态化趋势——文学创作和接受实践必然会突破既有的文学类型规则和框架。反过来说，许许多多文类也会因不适应社会的发展与需求而被无情地淘汰出局。它们或许在文学档案里默默无闻地与尘埃为伍，或许来日能被作为知识考古的对象。

　　18 世纪末至 19 世纪上半叶，那些主张个性解放、情感抒发、自由想象的浪漫主义作家们视古典主义的文学类型规则为束缚，强烈反对代代相因的文类观。华兹华斯吹响了与新古典主义决裂的号角。他"摒弃 18 世纪诗的词藻，把'散文语言'与韵文写作、诗的语言跟'中下层社会'所说的语言等同划一"①，将情感的流露、想象当作判别诗歌与理智、诗与非诗的依据。在维多利亚时期，有三种典型的看法："第一种持进化观点，认为文类从原始状态向人工状态过渡；第二种肯定混合形态的作品，认为纯粹的文类在创新者的笔下必然会发生变形，混杂新因素，甚至可能完全消亡；第三种则植根于相反的设想，认为所有的文学作品无不自然而然地分作戏剧类、抒情类和叙事类"②。它们都不同程度地影响了 20 世纪的文类研究。另外，19 世纪由于传播技术的便利、读者群的分化，文学类型日益增多，然而每种文体的寿命却极其短暂。这一点在前文论述远距离阅读方法之时，我们已经约略指明。韦勒克亦言："在 19 世纪和我们这个时代（20 世纪——笔者注），文学类型研究都遭遇到分期方面的困难，我们可以意识到文学中的流行样式的迅速转变，每十年就会出现一个新的文学时期，而不是每五十年，如在英国诗歌中，就出现了自由体诗时期、艾略特时期以及奥登时期。"③ 文类史或文学类型史的建构工作我们暂且在这里告一段落：一方面，除了在创作上要求突破文学类型范型的声音此起彼伏外，一些文艺理论家也加入了对类型理论反思的行列——意大利的克罗齐为典型代表；另一方面，按照传统的类型思维研究文类的路径在20 世纪逐渐式微，仅有芝加哥学派还在坚持亚里士多德的教条，更多的学者吸收人类学、语言学的资源重新界定文类，形成了迥异传统的文类

---

① ［美］雷纳·韦勒克：《近代文学批评史》第二卷，杨自伍译，上海译文出版社 1989 年版，第 161 页。

② 周发祥：《西方文论与中国文学》，江苏教育出版社 1997 年版，第 282 页。

③ ［美］雷·韦勒克、奥·沃伦：《文学理论》，第 264 页。

观，如诺思罗普·弗莱、巴赫金、托多罗夫等。所以，接下来的论述将从这两方面着手。

芝加哥文学批判学派亦称新亚里士多德学派，20 世纪 30 年代兴起于芝加哥大学，持续到 20 世纪 50 年代。此学派成员包括理查德·麦基昂（Richard Mckeon）、艾尔德·奥尔森（Elder Olson）、R. S. 克莱恩（Ronald Salmon Crane）、W. R. 济斯特（W. R. Keast）、诺曼·麦克林（Norman Mclean）和伯纳德·温伯格（Bernard Weinberg），其中克莱恩为创立者。克莱恩的学生布思（Wayne C. Booth）是该派理论的传承者和总结者。他们视亚里士多德为古今"独一无二的理论家"，拜倒在《修辞学》和《诗学》建立的体系之下，极其强调亚里士多德的情节、人物和文类三大概念，并且偏重严格的体裁区别。对此固执不灵，韦勒克提出了尖锐的批评，他说："各种体裁相济为用：戏剧之中有史诗的成分，史诗之中又有戏剧的成分，抒情诗之中有史诗的成分，史诗和戏剧之中又有抒情诗的成分，凡此种种存在于一切体裁变异。克罗齐完全摒弃体裁概念固然不必接受，可以承认体裁在历史上起过一个正规典范的作用，这样就能看出芝加哥学派笃信严格的体裁区别是作茧自缚毫无益处。"韦氏的观点既反映了文体边界淡化的现实，也表达了那些一直寻求突破规范的作者们的心声。不可否认，他对此的态度是辩证的、多元的。不仅如此，韦勒克还轻蔑地认为，芝加哥学派虽然驳倒了新批评的诸多理论、观点如"理查兹的唯心主义、布鲁克斯重讽喻的狭隘诗歌观念、燕卜荪晦涩的类型、沃伦穿凿附会地解读《古舟子咏》的象征手法"，但其内容和论证思路不过是"诉诸常识判断和言之有据的规则"而已 [1]。这样，它的创新性、吸引力便大打折扣。此外，芝加哥学派还"提出评论应该'把诗歌当作诗歌，而不是别的东西来研究'的诗学观。为了避免长期以来对形式—内容的不休争论，他们主张文学作品应该有四个基本成分：情节、人物、思想和语言。对这些要素的精确搭配随着文类和作品的变化而变化，不能一概而论" [2]。对于各成分具体该如何搭配，他们亦作出了明确的规定。总之，芝加哥学派看重文学作品的整体结构或形式，而非新批评的"语言复杂性"。就对文类的态度而言，芝加哥学派也与新批评形成强烈反差——新批评的兴趣

---

① ［美］雷纳·韦勒克：《近代文学批评史》第六卷，杨自伍译，上海译文出版社 2005 年版，第 113—115 页。

② 李权文：《承前启后的创见：R. S. 克莱恩的情节观》，《作家》2009 年第 6 期。

在于以语言为依托的文本细读。由于始终囿于学院之中，芝加哥学派最终偃旗息鼓，未见掀起多大波澜；同时，新批评的光芒大大地将其成绩遮盖，以至于我们似乎记不起这样一个学派的存在。

诚然，柏拉图、亚里士多德在某种程度上奠定了文学分类学的基础，然而直到近代生物分类学的发展才让这种思维深入人心。因此，莫莱蒂对文学类型理论的批评的逻辑起点不在亚里士多德。他说：

> 一般而言，文学批评家根据恩斯特·迈尔（Ernst Mayr）所谓的"类型思维"（typological thinking）来研究文类：我们选择一个"代表性的个体"并通过它把文类定义成一个整体。《夏洛克·福尔摩斯》即侦探小说；《威廉·麦斯特》即教育小说；你分析歌德的小说，并把它当作文类整体来分析，因为类型思维认为真实的客体和知识客体之间没有真正的差距。但是，一种文体一旦形象化为一棵树，那么两者之间的连续性就会不可避免地消失：文体变成抽象的"多样性谱"（diversity spectrum），它的内在多样性没有个体文本能代表。因此《波西米亚丑闻》仅仅是多片树叶中的一片：当然令人愉快，但不再有权利代表文类整体。①

按照莫莱蒂的说法，类型思维最大的缺陷是，把个体变成规则、把具体性当成普遍性，然后以此为理据对待新生的文学作品。"代表性的个体"诚然具有类的性质，但它不是类本身。另外，类在本质上是一种关系即从文本与文本的共同性之中抽绎出来，属于主观认识的范畴；而"代表性的个体"是一个客观存在的实体。这是两个不同性质的问题，不能混淆。因此，《夏洛克·福尔摩斯》只是《夏洛克·福尔摩斯》，不是全部的侦探小说；《威廉·麦斯特》只是《威廉·麦斯特》，不是全部的教育小说……如此而已。反过来说，作为类的侦探小说和教育小说都是开放的、多样的。侦探小说或教育小说各自的进化树都由一系列枝叶组成，那些枝叶就是实实在在的文本——它们或许颇具代表性，或许非常稀松平常；在起源上（树根上）的文本可能会规定、制约着整个文类的品质，后人也会据此对类似的作品进行归类，但它们并不是唯一的判断标准——

---

① Franco Moretti, *Graphs*, *Maps*, *Trees*: *Abstract Models for a Literary History*, p. 76.

《荷马史诗》当然是史诗文类的典范，但对莫莱蒂来讲，那些一度被目为其他文体的文学作品，例如被称作魔幻现实主义小说的《百年孤独》依然具有史诗之宾实。这样，借助形态图表，"代表性个体"与文类整体之间隐藏的关系就被厘清。以此推论，在某种文类之中，所有的个体作品都是平等的，所有的次级文体也都是平等的。例如，在小说家族的系谱中，哥特小说、侦探小说、历史小说、教育小说、感伤小说、浪漫主义小说、现实主义小说……都各有自己的历史，没有哪一类小说拥有独霸天下的特权，作为文学研究者都应该给予其应有的地位。与常识相反，现实主义小说和浪漫主义小说作为不同的文类，不存在孰优孰劣的问题。至于每种文体的持续时间的长短，要交由读者做出选择。另外，"代表性个体"能作为评定个别作品的标准的问题，等值于它被经典化的问题。亦即是说，只有它实现了被经典化，才会让人们不去注意其身份权威性的来源。莫莱蒂以新的研究方法挑战了我们的常识。当然，他对文学类型的批判只是涉及其中的某个层面。他没有解决如果我们不从"代表性个体"那里获得文学类型知识，那么我们如何知道 A 作品和 B 作品属于同一文类？进一步说，当我们确定 A 作品与 B 作品拥有共同特质时，我们是否能就此断定两者属于同一体？加入 C 作品呢？我们以什么来保证 D 文体与 E 文体的区别性特征呢？形式？内容？还是两者的混合？我们关于文类规范的知识来自何处，经验的归纳还是抽象的思考？莫莱蒂对当下的文类学状况甚为不满，他有言："事实上，在目前，文类或多或少地随意混合了内容（侦探小说、流浪汉小说）、效果（恐怖、幽默）和大量的形式特征（'有快乐结局'的故事、纪实小说）。这个松散的分类没有为把研究领域简化和具体化做出多少贡献。或许，解决方法应集中在某些主要的修辞方面的'优势种'（dominants），并以此为基础重组不同体裁的体系。"①这既显示出，莫莱蒂希望将区分文类的标准统一化，又隐约地暗示这个标准就是形式：修辞。他未详细地阐明此一问题，只是说欧文·潘诺夫斯基（Erwin Panofsky）的《作为象征形式的透视》已经在"修辞史学"方面做出了最成功的尝试。

法国学者让–玛丽·谢弗的《文学类型和文本类型性》一文"纲要

---

① Franco Moretti, *Signs Taken For wonders*: *Essays in the Sociology of Literary Forms.* Translated by Susan Fischer, David Forgacs and David Miller. London and New York: Verso Press, 1988, p. 16.

式"地批判了传统的类型逻辑，而且为我们刚才的部分疑问提供了解答。谢弗表示，至少有三个因素造成文学类型的问题变得极为错综复杂：（1）浪漫主义和后浪漫主义赋予类型范畴的历史地位——他们的反抗之举，恰恰说明意图绕过文学类型范畴注定会失败；（2）界定构成类型的文本之地位有一定困难；（3）类型术语本身的自我指称特性。① 她说，古代的文学类型观采取纯粹列举的方式，缺乏统一的逻辑构造模式，这势必会削弱其理论的确定性、说服力。在新的历史时代条件和学术背景下，"为了了解类型，必须先关注文本"。反过来，文本的特性并非直接或简单地来自文类。② 所以，以文本概念为支点，谢弗刷新了类型理论的内涵——"原有的类型论往往被后结构主义批评家弃之不顾"③。通常，我们归入文学类型的不同文本是按照维特根斯坦的"家族相似"概念。但是，我们怎样确定家族相似的存在？不论是厄尔·迈纳（Earl Miner）、阿拉斯泰尔·福勒（Fowler）还是约翰·佛柔都对此心存疑虑。因此之故，"类型关系始终是某一特定文本与先前的某些作为模式或规范的文本的复制和（或）变异的关系，在这种程度上，类型关系才可能在超文本关系的领域中构成"④。由此她区分出两种类型：综合性类型性和分析性类型性。前者直接与次文本相关联，后者不直接涉及次文本，但"通过分析性规范的过滤将目标对准次文本"。就规则而言，她还划分了构成性类型规则的文本和仅仅具有纯粹性调节规则的文本。总之，谢弗的新类型理论既考虑到了文本的独特性，也照顾到了文类的规约性，这对我们思考文类的问题是很有启发的。

柏拉图主义的原型与摹本关系、亚里士多德主义的属种逻辑、黑格尔主义的绝对精神及其异化，皆历史地、潜在地构成了各种文体概念的哲学根蒂。直到语言学时代的到来，传统的体裁分类学理论的牢笼才最终被挣脱。以语言学转向为契机，20世纪依然肯定文类作用的理论家无不趁势而为。不论是巴赫金的话语理论、弗莱的原型理论还是托多罗夫的结构主义，皆奠基在语言之上。这样，文类问题不再是生物分类学的问题，而是

---

① ［美］拉尔夫·科恩主编：《文学理论的未来》，程锡麟等译，中国社会科学出版社1993年版，第412页。

② John Frow, *Genre*, p. 53.

③ Ibid., p. 16.

④ ［美］拉尔夫·科恩主编：《文学理论的未来》，第431—432页。

语言问题、话语问题。

诺思罗普·弗莱的《批评的解剖》是文类学领域一部不可替代的著作。在整体的宏观架构上，弗莱将西方两千多年的批评实践与经验归纳为历史批评、伦理批评、原型批评、修辞批评四种模式。对弗莱而言，"正像对生物进行分类是生物学的基础一样，文学批评也必须从对文学作品进行分类着手"[①]，为分类预留位置。但这种分类不是经验性地罗列纲目，而是植根于文学批评的科学性之上的深思熟虑。他在《哈帕文学手册》把体裁比作生物学上的"物种"，并"将体裁追根到文学作品与听众的关系上"。巴赫金在批评形式主义时，也提出相似的体裁理论：体裁所面对的现实之一便是听众和接受者、表演和接受的条件。[②] 不同的是，巴赫金认为体裁是"整体的构筑和完成的特殊样式"。弗莱抱怨"关于体裁的理论是文学批评中一个尚未开拓的话题"，我们往往在亚里士多德未说清楚的地方卡壳。除了遵循传统的戏剧、史诗、抒情诗三分之外，弗莱还增加了散文一类——这是古希腊人从未做过的。以原型理论为基础，弗莱提出，春、夏、秋、冬四季的叙事结构分别有喜剧、传奇、悲剧、嘲弄和讽刺四种基本类型与之对应。它们都发端于神话，最终又返回到神话。四者两两对立，却又存在着相互转化关系："悲剧与喜剧彼此对立而互不相容，传奇与讽刺也复如此，因二者分别捍卫理想和现实。另一方面，喜剧一端不知不觉地融入讽刺，另一端又融入传奇；传奇既可能是喜剧，也可能是悲剧；悲剧由崇高的传奇扩展到辛酸和嘲讽的现实主义。"[③] 每一种基本原型又包括若干亚类型。第四篇《修辞批评：体裁的理论》从修辞的角度即从遣词造句、比喻、节奏、格律等形式层面去剖析各种文学体裁和某些非文学作品的文体特征。总之，弗莱融合了心理学、人类学、精神分析的研究成果，以更宏阔的视野对抗新批评仅仅执着语言细读的风潮，从而超越"某　两种文学作品的界限，达到对义学总体轮廓的清晰把握"[④]。文类学从此也打开了一个新的局面，但其缺乏逻辑的严谨却成了一个挥之不去的把柄。

---

① ［加］诺思罗普·弗莱：《批评的解剖》，陈慧等译，百花文艺出版社 2008 年版，第 4 页。

② ［俄］巴赫金：《周边集》，李辉凡等译，河北教育出版社 1998 年版，第 285 页。

③ ［加］诺思罗普·弗莱：《批评的解剖》，第 232 页。

④ 同上书，第 3 页。

　　托多罗夫在为体裁的合法性做辩护时,对两个习以为常的判断进行了纠正。首先,体裁就是种类,这是典型的同义反复,是导致体裁研究中诸多悖论产生的原因。其次,"作品违背其体裁,这并不能使该体裁消失",例外的作品会由于畅销书和批评界的关注,转而变成一种规则。他在文类学领域的贡献主要体现于对文类起源的研究。在《体裁的由来》里,托多罗夫说:"所谓体裁,无论是文学的还是非文学的,不过是话语属性的制度化而已。"①换言之,"文学体裁起源于人类话语"。此定义有两个词项需要说明:话语属性和制度化。话语活动以句子为起点,句子彼此组合,并在一定的社会文化语境之中被陈述出来,一旦呈现为语言事实,此时的语言就变成了话语。②话语的特性必然影响体裁的特性,这是无可辩驳的。一方面,话语在总体上是无限的、变动不居的,所以文学体裁是个复杂的多样化系统。体裁系统的不同层次和结构,体现着话语不同的组合方式与能力。另一方面,就像语言是约定俗成的一样,文学体裁也是社会约定俗成的选择。这就从另外一个角度回答了为何违背体裁的文学创作总会被容忍。再次,言语行为之间的差异便意味着体裁之间的差异。这种差异可以逾越,但不能消除。最后,所有的体裁都来自言语行为,但不是所有的言语行为都能产生文学体裁。"制度化"是指体裁的功能:对读者来说,它犹如"期待域",他们将依据体裁系统进行阅读;对作者来说,它如同"写作规范"——对那些具有自觉的文体意识的作者而言尤其如此。这样,体裁本身的演变通过制度化与社会相连。同时,体裁也因此获得了历史的维度。托多罗夫的文类发生学为文学批评打开了一扇崭新的窗户。

　　总的来看,20世纪"新兴的文类学研究,越来越远离关注表面形式特点的传统做法,而倾向以哲学思考代替简单的历史描述或客观描述,以内在的模式或结构代替旧有的分类标准和原则,因而似乎具有研究文类而超越文类的趋势"③。从弗莱、巴赫金、托多罗夫到莫莱蒂,强调语言形式方面是一以贯之的。莫莱蒂的文类学返回到了文类原本所属的领域:修辞。修辞部分地指向各种文学技巧(在整体上是意指实践活动),由此,前面所提到的技巧和文本两极便结合起来。通过整理文类概念的谱系,我

---

　　①　[法]托多罗夫:《巴赫金、对话理论及其他》,蒋子华、张萍译,百花文艺出版社2001年版,第27页。

　　②　同上书,第17页。

　　③　周发祥:《西方文论与中国文学》,第284页。

们发现文类一直在西方文学批评中占有重要的地位。诚如热奈特和托多罗夫在为《体裁的理论》（*Théorie des genres*）撰写的引言中所说："文学体裁问题在从亚里士多德到黑格尔的好几个世纪里都是诗学的中心研究对象。文学理论的更新也让人们重新发现了这个曾被遗忘掉整整一个世纪的问题。这种方法要求任何东西都不能在个体、单个作品或经验事实上去研究。"① 然而，语言学转向带来的不仅仅是文类理论内部的革新，更突出的是对其的去势。理论家们把兴趣转移到语言和语言的构成物以及单个的文本。这种占主导的潮流推动着文学史的格局从宏观走入微观、从文本关系转入文本实体。那么，这个过程是怎么形成的呢？文本理论是不是就能一直占据文学史的霸权地位呢？挑战文本理论的思潮能否导致文类地位的回归？或者说，它们会否再次又与文类关联起来？

第二节　文本的时代

文学类型理论在 20 世纪除了遭遇到对其概念、内涵的重新清理和界定外，最大的挑战在于，自俄国形式主义开始，文类的地位开始动摇，代之而起的是对文本的重视，这种思潮一直延续到后结构主义。陈军认为，"继 19 世纪与 20 世纪之交以克罗齐为首的反文类思潮之后，20 世纪 60 年代以降，文类再一次遭遇到了身份危机，包括文类界限在内的一切界限在后现代主义风潮中趋向于平面化、无深度的存在策略，文本的功能性地位日益凸显。与此相应，从克里斯特娃（Julia Kristeva）、热奈特（Gérard Genette）到让－玛丽·谢弗（Jean-Marie Schaeffer）、福勒（Alastair Fowler）等人，掀起了一场不小的替代文类的范畴运动，他们欲期通过提出互文性、隐迹稿本、文本类型性、构建型式等新词来质疑文类范畴存在的正当性或基础性，从而摆脱文类范畴的传统强势地位"②。特别是，后现代义学的反体裁创作、跨文体写作使体裁概念陷入空前的危机和困境。当然，由于网络技术的迅猛发展，超文本随之诞生。另外，后现代主义更倡导文本间性或互文性，不再把文本看成是静态的、封闭的铁板一块，相反，所有的文本都受到许许多多各种各样的文本的影响。也就是说，在后

---

① ［法］达维德·方丹：《诗学：文学形式通论》，陈静译，天津人民出版社 2003 年版，第 106 页。

② 陈军：《文类与文本类型性》，《内蒙古社会科学》2010 年第 11 期。

现代视野下，文本构成了一个共同体，它们之间相互指涉、相互孕育、相互滋养、相互阐释。

文本的内涵如文类的一样复杂，但它的历史不过区区百十年。在这短短的历史之中，文本一词从语言学进入文学批评，最终成了许多人文学科的基础术语。这一点巴赫金早在《文本问题》里已经阐明，他说："文本（书面的和口头的）作为所有这些学科以及整个人文思维和语文学思维（其中甚至包括初始的神学和哲学思维）的第一性实体。文本是这些学科和这一思维作为唯一出发点的直接现实（思想的和情感的现实）。没有文本，也就没有了研究和思维的对象。"① 德里达甚至宣称"文本之外，无物存在"。赵毅衡的符号学理论认为，文本是符号的组合，而符号关涉意义，因此，"任何携带意义等待解释的都是文本：人的身体是文本，整个宇宙可以是一个文本，甚至任何思想概念，只要携带意义都是文本"②。詹姆逊亦有类似观点。他说："整个世界就是一堆作品、文本，时髦、服装也是一种文本，人体和人体行动也是文本。"③ 换言之，文本是无所不在的，它是在的方式。从巴赫金到赵毅衡，我们约莫可以看到，文本概念是如何从语言为核心的形式主义褪变为以意义为中心的本体论存在。这里我们主要论述几种比较有代表性的文本理论。

诺曼·霍兰德的《整体、本体、文本、自我》指出，在词源上，文本（Text）的词根"Texere"表示编织物，如在"纺织品"（Textile）一词中；它还表示制造的东西，如"建筑师"（Architect）一类的词中。在语言学中，它表示看得见、摸得着的表层结构。此结构是由一系列句子串联而成的连贯序列。④ 然而，杜克罗和托多洛夫合编的《语言科学百科辞典》却认为，"'文本可以是一个句子'，例如谚语、格言、招牌等，也可以是整本书。它的定义在于它的自足与封闭（尽管从某种意义上说，某些文本不是'关闭完成'的）；它构成一种与语言学不同但有联系的体系：既是毗邻又是相似关系……如果人们在一个语句中区分其语音的、句法

① 钱中文主编：《巴赫金全集》第四卷，白春仁等译，河北教育出版社1998年版，第300页。

② 赵毅衡：《符号学原理与推演》，南京大学出版社2011年版，第43页。

③ ［美］杰姆逊：《后现代主义与文化理论》，唐小兵译，北京大学出版社1997年版，第204页。

④ 王先霈、王又平主编：《文学理论批评术语汇释》，高等教育出版社2006年版，第213页。

的、语义的组成因素，人们在文本中也可区分这些因素，只是它们不再属同一层次。因此，谈及文本时，人们用话语范畴指组成文本（语音的、语法的等）的句子中的一切'纯语言学的成分'；而句法范畴，人们参照的并非句子的句法，而是文本单位（句子、句组等）之间的关系；说到语义范畴，则是指语言学单位语义内容的复杂产物"①。这样，文本既源自语言又异于语言。它是语言的集结体。我们可以分析语言的各个单位，但那已经不是语文学研究，而是文本研究，进而是诗学研究。文本与语言的天然的亲缘关系，巴赫金讲得非常清楚："如果文本背后没有语言，那么它已不是文本，而是自然存在的现象。"② 如前所述，这与 20 世纪的语言论转向是休戚相关的。这个转向被称为西方哲学史上发生的"第二次根本性变革"③。索绪尔的《普通语言学教程》就如一座不朽的丰碑矗立在该思潮的路途中。自此，语言不再仅仅作为表达思想感情的工具，而是获得了本体论地位。海德格尔说，语言是存在的家。维特根斯坦说，想象一种语言就是想象一种生活。早期的文本理论基本上沿着此方向前进。另外，一旦文本是封闭的、自足的，就意味着要把很多东西排除出去，仅研究文本的内部（语言）规律。俄国形式主义学派开风气之先。该派的创立者之一尤·蒂尼亚诺夫说："直接研究作者的心理，在他所处的环境、他的生活、社会阶级和他的作品之间建立因果关系，这是一种极不可靠的做法。"④ 反过来讲，俄国形式主义坚信甩掉传记式批评、社会学分析、心理学猜想等传统的批评模式所带来的新的文学图景。什克洛夫斯基也主张，"诗歌流派的全部工作在于，积累和阐明语言材料，包括与其说是形象创造，不如说是形象的配置、加工的新手法"⑤。故而，象征主义所谓的诗意形象不过是诗歌语言的技巧之一。那种认为"诗歌就是用形象来思维"的理论是完全站不住脚的。他的陌生化手法重在语言使用的非机械性、非自动化和偏离常规所带来的新奇感、美感。鲍里斯·艾亨鲍姆的

---

① 董学文等主编：《当代世界美学艺术学辞典》，江苏文艺出版社 1990 年版，第 297 页。

② 钱中文主编：《巴赫金全集》第四卷，第 302 页。

③ 徐友渔：《"哥白尼式"的革命——哲学中的语言转向》，上海三联书店 1994 年版，第 3 页。

④ ［法］茨维坦·托多罗夫编选：《俄苏形式主义文论选》，蔡鸿滨译，中国社会科学出版社 1989 年版，第 113 页。

⑤ ［俄］什克洛夫斯基等：《俄国形式主义文论选》，方珊等译，生活·读书·新知三联书店 1989 年年版，第 3 页。

《"形式方法"的理论》强化了"诗歌语言"和"日常语言"的区分。托马舍夫斯基强调"节奏的韵律"。雅各布森的"文学性"概念同样从作品的语言层面着手。对雅各布森而言，文学性是区分文学与非文学的标尺，是文学之为文学的本质特征之所在。文学性的集中表现，就在于文学语言对普通语言程序的违背、变形，在隐喻与转喻两极之间的滑动、交替。不论在词义、词素、句法，还是表达方式上，两者都能创造出"给人印象深刻的一系列可能的结构"①。在《结束语：语言学和诗学》里，雅各布森把语言学抬高到元学科的地位。他认为，诗学处理语言结构，就像绘画分析思考图像结构一样，"由于语言学是语言结构的全面科学，诗学应该被认为是语言学的一个不可或缺的分支"②。这样，文本的语言维度就牢牢地被俄国形式主义者所绑定。虽然与俄国形式主义之间缺乏有据可查的历史渊源，但英美新批评在诸多方面都与其具有明显的相似性。例如，在张扬形式这一点上，两者是不谋而合的。"布鲁克斯的'悖论'和'反讽'、退特的'张力'、兰塞姆的'肌质'、沃伦的'语像'、理查兹的'情感语言'、燕卜荪的'含混'等等诗学概念实际上都是从语言学和修辞学的角度描述文学性的构成。"③ 然而，"新批评在把文学作品看成是独立自主的文本方面比俄国形式主义做得更彻底"④，它是"绝对的文本中心形式主义"（赵毅衡按语）⑤。追求批评"客观主义"、文本"本体论"的英美新批评派，把火力完全对准旧有的传记式批评、印象式主义以及一切缺乏规范标准的相对主义。维姆萨特和比尔兹利发明的"意图谬见""感受谬见"直接斩断了作者和读者与文本之间的联系。"意图谬见"把诗人的意图、构思或创作动机作为评判文本成功与否的标准，实质上是将"诗与其产生的过程相混淆"。"感受谬见"则把诗与诗的结果相等同。一方面，文学文本本身不会以二者的意志为转移；另一方面，"不论是意图谬见还是感受谬见，这种似是而非的理论，结果都会使诗本身作为批评判断的具体对象趋于消失"⑥。直到罗兰·巴特宣布作者之死，西方文论完全否定

---

① 胡经之、张首映主编：《西方二十世纪文论选》第二卷，中国社会科学出版社1989年版，第68页。

② 转引自赵毅衡《文学符号学》，中国文联出版公司1990年版，第101页。

③ 赵一凡主编：《西方文论关键词》，第593页。

④ 李俊玉：《当代文论中的文本理论研究》，《外国文学评论》1993年第2期。

⑤ 赵毅衡编选：《"新批评"文集》，百花文艺出版社2001年版，第208页。

⑥ 同上书，第228页。

了作者主体与文本之间存在因果关系的可能。也可以说，作者一旦写出自己的作品，就丧失了对文本的任何控制权。不论作者是否将自己的意图植入文本，对于结构主义者来说都已不重要。因为他们的提问方式已经由"写什么"变成"如何写"。同时，读者也应该从文学活动中剔除出去。不容否认的是，作者尽管死了，但读者将永远活着。所以，维姆萨特和比尔兹利的感受谬见引起了前所未有的反弹。阐释学、接受美学、读者反应批评等响当当的名字都在读者兴起的历史里留下了独有的印记。"偏见""成见""期待视野""理想读者""效果历史""召唤结构""空白点""视域融合"，这些关键词无不反证着文本的张力。毫不夸张地说，如果没有文本转向，读者转向是不可能发生的。从时序上来看，读者论出现在文本客体论之后；从逻辑上来讲，只有文本向自身开放，读者才会被解放。这是一个双向互动的过程。不得不说，"读者批评反对的虽然是文本客观论，但决不想否定文本形式的重要性"①。俄国形式主义和新批评双峰并峙，以不同的视角把文本的地位逐步抬高。当然，此时的文本局限于语言文本，确切地说，语文学、修辞学在其中依然占有较大的比重。

　　往往被视为形式主义之后裔的结构主义，不再仅仅纠缠于单个文本的语义要素、句法系统，而把眼光重新放到文本的意义以及事物的关系之上。结构主义一词含义略微含混，它可能指一种思想运动，也可以是一种思维方式、方法。众所周知，列维—斯特劳斯、皮亚杰各自对结构主义做出的界定，在很大程度上奠定了文学结构主义的方方面面。对列维—斯特劳斯而言，"人类学家不是处理'客观地'观察到的'自然的'事实，而是处理那些人类心灵独特地加于其上的结构"②。这是他把语言学理论（音位学）移用到人类学领域的结果。若一定要说结构具有特别的内容，那么它的内容就是它自身，"是实在物的属性的逻辑组织中的内容"③。他坚称，结构广泛地存在于人类社会的政治、经济、文化等活动之中。皮亚杰赞扬了列维—斯特劳斯的积极尝试，论述了结构的三大内涵或特征："整体性""转换性""自身调整性"④。据此，结构等同于一个处于封闭

---

① 朱刚：《从文本到文学作品——评伊瑟尔的现象学文本观》，《国外文学》1999年第2期。

② ［英］特伦斯·霍克斯：《结构主义和符号学》，瞿铁鹏译，上海译文出版社1987年版，第31页。

③ ［法］克劳德·列维—斯特劳斯：《结构人类学——巫术·宗教·艺术·神话》，陆晓禾等译，文化艺术出版社1989年版，第114页。

④ ［瑞士］皮亚杰：《结构主义》，倪连生、王琳译，商务印书馆1984年版，第3—8页。

整体下的动态体。无论自身如何转换、调整，它们最终形成的依然是新的结构整体。与列维—斯特劳斯专注于结构的共时性有别，皮亚杰更重视其历史性——共时性中的历时性。保罗·利科宣称，"要攻击结构主义就必须集中讨论它的语言学基础。语言学并不仅仅是激发灵感的动力和源泉，而是一种将结构主义原本各行其是的种种设想统一起来的方法论的模式"①。虽然同样得益于索绪尔的语言学，结构主义却走上了与俄国形式主义不同的道路。伊格尔顿把两者的关系捋得十分清晰："索绪尔的语言学观点影响了俄国形式主义者，虽然形式主义本身不是标准的结构主义。形式主义'结构地'观察文学本文（text），悬置对于所指物的注意而考查符号自身，但是它没有特别关心由于区别而存在的意义，或者说，在其大部分著作中，它没有特别关心潜在于文学本文的深层规则和结果。"②能指/所指、语言/言语、组合/聚合、历时/共时、表层结构/深层结构等一系列对立的范畴组成了结构主义致思的基本维度，也标示了它的学术指向。特伦斯·霍克斯认为，这些"成双的功能性差异的复杂格局概念，或曰'二元对立'概念显然是结构概念的基础"③。与将其作为根本思维方式不同，罗兰·巴特把结构主义定义为一种"活动"，而不是一个流派或一个运动。它的目标"不管是反思的还是诗义的，都在于对于'客体'的重建"④。传统的模仿论、表现论遮蔽了"客体"本身的构成要素问题。现在重建的这个"客体"乃是恒定的、封闭的语言体系。相当于说，文本就是一个稳定的结构。而前述的那些二元对立概念便成为分析文本结构的最佳切入点。流传甚广的叙事学理论、符号学理论无不依赖于这些二元对立的结构。格雷马斯的方阵及"主体、客体、发者、受者、对手、助者"六个行动位、普洛普归纳的民间故事中所蕴含的 31 种基本功能无不如此。

　　在结构主义向后结构主义的转变之中，区分作品与文本成为一种潮流。"在传统观念中，文本是与作品相互关联和对立的观念，文本要走向作品，后者是前者的归宿。然而，在结构主义文论兴起之后，由于研究兴

---

① ［美］乔纳森·卡勒：《结构主义诗学》，盛宁译，中国社会科学出版社 1991 年版，第 24 页。

② ［英］特雷·伊格尔顿：《二十世纪西方文学理论》，北京大学 2007 年版，第 107 页。

③ ［英］特伦斯·霍克斯：《结构主义和符号学》，上海译文出版社 1987 年版，第 15 页。

④ 胡经之、张首映主编：《西方二十世纪文论选》第二卷，中国社会科学出版社 1989 年版，第 271 页。

趣和科学客观性的追求，代表价值体系的作品被置于边缘，而原来处于边缘的文本成为文学科学的研究对象。后结构主义则重新强调文学实践和价值，但是他们把传统的价值观恰好颠覆过来，从作品走向文本，此时的文本不是具体的书写产物，而是一种新的文学观念和意指实践方式。在新的空间分配语义，拒绝任何固定的话语秩序。"①　对于这个过程还有如下描述："首先是作品观念本身的从内容向形式的转型，然后是从独尊形式的作品观念到文本观念的转型。"②　罗兰·巴特的理论是这方面的突出代表。他的《文本理论》首先呼吁不应将文本与作品相互混淆。"一部作品是一件完成了的、可以计算的以及能够占据一个物理空间的物品。"③　文本则是一种意义活动，是无限的。《从作品到文本》从七个方面论述了作品与文本之间的差异。（1）"文本应不再被视为一种确定的客体"，"文本只是活动和创造中所体验到的"。（2）"文本不止于（优秀的）文学；它不能理解成等级系统中的一个部分或类型的简单分割。文本的构成，相反地（或恰好），是对旧的分类的破坏力量。"（3）"由于文本是对符号的接近和体验，作品则接近所指。"（4）作品是单数，"文本是复数"。（5）"作品是在一个确定的过程中把握到的。""文本并不是在创造者划定了记号之后才被阅读的。"（6）"作品一般是消费对象。""文本大致是这样一种新样式：它要求读者主动地合作。"（7）"接近文本的最后一条途径，那就是愉悦。""文本理论只能同创作活动同时发生。"④以此而论，文本将变为不稳定的社会空间。由于能指和所指之间出现滑动、延宕，文本始终处于未完成状态。读者的介入又会打破传统的作者独霸的框架。巴特甚至将文本区分为"可读的文本"和"可写的文本"以强调读者参与对文本形成的意义。这样，现实优先、内容优先、心理优先原则被文本优先原则取代。王一川将此称作"本文乌托邦"，即"政治与个人心理的梦想在现实中无法实现，于是转而在本文的能指游戏中寻求替代性满足"⑤。后结构主义敞开了文本，使后来的文本理论家们趋向于从更宏观的视野去审视文

---

①　钱翰：《从作品到文本——对"文本"概念的梳理》，《甘肃社会科学》2010年第1期。

②　潘知常：《从作品到文本——在阐释中理解当代审美观念》，《江苏社会科学》1999年第4期。

③　［法］罗兰·巴特：《文本理论》，张寅德译，《上海文论》1987年第5期。

④　［法］罗兰·巴特：《从作品到文本》，杨扬译，《文艺理论研究》1988年第5期。

⑤　王一川：《语言乌托邦——20世纪西方语言论美学探究》，云南人民出版社1994年版，第239页。

本的相关物。读者亦可以任意地为文本塞满填充物。我们把这种现象叫作文本的扩张。

至此，我们对文本的概念史的勾勒似乎可以画上一个句号。然而，事情还有另一方面。

俄国学者洛特曼和皮亚季戈尔斯基的《文本与功能》一文主张，文本研究应该脱离开语言学模式，文本应该成为文化研究的一部分。一方面，文本是社会文化的产物；反过来，文化是诸文本的总和或"复杂构成的文本"。进一步来说，"文本的不同积累方式就产生了完全不同的文化体系，如封闭型与开放型文化。因此，文化的性质在很大程度上取决于文本的性质"①。在封闭型文化时期，存在"完备的真理""完美的文本"，而历史只不过被视为"逐渐丧失位于文化源头的这种完备性的历史"。开放型文化则是从零、从无中产生的文化，它逐渐累积"真理的成分"，最终呈现出完备性。② 在两种文化中文本都是有意义的。"前文本阶段是前文化阶段。"赵毅衡认为，如此一来，"信息就可能具有三个层次上的意义：亚文本意义（一般语言学的意义）、文本意义、超文本意义（即文化价值）"。三种意义的组合形成八种不同类型的文本。对某一系统文化的描述必须具有三个层面："亚文本信息""作为诸文本系统的文化"和"作为一组由诸文本履行的功能的文化"。两人的观点极大地拓展了文本的观念和功能。

不论是形式主义、新批评，还是结构主义、后结构主义的文本观，基本上都在单个文本之内徘徊。多个文本之间究竟有何联系？多个文本的问题是不是文类问题？回答这些问题既需要反思依赖于语言学的文本理论，也需要进入更开阔的视域。"诗学的对象不是具体文本（具体文本更多是批评的对象），而是广义文本，如果愿意的话，可说成文本的广义文本性，亦即每个具体文本所隶属的全部一般类型或超验类型——如言语类型、陈述方式、文学体裁等。今天，我宁愿说得更广泛一些，即诗学的对象是跨文本性，或文本的超验性"③，这是热奈特《隐迹稿本》中的一段话。它基本上预示了后来的文本研究的方向，只不过有些抽象。1966 年，克里斯蒂娃（Julia Kristeva）在索绪尔的结构主义语言学和巴赫金的文学

---

① 赵毅衡编选：《符号学文学论文集》，百花文艺出版社 2004 年版，第 150 页。
② 同上书，第 156 页。
③ ［法］《热奈特论文集》，史忠义译，百花文艺出版社 2000 年版，第 68 页。

（对话、复调）理论基础之上，根据几个最常用的法语词根和词缀杜撰出互文性（Intertexuality）一词。此词见于克里斯蒂娃的《巴赫金，词语、对话和小说》《封闭的文本》《文本的结构化问题》三篇文章。自那时起，它的意义就像它的使用者一样多。他们或忠于克里斯蒂娃原初的界定，或将其作为谈论暗示和影响的时髦方式。① 对克里斯蒂娃而言，互文性是让我们的历史传递下去的最好方式。② 她是这样定义互文性的："任何文本的构成都仿佛是一些引文的拼接，任何文本都是对另一个文本的吸收和转换。互文性概念占据了互主体性概念的位置。"她还说："对于认识主体而言，互文性概念将提示一个文本阅读历史、嵌入历史的方式。在一个确定文本中，互文性的具体实现模式将提供一种文本结构的基本特征（'社会的'、'审美的'特征）。"③ 巴特完全赞同克里斯蒂娃的说法："任何文本都是一种互文。在一个文本之中，不同程度地、以各种多少能辨认的形式存在着其他的文本；譬如，先时文化的文本和周围文化的文本。任何文本都是过去的引文的重新组织。……互文性是各式各类一切文本的条件，当然不能简单地等同于某种起因与影响的问题。……从认识论上来说，互文的概念是给文本理论带来社会性内容的东西，是来到文本之中的先时的和当时的整个言语。"④ 这样，我们的文学研究就进一步逃脱了关注于内部语言的状态，而把文本之外的东西重新纳入进去。文本不再是孤立的、自足的实体。根据两人的理论，互文性的存在是基础性的，只要有历史就会有互文性。任何文本都有历史，任何历史都必将由文本构成。那么，是否先在的文本必然比后来的文本具有优越性呢？诚如巴特所言，互文性问题不是简单的影响或历史效果问题。蒂费纳·萨莫瓦约道："在这里，谁在先，谁在后，谁影响谁的问题并不重要；重要的只是通过互文性，我们能够看到一种风格，一种语言如何深厚地、长久地生长。由此我们可以说互文性研究最终就是权衡作品中我们所说的'隐文效果'，也就是作品由

---

① William Irwin，"Against Intertexuality"，*Philosophy and Literature*，Oct 2004，28，2，pp. 227 - 228.

② Julia Kristeva，"'Nous Deux'or（Hi）story of Intertexuality"，*Romanic Review*，Jan-Mar 2002，93，1/2，p. 8.

③ 转引自秦海鹰《互文性理论的缘起与流变》，《外国文学评论》2004 年第 3 期。

④ ［法］罗兰·巴特：《文本理论》，张寅德译，《上海文论》1987 年第 5 期。

于互文而产生的某种特殊光彩、由此及彼地产生的衍射效果。"①无论如何，互文性理论最终的立足点依然在文本。它不是对文本理论的颠覆，而是对其的扩充、补偿。就像主体间性不是对主体性的颠覆一样。文本的存在、主体的存在，乃是文本间性和主体间性得以存在的前提。文本间性是不是如克里斯蒂娃所说取代了主体间性的位置？答案取决于是否赞成文本与作者无涉。即使承认巴特的宣告，读者主体依然无法回避。所以，斯坦利·菲什以一篇《课堂上有文本吗?》"正确地质疑了文本的地位，指出没有哪个文本如我们有时认为的那样是简单地'存在于那里'。"② 如前所引，巴特对此也有精辟论述。现在回答本段开头提出的第二个问题。同样涉及文本群或一系列文本，很显然，互文性不等同于文类。也即是说，A文本与 B 文本是互文关系，不代表它们一定就是同一种文类。因为 A 与 B 成为互文的条件和 A 与 B 属于同一种文体的条件是不相同的。宽泛地讲，任何一个文本都可以成为其他文本的互文本，但这个判断却不适用于文体。

从前面的描述来看，我们反复强调，对文本概念的强化基于反对传统文论寻觅、追逐作者的习惯。巴特的《作者之死》或多或少把人们引向悬隔作者问题。尤其在叙事理论中，作者一般是可有可无的主题。他们只谈叙述文本本身的主体性问题：叙述者/叙述接受者、隐含作者/隐含读者。它的哲学背景在于对理性主义的反叛。同样地，反思文本至上也暗流涌动。希利斯·米勒的《文学理论在今天的功能》敏锐地洞察到了这点，他论述道："事实上，自 1979 年以来，文学研究的兴趣中心已发生大规模的转移：从对文学作修辞学式的'内部'研究，转为研究文学的'外部'联系，确定它在心理学、历史或社会学背景中的位置。换言之，文学研究的兴趣已由解读（即集中注意研究语言本身及其性质和能力）转移到各种形式的阐释学解释上（即注意语言同上帝、自然、社会、历史等被看作是语言之外的事物的关系）。"③ 这一兴趣转移大大地"增强了女权主义、马克思主义、福柯主义等心理学和社会学文学理论的号召力"。

---

① ［法］蒂费纳·萨莫瓦约：《互文性研究》，邵炜译，天津人民出版社 2003 年版，第 130页。

② ［美］罗伯特·斯科尔斯：《谁在乎文本》，蒋华译，转引自阎嘉主编《文学理论精粹读本》，中国人民大学出版社 2006 年版，第 3 页。

③ ［美］拉尔夫·科恩主编：《文学理论的未来》，第 121—122 页。

在实践上，随着计算机技术的迅猛发展，美国人纳尔逊（T. H. Nelson）于 1965 年自造了"超文本"（Hypertext）概念。"与泛文本的横向展开不同，超文本的出现彻底打破了文本的线性和因果逻辑构造，实现了一种非线性的文本叙事。"① "在超文本理论中，所谓'非线性'指的是非顺序地访问信息的方法。构成超文本的基本单位是节点。节点可包含文本、图表、音频、视频、动画和图像等因素。它们通过广泛的链接建立相互联系。正是上述链接使文本的非线性组织成为可能。"② 超文本的诞生解决了以前的技术不能解决的问题，催生了许多新的文学形式。它也改变了作者—文本—读者的等级关系。现在，作者和读者可以同时参与文本的写作。它将姚斯所谓的文本空白点、巴特所谓的"潜在文本"暴露出来。总之，"超文本以'去中心'和不确定的非线性'在线写读'方式解构传统、颠覆本质，在与后现代主义的相互唱和中，改变了文学的生存环境和存在方式。在令人难以想象的赛博空间里，网络文学所营造的'话语狂欢之境'交织着欣喜与隐忧——它异彩纷呈、前景无限却又充满陷阱与危机。超文本的崛起不仅是当代文学世纪大转折的根本性标志，而且也是理解文学媒介化、图像化、游戏化、快餐化、肉身化、博客化等时代大势的核心内容与逻辑前提。更重要的是，超文本正在悄然地改写关于文学与审美的思维方式和价值标准"③。在这种情况下，文本将由许多点构成，作者的权威被彻底地消解。文本变成真正的动态体。这回应了巴特对可写文本和可读文本的区隔。

由上述可以见出，从 20 世纪初的俄国形式主义到 20 世纪中晚期的解构主义，基本上都关注话语、文本，没有给文类留下多少空间。换言之，20 世纪是文本的时代。在该时代，文本的概念从多方面得到了不断的强化。然而，文本拥有如此崇高的地位，却也挡不住莫莱蒂对其的解构。这种解构的策略和方式并非来自一系列逻辑自洽的演绎推导，毋宁说，远距离阅读法之进化树将其缺陷暴露无遗。在回答柯南·道尔的侦探小说何以能成为该文类的范型时，莫莱蒂绘制出了线索树。这点，我们在前文中已经多次提及。不仅仅是文学研究方法的革新问题，莫莱蒂由此得出的结论更值得我们深入讨论。他发现：

---

① 张良丛、张锋玲：《作品、文本与超文本》，《文艺评论》2010 年第 3 期。
② 黄鸣奋：《超文本诗学》，厦门大学出版社 2002 年版，第 13 页。
③ 陈定家：《"超文本"的兴起与网络时代的文学》，《中国社会科学》2007 年第 3 期。

　　文本确实分布在树的枝桠上，但是分支过程不是由文本而是被线索界定的：被一些比单个文本小得多的东西——一个句子、一个比喻、有时甚至是一个不完整的词语所界定。另一方面，这个差异系统在宏观层面上增加了一些比个体文本大得多的东西，在我们的讨论中它当然指的是侦探小说的文体或树形。很小和很大：这些就是形成文学史的力量。技巧和文类而不是文本。文本当然是文学的真实客体（在《史传德杂志》上，你不可能发现线索或侦探小说，而是福尔摩斯、韦德或是《科学人的冒险》），但它们不是文学史知识的真正对象。①

　　这里有几个问题需要进一步说明。第一，在进化树上看不到具体的线索，只能看到一个个文本，但文本本身不能自行组织，必须依靠线索来确定它们各自在树上的位置和树究竟如何分枝。抽象地讲，不在场决定了在场。第二，微观层面上的技巧、宏观层面上的文类，在文学史的建构中应该占有突出地位。莫莱蒂告诫，我们不应该拘泥于语义学或曰语言分析。那条道路只会把我们的视野变得越来越狭窄，导致忽略那些更容易影响历史趋势的东西。第三，不论是技巧还是文类都不是客观的存在物，而是人类思考、总结、概括的结果。这个判断来自莫莱蒂对文学档案的充分省察。现在的问题在于，作为真实客体的文本为何不是文学史知识的真正对象？恐怕只能从认识论上去寻找答案。文学史和任何历史一样，是所有文学现象的总和，任何一个文本都不可能独自构成文学史。尤其从各派对文本的界定来看，它始终不能向所有的维度敞开，由此带来的后果是，我们无法真切地把握到文学整体。我们只有打破文本的封闭性，深入进去，抽绎出它们共同的东西，我们的认识才是有意义的。当我们面对福尔摩斯的时候，我们需要知道，它本身不是知识，它乃是视而可见、察而可识的实在物，我们能直观地把握它。而它的某些独特性和它的类属性一起构成我们的文学知识。即使莫莱蒂一再强调技巧是文学史的力量，但我们并没有专门设立章节来阐述它。这里既有行文逻辑的考虑，也由于它是形式的一部分，而我们在下文会把形式当作一个整体来讨论。

---

　　①　Franco Moretti, *Graphs*, *Maps*, *Trees*: *Abstract Models for a Literary History*, p. 76.

第三节　回归文类

追溯了文类的谱系，领略了 20 世纪文学理论对文学作品的存在方式的认识，现在我们不得不回到最初的问题。为何拿文类说事儿？批驳文本独霸是一回事，积极地为文类找到学术理据又是另一码事。所以，这节旨在确证文类的权力。简单地说，莫莱蒂为何看重文类，或者，我们为什么要回到文类？这种回归是不是意味着我们应该舍弃掉文本？同时，我们还将试图说明文类为何会被后来的文论家们逐渐舍弃。再者，文类问题究竟是形式问题还是内容问题，抑或两者兼而有之？需要事先声明的是，我们在论证过程中可能很少涉及莫莱蒂本人的观点，但是我们的目标却在于证明和理解他提出的观点。

如前所揭，古往今来，人们对文类的定义有很多方式，这里我们暂且归纳出三种比较基本的。第一种，经验性的归纳。例如中国现在通行的"小说、散文、戏剧、诗歌"四分法就缘起于当年为编写《中国新文学大系》而做的实践性区分。西方的叙事类、抒情类、戏剧类三分法亦属此列。此点不做细论。第二种，文类是实体。它既可以是节奏、韵律、修辞、审美效果实体，也可以是思想情感实体，还可以是形式和内容统一起来的一套规则。语言学转向之后，代表性的看法为，"文体形态是作品的语言存在体，它是文本存在的基本要素。长期以来，我们之所以忽视对于文体形态的研究，原因就是往往把文体形态看成只是无足轻重的形式。其实文体形态并不是纯粹的形式，它具有丰富的内涵。文本诸要素在相互作用中形成相对稳定的特殊关系，从而构成了某一体裁的独特的审美规范。文体形态具有深广的语言学和文化学内涵，作为一种语言存在体，文体形态是依照某种集体的特定的美学趣味建立起来的具有一定规则和灵活性的语言系统的语言规则"[①]。这个看法照顾到了文学的各方面，以语言为基准，以美学指向。但正是以规范自居，最容易造成反叛。后来对文体概念的批判，都是源于把它当作世人必须遵奉的规范。而且依据此看法，我们不能将文本与文类区分开来。与此相反，文类是关系。达维德·方丹说："无论从哪方面讲，体裁都处于中间地位，介于文学的普遍性和作品的特

---

① 吴承学：《文体形态：有意味的形式》，《学术研究》2001 年第 4 期。

殊性之间，介于可进行历史定位的文化传统和永恒的语言类型之间，介于写作要求和解读契约之间……"①据此来看，体裁绝不是实体，而是一种状态，它把一系列对立融合在一起，或者说，它包含了所有的对立的两极。这种定义方式实际上失之宽泛，最终我们还是不明白文类究竟是什么东西。系统—功能主义当然不同意文类研究的本质主义态度。本质主义试图建立一个稳定的、普遍的文类系统。此分类学研究方法将导致把多样性的文本简化成几个有限的范畴。要想把握住文本的多样性，应该将原型方法、描述方法、经验归纳结合在一起。②

克罗齐给文类概念的那一记当头棒喝是不得不提的。虽然克罗齐承认在实际操作中区分文类的必要性，例如图书馆、书店总会粗略地、分门别类地摆放文学作品，但我们不能以此去探讨艺术规律，而且在理论上郑重其事地为文学作品分类常显得可笑。他刻薄地说："各种艺术的区分完全起于经验。因此，就各种艺术作美学的分类那一切企图都是荒谬的。它们既没有界限，就不可以精确地确定某种艺术有某某特殊的属性，因此，也不能以哲学的方式分类。讨论艺术分类与系统的书籍若是完全付之一炬，并不是什么损失（尽管在说这话时，我们对于在这上面花过功夫的那些作者们怀着极大地敬意）。"③ 这一切要从他的哲学、美学理念开始说起。作为情感表现论的坚持者，克罗齐主张艺术即直觉，直觉即表现，艺术即表现。直觉是一个整一体，表现没有形态或程度的分别。这涉及"艺术的普遍性"。作为直觉活动的结果，"直觉品（即表现品）的分类固可容许，却不是哲学的：有几多个别的表现的事实，就有几多个体，这些个体除掉同为表现品以外，彼此不能互换。用经院派的话来说：表现是一个种，本身不能再作为类。印象或内容是常变化的：每一个内容与任何其他内容不同，因为生命中从来没有复现的事物；内容的变化无穷，正相当于表现的形式（即各种印象的审美的综合）也变化无穷，不可分门别类"④。由此可知，艺术在本质上是不可分类的。反过来说，替艺术分门别类实为一种最常见的"偏见"。这是起源于希腊文化，并一直延续到今天的偏见。艺

---

① ［法］达维德·方丹：《诗学：文学形式通论》，天津人民出版社 2003 年版，第 107 页。

② De Geest, Dirk Van Gorp, Hendrik, "Literary Genres from a Systemic-Functionalist Perspective", European Journal of English Studies, Apr99, Vol. 3, Issue 1, pp. 33–50.

③ ［意］克罗齐：《美学原理—美学纲要》，朱光潜等译，人民文学出版社 2008 年版，第 102—103 页。

④ 同上书，第 64 页。

术的不可分类表现在两个方面：不能以媒介为标准区分出文学、绘画、音乐、建筑、雕刻、园艺、表演艺术等部门；不能从体裁角度划分出抒情诗、戏剧、小说、史诗、田园诗、悲剧、喜剧等形式。批评家们纵然能归纳出体裁的独特属性，并将其固定为规范，但实际的文学创作往往会突破那些教条。当"每一个真正的艺术作品都破坏了某一种已成的种类，推翻了批评家们的观念，批评家们于是不得不把那些种类加以扩充，以至到最后连那扩充的种类还是太窄，由于新的艺术作品出现，不免又有新的笑话，新的推翻和新的扩充跟着来"①。破坏—扩充—固定—再破坏—再扩充—再固定—又破坏……永无止境的循环。但是，批评家所津津乐道的文类区分和界定实践，实际上永远赶不上作家们出奇、创新的步伐。批评家和作家之间这种严重的不一致或鸿沟难以逾越。对克罗齐来讲，所谓艺术的和文学的种类说实为理智主义者的最大错误。② 也即是说，克罗齐美学的最终落脚点就像鲍姆加登一样，在于批判理性主义对感性的抑制。可是，"不能把克罗齐的思想和任何种反理性主义的泛美主义混淆起来，因为它植基于这样一种不可动摇的信仰：相信理性的安排、澄清和辨别的力量"③。英国人科林伍德的晚期思想差不多忠实于克罗齐"想象与表现同一"理论。不同的是，"科林伍德重视思维在审美活动和艺术创作中的地位，指出语言的理智化并不降低其对情感的表现力，它反而因此获得了表现伴随思维活动的理智情感的能力"④。后来，克莱夫·贝尔"有意味的形式"、卡西尔"艺术可以被定义为一种符号的语言"、苏珊·朗格"艺术是人类情感符号的创造"皆沿着克罗齐—科林伍德道路延伸。总之，克罗齐基于自己的艺术哲学或美学，否定了文类存在的可能性。朱光潜认为，"在否定艺术门类和规范的一成不变性上，克罗齐的观点是正确的，但不能据此就否定艺术的分类与经验总结，否定了这类工作就无异于否定科学方法在美学领域的运用。一切都在发展变化，但是科学并不因此就不能对所研究的对象进行分类和寻求规律"⑤。这个批评无疑有其深刻的道

---

① ［意］克罗齐：《美学原理—美学纲要》，朱光潜等译，人民文学出版社2008年版，第38页。

② 同上书，第36页。

③ ［意］亚尔多·斯卡里恩奈：《克罗齐的文学批评观》，杨岂深译，《国外社会科学文摘》1961年第8期。

④ ［英］罗宾·乔治·科林伍德：《艺术原理·译者前言》，王至元、陈华中译，中国社会科学出版社1987年版，第2—3页。

⑤ 朱光潜：《西方美学史》，人民文学出版社2002年版，第636页。

理。然而，对于解答文类可能性的依据何在之类的问题，它稍显粗糙，作用也有限。应该说，还是必须从哲学层面而不是一般地反思克罗齐对文类的无视。总体而言，"克罗齐把艺术归结为直觉的表现，但其直觉却是完全同客观事物脱节的内在的心灵活动。因而，克罗齐的表现论美学思想是以主观唯心论作为其理论基石的"①。换言之，克罗齐仅仅把直觉的表现作为定义艺术的唯一向度，是不符合艺术的实际状况的。艺术作为把握世界的方式之一，既是情感的表现，也是对现实的反映和反思。克罗齐企图以整一的逻辑体系去阐释所有的艺术问题，势必会像黑格尔一样最终离历史事实越来越远。不论给予艺术本质怎样的界定，都不会因此抹杀掉艺术分类的可能性，能影响的至多是如何分类问题。

克罗齐的反文类思想给文学领域带来的震动是有目共睹的。托多罗夫描述了文类在今天的遭际："锲而不舍地关注体裁，这在今天似乎是一种无益的、甚至过时的消遣。……不再遵循体裁划分，这在一位作家身上可说是真正的现代性之象征。"② 纵观 20 世纪的文学史、文论史，虽然没有克罗齐那样否定文类存在可能性的极端意见，但是意图取消体裁之间的分野、突破体裁规条的文学实践比比皆是。布朗肖俨然是这股思潮的代言人："诸形式、诸体裁已无真实意义，而且要弄清楚《芬尼根守灵》是否归属散文或某种被称做小说的这类事难免荒唐，这一切表明文学的深层作用是力图破坏各种区分和界限，以期显示其本质。"契诃夫的戏剧淡化了情节或舞台外部冲突、抒情气氛浓烈。贝克特、尤奈斯库、卡夫卡所代表的荒诞派戏剧，直接放弃戏剧冲突和形象塑造，契诃夫的作品简直不可同日而语。弗吉尼亚·伍尔芙、詹姆斯·乔伊斯、马塞尔·普鲁斯特、威廉·福克纳的意识流小说把现实主义反映生活的规约抛之脑后，自由联想、逻辑松散、不关心事件之间和人物之间的关系。加西亚·马尔克斯的《百年孤独》熔惯常的小说叙述技法与神话故事、民间传说、宗教典故于一炉，被目为"魔幻现实主义"。五四运动时期，中国同样也涌动着不可抗拒的体裁革新潮流。例如鲁迅的新式短篇小说、散文诗、历史故事、杂文。此外，还出现了从欧美引进的话剧、长篇小说、速写（报告文学）、随笔等体裁。③ 章回体小说、格律诗、词、曲、赋等旧的文学体裁和样式

① 曾繁仁：《重评克罗齐的表现论美学思想》，《山东大学学报》1988 年第 4 期。
② ［法］托多罗夫：《巴赫金、对话理论及其他》，第 21 页。
③ 钱中文：《体裁：审美特性，规范与反规范》，《文艺理论研究》1989 年第 1 期。

变得无足轻重，尤其是白话文运动给予其强有力的冲击。然而，依然有小说家相当看重体裁。托多罗夫《巴赫金、对话理论及其他》的扉页援引了小说家亨利·詹姆斯的一句话："'体裁'是文学生命本身；完全辨识诸体裁，洞彻各体裁之间固有的意义，深入其密实的内部，这将产生真理和力量。"这与上面的观点形成鲜明对比。"过时的消遣"与"文学生命本身"、"破坏"与坚守、"荒唐"与"产生真理和力量"，几对尖锐对立的术语把不同的文体态度呈现在我们面前。我们究竟该如何去看待这样的对立？我们是兼收并蓄还是两者选一？实际上，两种观点体现了规范与反规范之间的矛盾。就小说文体而言，各种各样的子型竞相而起、互不相让、不曾停歇，如果非要抽取某些所谓的共同要素以制定该种文体的规范，无异于画地为牢。现实主义小说有以真实为基础的要求；浪漫主义小说有自由想象、肆意挥洒情感的风格；意识流小说另辟蹊径深入地加工各种心理意识或无意识。由此，小说这种文体的内涵和外延得到丰富。在这个过程之中，技巧的更新扮演着重要的角色。基亚认为，"体裁的观念，过去很重要，但在技巧的观念面前日渐销声匿迹了。一个现代作家，不论他是小说家、诗人或戏剧家，都不再像从前那样过分注意如何谨守一种固定的体裁的程式，而是力求确立观察事件的某一角度。不论这种角度是'心理时间延续说'（柏格森的'绵延'），还是'精神分析法'，如要采取它，就须遵奉某些法则。这样，体裁的问题虽然并未消失，但却退到了次要的地位"[1]。这句话还表明，新的技巧可能会变成新的规则，然后又被后来的文学创作所摧毁。总之，文类的稳定性和不确定性的冲突是不可回避的。这个问题，我们还可以转换角度去思考，即如何认识传统与个人才能之间的关系。简单地说，作家必须戴着镣铐挥洒自己的主体性，但其创作个性又常常表现出不受约束，诚如刘勰《文心雕龙》所言，"各师成心，其异如面"。那么，文类规范究竟有何意义？进一步说，文类究竟有何功能？

　　这里不妨引用南帆的一段话："与通常分类不同的是，文类包含了强大的权力——沃伦就不止一次地用'权力主义'形容文类。文类可能始于说明性的类别归纳；可是，一旦这种归纳得到认同，它将随即变成某种

---

[1]　[美]乌尔利希·韦斯坦因：《比较文学与文学理论》，刘象愚译，辽宁人民出版社1987年版，第103页。

必须遵守的章程和约束。文类既是读者的'期待视野'，又是作家的'写作模式'；换言之，文类如同一种契约拴住作家和读者。……作为一种形式凝聚力，文类的惯例和成规有能力和外部世界抗衡：文类的惯例和成规有能力保证文学作为一个独立王国而存在，这个独立王国里面所发生的事件有权力异于人们的现实经验。纵观文学史的时候，文类拥有的形式凝聚力可能显示得更为充分。文类具备了极为顽强的遗传能力。它将作为一个家族系列反复重现乃至强化自己的特征。用巴赫金的话说，文类在历史演变之中可能出现一种创造性记忆，文类不仅能持续保持自己的统一框架和连续性，它还能不断地在更高的水平上复活自己；一种文类愈加完善，它同时将愈加充分地回忆起自己的过去。简而言之，形式凝聚力将使文类在演变之中更加坚固。文类的强大权力意味着，作家将被迫服从这种形式凝聚力。文类的惯例和成规同时充当文学鉴定的法典。"① 简言之，不论是文学写作还是文学鉴赏，文类绝不是障碍，而是保证整个文学活动得以顺利进行的前提。如果说文类是一套话语或者意指实践的话，那么它自然拥有自己的权力。任何权力的实现可以采取软性和硬性两种方式。认为文类会强迫作家服从，只谈到了问题的一方面；我们还是需要注意作家自动适应文类惯例的情况。因为既然文类是一种惯例，它必然在文化传承过程中逐渐变成我们的无意识的一部分。作者和读者都会有意或无意地以惯例为参照。然而，不可否认，"一个体裁的'规则'并不总是一贯地被遵守着：实践可能不同于规则，文学创作总是与遵奉传统相抗衡。从历史的角度来看，在任何一个时期，体裁都呈现了动态的和灵活的面貌，一个体裁从另一个体裁发展而来（如小说从浪漫散文发展而来）"② 。这个观点也是前述克罗齐所宣称的。总而言之，体裁的变动性和体裁的传承性一样，始终贯穿在文类史、文学史之中。它们相互交织、彼此勾连、辩证统一。光有传承性，文学无法发展；仅有变动性，文学会呈现无政府状态，新的作家和读者都将无所适从。更不要说，去辨识文本之间的关系以及把握文学发展的规律了。惯例与反惯例、规范与反规范，这就是文学前进的动力。只有形式的竞争才能让真正优秀的文学作品得到肯定，并作为经典流传于世。无论文学创作会怎样背离既有的文类惯例，我们都应该相信，否定文

---

① 南帆：《文类与散文》，《文学评论》1994 年第 4 期。
② 胡壮麟、刘世生主编：《西方文体学辞典》，清华大学出版社 2004 年版，第 148 页。

类的可能性乃是不明智的。正面地、积极地去看待文类，我们将会发现，它给我们的文学研究所带来的真正具有启发性的思考维度。

有学者把文类作为研究文学性的新路径："文学性内涵研究中强调文类意识的必要性体现为：从文学性内涵研究指涉的对象而论，文类是基本对象；从文学性内涵研究的具体策略而论，文类是基本切入点；从文学性内涵研究的最终目的而论，文类是基本检验标准。"① "文学性"本来是雅各布森的概念，从文类角度认识文学性就避免了纯粹语言形式的考索，使得文学研究更具开放性、历史性。不过，若坚持"文学性"就是文学区别于非文学的标志，那么从文类切入未免大而不当。而且文类本身就是一个需要界定的概念。以一个不确定的概念去定义另外一个不确定的概念，严谨性大打折扣。无论如何，能把文类与文学性关联起来思考是值得肯定的。韦勒克、沃伦给予文类极为重要的位置："很清楚，文学类型这一题目为研究文学史和文学批评以及它们二者之间的关系提出了重要的问题。这一题目也在一个特定的文学发展的来龙去脉中提出了关于种类和组成它的独立单位之间、一个类别和多个类别之间的关系以及许多一般概念的本质等哲学性的问题。"② 这正是莫莱蒂在《心灵与哈比》（*The Soul and the Harpy*）中反思文学史的研究方法和目的时所认同的观点，即通过文类建构出全新的文学史形态。追求总体文学史的比较文学学者，普遍地把文类研究作为建构文学史必不可少的一环。如此一来，文学史就变成一部"文学创作与文类传统相互抗衡、彼此消长的历史"③。

卡洛琳·米勒（Carolyn Miller）斥责文类批评家老是满足于简化主义、规则主义、形式主义，因为它导致令人厌恶的、无用的修辞、话语分类学。他把文类作为一种反复发生的、重要的社会行为。它体现了文化合理性（rationality）的一个方面。对于批评家而言，文类乃文化模型的指标，是探索演讲者和作者成就的称手工具。对于学生而言，文类是理解如何参与交流活动的关键。④ 在托马斯·比比（Thomas O. Beebee）看来，文类是文本的"使用价值"，是创造和阅读文本的前提。因为文类为文本和

---

① 陈军：《"文学性"内涵新论——文类意识对"文学性"内涵研究的启示》，《内蒙古社会科学》2008 年第 1 期。

② ［美］雷·韦勒克、奥·沃伦：《文学理论》，第 271 页。

③ 姚文放：《文学传统与文类学辩证法》，《学术月刊》2004 年第 7 期。

④ Carolyn R. Miller, "Genre as Social Action", *Quarterly Journal of Speech*, 70 (1984)：151 - 167.

它的参与者发挥作用并获取文化价值提供了意识形态背景。我们不能抽象地、消极地理解文类，而应该从实用的、积极的意义上去使用它。[①] 安尼斯·巴瓦尔斯（Anis Bawarshi）甚为赞同两人的说法。他的结论在于，文类从修辞上构成了我们的文学与非文学现实，包括我们在特定的时空之中、意识形态框架内如何认识这些现实、认识自我、认识他者。文类也帮助我们体验、理解我们所处身的世界。文类是生命存在的方式。借此，将纠正我们对文学文本与非文学文本、诗歌与修辞、作者与读者之间不健康的区分。[②] 这样的主张差不多破除了文类研究中的形式化倾向，使其获得了历史的维度。当然，巴瓦尔斯的这些观点并非完全独创，它其实一直活跃在马克思主义的文学研究传统之中。

在本节的最后，我们将集中论述一下，马克思主义的文类观。马克思主义者在思考文类问题时，最大的特点在于，从唯物主义辩证法出发，把文类与社会、历史结合在一起；从社会的整体系统出发，考察文类的起源和它所具有的功能。卢卡奇、葛兰西、阿多诺、本雅明、戈德曼、詹姆逊无一没有对文类的精彩论述。中国台湾学者陈昭瑛对马克思主义的文类研究做出了这样的论断："马克思主义的诗学自始至终在文类概念之下进行论证，对文类存在的必要性几乎从未表示怀疑。因为文类提供个别作家和集体的文学遗产会面的场所，文类本身的客观性、普遍性是制约作家个人才能的规范，但是由于持辩证法的角度，马克思主义也赞成作家的个人才能可以修正文类的规范，马克思主义并不是单方面地强调文类对个别作家的规范，但它坚持文类之普遍性、集体性、客观性和作家之独特性、主体性、想象力之间的辩证关系。卢卡契认为，文类理论所要提供的是一个客观判准和个别作家的创造活动之间的调停领域（intermediate sphere）。因此，卢卡契认为反文类的论调和资本主义有共谋的关系，因为文类的取消，即取消文学客观判准对个别作家的要求，亦即使个体性无限膨胀。和一般支持文类概念者不同的是：马克思主义基本上是以人和世界的各种关系来作为文类区分的标准，和形式主义者以形式、技巧的差异来区分文类不同；其次，一般认为文类的存在是为了建立'秩序'（order），并由此

---

① Thomas O. Beebee, *The ideology of genre: a comparative study of generic instability*, Pennsylvania: Pennsylvania State University Press, 1994.

② Anis Bawarshi, "The Genre Function", College English, Jan 2000, Vol. 62, Issue 3, pp. 335 – 360.

而衍生出文类阶层（hierarchy）和文类'纯粹性'（purity）的要求，这也为马克思主义所不取。马克思主义感兴趣的不是文类的秩序，而是'起源'（origin），是各个文类诞生之时的各种条件，以及各种不同文类所内含的不同的社会功能。"① 应该说，此论断是非常准确的。马克思主义者确实从来不曾把任何艺术问题当作艺术本身的问题。他们本能地将艺术作为社会的子系统。所以，某种文类的产生或衰落必然与社会风潮的变革休戚相关。这就是文类发生或起源的机制。由此可以推论，长久以来，许多作家不断突破文类普遍性或规则的症结在于，资产阶级所宣扬的自由化、个性化思潮。反之，是不是可以说，回到文类意味着对抗碎片化、零散化的晚期资本主义社会呢？贸然地给出答案是不恰当的。至少，我们可以认为，回到文类某种程度上代表着对总体性的渴求。不论资本主义社会反对文类的实践和理论多么强大，詹姆逊毅然坚持认为，"对马克思主义来说，文类概念的战略价值显然在于一种文类概念的中介作用，它使单个文本固有的形式分析可以与那种形式历史和社会生活进化的孪生的共时观协调起来"② 。对他而言，每一种文类/形式都负载着意识形态的内容，是政治无意识的表征。如果文类具有如此强大的权力和功能，我们以此将会建构出怎样的文学史？或者说，文类究竟能给我们的文学史研究带来什么不同的景观。莫莱蒂在为我们揭示这些问题的时候，自觉地运用了马克思主义的路径，思考了文类—形式与社会的关系。

---

① 陈昭瑛：《马克思主义的文类社会学》，《马克思主义美学研究》1998 年第 1 辑。

② ［美］弗雷德里克·詹姆逊：《政治无意识——作为社会象征行为的叙事》，王逢振、陈永国译，中国社会科学出版社 1999 年版，第 92 页。

第三章

形式生产空间

在《欧洲小说地图集》中，莫莱蒂提出建立一种文学地理学。他的文学地理学处理的问题是文学中的空间和空间中的文学。其实，两个问题都是文学中的传统命题。它们和文学的历史一样久远，差别仅在于，人们是否将其变为前景。西方的哲学、美学、文学、批评理论向来并没有对空间表现出多少重视的态度，相反，它们对时间抱有极大的兴趣，常常把空间问题时间化。莎士比亚的《皆大欢喜》把空间设想为男男女女挥洒情欲的舞台。看看莱辛《拉奥孔》对诗与画的著名区分：前者是时间艺术，后者是空间艺术。他根本不在乎诗歌所具有的空间特性。进入 20 世纪后半期，人们对空间的态度呈现出前所未有的局面。亨利·列斐伏尔作为这股思潮的肇始者，提出并反复阐述了"社会空间"的生产理论。他认为，最近出现的显在现象是"由空间中事物的生产转向空间本身的生产"①。亨利·列斐伏尔的思想引发了许多后现代主义者对空间的关注，对"空间转向"的成形无疑功不可没。"空间转向"不仅仅表明空间将与时间平起平坐，甚至跃居前端，还意味着人们对空间的内涵、功能的重新认识。应该说，莫莱蒂所致力的思考跟这种"空间转向"有莫大的关系。毋庸置疑，米歇尔·福柯的文章《不同空间的正文与上下文》之前瞻性预测，今天依然适用。他宣告："当今的时代或许应是空间的纪元。"② 空间时代来临的深层原因在于，"我们时代的焦虑与空间有着根本的关系，比之与

---

① 〔法〕亨利·列斐伏尔：《空间：社会产物与使用价值》，王志弘译，转引自包亚明主编《现代性与空间的生产》，上海教育出版社 2003 年版，第 47 页。

② 〔法〕米歇尔·福柯：《不同空间的正文与上下文》，陈志梧译，转引自包亚明主编《后现代性与地理学的政治》，上海教育出版社 2001 年版，第 18 页。

时间的关系更甚"①。我们身处在一个"同时性的""并置的""比肩的"时代。可以说，福柯试图恢复空间应有的本体论位置。那么，这样一个时代究竟与传统有何不同呢？或者说，以空间为主导与以时间为尺度究竟能给我们的认识带来什么样的面貌？菲利普·韦格纳在《空间批评》中阐明了空间概念的变革。在19世纪以前，启蒙运动和笛卡尔式的空间概念把空间当作一个"不同于主体的客观的同质的延伸"，康德将其视为"人类活动在其中展开的一个空洞容器"。亨利·列斐伏尔、加斯东·巴什拉、米歇尔·福柯、吉尔·德勒兹、皮埃尔·布迪厄、雷蒙·威廉斯、大卫·哈维、爱德华·索亚、弗里德里克·詹姆逊、爱德华·萨义德等诸多思想家的著作表明："空间本身既是一种'产物'，是由不同范围的社会进程与人类干预形成的，又是一种'力量'，它要反过来影响、指引和限定人类在世界上的行为与方式的各种可能性。正如索亚强调的西方现代性因而被重新设想为既是一种历史规划，'又是'一种地理和空间的规划，是对我们栖居于其中的环境（包括我们的身体）持续的分解和重组。"②以此而言，空间不再是被动的、静止的、"刻板的、僵死的、非辩证的东西"③，而是积极的、主动的、丰富的、辩证的景观。空间转向带来了思维方式的根本变革，"祛除了形而上学宏大叙事对生存空间的遮蔽"和"历史决定论时间意识对在场的空间的遮蔽"④。同质性、一元性的世界图景解体之后，代之而起的是对异质性、多元性的追求。众所周知，这是后现代的典型标记。受此影响，文学与空间的关系被修正。

　　关于地理和文学创作的关系问题，迈克·克朗的文化地理学的观点值得事先列举出来。他提到哈比关于哈代笔下的西撒克斯的评论："作为一种文学形式，小说具有内在的地理学属性。小说的世界由位置和背景、场所和边界、视野与地平线组成。小说里的角色、叙述者以及朗读时的听众占据着不同的地理和空间。任何一部小说均可能提供不同，甚至相左的地

---

① ［法］米歇尔·福柯：《不同空间的正文与上下文》，陈志梧译，转引自包亚明主编《后现代性与地理学的政治》，上海教育出版社2001年版，第20页。

② 菲利普·韦格纳：《空间批评：批评的地理、空间、场所与文本性》，蒋华译，转引自阎嘉主编《文学理论精粹读本》，中国人民大学出版社2006年版，第137页。

③ ［美］爱德华·W. 苏贾：《后现代地理学——重申批判社会理论中的空间》，王文斌译，商务印书馆2004年版，第16页。

④ 谢纳：《空间生产与文化表征：空间转向视阈中的文学研究》，中国人民大学出版社2010年版，第15—24页。

理知识，从对一个地区的感性认识到对某一地区和某一国家的地理知识的系统了解。"① 小说中的这些具有地理属性的要素，不是现实环境的一一对应物，甚至找不到对应物。克朗由此说，"文学作品不能视为地理景观的简单描述，许多时候是文学作品塑造了这些景观"。那种认为文学模仿世界的观念至少有两点谬误：假定了世界原封不动地屹立在那里；假定了文学能如镜子一般一丝不苟地反映世界。世界/空间本身是动态的，文学语言也不具备镜子的功能。总而言之，"文学与空间理论的关系不复是先者再现后者，文学自身不可能置身局外，指点江山，反之文本必然投身于空间之中，本身成为多元开放的空间经验的一个有机部分。要之，文学与空间就不是互不相干的两种知识秩序，所谓先者高扬想象，后者注重事实，相反毋宁说它们都是文本铸造的社会空间的生产和再生产，凸显这一点，无论如何是意味深长的"②。的确，文本参与空间的生产与再生产。明白这一点，是非常重要的。因为"空间转向"并不是学者们无聊的发明，而是由于空间作为我们的日常生活体验，作为我们的审美体验，已经对我们的存在产生了不可估量的影响。作为文学学科的工作者，我们必须清楚，不论是文学中的空间还是空间中的文学，不论是虚构世界还是真实存在，在媒介多元化的时代，文学必须以自己特有的、行之有效的手段去认识空间的增长和爆炸。尤其是，赛博空间早已成为我们时代的显性空间。借助它，一系列文艺作品建构出层出不穷的、意想不到的空间结构形态。从这个角度而言，莫莱蒂对文学形式与空间、文体与空间的关系的思考是值得我们借鉴的。

虽然有众多的空间理论，但是本书不打算给它们提供集结之地。其原因有二：一是，莫莱蒂的兴趣不在于发展既有的空间理论；二是，莫莱蒂的理论的特征不在于对空间的形而上的思辨。对莫莱蒂来说，确定无疑的一点是，文学叙事生产了空间。或者说，过去近三百年来的小说不同程度地塑造了我们对地理、空间的想象。当然，真实的地理空间也影响着作家对小说空间的建构。不同的地域、场所——小到某个图书馆，大到某个大洲的某些国家——也制约着小说市场的形成与小说的传播。一方面是真实的空间，另一方面是虚构的空间。它们可能会有重叠之处，但差异是最主

---

① 转引自迈克·克朗《文化地理学》，杨淑华、宋慧敏译，南京大学出版社 2003 年版，第 55 页。

② 陆扬：《空间理论和文学空间》，《外国文学研究》2004 年第 4 期。

要的，也是最重要的。如果虚构的空间完全和真实的空间一模一样，读者的兴趣可能就大大缩减了。作为语言艺术，小说亦不具备那样的能力。莫莱蒂在观察、认识两者时，使用的方法也是一样的：把它们都放在地图上。莫莱蒂说："新的空间产生新的形式，新的形式产生新的空间。"①"不同的形式存在于不同的空间中。""每一种文体都有自己的空间，每一个空间都有自己的文体。"② 小说在不同地域的传播可以作为前一方面的例证；悲剧与德国的奇特关系亦能说明。不同的小说将产生出不同的空间，或者说，不同的叙事风格将产生不同的结构：直线框架、二元场域、三极结构和圆形结构。不独从西方的文学文类和形式能得出上述结论，而且中国学者如冯宪光也注意到了这个问题。他认为，抗战时期中国政治中心的转移，带来了文化中心的转移，最后导致重庆发展出不同的文学风貌——"话剧剧本的创作达到了历史上前所未有的高峰"③。下文将一一呈现出莫莱蒂的文学空间研究结果。

第一节　小说对民族国家的象征

考察一部小说的空间或地理要素，可以有很多切入点，或者故事发生的社会环境，或者人物的日常生活、饮食起居的场所，或者人物与人物之间的关系……无论如何，我们都能在小说中找到带有地理标记的描述。关于场景或空间描述对小说的意义，一般的看法是，它暂时地中断了叙述流。有人以为这会损害小说的连贯性、紧凑性；有人认为它丰富了小说的美感。莫莱蒂很明显倾向于后者，但并不停留于那里。他从更宏观的角度去看待小说中的虚构世界问题。首先，小说对民族国家意识的书写。实际上，民族国家概念本身内含空间或地理属性。有学者认为，小说叙事"作为对'过去记忆'的讲述，作为人类理解自我、把握世界的精神思维方式，它既是时间维度的'普遍性'意识形态话语组织形式，又与地域性'共同想象'有关。叙事联系着人类地域性的特定历史记忆与思维方式，不同族群与文化背景的人们，往往在叙事上具有鲜明的本区域的共同生活

---

① Franco Moretti, *Atlas of the European Novel*, *1800 – 1900*, p. 194.

② Ibid., pp. 33 – 34.

③ 冯宪光：《重庆抗战时期的文学地理学问题》，《社会科学研究》2005 年第 6 期。

史的想象"①。关于小说/叙事在民族国家的形成过程中扮演的角色，必须听听本尼迪克特·安德森的名著《想象的共同体》的论断。安德森说："如果我们思考一下两种最初兴起于18世纪欧洲的想象形式——小说和报纸——的基本结构，就能够明白何以这个转型对于民族的想象共同体的诞生会如此重要了。因为这两种形式为'重现'民族这种想象的共同体，提供了技术上的手段。"② 从根本上来讲，民族语言是小说得以完成的条件。民族语言也是实现民族想象的条件。安德森基本上引领着那些将小说作为表征民族意识的手段的理论。很多叙事学家已经注意到这个问题。"在后殖民主义批评中经常可以发现有博采众长的叙事方法用于说明民族与帝国'话语'中的叙事所起的作用"③，例如爱德华·萨义德《简·奥斯汀与帝国》、霍米·巴巴《民族的衍生：时间、叙事与当代民族的边缘》。在《民族与叙述》的导言里，巴巴开宗明义："民族就如同叙述一样，在神话的时代往往失去自己的源头，只有在心灵的目光中才能全然意识到自己的视野。这样一种民族或叙述的形象似乎显得不可能地罗曼蒂克并且极具隐喻性，但正是从政治思想和文学语言的那些传统中，西方才出现了作为强有力的历史观念的民族。"④ 巴巴将福柯的话语即权力的观点移用到后殖民批评里。他的阐释比安德森的更为根本，更多地抓住了问题的本质。萨义德的观点于前面论述远距离阅读方法时已约莫提到，此处不避重复之嫌，再做陈述。萨义德通过"对位阅读法"，将曼斯菲尔德庄园与安提瓜岛作对比，发现奥斯汀的小说与"一段肮脏的历史相连"，隐藏着强烈的帝国主义意识形态。他声称，《曼斯菲尔德庄园》"虽然不引人注目，却稳定地开拓了一片帝国主义文化的广阔天地，没有这种文化，英国后来就不可能获得它的殖民领地"⑤。萨义德对殖民地在英国经济中之作用的定位，莫莱蒂颇有微词。他以基尔南（V. G. Kiernan）、布里恩

---

① 房伟：《论现代小说民族国家叙事的内部线索与呈现形态》，《中国现代文学研究丛刊》2011年第2期。

② ［美］本尼迪克特·安德森：《想象的共同体——民族主义的起源与散布》，吴叡人译，上海人民出版社2008年版，第23页。

③ ［英］马克·柯里：《后现代叙事理论》，宁一中译，北京大学出版社2004年版，第100页。

④ 转引自王宁《叙述、文化定位和身份认同——霍米·巴巴的后殖民批评理论》，《外国文学》2002年第6期。

⑤ ［美］爱德华·W. 萨义德：《文化与帝国主义》，三联书店2003年版，第132页。

（Patrick K. O'Brien）、贝洛赫（Paul Bairoch）、布莱克本（Robin Black-
burn）等经济学家对英国经济、社会的研究成果为证据来说明，殖民地对
英国资本主义的兴起并非必不可少。因为基于象征原则，虚构的财富与经
济史不成比例。然而，必须承认殖民地在现代民族国家理念的形成中，作
为对立面对民族想象的作用。

　　莫莱蒂对民族国家的论述亦从简·奥斯汀开始。这缘于奥斯汀所塑造
的独特地理/空间，他说："奥斯汀的英格兰是虚构的。我谨慎地说成虚
构，因为她的小说的空间范围在今天如此明显地吸引着我们，但在历史上
却并不明显。"① 19 世纪早期的感伤小说（sentimental novel）的注意力在
国际空间，例如海外战争、长途贸易、印度富豪、西印度种植园主等。奥
斯汀增加了英国在情节轴中的比重，那些所谓的次要情节完全被缩减。虚
构的英国也不是单一的，它具有双重性。奥斯汀的《诺桑觉寺》《理智与
情感》《傲慢与偏见》《曼斯菲尔德庄园》《爱玛》《劝导》六部不同时期
的小说有个共同点，都能为它们找出两个共同的要素：情节开始的地方和
情节结束的地方。例如《诺桑觉寺》的情节开始于富尔顿（Fullerton），
结束于伍兹顿（Woodston）；《理智与情感》始于诺兰德公园（Norland
Park），终于德拉夫德（Delaford）。仅有《劝导》的终点相当模糊。所有
的故事都发生在两个地方，所有的叙述都没有超出两地。莫莱蒂说，从奥
斯汀的这些小说中，我们可以看到作为民族国家的英国的形象，可以看到
在小说中它是怎样的，而在现实中又是什么样的：真实的英国为奥斯汀所
生活的时代；可能世界是她小说中的小小的、同质化的英格兰。这两个英
国有何不同呢，它们是否有会通性？小说的英国比现实的英国小得多。现
实的英国有爱尔兰、苏格兰、威尔士、康沃尔郡等，那是一个工业化的大
不列颠。虚构中的英国远远小于作为整体的大不列颠联合王国，没有工业
革命，是旧式的乡村英国，就像一切田园诗所描绘的那样，有山丘、公
园、田舍、乡村小屋，人们过着悠闲的生活。莫莱蒂就此感叹道："文学
社会学一直坚持探讨小说与资本主义的关系，但奥斯汀的空间暗示了小说
和民族国家的地缘政治现实之间一种非常密切的关系。"② 什么样的关系
呢？真的有所谓的民族国家吗？它是怎样的？它在哪里？莫莱蒂对安德森

① Franco Moretti, *Atlas of the European Novel, 1800 - 1900*, p. 20.
② Ibid. , p. 16.

的说法有无承继和推进？

　　民族国家发现了小说，反过来，小说发现了民族国家。小说是唯一能够再现民族国家的象征形式，它已变成我们的现代文化的必要成分。一些民族国家（如英国、法国）当然在小说兴起之前就已经存在了很久，但它们是作为潜在的而不是事实上的民族国家而存在。它们拥有中央法院、朝廷、海军和某些征税，然而它们几乎不是完整的体系，它们依然分割成几个局部环路（local circuits）。从严格意义上来说，那时的民族因素不足以影响日常的生存。在 18 世纪末，大量的变化产生了：乡村圈地最后的激增、工业的腾飞、交流的大幅度提升、民族市场的统一、大规模的征兵。它将人类从狭小的地方范围中拖曳出来，然后把他们抛入更大的空间。查尔斯·蒂利谈到了这段时期新的价值：民族忠诚。民族国家尝试超越和反对‘地方忠诚’。他是正确的，我相信，新旧忠诚的冲突表明，民族国家最开始究竟存在多少问题：与以前的权力关系非常不相同的、不可意料的强制；更广、更抽象、更神秘的统治。为了理解这些，需要新的象征形式。①

　　这段冗长的引文大概给我们传达了这样几个信息。首先，小说的成长与民族国家意识的形成是互相促进的。民族国家形成的前提当然是物质生产力的进步和一系列政治、经济、社会各方面的深刻变革。小说的作用在于，强化了人们的民族国家意识，将其从潜在状态变成现实存在。其次，民族国家成形的后果之一是，人们需要改变自己的忠诚指向和方式。由此所造成的新的世界观和旧的世界观的矛盾、龃龉，必须得到缓解或消除。如何解决呢？最后，在以前的统治下，人们只要匆匆一瞥就能把握住他们居住的世界，例如植被丰茂的山丘、日出而作日入而息的村庄、被围墙环绕的城市、百鸟齐鸣的山谷。它们以有形之体，时时刻刻伴随着人们的日常生活，或者说，它们构成人们日常生活的一部分。但民族国家是神秘的、无形的，它的强制性常常是潜移默化的，绘画之类的艺术手段根本无法完成对其的表征。为何不是诗歌或戏剧？简单地说，诗歌或戏剧作为西方古老的艺术样式，它们有自己规定的程式。现代意义上的小说乃是资本

① Franco Moretti, *Atlas of the European Novel*, 1800－1900, p. 17.

主义的衍生物。资本的积累和扩张所催生的市民文学市场，习惯于高雅的史诗和戏剧自不堪胜任。小说满足了大多数人的需求。阅读小说是时髦。当这样一种文类形式取得文化/话语霸权时，它自然而然变成了日常交流的手段之一。所以，只有小说才能作为民族国家的象征形式而发挥作用。从接受的角度来讲，"读者需要象征形式以便能理解民族国家，是的，他们需要它，但在奥斯汀之前无人提及"。乍看起来，莫莱蒂与安德森的看法多少有些吻合的地方。只是莫莱蒂单独强化了小说对再现民族国家的重要性。不同之处在于，安德森提出了两种想象民族国家的形式：小说和报纸，而莫莱蒂的象征形式只有一种：小说。再者，想象毕竟不同于象征。象征的基础属性是符号行为。① 此外，安德森主要谈论的是民族的起源，而莫莱蒂实质上在讲安德森命题之后的问题，即民族国家已经形成，它给生活在资本主义的人们造成了世界观和价值观上的困惑，小说担负起缓冲剂的功能。

那么，奥斯汀的情节将怎样塑造民族国家？莫莱蒂借用了社会史学家的"民族婚姻市场"概念。奥斯汀的情节通过"婚姻"把不同地点、不同国家的人们捆绑在一起：女主人公在起点，她的未婚夫在终点。也就是说，小说再现了民族婚姻市场。强大的婚姻市场需要男女在身体上和精神上的自由流动。这样，他们就不得不冲破传统的空间和婚姻观念的限制。与奥德修斯不同，18 世纪的人们只有将民族国家作为他们的家园，他们的归宿感才会得到充盈，才能夯实在世的感觉。也就是说，此时的家园不仅仅是指出生地，而且是一个更为庞大的空间。此时，缔结婚姻关系的双方不再局限于一个村庄、一个城市、一个国家，因为他们是流动性的。他们会离开出生地，去追寻爱情、婚姻的幸福，例如《傲慢与偏见》中的达西和伊利莎白。他们的离开与回家都会形成情节。起点与终点存在一定的距离。距离则意味着空间。相差几公里就是另一个不同的空间。距离在奥斯汀的世界里获得了新的意义。与奥斯汀进行比照的对象，莫莱蒂选择了艾米丽·奥佩（Amelie Opie）的《艾德琳·莫布雷》和埃奇沃思（Maria Edgeworth）的《运动》。对奥佩和埃奇沃思而言，"距离是一个绝对的、本体论的范畴——对大多数感伤小说来说，亦如此。受宠爱的是'在

① 对于此问题，可参见［法］茨维坦·托多罗夫《象征理论》，王国卿译，商务印书馆2010 年版。

这里'或者'离开';在家或在广阔的世界;在场或缺席(甚至死亡)。……与该真正的空间意识形态相反,奥斯汀的女主人公发现了具体的、相对的距离。它是可以度量的,能被理解的,不再是命运的功能,而是情感的功能"①。本体论距离观衍生出一系列二元对立的空间范畴,这是突出的形而上学意识形态。此种空间具有神话力量,即使人类被分开,它依然要求他们的虔信与忠诚。相对空间观为距离/空间赋予情感性,距离变成主观性的、可变的。不要以为主观性就是坏东西,相反,正是主观性才确证了文学空间与其他空间的不同之处。距离把民族空间再次与意义连在一起。莫莱蒂声称,奥斯汀所建造的世界/空间属于中等规模,小于奥佩的大西洋,大于埃奇沃思的庄园。奥佩的空间无限延伸,女主人公和其他几个主要人物能自由旅行,所以不可能把民族国家变成象征性的家园。埃奇沃思的两个女主人公则一直待在德文郡(Devon)。这样,民族国家再次从眼前消失了。换言之,在奥佩和埃奇沃思那里,我们看不到民族国家的存在。或者说,他们的小说缺乏再现民族国家的意识。总之,与同时代的小说家比较起来,简·奥斯汀的小说作为民族国家的象征形式履行了自己的职责。然则,这个现象是唯一的吗?答案是否定的。如果是唯一的,莫莱蒂的结论就大打折扣。应该说,在历史小说、成长教育小说、希腊化小说、流浪汉小说之中都蕴藏着一定程度的民族国家意识。

莫莱蒂在论证小说如何塑造民族国家时,引入了"他者"这个维度。他说:"敌对的他者是集体身份的源泉。"此为时下非常流行的身份批评的核心观念。诚然,民族国家赋予所辖公民一种集体身份、标记。每个人都有不同层次的身份,最为宏观的乃是作为某个民族国家的公民。公民对民族国家的认同感来自哪里?阿尔都塞所谓的"意识形态国家机器"的作用自然首当其冲。同时,他者的承认也应当考虑在内。常见的情况是,当某国的公民在异国的生存产生焦虑时,他对母国的依恋和返乡欲望会异常强烈。此时,他对母国的认同加深。爱德华·萨义德只有在美国因为族裔身份遭到嘲笑和排斥时,他才会真正地去思考自己的巴勒斯坦身份,并为巴勒斯坦立国积极奔走。莫莱蒂对他者与民族国家身份的关系之展开,建基于佩里·安德森和琳达·科利(Linda Colley)的判断。他们认为,英国首先是一个被战争锻造出来的现代民族国家。在与法国尤其与法国大

---

① Franco Moretti, *Atlas of the European Novel*, *1800 – 1900*, p. 22.

革命以及其后继政权的多次战争之中，人们对英国的认同感空前增强。与两人不同，莫莱蒂选择了俄国小说中的欧洲，特别是西欧。他指出，法国、德国、英国是现代文化的发源地。它们是自然科学、经济实用主义、哲学无神论、政治乌托邦等思想的地理向度。俄国作为横跨欧亚大陆的国家，它的政治、经济、文化既有西方的因素，又与东方勾连。"那些思想只要从'先进'的欧洲向东移动便会获得象征力量，变得极端、不妥协。《卡拉马佐夫兄弟》中的伊凡说：'在欧洲只是一种假设，一个俄国男孩却立马把它变成至理名言'；《罪与罚》里的波尔菲说：'先生，这个案子牵扯到来自书本的梦。他的思想被理论过分地刺激了。'一场谋杀出自梦和书……在俄国，欧洲思想不仅仅是思想，它们是'过分刺激'的力量，导致人们的犯罪行动。"① 此即是说，欧洲思想完全地、深入地入侵了俄国小说，使俄国的传统价值观、宗教信仰与氛围濒临崩溃。虽然俄国的批判现实主义小说家们的思想矛盾、冲突极为严重，但他们从未放弃过那些欧洲思想，因为它们深深地烙刻在他们的脑袋里。他们思想的冲突反映着俄国与西方的冲突。也可以用巴赫金的术语来置换，它们形成"对话"。从莫莱蒂所绘制的"俄国小说的思想"地图②来看，陀思妥耶夫斯基（《卡拉马佐夫兄弟》《罪与罚》《群魔》《白痴》）、屠格涅夫（《父与子》）、赫尔岑（《谁之罪?》）、车尔尼雪夫斯基（《怎么办?》）四位作家的 7 部作品中的 20 种思想，16 种与英、德、法三国的思想、人物相关（"魔鬼讲法语""俄国无未来，我想变成德国人""英国的政治经济抛弃了怜悯"），仅有四种对俄国思想抱有期待。由是观之，俄国的本土理论、思想几乎被边缘化。总体而言，"俄国乃唯一一个既在欧洲之内、又在欧洲之外的国家。的确只有它实现了小说思想的巨大形式变革"。莫莱蒂说，这是地理鼓励形态变化的一个极佳例子。亦可以引申为，空间制约着思想的形态。对他而言，地理学和形态学密不可分。以上就是俄国小说中的英国、法国、德国形象。

　　小说中有种人物的地理问题值得注意：远离中心（即民族国家的首都）的人物。奥斯汀的世界里的一切事物集中在伦敦。19 世纪最成功的

---

① Franco Moretti, *Atlas of the European Novel，1800 - 1900*，p. 32.

② Franco Moretti, *Atlas of the European Novel，1800 - 1900*，p. 31，Figure 11. 必须提醒的是，莫莱蒂在《欧洲小说地图集》与《图表、地图、树形》中所绘地图差异相当突出。前者以通行的世界行政区划图为基底，然后将所需要素放置在上面；后者真正是一些抽象的模型。

形式历史小说，却呈现出相反的模式：故事直接与民族国家的首都/中心保持距离。莫莱蒂说，不要一看到历史小说一词就认为它只跟时间有关，其实，它的空间成分与时间成分一样引人注意。它乃巴赫金的"时空体"理论的最好注解。莫莱蒂意识到地图不可能涵盖所有的东西，所以，他只关注关键性的要素。他为普希金《上尉的女儿》、司各特《威佛利》、曼佐尼《约婚夫妇》、巴尔扎克《舒昂党人》、果戈理《塔拉斯·布尔巴》等13部历史小说绘制了地图，① 它显示了人物行动的主要区域。从地图可知，13部小说中的行动无一例外地与伦敦、巴黎、马德里、莫斯科、罗马、阿姆斯特丹、哥本哈根等首都无缘。对此，莫莱蒂举了两个例子。《上尉的女儿》的年轻主人公一直梦想着去彼得堡，却很快被派遣到相反方向：沙皇帝国的东部边陲。《威佛利》中的查尔斯·斯图尔特从未完成他向伦敦的进军。他穿过高地线抵达彼得堡，穿过盎格鲁—苏格兰的边界，抵达并停留在德比郡。他停止的地方正是奥斯汀的情节开始的地方：彭伯里庄园隶属德比郡。莫莱蒂说，这肯定只是偶然，但其后潜藏的现实是"不同的形式存在于不同的空间"。这些人物在民族国家之内或之间旅行，需要跨越无数边界。那么，它们的边界在哪里？从"欧洲边界的形成"一图②可知，400多年前，欧洲的版图上只有西班牙/葡萄牙、西班牙/法国、德国/荷兰、瑞士同周边国家之间存在边界且较为分散；在200—400年前，那些边界竟然消失了，新的边界大量产生，其边界线的长度也随之增长；不到200年之前，边界线则错综复杂、不计其数。它表明欧洲国家的边界长期以来不是固化的、稳定的，经历了从少到多、从一目了然到纠缠扭结之过程。这使人们的身份意识和焦虑更加突出。边界不再是可以忽略不计的存在，相反，它迫切地要求民族国家以及社会生活中的每个人做出回应。关于这点，查尔斯·蒂利的陈述可资佐证："普遍的身份和类型之间的差异都不可能固定不变，事实上，它们处于持续变化之中。……各地的人们围绕社会边界的形成、转变、激活和压制来组织他们的行动。它发生在小规模的人际对话、中等规模的组织内竞争、大规模的种族屠杀之中。我们—他们的边界事关重大。"③ 历史小说满足了人们日

---

① Franco Moretti, *Atlas of the European Novel，1800 – 1900*, p. 34, Figure 12.

② Ibid. , p. 36, Figure 13。

③ ［美］查尔斯·蒂利：《身份、边界与社会联系》，谢岳译，上海人民出版社2008年版，第138—139页。

趋强烈的再现边界冲突的愿望。边界包括国家与国家之间、某个既定国家内部的边界。外部边界乃"危险之地：一旦跨越边界线，就要面对未知的世界与敌人，故事于是陷入危险、惊讶、悬念"①。外部边界很容易以一种二元对立形式产生叙事。内部边界集中在那些比冒险逊色的主题，它们是令人厌恶的"背叛"。背叛与忠诚相对。民族忠诚与地方忠诚的问题再次呈现在眼前。背叛可能出于无意的、非政治的原因，例如司各特和曼佐尼那里是好奇；巴尔扎克和果戈理那里是爱情。背叛可能以这样或那样的方式伪装起来。英雄们抵达内部边界后，立即加入叛乱、反抗。他们的行为显示出在 19 世纪的欧洲，民族身份多么脆弱。② 诚如蒂利所言，正是在一场场叛乱、镇压、杀戮、强制之后，边界才逐渐被确定下来。然而，对权力的渴求可能最终会打破暂时的平衡。更改民族国家之间的边界需要利益双方达成协议，这决定了变动后的边界线勘定在何处。除非达成的边界变动是一个最佳选择的普遍协议，否则民族国家的边界不应/可能被任意修改。③ 所以，"表达、调整、区别和交往就是人们在边界线或者边界问题上经常看到的原则本身"④。从悠悠的历史长河来看，民族国家的内部边界的变动率大大超过外部边界。

描绘民族国家的边界是小说的唯一责任吗？不然。莫莱蒂认为，小说作为一种形式，不仅揭露了民族国家的内部界限，而且力图把它们变成故事。在这些故事之中，渗透着各种各样的意识形态。两种边界之中，他尤其看重内部边界对文类的作用。他言道："地理是叙事形式的基础。内部边界是历史小说兴衰的关键。内部边界是一种空间，欧洲国家的非现代性会因它而不可避免地变得十分明显：仅仅是几英里的距离，人们就属于不同时代。内部边界把现代国家界定为由许多时间层组成的合成结构。历史国家需要历史小说。"⑤ 一座山、一条河皆可能是民族国家内部生活景观的分界线。此点表明，欧洲民族国家的现代性呈现出不均衡状态。当然，这种不平衡性普遍地存在于整个世界范围内。基于此，我们的小说需要做

---

① ［美］查尔斯·蒂利：《身份、边界与社会联系》，谢岳译，上海人民出版社 2008 年版，第 35 页。

② 同上书，第 37 页。

③ ［美］阿伦·梅吉尔：《边界与民族国家》，张旭鹏译，《山东社会科学》2009 年第 12 期。

④ ［瑞士］克洛德·拉费斯坦：《构成边界理论的要素》，信达译，《第欧根尼》1987 年第 2 期。

⑤ Franco Moretti, *Atlas of the European Novel*, 1800 – 1900, pp. 38 – 40.

如下的工作：描绘内部的不平衡，然后消除它。换言之，"历史小说不仅叙述边界的故事，也包括边界消除的故事以及把内部边界合成一个更大的国家单位的故事"。此乃相当复杂的过程，混合着同意和强制、爱和战争。爱情可以让一个英国男子与一个来自低地庄园的女子冲破边界。战争可能摧毁原有的秩序，重划边界线。无论如何，它们最终得附着于民族国家的需要。边界线即使能在地图上一目了然呈现出来，但它依然含有许多抽象的味道。一旦面对一个理性语言不能直接言说清楚的对象时，我们必须借助一定的修辞技巧。不同的技巧导致不同的风格。在诸多修辞技巧里，莫莱蒂觉得，小说一般甚少出现的比喻性（弗兰西斯科·奥兰多的观点），在历史小说中则变得异常凸显。他援引了保罗·利科对比喻性之重要性的诊断。利科在《隐喻的规则》中说，当我们必须探讨一个不能直接接近的参照性领域时，比喻就是必不可少的。① 莫莱蒂说，现在的比喻理论往往集中于比喻"是什么"，相反，他要问的是"何时是""何处是"。也即是说，在什么时候、什么地方比较集中需要比喻。具体而言，在历史小说中，"靠近边界，比喻性（figurality）增加；超越边界，比喻性则减弱"。一句话，地理确实影响着历史小说的风格。靠近边界虽然比喻在增加，可是后者很少是地理实体。一般而言，它属于比地理这个术语更宏阔的范畴：空间。这样，风格与空间的联系便明朗起来，而空间也和情节相联系：从普洛普到洛特曼，空间界线的跨越常常也是叙述结构的决定性事件。由此形成一张三维联系网：比喻、空间、情节。在某种意义上，每个空间决定或至少激发它自己的故事。历史小说已经证明了这一点。反过来说，缺乏某种空间就意味着缺少某种叙事样式，甚至某种文类/文体。例如，在非洲没有流浪汉的边界或欧洲的成长教育小说，因为这种具体的形式需要具体的空间——道路、大都市。作为殖民地的非洲与欧洲的两极对立叙事不同，它是前殖民时代的区域性网络结构。它们对欧洲不感兴趣，且力争回避欧洲化的非洲视角。总而言之，"空间不是外在于叙述的，而是形成叙述的内在力量。换句话说，对现代欧洲小说而言，发生什么更多地取决于在哪里发生的"②。这些就是莫莱蒂的边界/空间现象学，也是他的文学地理学的一个层面。

---

①   Franco Moretti, *Atlas of the European Novel*, *1800 – 1900*, p. 46.

②   Ibid. , p. 70.

　　莫莱蒂一度坚持，地图仅仅适合于分析小说的情节，但阅读了历史小说之后，他明白用它分析文体亦未尝不可，而且能达到意想不到的效果。通过对奥斯汀的小说、历史小说、流浪汉小说、成长教育小说、希腊小说、非洲小说等次级文体所涉及的民族国家的边界、人物的空间分布的地图表现，莫莱蒂基本阐明了小说对民族国家的象征功能。反过来说，正是民族国家存在的各种矛盾、冲突使那些小说能够呈现出波澜壮阔的叙事画面。这当然是后现代所鄙夷的宏大叙事，然而，不可否认，19世纪的小说对民族国家的书写乃历史的必然要求。小说不只是发现民族国家，而且把它变成激动人心的故事/情节。

第二节　小说阅读城市

　　马克斯·韦伯在分析城市的本质时，曾经指出，城市有许多不同的定义，如果简单地将它作为一个群落的话，涵盖范围过宽、不够严谨。于是，他在"群落"一词前面加了一些限定语，例如巨大的、经济的、存在常规性交易的。他主张"城市在本质上是个市场群落"①。城市在人类历史刚刚破晓时，便已经具备了成熟形式，② 但此处只谈两个阶段。西欧封建社会时期，城市在集市贸易基础上自发生长，彼时它属于封建主/君王的领地。资本主义时期，城市依靠货币/资本取得了自治权和独立地位，并最终被制度化，占据社会权力空间的霸权位置。③ 资本主义国家对城市不再放任自流，而是为它设计出宏伟蓝图。由此而言，现代城市景观的形成与资本主义的兴起密不可分。城市兴盛的直接后果之一是，社会空间的重组。根据马克斯·韦伯的新教伦理与资本主义精神的关联性理论，在资本主义合理化的历史进程之中，那种"田园牧歌式的状态分崩离析了""悠闲自在的生活突然中断了"。④ 即是说，城市的范围和规模不断扩大，

①　［德］马克斯·韦伯：《非正当性的支配——城市的社会学》，康乐、简惠美译，广西师范大学出版社2005年版，第1—4页。

②　［美］刘易斯·芒福德：《城市发展史——起源、演变和前景》，宋俊岭、倪文彦译，中国建筑工业出版社2005年版，第2页。

③　厉以宁：《资本主义的起源——比较经济史研究》，商务印书馆2003年版，第76、273页。

④　［德］马克斯·韦伯：《新教伦理与资本主义精神》，于晓、陈维纲等译，生活·读书·新知三联书店1992年版，第48—49页。

逐渐挤压和吞噬了乡村的空间。不仅如此，它还彻底地碾碎了传统的伦理价值观，建立起崭新的社会秩序和人际交往模式。马克思、恩格斯在《共产党宣言》中指出了此种社会巨变："资产阶级已经使乡村屈服于城市的统治"，"在它已经取得了统治的地方把一切封建的、宗法的和田园诗般的关系都破坏了。它无情地斩断了把人们束缚于天然尊长的形形色色的封建羁绊，它使人和人之间除了赤裸裸的利害关系，除了冷酷无情的'现金交易'，就再也没有任何别的联系了。它把宗教虔诚、骑士热忱、小市民伤感这些情感的神圣发作，淹没在利己主义打算的冰水之中。它把人的尊严变成了交换价值，用一种没有良心的贸易自由代替了无数特许的和自力挣得的自由。总而言之，它用公开的、无耻的、直接的、露骨的剥削代替了由宗教幻想和政治幻想掩盖着的剥削。"① 马克思称之为异化的社会。城市便是各种异化的集聚地。

一般来说，城市乃现代的男男女女生活的舞台、背景。仅止于此远远不够。芝加哥学派的城市社会学将城市与人类习俗、心理、情感勾连在一起。城市"绝不仅仅是许多单个人的集合体，也不是各种社会设施——诸如街道、建筑物、电灯、电车、电话等——的聚合体；城市也不只是各种服务部门行业管理机构，如法庭、医院、学校、警察和各种民政机构人员等的简单聚集。城市，它是一种心理状态，是各种礼俗和传统构成的整体，是这些礼俗中所包含，并随传统而流传的那些统一思想和感情所构成的整体。换言之，城市绝非简单的物质现象，绝非简单的人工构成物的整体。城市已同居民们的各种重要活动密切地联系在一起，它是自然的产物，而尤其是人类属性的产物"② 。从物质实体到心理状态，城市从被动的活动场所超拔为人类行为的基本建构因子。作为一个日益膨胀的空间，城市在当下时代的影响是如此的全方位和不可抗拒。不论是发生与发展、生产与传播、形式与内容，还是创作和心理主体的心理构成等，文学都受制于城市这个空间本身的特性。③ 行文至此，我们不得不表明立场，本节的重点不在于考察城市究竟对文学有何影响，而在于讨论文学/小说虚构

---

① 《马克思恩格斯全集》第四卷，人民出版社 1956 年版，第 468、470 页。

② ［美］R. E. 帕克等：《城市社会学——芝加哥学派城市研究文集》，宋俊岭等译，华夏出版社 1987 年版，第 1 页。

③ 蒋述卓等：《城市的想象与呈现：城市文学的文化审视》，中国社会科学出版社 2003 年版，第 2 页。

中的城市，或者说，文学对城市的想象。进一步说，小说这种形式如何生产城市这种空间？在小说中城市的形象将是怎样的？尤其是那些现实主义小说。我们意在遵循莫莱蒂思考的路数。事先声明，莫莱蒂借鉴了一些城市学学者的理论，如凯文·林奇（Kevin Lynch）。

认知城市学的代表人物①凯文·林奇曾提出这样一种理论："任何城市都有一种公众印象，它由许多个人印象叠加而成。"人们对城市的心理形象与城市景观的可识别性休戚相关，所以，从认知角度来讲，"可识别性是城市构成的一个重要方面"②。林奇把城市印象的内容分为五类：道路（大街、公路、铁路、运河）、边沿（河岸、路堑、开发区的边界、围墙等）、区域（城市中等或较大的部分）、节点（街角或封闭型广场）和标志（建筑物、招牌、店铺、山丘）。各构成要素并不是孤立的："区域由节点构成，受边沿限定，道路贯穿其间，标志散布在内。"③ 通过那五个要素可以清晰地辨别出城市的特征及视觉质量。莫莱蒂甚为赞成林奇的理论。他把"可识别性"作为自己思考的关键词。他据此提出如下一些问题："假定 19 世纪的城市环境是过分复杂的（over-complication），那么小说如何阅读城市？通过什么样的叙述机制能让它可识别，并把城市噪音变成信息？"④这也是他思考小说中的城市意象的总问题。莫莱蒂所论及的城市包括银叉小说的伦敦、简·奥斯汀的伦敦、狄更斯的伦敦和巴黎、巴尔扎克的巴黎、左拉的巴黎。总而言之，他以比较的视角，考察 19 世纪的小说家对伦敦和巴黎的不同印象和想象。他们风格迥异的表达使同一个城市在地图上呈现出不同的形状。

关于城市在文学中的地位和文学传达城市的手段，莫莱蒂给出这样的说法：

> 城市渗透在文学中，文学渗透着我们对城市的感知和理解。为了传达关于城市的信息，文本必须中断故事，暂时地中止行动，并且描写场所和空间。……闾巷、街道、房屋都可以描写。然而，文学描写

---

① 凯文·林奇侧重于从认知角度去研究城市空间的结构和经验。
② ［美］凯文·林奇：《城市的印象》，项秉仁译，中国建筑工业出版社 1990 年版，第 2 页。
③ 同上书，第 41—44 页。
④ Franco Moretti, *Atlas of the European Novel*, *1800 – 1900*, pp. 78 – 79.

从来都不是某些东西的复制品，而是以一种方式构建、传达意义，确
定高雅与低俗、美丽与丑陋、新与旧之间的区分。这些分类是很有用
的。只要时间不改变它：调整既定的要素，就可以假定它们具有不变
性。毫不奇怪，文学批评总是把特定的环境分派给描写性的分析——
通过为它配备象征性阐释或范式机制（institution of paradigms）。对两
种视角而言，描写中止了情节的流动，揭示了文本的基本意义。进一
步说，描写正是通过阻止可能令它们迷惑或隐藏的事件的连续性来揭
示意义。……城市最终是一个空间实体。在其中，每一个成分——人
类或其他事物——的意义凝结成物体、房子等形式。这些实体能被从
多方面进行描写和分类。①

　　场景/空间/场所描写会暂时中断叙述流，乃叙述学领域的普遍共识，
此处无须多言。关于所描写的具体对象，莫莱蒂列举的项目与林奇的差不
多。但是，在对描写的性质及意义的认识上，莫莱蒂与通行的看法有很大
差异。首先，描写不等于复制。这是对庸俗模仿论和机械反映论的抵制。
20 世纪最著名的摹仿论者莫过于埃里希·奥尔巴赫。奥尔巴赫弹着自古
希腊以来的老调，把摹仿的最高境界锁定在"逼真"，只不过他把世界下
放到现实层面。以此为标准，他评论道："巴尔扎克对于中等阶层、小市
民阶层以及外省情况的描写绘声绘色，入木三分，而对上流社会的描写则
往往带有过分的激情，不真实，有时甚至违背了他的意愿，显得滑稽可
笑。在其他的作品中，巴尔扎克也没能摆脱戏剧性的夸张；不过，这种手
法在描述下层和中等阶层的环境时很少损害作品的真实性，然而，在表现
生活的高度，也包括精神高度时，巴尔扎克就不能创造出真实的生活气氛
了。"② 究竟巴尔扎克是否忠实地描写了法国的现实，恩格斯有不同的看
法。他称巴尔扎克是"现实主义的伟大胜利""现实主义大师"，因为巴
尔扎克"汇聚了法国社会的全部历史，我从这里，甚至在经济细节方面
（诸如革命以后动产和不动产的重新分配）所学到的东西，也要比当时所
有职业的史学家、经济学家和统计学家那里学到的全部东西还要多"③。

———————————

① Franco Moretti, *Signs Taken for wonders: Essays in the Sociology of Literary Forms*, p. 111.
② ［德］埃里希·奥尔巴赫：《摹仿论——西方文学中所描绘的现实》，吴麟绶等译，百花
文艺出版社 2002 年版，第 528 页。
③ 《马克思恩格斯选集》第四卷，第 684 页。

无论如何，奥尔巴赫的批判，莫莱蒂很明显不同意，个中缘由在后文的论述中将会看到。至于巴尔扎克为何会描绘环境并自称法国社会的"书记员"，这跟伊波利特·丹纳的理论有关。丹纳"阐述的种族、时代和环境的观点，对巴尔扎克和左拉创作中的环境运用有决定性影响"[1]。其次，描写积极地参与文本意义的建构，又使其摆脱了成为叙述的附属品。这意味着，小说中描写的各种场所/空间/景观实体皆是承载意义的形式。当我们识别出城市的元素，我们也就同时理解了城市在小说中承载的意义。一言以蔽之，叙述与描写共同组成小说的有机整体，两者缺一不可。

　　既然莫莱蒂选择地图作为研究文学想象城市的手段，那么他将什么作为参照和比对呢？或者说，他的逻辑起点在哪里？查尔斯·布斯（Charles Booth）1897年出版的长篇调查报告《伦敦人的生活和劳动》的附录中有一张地图引起了莫莱蒂的兴趣。在地图中，布斯以七种不同的颜色标示出伦敦的七个贫富不均的社会阶层。它们依次为：黑色代表最底层，那里充满堕落、半犯罪；深蓝表示极度贫穷、闲散，人们长期物质匮乏；浅蓝代表贫穷，有一些中等家庭；灰色是个混合区域，一些人生活舒适，另一些人则贫穷；粉色区域的人过着相当舒适的生活，领着较高的薪水；红色区域的中产阶层过着小康生活；金色代表中上层和上层，那是富有之地。莫莱蒂说，这是布斯及其团队挨个街区调查的结果，相当准确，颇有文献价值。他从宏观和微观两个层面分析了布斯的地图所展现出来的伦敦社会阶层分布情况。在宏观层面上，布斯的伦敦是一个自组织系统，它有一系列重要的规则模式。具体来讲，大量财富集中在伦敦西区；靠近泰晤士河，极端贫困达到顶峰，然后沿着郊区慢慢减弱。相距不过两英里，却是两个完全不同的世界。从微观层面来讲，布斯的伦敦绝非那么井然有序，而是随意的。例如，乔治·萧伯纳、弗吉利亚·伍尔芙曾居住在富裕的罗伊广场，它被贫穷街道或混合区包围着。尤斯顿路向北几个街区便是危险的阶层；向南，社会结构趋向于中产阶层；向西，很快变成精英聚集地；向东，则长久地在两个极端之间摆动。[2] 这就是真实版的19世纪的伦敦，英国的大都市。它的社会阶层从贫穷到富裕，存在很多过渡。可以说，19

---

　　① ［以］里蒙—凯南：《叙事虚构作品》，姚锦清等译，生活·读书·新知三联书店1989年版，第120页。

　　② 以上关于布斯的地图和莫莱蒂对其的评析皆来自 Franco Moretti, *Atlas of the European Novel, 1800—1900*, pp. 76—78。

世纪的英国大都市伦敦是一个多样化的社会——这个判断不含任何价值立场。那么，小说中的伦敦又是怎样一番景象，同布斯的一样多彩吗？

如前所述，自 18 世纪以来英国出版了几万本小说，并且从 1740 年到 1900 年的 160 年间存在 44 种小说文类，莫莱蒂该如何选择？他会为了省事而径直选择那些经典文本吗？远距离阅读方法不允许他这么做。"面向事实本身"的现象学精神不允许他这么做。他认为，在现今几乎被遗忘的银叉小说（silver-fork novel）乃是首先尝试让伦敦可识别的亚种小说文体之一。银叉小说又称上流社会小说，威廉·黑兹利特（William Hazlitt）名之为"浪荡派"（the Dandy School）。它基本上统治了 19 世纪 20 年代中期到 40 年代中期的英国文坛，且影响了整个 19 世纪的女性写作。作为记者的乔治·艾略特对该形式的轻浮、粗俗、矫揉造作极度讽刺；但作为一个小说家，她对这种文体投入了不少精力。① 萨克雷的《名利场》和《潘登尼斯》拙劣地模仿"银叉派"的陈词滥调。② 夏洛特·贝瑞（Charlotte Bury）、里斯特（T. H. Lister）、本杰明·迪斯雷利（Benjamin Disraeli）、布尔沃—林顿（Bulwer-Lytton）、罗伯特·沃德（Robert Plumber Ward）、凯瑟琳·戈尔（Catherine Gore）、玛格丽特·布莱辛顿（Margaret Blessington）等的作品组成银叉小说的阵营。为什么是银叉小说？简单地说，它细致描写了摄政王时期至维多利亚时代的伦敦状况：家庭生活、时尚、阶级和性别建构。然而，那不是全部的伦敦，而只是它的一部分：西区。那不是一个城市而是一个阶层：上流社会。那里的人们只生活不工作。那么，它怎样传达城市的复杂性？它的处理方式直截了当：削减城市的复杂性，取消过渡区。换言之，在银叉小说中，"不是布斯多彩的伦敦，它只给了我们一个二元的、黑白混合的体系"③。这样，伦敦被分成两半：奢侈的西区和贫困的东区。然而，"两个半—伦敦加起来不是一个整体"。西区太过抢眼以至于东区基本上被遗忘。就小说内容而言，贵族/花花公子的衣食住行乃是焦点。两个区仅存的交流，"也只是午夜时分在无人的伦敦大桥简短地、秘密地进行"。布尔沃《佩勒姆》的主人公佩勒姆很少

① Royce Mahawatte, "'Life That Is Not Clad in the Same Coat-Tails and Flounces': The Silver-Fork Novel, George Eliot and the Fear of the Material", *Women's Writing*, Vol. 16, No. 2, August 2009, pp. 323–344.

② Tamara S. Wagner, "The Silver Fork Novel", http://www.victorianweb.org/genre/silverfork.html.

③ Franco Moretti, *Atlas of the European Novel, 1800–1900*, p. 83.

接触下层人民，他根据道听途说，而把他们描述为"低等人""半野蛮人""残暴的贱人""无名粗人"。令读者气愤的是，布尔沃以无耻、赞赏的笔调来描述这些行为。① 总而言之，由于银叉派作家的眼睛只盯着伦敦西区的上流社会，无视东区的底层人民，未能准确地描绘出伦敦当时的真正社会情态（请记住布斯的地图），所以他们的伦敦割裂成互不搭界的两半而非一个统一的整体。伦敦就这样被银叉派生生地割开吗？英国的小说家只能如此想象城市？莫莱蒂把革新的功劳派给狄更斯。将两半伦敦融合在一起，是狄更斯下的最大赌注。在他的努力下，"伦敦不仅变成一座更大的城市，而且是一座更复杂的城市"。尽管狄更斯对伦敦的城市景观怀有强烈的厌恶和反感情绪，② 因为伦敦"最终成为庞大的、混乱的、拥挤的、肮脏不洁的、阴暗的、多雾的、一半生命蜷缩在地下的、充满强烈对比的怪诞城市"，然而他绝非悲观主义者，"在他的世界里，罪恶与财富、卑贱与体面、衰老与青春、死亡与新生总是纠结在一起。他一方面表现了人类制造了垃圾，被垃圾围困并不得不靠垃圾生存的悲惨景象；另一方面又通过垃圾的转化与利用，探讨了化腐朽为神奇、从肮脏的财富中获取新生力量的问题。垃圾承包商哈蒙耻辱地死去了，但财产继承者鲍芬夫妇以及他的儿子小哈蒙却过上了体面、健康的生活。约翰·哈蒙'死而复活'的故事演绎了一个死亡与新生的寓言"③。这就是狄更斯笔下的复杂伦敦，它与银叉小说故意回避社会矛盾形成强烈反差。简·奥斯汀的伦敦景观有所不同，它"是个阶级观念严重的拜金城市，也是个上流社会聚集的花花世界，是英国道德观念相对松弛的地方"④。她敢于正视东区与西区、贫与富之间的冲突。她顾念城市，又尊重乡村禁忌。《傲慢与偏见》的达西和加德纳斯（Gardiners）在德比郡成为好朋友，但在伦敦却从未相见。银叉派分裂，狄更斯融合，看似对立，实则一体两面。不过，它们只代表阅读城市的方式之一种。

两个半—伦敦、东区与西区、贫穷与富有、贵族与贫民及繁荣的经济与废墟似的城市景观，它们构成二元对立的结构。此外，欧·仁苏《巴黎

① ［美］艾伦·莫厄斯：《英国摄政时期的花花公子作家》，陶友兰译，《译文》2005年第3期。
② 傅晓燕、何云波：《狄更斯：城市职业作家三要征研究》，《求索》2007年第3期。
③ 陈晓兰：《腐朽之力：狄更斯小说中的废墟意象》，《外国文学评论》2004年第4期。
④ 叶辛：《浅析简·奥斯汀笔下的伦敦》，《铜仁学院学报》2011年第2期。

的秘密》(善恶对比)、纽盖特监狱小说(犯罪与惩罚)也存在这样的模型。正是这种结构支撑着银叉小说、狄更斯以及奥斯汀的文本世界。在莫莱蒂看来,二元对立的结构尽管有缺陷,但它在叙述理论中确实起着相当重要的作用。后现代主义歇斯底里地要把二元对立打倒在地,莫莱蒂却给其以回旋余地。我们不妨整块引用莫莱蒂的看法。

　　现代叙述理论的开创性作品普洛普的《民间故事形态》依赖于两个对立空间的存在,这种对立来自所有的基本情节事件。在 20 世纪,普洛普的模型已经在几个方面被复杂化并受到批评,但这个二元对立基础从来没真正被挑战过。列维—斯特劳斯的神话模型、洛特曼的场域、格雷马斯的符号矩阵,尽管有差异,但所有这些模型都赞同《民间故事形态》的重要一点:叙述的前提是二元对立。……一个故事是一个行动体系。行动要求具有处于相连空间的两个行动者。因此,对立的一对是必要的,也常常是足够的。毫不奇怪,叙述学已经采纳了二元模型,它抓住了基本的必要条件:没有它故事什么也做不了。这种叙述学论点和前面章节提到的社会历史观点相一致。我说过,城市是相当随意的环境,小说作为一种规则试图减少这种随意性。这种缩减常常采取二元系统的形式:不可预测的城市要素被完全归入两个界限分明的领域:半—伦敦、边缘的集中、鲁道夫和莎拉敌人般的冲突。多数的城市小说这样简化城市体系:把它变成非常容易解读的简洁的对立模型。它是合情合理的,因为过于复杂的环境要求能掌握它的象征形式。[1]

　　这段话我们分三部分来解读:叙事理论中的二元结构、城市的复杂性向二元结构的转化、城市的二元结构。历数"二元对立"的历史不是我们这里的任务。只能概括地说,"二元论、二元对立思维本质上是典型的简单还原论。简单还原论认为一切复杂的对象都可以分解为简单的部分,从简单的部分特征就可以求知事物的整体性质"[2]。简化、还原固然省事,但世界的复杂性、多样性往往抗拒这种表达。悖谬的是,20 世纪的文学理论却掀起了以索绪尔语言学为前提的结构主义思潮。结构主义的大行其道在叙事学、

---

①　Franco Moretti, *Atlas of the European Novel*, *1800 - 1900*, p. 107.
②　冯毓云:《二元对立思维的困境及当代思维的转型》,《文艺理论研究》2002 年第 2 期。

符号学方面结出了硕果。在叙述学领域，多数理论家遵循亚里士多德在《诗学》中对情节的经典界定："情节应该摹仿完整的行动。"① 他们赞成推动情节发展的动力来自人物的行动。或者说，行动促成故事。根据普遍的假设，一个故事最起码需要两个行动者。他们的行动衍生出各种关系组合。以此类推，格雷马斯建构出自己的符号矩阵理论。此乃莫莱蒂所说的普洛普模型被复杂化。另一层面，行动者必然处身于某个空间。因此，任何叙事皆不可能只是时间的艺术。接下来的问题是，真实空间如何向虚构空间转换？如何想象纷繁复杂、异彩分层的现代都市？由上述来看，莫莱蒂承认还原式的二元逻辑的功用。能把城市的复杂性变成叙事的二元性，前提乃在于认识与现实同构的假定。这样，现实复杂的社会情况被过滤和简化为对立的二元关系，例如善恶、美丑、贫富、好坏、正常与反常等范畴。城市不只是物理环境实体，这点前面已言，而是属人的，体现着人的本质力量的对象化。小说作为象征形式减少城市的随意性之所以被当作合理的，原因盖在于此。从根本上来讲，随意性呈现出"混乱、错杂、无序、模糊、不确定性等令人不安的特点，于是对于认识产生了如下的需要：通过克服无序性和排除不确定性来整理现象，亦即筛选有序性的和确定性的因素，为着消除模糊性进行纯化、区分、等级化等等的操作"②。简言之，城市随意性的削弱的第一步应该发生在认识论中。小说不过是它的延伸。城市本无善恶，人才有伦理趋向。伦敦东区和西区的对立，并不在于城市本身，而是人的作用的结果。但是，这样的二值逻辑确实非常明晰。简化、还原自然就是遮蔽。遮蔽了什么呢？可能是东区和西区之间的阶级冲突；可能是东区下层人民的贫困的因由；也可能是意识形态的偏见……总之，伦敦的随意性、不可预测性就这样被银叉小说和狄更斯变成东区和西区之间的相互视而不见。比起布斯的伦敦来，小说家们的想象过于简约。

此刻的疑惑是，二元对立结构是不必和不可超越的吗？简单地追溯一下哲学史，我们可以发现，起源于笛卡尔的这个思维模型，在 20 世纪遭到了海德格尔的"世界世界化"、德勒兹的"解域化"的努力克服。相形之下，自然科学对确定性的挑战远比人文科学来得激烈、持久。20 世纪60—70 年代相继诞生的耗散结构理论、协同学、超循环理论、突变理论、

---

① ［古希腊］亚里士多德：《诗学》，人民文学出版社 1962 年版，第 24 页。
② ［法］埃德加·莫兰：《复杂性思想导论》，陈一壮译，华东师范大学出版社 2008 年版，第8 页。

混沌学、分形理论之类的科学观，明确地向世界宣告："复杂性和非线性是物质、生命和人类社会进化中的显著特征①"，它们也随之成为"迫使我们重新考察科学的目的、方法、认识论、世界观的一个杠杆"②。明白世界的复杂性和呈现这种复杂性绝不是一回事。而我们面临的问题往往就在于呈现。可以说，多样性和统一性始终处于一种悖反之中。概念必定要求过滤对象的多样性，而我们又必须借助概念去理解和阐释世界，也许，我们只能尽量扩展多样性呈现出来的方式、形态、范围。

　　当然，我们不要以为莫莱蒂是个二元论的拥趸者，他有言："原谅我，我喜欢巴尔扎克多于喜欢狄更斯。"因为对他来讲，巴尔扎克简直是个例外。他说，二元对立在通常情况还是合乎情理的，"小说的出现削弱并扭曲了这个模型，但它未被不同的模型替代，直到巴尔扎克的出现"。那么，巴尔扎克做了什么？概括地说，巴尔扎克沉醉在城市的复杂性之中。巴尔扎克的巴黎与英国小说的半—城市截然不同，"在《幻灭》中，巴黎有五六个主要的空间，它的边界在光天化日之下被跨越、再跨越"。莫莱蒂把巴尔扎克的创新之处归结为两点，他说："巴尔扎克的巴黎的第一个创新性在于它的情节的社会多样性：旧贵族、新的经济财富、中间阶层的贸易、风流社会、专业人员、服务员、青年知识分子、职员、罪犯……第二个创新性便是，所有这些社会群体始终在不同方向上相互作用，而且在新的结合中相互作用。"③ 社会群体的层级和数量增多了，相互接触/交往的可能性也许就会有所增加，如此，城市的随意性似乎真正地呈现出来了。从第 40 幅和第 41 幅地图来看，④ 在《人间喜剧》《幻灭》中最繁华的地点是商店、剧院、餐馆、咖啡馆，它们沿着三条街形成三角之势；在巴黎东边以及塞纳河以南和以北见不着工人阶级的踪影；旧贵族则分布在塞纳河西南段的两侧；塞纳河之南的出版社数量多于其北；出版家、古董爱好者、小资产阶级、学生聚集在东南方；记者遍布整个巴黎。他们从一个街区流动到另一个街区，从一处景观移动到另一处景观，这就是芝加哥学派、理查德·桑内特（《公共人的衰落》）所说的城市经验。故而所有

---

　　① ［德］克劳斯·迈因策尔：《复杂性中的思维》，曾国屏译，中央编译出版社 2000 年版，第 iv 页。

　　② ［比］伊·普里高津、［法］伊·斯唐热：《从混沌到有序：人与自然的新对话》，曾庆宏、沈小峰译，上海译文出版社 1987 年版，第 7 页。

　　③ Franco Moretti, *Atlas of the European Novel, 1800 - 1900*, p. 106.

　　④ Ibid., pp. 88 - 89, Figure 40, Figure 41.

的边界都不再成为障碍。莫莱蒂用"谜""马赛克"之类的词语来形容巴尔扎克的多样化世界。如此一来，自时间开始就存在，并长期以来作为叙事文本基本框架的二元故事面临被解构的危险。不过，这种解构并非存在于巴尔扎克的每一部小说之中。那么，大都市巴黎的复杂性是如何被巴尔扎克的小说呈现出来的？他的空间结构与狄更斯等一干人有什么不同？简单地说，巴尔扎克在已知的二元模式中插入了一些其他因素。"第三者"（the Third，亦可译为"第三极""第三元""第三因素"）① 乃莫莱蒂在分析巴尔扎克的叙事结构时使用的一个核心术语。它在呈现城市随意性中发挥着最根本的作用。莫莱蒂由此出发，比较了狄更斯和巴尔扎克的叙事结构与各自小说中的城市奇观。

　　如众所知，"二元对立"乃是一种非此即彼的排中性思维，它对事物之间及其内部的相互关联与统一性缺乏足够的重视。三元思维恰恰弥补了这些缺陷："第三元是对立二元之间的转化点。事物的发展及其性质的根本改变，往往是通过第三元实现转化。这一转化点的性质、状态对事物的发展至关重要。揭示了转化点的内核，就把握了事物发展变化的根本。"② 简言之，第三者之于我们对世界的理解和认识实在必不可少。具体到莫莱蒂，首先，第三者与普洛普的"捐赠者"、吉拉德（Girard）的"中介者"、帕维尔（Pavel）的"辅助者"完全不同。它们都服从于塑造主人公的一切要求，且不会改变叙述的二元性质，而第三者是独立的、自律的，它能积极地影响叙述的进程。关于第三元素的社会意义，乔治·西美尔和朱利安·弗洛因德（Julien Freund）为莫莱蒂提供了理论支撑。在西美尔那里，第三者的出现表明了"绝对对立的转换、调解、摒弃"③。如果没有第三因素，一切都将变得不可能。弗洛因德说，第三者"一方面阻止战争的一触即发"，另一方面"它会出现在冲突的过程中，改变对立力量的双边关系"。换言之，它通常以妥协的方式终止冲突。所以，妥协乃是关键。它既是调解的方式，也是调解的目标。假若第三者作为社会中介力量进入小说，城市经验将会比以前丰富得多。在小说文本中，第三者不是外

---

　　① 以下关于第三者的相关论述，参见 Franco Moretti, *Atlas of the European Novel*, 1800 – 1900, pp. 108 – 122。

　　② 钱志新、丁荣余：《三元结构探原》，《文史哲》2000 年第 3 期。

　　③ Kurt H. Wolff, ed., *The Sociology of Georg Simmel*, Glencoe and Illinois: The Free Press, 1950, p. 145.

在于叙述的，毋宁说，情节在时间流逝中衍化出许许多多的第三极。反过来说，第三极滋生情节的可读性和吸引力。第三者或是人，或是物，或是一个词语，或是虚无……当然，第三者本身有时甚至也成为小说的主人公。在巴尔扎克的小说中，第三者是多样的、变化的——同一部小说可能不止一个第三者，而且在每部小说里都表现出不一样的形式：《高老头》里是贵夫人鲍赛昂，她刺激着拉斯蒂涅的欲望和伏脱冷的犯罪；《幻灭》里是记者的紧张世界，它位于拉丁区和圣日耳曼之间；巴黎本身，《幻灭》中巴格顿（Bargeton）夫人和卢西安共同启悟的原因就在于巴黎；金钱，它干预着巴尔扎克的青年人和他们的欲望。不过，第三极的内容即使千变万化，它的功能也始终如一。所有的这些因素皆表明巴尔扎克在呈现城市复杂性方面所做的尝试。

不要以为，巴尔扎克一开始就意识到并且实现了第三极的无障碍显身。毋宁说，第三极在巴尔扎克的文学生涯中的固形经历了一些曲折。莫莱蒂为我们勾勒了第三者在巴尔扎克那里兴起的过程："1831年的《驴皮记》（第一部伟大的巴黎小说），自律的第三极尚未出现，它的位置仍被普洛普的魔幻客体（magic object）占据着；1834年，在《高老头》中，第三极附着在一些伟大的、孤独的人物身上；1839年，在《幻灭》的巴黎部分，第三极获得了所有社会群体的普遍形式（出版、剧院、新闻），变成不可抗拒的力量。"当自律的、独立的第三者出现之后，"叙述的等级便推翻了自身：早期小说中戏剧性的、夸张性的两极分化消退（排除中间的逻辑），具有普遍调节功能的中介不是被排除而是占据着前景"。当然，也不要就此以为，已成形的复杂性在巴尔扎克那里理所应当会一以贯之。文学创作常常会发生不少意外事件。确切地说，由于巴尔扎克对第三极的艺术呈现并非完全出自一种理论上的野心或曰崇高目标，所以，在文学惯例和外在因素的强大影响、支配下，他的艺术创作表现出极大的不稳定性。也就是说，第三极随时都可能会倒退。其后果就是，城市复杂性又将被过滤掉。例如，《幻灭》中的五六个空间被《交际花盛衰记》简化成两个。沿着摄政街，人们很容易把巴黎切成两半。虽然"《交际花盛衰记》是《幻灭》的延续。但从更深层次来说，前者是后者的急剧简化，它使巴尔扎克的叙述结构从新的多中心模型回到旧的二元对立：场域和反场域；巴黎的西区和犯罪的城市"。莫莱蒂并没有据此责难巴尔扎克。作为一个特例，巴尔扎克的努力算是弥足珍贵。他认为，之所以发生这样的状况乃在于，城市多样性转化为叙述问题，需要许多中介机制。这是个相当有挑战的命题。至少有两个因素会把任务变得困难，莫莱蒂说："这个回转、反复，表明小说的复杂性的形成是多么困难。困难是因为必须同时遵循许多变化，任务要求能量；也因为模型是如此新颖（如此陌生）以至于它的发明者可能忽略它的深层结构的逻辑。巴尔扎克屈服于简单化并回到《幻灭》中已经被克服的二元范式一点都不奇怪。形态变化就是这样，有一点盲目，形式突破确实实现了，但没被真正地认识到。"① 是的，创作的实绩总是会与理论的自觉、高度有一定距离。巴尔扎克的经历很好地说明了这一点。不论是否真正认识到形态变化的意义、方向，巴尔扎克作为莫莱蒂阐述自己第三极理论的例证差不多足够了。他的"马赛克世界"到底还是折射出城市的复杂性。

如果说巴尔扎克的第三者是常态，那么狄更斯的第三者就是特例。狄更斯把城市聚合成统一的、单一的体系。狄更斯成功了，因为他也提出了一类第三者的故事。在某种意义上，"狄更斯在银叉小说的西区和纽盖特监狱小说的东区之间插入了第三个伦敦：把两端绑在一起的楔子。所有的细节与巴尔扎克的绝不相同。它的重要意义在于，第一二流的伟大都市小说家应该偶然碰到他们的小说的同样的基本设计、同样的三元配置图……因此《雾都孤儿》中的城市已解放。但它依然完全是空的，没有罪犯，没有其他的东西。为什么这种可怕的空洞就在伦敦的中间？可能因为东/西两极太过强大——在社会、道德、叙述层面——伦敦的二元概念如此强大以至于狄更斯表面上不知道这个处于中间的第三空间能做什么"②。的确，狄更斯一直的叙述策略便是去除中间。终于，在绝笔之作《我们共同的朋友》中第三极获得了独立，并成为主导的叙事角色。不是上流社会，不是底层阶级，这个第三极指的是中产阶级，他们被所有的敌对势力包围着。即便如此，狄更斯的这个第三者也未曾如巴尔扎克那样得到莫莱蒂的嘉许，因为那个伦敦仅仅是中产阶级的世界。"这是狄更斯的小资产阶级的乌托邦：第三极，中间阶层是社会体系的枢纽和它的主要价值来源。"③ 没有上流社会、没有底层社会的伦敦同样是不完整的。回到最初的问题，城市是既对立又联合的不同社会阶层积聚的场所，没有哪个阶层能单独地

① Franco Moretti, *Atlas of the European Novel*, *1800 – 1900*, p. 113.

② Ibid. , p. 116.

③ Ibid. , p. 132.

撑起整个城市。

　　不同的第三极，不同的故事结构：巴尔扎克的巴黎和狄更斯的伦敦。这两个世界上演着怎样的故事？他们的人物对于城市的不确定性采取怎样的态度？"在伦敦的两端，生活和劳动是一致的：社会分层（阶层）通常明白无误地出现。但在中间，工作和家庭的辩证法允许狄更斯的中产阶层过两种生活：工作之地的公共生活；家里的私人生活……巴尔扎克的一切与此不同，他的人口流动更多的不是在工作和家庭之间，而是一方面在工作家庭之间，另一方面在欲望世界。一开始的诊断对两位小说家而言都是相似的：城市生活是艰难的、虚伪的、复杂的，需要一些放松。但巴尔扎克的人物全身心地投入城市的旋涡：他们追求爱情，去歌剧院和皇宫，赌博到天亮；相反，狄更斯的人物退守到对应的郊区世界以保护他们的道德幻想……《人间喜剧》中的巴黎和法国有强烈的向心力，无人能逃脱它的吸引。相反，狄更斯的伦敦几乎没有向心力，除流氓而外，人人都想逃离。"① 同样是现代的资产阶级大都市，伦敦和巴黎的差距如此之大。一个产生向心力，一个产生离心力。狄更斯小说里的大多数人物最后都离开了伦敦。部分原因是他们被流放，多数是由于城市经验是如此具有毁灭性，以至于不能给他们的幸福目标提供一个单纯的环境。纷繁复杂的城市生活、各种各样的堕落、腐败、肮脏令狄更斯的人物的道德强烈感受到冲击，他们宁愿躲避而不是征服那样的社会。斯特凡·茨威格批评道，"狄更斯的作品里宣扬的高尚品德和充斥的高尚品德太多了。要成为狄更斯笔下的主人公，就必须是道德的典范，清教徒的样板"，这是荒诞不经的英国式谎言。② 巴尔扎克的人物沉溺在并享受着巴黎的五光十色。他们需要财富。拜金意识渗透他们的每个细胞，只有金钱才能满足他们的欲望。他们希望过上流社会的生活。他们的欲望只有巴黎才能满足。不论巴黎还是伦敦，现代都市世界的不可预测性、新奇性带给人们本雅明所说的"惊颤"体验。它构成现代都市人的心理特征。③

　　在布斯的七色地图中，有一块区域到目前为止我们一直没谈到：堕落的、半犯罪区域。这块区域小说家们不曾遗忘，只是相对于对立、冲突的

　　① Franco Moretti, *Atlas of the European Novel*, *1800 - 1900*, p. 120.
　　② ［奥］斯特凡·茨威格：《三大师》，申文林译，人民文学出版社2001年版，第53页。
　　③ ［德］瓦尔特·本雅明：《发达资本主义时代的抒情诗人》，王才勇译，江苏人民出版社2006年版。

二元世界而言，它的存在似乎被遮蔽了。莫莱蒂在论证这个问题时，以柯南·道尔的侦探小说为例证。道尔早期的两部小说中的故事发生在泰晤士河之南，而发表在《史传德》杂志上的短篇故事则发生在伦敦西区和城市之中。可以说，柯南·道尔的虚构犯罪发生区域与布斯的真实版完全相反。具体而言，虚构犯罪在伦敦西区的富人区；真正的犯罪在伦敦东区的穷人区。对于道尔为何要与现实背道而驰，莫莱蒂从叙述技法角度给出了解释。他说："这种不对称也许开始时有策略上的原因：道尔正在制造全知侦探的神话，而且任他接近开膛手杰克的白教堂区是不明智的——如果福尔摩斯发现他自己就在那个区域，他很快就会改变调查方向。但除此而外，在那两个伦敦的背后有一个深层的象征逻辑。布斯的犯罪世界差不多是城市贫困造成的不可避免的结果：它是明显的、普遍的事实，绝对没有任何神秘可言。但对于侦探小说而言，犯罪肯定是神秘的：闻所未闻的事件、案子、冒险。"① 简言之，道尔的侦探小说并不关注犯罪发生的社会根源，不关注犯罪如何发生，他的焦点是如何破获案子，找到凶手。也即是说，道尔给犯罪施魅，完全出于叙述上的考虑。死亡—寻找凶手—找到真凶；悬念—线索—解开悬念，这就是侦探小说的线性结构。柯南·道尔比银叉小说、狄更斯都滑得更远，他直接无视城市的随意性。他的人物冲突并非发生在社会阶层与阶层之间，而是侦探与罪犯这样的特定人群。总之，柯南·道尔在充满"不安、不确定和某种陌生感"的维多利亚时代，"抓取了一个雾气笼罩、秩序混乱的伦敦，一个充满了伤害、神秘和谋杀的城市印象"②。

　　总结起来，对巴尔扎克和狄更斯而言，第三者的意义和功能完全一样。它是"社会多元论的形象化。它始终贯穿在叙述脉络，改变叙述的进程"。作为历史的产物，它真正是城市形成的秘密。正是由于它，社会关系的间接的（三元的）性质变得明白无误而又不可回避。第三者的意义如此不容小觑。从莫莱蒂的立场来讲，二元模式不仅不足以传达19世纪城市（伦敦、巴黎）的随意性、复杂性，而且它本身事实上就是错误的。只有巴尔扎克的第三者才让我们真正触摸到了城市本身的存在。然而，莫莱蒂到底还是挑剔的、严厉的："巴尔扎克对巴黎的呈现是非常初级的：

① Franco Moretti, *Atlas of the European Novel*, *1800 – 1900*, pp. 136 – 137.
② ［英］安德鲁·桑德斯：《牛津简明英国文学史》，谷启楠等译，人民文学出版社2000年版，第691—693页。

城市通过卢西恩的流动而成形，一次一个空间，一步接一步（有许多叙述者的解释）。那是线性的、非复杂的过程，读者在安全之地，不需要付出任何努力。"从银叉小说到巴尔扎克的小说，从二元范式到三元模型，欧洲小说家呈现城市随意性的自觉意识在提高、技法在不断发展。即使他们还有这样或那样的缺陷，但至少为我们带来了一些惊喜。作为文论家，莫莱蒂自然不会满足于这样的现状，遗憾的是，没有更多的文本去支撑他走下去。这不仅仅是他个人的问题，毋宁说，是整个叙述学理论面临的困难。城市随意性与小说的呈现，一个值得理论家和小说家深入思考的命题。

第三节　乡村故事的圆形结构

城市/都市小说以城市（如伦敦和巴黎）为中心，但是这个中心不是封闭的，相反，它向四面八方敞开。它引诱着拉斯蒂涅之类的许多外省年轻男女不断涌入以图实现人生的各种欲望。乡村故事不言而喻以村庄为中心，但它是一个封闭的体系，对生活在那里面的人们而言，乡村就是整个世界，他们的脚步终身不曾离开。事实上，两种相互对立的空间不曾完全隔离。资本主义文明的扩张，持续打破乡村自给自足的状态。城市对乡村的殖民和吞噬前面已论。西方的人们"一方面对工业化、都市化的快速发展步伐所带来的物质进步和生活条件的改善感到欢欣鼓舞，而另一方面，他们却总感到绝望、忧郁，疲倦，不适，压抑，恐惧，沦丧，空虚和焦虑"[①]。面对工业飞速发展造成的恶果，湖畔派诗人、雪莱、拜伦、济慈都给予猛烈的抨击。他们普遍怀念农耕时代的乡村文明。个中缘由，概括来讲，"自然景色总与乡居生活联系在一起，而工业文明往往同城市密不可分。华兹华斯等诗人对乡村的景色与人们的偏爱与描绘，充分体现其浪漫主义意识形态。在他们看来，乡居生活接近自然，是滋养人类感情更为合适的土壤；身处乡间的人们卑微纯朴，虚荣心少，他们更能真实、直接地表达感情"[②]。华兹华斯认为，"城市生活及其烦器已经使人忘却自然，

---

① 米家路：《城市、乡村与西方田园诗——对一种文类现象语境的"考古学"描述》，《四川外语学院学报》1992 年第 1 期。

② 苏耕欣：《自然与文明、城市与乡村——评英国哥特小说中的浪漫主义意识形态》，《国外文学》2003 年第 4 期。

人也已经因此而受到惩罚；无尽无休的社会交往消磨了人的精力和才能，损害了人心感受纯朴印象的灵敏性"①。他终身都在描写英国的自然风貌和歌颂乡村田园生活。在这样的情况下，小说家们究竟有何见解呢？小说中的乡村生活是怎样一幅图景？

为了看清楚其中的模型，莫莱蒂将乡村小说的一些要素从叙述流中提取出来，放置在地图上。他坚信，地图即使不是解释，也能向我们展示一些被解释的东西。通过地图，莫莱蒂惊讶地发现，19 世纪的乡村故事呈现出独一无二的圆形（同心圆）结构。它与伦敦、巴黎之类大都市的两极或三极结构形成鲜明对比。这些村庄故事也推翻了 19 世纪的田园诗的结构和形态。在分析乡村故事的时候，莫莱蒂不像之前考察民族国家和城市的文学传达那样涉及许多小说，点也比较多，毋宁说，玛丽·米特福德《我们的村庄》（*Our Village*）是唯一一处在讨论中心的小说文本。②《我们的村庄》以作家生活之地三里屯（Three Mile Cross）为原型，描绘了"那些平静无华、绿树成荫的英格兰风光"以及愉悦而忙碌的乡村生活。该书在 1824—1832 年的八年间，每两年发行一卷，共出版了五卷。它为米特福德赢得了"最抢手的作者"及"高稿酬作家"的称号。③ 虽然米特福德在她生活的时代引起极大的轰动、名噪一时，但她却未曾进入经典作家的行列。英国人安德鲁·桑德斯《牛津简明文学史》、丹麦人勃兰兑斯《十九世纪文学主流》两部著名的文学史均对其只字未提。诚然，这大概是诸多畅销书作家的共同命运。其中的原因，此处不准备去追究。我们要说的是，莫莱蒂的远距离阅读法确实初步实现了自己的目标：打破经典与非经典的界限，让被遗忘的"大量未读"焕发勃勃生机。五卷本的《我们的村庄》最吸引莫莱蒂的部分是乡间散步。那些场景诱惑着今天的城市人。他们看了之后，恨不得去乡间度过短暂的周末。"毫不奇怪，乡间散步是《我们的村庄》到目前为止最流行的一部分。其他的很多部分都已经被遗忘，只有它还在出版"，莫莱蒂说。

那个叫三里屯的村庄，位于伯克郡，在雷丁（Reading）以南 12 英里，

①　［丹］勃兰兑斯：《十九世纪文学主流》第四分册，徐式谷等译，人民文学出版社 2009 年版，第 43 页。

②　以下关于《我们的村庄》及圆形结构的相关论述，参见 Franco Moretti, *Graphs*, *Maps*, *Trees*: *Abstract Models for a Literary History*, pp. 35 – 64。

③　程虹：《宁静无价——英美自然文学散论》，上海人民出版社 2009 年版，第 80—84 页。

沿着公路可通往汉普郡。在 1824 年的第一卷中，24 个故事以村庄三里屯为中心形成两个同心圆（详图可见前文图 1－3）。从图可知，第一个圆靠近中心，集中于个人之间的关系：艾伦、汉娜、玛丽表妹。第二个圆的构成要素更多，集中在自然景观和集体事务如霜冻、紫罗兰、报春花、坚果、乡村板球比赛、五朔节，它与中心的距离是第一个圆的两倍。然而，莫莱蒂并不觉得这个模型会在五卷之中稳固不变。事实上，随着时间的向前推进，村庄的向心力将逐步递减。1828 年的第三卷，村庄的引力场渐弱。人们不再频繁地散步，它们的模型更宽广，且缺少规律。发生在村子里的故事越来越少。即使有几个，也在伯克郡之外遥远的镇子。到 1832 年的第三卷，村庄的向心引力减少到零。人们向"我们的村庄"说告别。乡村的封闭世界最终抵挡不住资本的无限扩张。这些变化说明，社会的急剧变革对作家创作的影响。囊括起来，莫莱蒂引用了约翰·巴雷尔《景观思想和地方感》①、约翰·兰顿和 R.J. 莫里斯《英国的工业化地图集》、托马斯·莫尔《英国乡村的描绘》等著作中的地图作为参照。它们是货真价实的英国空间地图，反映了英国物质环境的真实特性。莫莱蒂的想象地图/图表与这些真实的地图按照变化的、模糊的比例共存。确切地说，莫莱蒂的地图/图表比他们的地图简单得多：一个圆心、两个同心圆以及一些关系。

约翰·巴雷尔提出，在议会圈地之前，对汉普顿（Helpston）的教区居住者而言，教区就是景观的中心，它代表整个世界；而对那些习惯往外走的人和旅行者而言，教区是直线的而不是圆形的地理系统。在圈地之后，乡村的自我中心感被打破，它仅仅是许多条路穿过的节点之一。也就是说，18 世纪后期到 19 世纪初叶，英国议会圈地运动迫使失去土地的村民不断向外流动。大量农民流入城市成为雇佣工人。那个以教区为中心的圆形结构已经不复存在。四通八达的交通线路，把各个乡村及城市与乡村连接在一起。然而，"米特福德颠倒了历史的方向，让她的读者按照旧的、未被圈地之前的'村庄中心观'来审视世界。这种感知的变化体现在米特福德最典型的事件：乡村散步。在一个个故事里，年轻的叙述者每次都按照不同的方向离开村庄，四处闲逛，然后回家"。同样是圆形体系，巴雷尔的汉普顿与米特福德的三里屯有一些差异。汉普顿的村民在圆

---

① John Barrell, *The Idea of Landscape and the Sense of Place*, *1730—1840*: *An Approach to the Poetry of John Clare*, Cambridge: Cambrige University Press, 2010.

圈中辛勤地劳作、迁移；三里屯的村民则似乎无事可做，常常牵着一条叫五月的灰狗在街上缓慢地、轻松地、快乐地溜达。那如画般的自然风光令他们陶醉不已。似乎每个人都对散步乐而不疲。三里屯的人们不劳动吗？不是。只是相较而言，散步最为突出、也被赋予最多意义。不同的日常生活表征着不同的空间观。巴雷尔侧重于社会空间。实际上，物质生产劳动渗透在所有的社会形态之中，更何况是作为社会底层的农民。米特福德则偏重于乡村空间的简洁性、纯粹性。莫莱蒂说，米特福德的田园空间是一种意识形态。确实，她并没有抽掉闲暇活动赖以存在的物质基础。只是对米特福德来讲，"生活在乡间就是将大自然中的诗情画意摄入心中"①。

　　那么，在这样一种圆形模型中，社会阶层是如何分布的，或者说，劳动分布在哪些空间？我们该如何来理解它？德国地理学家沃尔特·克里斯塔勒在20世纪30年代构造的"中心地"空间模型被莫莱蒂当作理论论据。克里斯塔勒的"中心地原理"的基本前提是，任何事物都会围绕某一中心形成"集中型等级序列"，中世纪的城镇尤其如此。"中心性很少指空间上的中心区位，而是指意义更为抽象的中心作用。"② 具体来说，中心地是相对于"散布在整个区域的居民点而言"。克里斯塔勒提出"具有六边形的结构单元，中心地就位于六边形的中央"。最中心的中心地以字母G表示，依次向外为：B级中心地、K级中心地、A级中心地、M级中心地。G级中心地是市场区，包括六个B级中心地；B级中心地包括六个K级中心地……以此类推，从而形成一个等级结构。当然，中心亦存在大小之别。越大的中心，其半径越长。从功能和分工来讲，"较小的中心地供应商品和非生产性服务，无论数量还是种类都较少，其外围区的范围也相应较小；而较大的中心地，提供商品和服务的数量和种类则较多，其外围区也较大。总之，中心地的等级越高，所提供的商品和服务的数量和种类就越多"③。即使莫莱蒂认为，这个理论假设在经验上仅适合德国南部那样同质的农业平原，但他依然坚称，米特福德的村庄故事的空间结构与克里斯塔勒的模型相当吻合，甚至《我们的村庄》更适合那个模型。它们的公分母即是那个带有中心地的等方空间。对莫莱蒂而言，我们的村

---

① 程虹：《宁静无价——英美自然文学散论》，上海人民出版社2009年版，第80页。
② ［德］沃尔特·克里斯塔勒：《德国南部中心地原理》，常正文等译，商务印书馆2009年版，第31页。
③ 同上书，第Ⅹ—Ⅺ页。

庄就是最低层级的 M 级中心地，它的半径是 2—3 千米。助理牧师、制鞋匠、酒馆、铁匠、木匠、石匠、制衣商、车夫、五花八门的商店等分布在我们的村庄的中心；相反，捕鼠者、捕鸟者只有在村庄之外才能碰到，他们游走在人类与自然的边界。他们都延续着古老的生活方式，这里俨然看不到工业革命作用的痕迹。这就是米特福德独特的社会地理。而在伦敦和其他镇子的中心地分布着法国教师、帽商、马术比赛、时尚裁缝师。一个是严肃的日常生活需求，一个是轻佻的、无聊的、肤浅的装饰和奢侈。两者背后隐藏着不同的社会生活原型。莫莱蒂将村庄生活的根锚定在最古老、最普遍的叙述形式之一：田园诗。巴赫金说，哪怕田园诗时代早已离我们远去，但是它的基本因子依然被后来的许多小说所遗传，更何况《我们的村庄》这样纯正的后裔。根据巴赫金的时空体理论，"田园诗里时间同空间保持一种特殊的关系：生活及其事件对地点的一种固有的附着性、黏合性，这地点即祖国的山山水水、家乡的岭、家乡的谷、家乡的田野河流树木、自家的房屋。田园诗的生活和生活事件，脱离不开祖辈居住过、儿孙也将居住的这一较具体的空间。这个不大的空间世界，受到局限而能自足，同其余地方、其余世界没有什么重要的联系。然而，在这有限的空间世界里，世代相传的局限性的生活却会是无限的绵长。田园诗中不同世代的生活（即人们整个的生活）所以是统一的，在多数情况下一个重要原因就是地点的统一，就是世世代代的生活都一向附着在一个地方，这生活中的一切事件都不能与这个地方分离。世代生活地点的统一，冲淡了不同个人生活之间以及个人生活的不同阶段之间一切的时间界限。地点的一致使摇篮和坟墓接近并结合起来（在同一角落、同一块土地上），使童年和老年接近并结合起来（同一处树丛、同一条小河、同一些椴树、同一幢房子），使几代人的生活接近并结合起来，因为他们的生活条件相同，所见景物相同。地点的统一导致了一切时间界限的淡化，这又大大有助于形成田园诗所特有的时间的回环节奏。田园诗的另一特点，是它的内容仅仅严格局限于为数不多的基本的生活事实。爱情、诞生、死亡、结婚、劳动、饮食、年岁——这就是田园诗生活的基本事实……严格地说，田园诗不知有什么日常的生活。对个人生平中和历史上重要而独特的事件来说是属于日常生活的东西，在这里却偏偏成了生活中最为重要的事件"①。如

---

① ［俄］巴赫金：《小说理论》，白春仁、晓河译，河北教育出版社 1998 年版，第 425—426 页。

此冗长的一段引文，不光告诉了我们田园诗的内容和时空特点，更重要的是为我们解答了米特福德的故事何以呈现出一种圆形结构。由于"爱情、诞生、死亡、结婚、劳动、饮食、年岁"等基本生活事实在同一个地方循环往复、世代相传、接连不断，所以圆形乃是田园生活的自然形式。也即是说，"圆圈是一个简单的、自然的形式，它把靠近'小世界'的中心的每一个点最大化，同时把颇为广大的区域封锁在圆周之外"。这样，米特福德乡村故事的圆形结构的合理性得到了证明。乡村田园生活是统一的、恒定的、宁静的、悠闲的，乡村故事的结构表现为等级序列；而依据前文所述，现代都市生活则是繁杂的、不可预测的、不安的、冲突的，都市故事的结构充满着对立或妥协，这样一个结构基本上在同一个平面上展开。

此外，莫莱蒂还将米特福德的模型与两个叙述文本进行了比较。跟米特福德差不多生活在同一个时代，约翰·高尔特（John Galt）《教区年鉴》（Annals of the Parish）、德国人贝特霍尔德·奥尔巴赫（Berthold Auerbach）《黑森林村庄的故事》（Black Forest Village Stories）对乡村的呈现却与米特福德大不相同。前者出版于1821年，后者作于1843年和1853年之间。在第一个十年（1760—1769年），戴麦林（Daimailing）教区像以前一样，与其他地方没什么内在联系，人们过着田园诗般的生活。但来自西印度、波罗的海和其他未知的地方的许多新奇的东西侵入戴麦林，如茶叶、鹦鹉、梨树、里加黑药酒、第一个戴麦林水手等。可以说，它们潜藏着改变戴麦林的躁动。1788年轧棉机的出现改变了教区空间的和谐性。它被一个互惠的网络替代，在家庭与世界之间插入了一个新的空间。戴麦林必须同时满足它们。《黑森林村庄的故事》有三个相互缠绕、竞争的空间。一个是诺德斯德顿（Nordstetten），一个是黑森林村庄。它们的特性我们非常熟悉：狭窄的地理范围、日常需求、基本服务，跟我们在英国碰到的所有圆形模型一样。田园诗的空间逻辑弥漫在每个地方。然而，奥尔巴赫的国际空间不似米特福德、高尔特之零散的、偶发的奇迹，那里充满经济竞争的威胁、战争记忆、持续的移民。第三个"准空间"通过霍尔布、弗莱堡、罗滕堡、斯图加特等中心地侵入乡村生活。那里没有英国式的工厂、银行、服务，而是法庭、监狱、兵营。从这个对比中，我们可以见出，同样面对资本主义文明的蓬勃气势，小说家们采取的姿态迥异。米特福德宁愿躲在自己的乡村世界里。高尔特和奥尔巴赫则呈现出民族国家形成过程中的区域忠诚与民族忠诚之间的冲突。那个新的第三空间便加剧并考验着乡民的忠诚选择。

　　本章以小说文体为主轴，论述了莫莱蒂的形式生产空间的命题。这个命题主要涉及文学文本如何想象与表征自然、物理及社会空间，而这里的空间不仅仅是地理位置的问题。莫莱蒂以社会学家、经济学家通过社会调查而绘制的地图为参照，从小说中析出各种各样的元素，它们或是主要人物在城市中的活动版图，或是社会群体的位置，或是人物欲望的对象，或是善恶力量的分布……然后把它们放在地图上——这些地图或以真实的现行行政区划图为底本，或者是纯粹的抽象模型。无论如何，莫莱蒂都从地图出发，挖掘出现实主义小说的新的结构：从二元到圆形。这样，他就将叙事的时间维度与空间维度结合起来，形成巴赫金所谓的"时空体"。空间不再仅仅是文学文本故事借以发生的背景，而是形成叙事的动力，制约着文类的风格。诚如莫莱蒂所言，发生什么取决于在哪里发生。文学也不再被界定为模仿或反映现实，而是人类表征/想象现实，或者说把握复杂现实的手段。从方法论而言，他把文学地理学（地图、空间、结构）和文学社会学（民族国家、城市、乡村）奇妙地扭结在一起。

第四章

空间生产形式

上章讨论了形式对空间生成的作用，即小说文体如何呈现物理、社会空间。如果说，它处理的是文学地理学的第一个方面：虚构的空间，如奥斯汀笔下的英国、银叉小说的伦敦、狄更斯的伦敦和巴黎、巴尔扎克的巴黎、米特福德的三里屯等，那么，本章所要讨论的就是真实的空间——不是与虚构世界相对应的那个具体空间。举例来说，前面论述了巴尔扎克和狄更斯对巴黎、伦敦的塑造，但不意味着，这里会反过来论证巴黎、伦敦对巴尔扎克和狄更斯创作的影响。第一，莫莱蒂既没有这样的致思方向，也没有这方面的成果。如果那样做，无疑偏离了本书的题旨——莫莱蒂文论思想。第二，此类研究方式对文学的意义有限。诚然，作家处身在一定的时代环境之中，然而我们能还原他们生活的场景吗？即使我们能做到，就代表他们的作品一定等同于他们既往的生活？是的，过去我们太沉溺于对作家生平的考证，最终把文学研究弄成作者生活的注脚——常常充斥着穿凿附会。毕竟，作家的人生经历是一回事，作家把它们诉诸笔端又是另一回事。

那么，"空间生产形式"命题如何理解呢？简单地说，在莫莱蒂那里，这个命题涉及叙述市场的形成，即小说怎样获得话语霸权，成为近三百年来的统治文类。乍看起来，斯为陈词滥调：这方面已经做过太多的工作、出版了太多的著作。然而，它们按照传统的假设—演绎治学模式所做的定性思考，可能是不准确的、似是而非的，而且忽略了地理空间在小说的传播过程中的作用。概略地说，莫莱蒂的更新之处至少有三点。第一，把时间和空间糅合在一起，尤其强调空间的不均衡与形式发展不平衡的关系。关于空间，这里既有相当狭小的场所，例如英国维多利亚时代的某个流通图书馆——图书馆的规模某种程度上与小说的多样性成正比；也有范围广阔的世界舞台，例如民族国家、大洲——西方形式在亚洲、非洲呈现为不同的样态。第二，从书籍史/阅读史出发测定叙述市场。莫莱蒂说，文学/叙述市场的问题以前是文学社会学研究的对象，他现在要用书籍史或阅读史的方法来考察。由于书籍史和形式史是两个看起来似乎毫无干系的领域，所以为它们搭建起桥梁成为莫莱蒂的首要任务。另外，书籍史已经展示了文学市场在不同社群中的垂直分布，莫莱蒂的兴趣在于"文学市场在不同地方的水平散布"。说到底，小说市场不是作家闭门造车、冥思苦想而来，而是在流通、传播过程中反反复复修炼而成。即是说，读者读什么、怎么读以及如何满足不同层次、不同阶层读者的需求都是应该考虑的问题。与此关联，莫莱蒂选择了定量分析工具。对他而言，理想的分析单位是文体。然而，他不无愤慨地说："19 世纪的叙述分类法简直是一场灾难，而且这些目录中的许多标题如此模糊（暂时地）以至于完全的文体突破是不可能的。"① 在图书馆只有过往藏书的书目而无每本书的具体内容的情况下，确实无法重新做文体分类。福斯特在《小说面面观》中曾谈到，某个伪学者"在尚未阅读或理解那些书籍之前便进行分类"——或按年代，或依题材，或照气候，简直在作孽。她讥讽道："他用的是真学者的方法，又缺乏真学者的素养。"② 莫莱蒂可不愿意成为那样一类学者。他必须找到最适合抽样调查的对象。第三，当然就是用地图处理叙述市场的一系列问题。同样使用地图，但是"将想象中的'世界'表示成地图时，和将有限的已知空间地图化，就不是同一层次的问题了"③。地图上可能不只是地名，也可能有时间。本章的结构便以此来安排。首先，莫莱蒂如何论证书籍史与形式史的关系：图书馆怎样制约形式的不平衡。其次，小说的世界传播：边缘、半边缘、中心的世界体系与小说的世界散布有何关联。最后，由于图书馆的藏书中有一部分小说可能来自国外，这便带来了世界文学最初级的交流形式，而小说的世界传播则标志着民族文学的概念面临被突破的危机，加之经济的全球化浪潮的加剧，世界文学意识越来越突出，在这样的情况下，莫莱蒂振臂高呼世界文学将把民族文学踩在脚下。他究竟有什么证据如此自信？民族文学概念真的即

---

① Franco Moretti, *Atlas of the European Novel, 1800 – 1900*, p. 145.
② ［英］爱·摩·福斯特：《小说面面观》，苏炳文译，花城出版社 1984 年版，第 9 页。
③ ［日］海野一隆：《地图的文化史》，王妙发译，新星出版社 2005 年版，第 13 页。

将退出历史舞台吗？这是改头换面的欧洲中心主义还是真正的全球主义？下面将一一解答这些疑问。

第一节 书籍史与形式史

书籍的历史固然源远流长。但书籍史作为一门独立学科得到承认却发生在20世纪60年代左右。根据梅洛《何为书籍？何为书籍史？》的介绍，历史转向社会学的成果之一，便是法国年鉴学派史学家费夫贺（Lucien Febvre）和马尔坦在1953—1958年合写的《书籍的诞生》。此书经历了最初几年的反响平平之后，终于由于外文译本的大量发行引起了全世界学界对书籍史的兴趣。[1] 也就是说，在法国的土地上"孕育、崛起、成熟、深入、更新"了书籍史这门学科。那么，导致书籍史研究热潮的根源何在？"从一个更大的视角观之，我们必须在书籍形式或文本支撑物的长时期历史，以及解读习俗史里，重新书写印刷术的发端。至此，文化史或可在文本批评、书籍史以及社会文化学的交叉道上，找到一个新的区域。"[2] 从该学科的学术资源、性质、对象、意义来看，"法国年鉴学派的第三、四代的史学家们借用经济史的词汇、概念和统计法，来研究书籍的出版量、发行量和书籍的阅读情况。它围绕书籍的作者、书籍的出版者以及书籍本身三方面进行研究，把书籍史与社会史、文化史、心态史紧密结合起来，是一门跨学科的研究。透过书籍史的研究，揭示一个时代的社会文化心态与精神现象"[3]。按照这种说法，书籍史以书为载体从而达至对时代精神的把握。作为一种跨际性/交互性的学科形态，书籍史既拥有自己独立的学科领地，也可以理解成一种研究方法。它已被许多学科所吸纳。所以，书籍研究可能以迥异的形式、面貌出现在不同的学科领域。有种说法可作参考："不同学科领域的学者对当代书籍史研究的主题和途径也各不相同。文学学者研究各种读者对书籍反响的理论；马克思主义者分析社会阶级与书籍之间的关系；等等。西方文学界的学者正在研究廉价小说中的工人阶级意识形态、女性作者和读者的特点、黑杂志的出现等等。阅读史是

---

[1] 韩琦、[意]米盖拉编：《中国和欧洲——印刷术与书籍史》，商务印书馆2008年版，第239页。

[2] [美]林·亨特编：《新文化史》，江政宽译，麦田出版社2002年版，第243—244页。

[3] 孙卫国：《西方书籍史研究漫谈》，《中国典籍与文化》2003年第3期。

书籍史研究中发展最迅速和最具争议的领域，因为研究阅读史有助于解释书籍史的其他方面，人们阅读的书籍决定了下一代读者和作者的知识范围和政治脉络。"① 然而，阅读史迅速地在书籍史中独树一帜的缘由远不止这里所列出的两点，并且它们也不是最根本的。事实上，阅读乃是人类最基本的实践活动。书籍的历史有多长，阅读的历史便有多长，因为任何一本书的作者同时就是它的第一位读者。阅读即阐释，阐释即产生意义。加拿大人阿尔维托·曼古埃尔把阅读的作用和地位说得非常清楚："不管哪种情况，阅读其意义的都是读者；允诺承认事物、地方或事件具有某种可能性的是读者；觉得必须把意义归诸一套符号系统，然后辨认它的是读者。我们每个人都阅读自身及周遭的世界，裨以稍得了解自身与所处。我们阅读以求了解或是开窍。我们不得不阅读。阅读几乎如同呼吸一样，是我们的基本功能。"② "阅读如同呼吸""阅读是我们的基本功能"，这种看似夸张的说法自有其不容反驳的理由。自不待言，阅读也是文学活动最重要的一环节。排斥读者在阐释中的作用在这个时代会被接受美学、阐释学、读者反应批评等各流派贴上荒谬的标签。千万不要小觑这些流派的力量，它们的理论可不止颠覆文学研究的既往范式。有一些西方学者认为，书籍史和文学史之间存在着难以割舍的亲缘关系。弗雷德里克·巴比耶谈到书籍史的前景时指出，现在有"四个研究领域尤其受到关注"，其中第一个领域"部分地受德国'接受史'研究工作的影响，涉及有关阅读及其应用问题，其角度有时接近文学史角度"③。罗歇·夏蒂埃、达尼埃尔·罗什的《书籍史》写道："现在人们所理解的书籍史是在文学史的研究对象发生了变化的前提下发展起来的。文学史研究对象的变化导致了对语义学和文化社会学的研究。"④ 不过，"阅读史明显不同于书评、文艺批评、文学评论和文学鉴赏，也不同于文学史、史学史、哲学史、文献学史这类传统意义上的文献史研究"⑤。书籍史究竟如何与众不同，我们不准

---

① 夏李南：《西方的书籍史研究热》，《百科知识》1996 年第 5 期。

② ［加］阿尔维托·曼古埃尔：《阅读史》，吴昌杰译，商务印书馆 2002 年版，第 7 页。

③ ［法］弗雷德里克·巴比耶：《书籍的历史·引言》，刘阳等译，广西师范大学出版社 2005 年版，第 5 页。

④ ［法］雅克·勒戈夫、皮埃尔·诺拉主编：《史学研究的新问题、新方法、新对象》，郝名玮译，社会科学文献出版社 1988 年版，第 311—312 页。

⑤ 张仲民：《从书籍史到阅读史——关于晚清书籍史/阅读史研究的若干思考》，《史林》2007 年第 5 期。

备申述，毋宁说，我们的焦点在于，书籍史给文学研究带来了什么？或者，根据莫莱蒂的方式提问，书籍史能为我们增加哪些文学知识？纵观文论史，我们可以看见，文学研究领域已经有了"接受史""影响史""效果史"的视角，蹦出个书籍史究竟有何意义？罗岗的看法或许能为解答此一问题提供一些启发，他说："关注书籍流通的物质文化研究绕不开注重阅读经验的文学研究，将两者结合起来也就势所必然。按照传统的说法，文学史的'影响研究'不就考虑'读什么'和'怎么读'这样的问题吗？何必要重提什么'书籍史'和'阅读史'呢？关键在于所有的'作者'首先是'读者'，因此，所谓'影响'往往也落实在'书籍'上。而且'影响研究'更多着眼于'影响者'之于'受影响者'的'影响'上，对'受影响者'的主动性多有忽略。但'阅读史'却强调'阅读'的能动性，在'语境化'的前提下，'阅读者'可以对'书籍'进行'创造性'的'阅读'乃至'误读'。虽然'文学史研究'中也有对作家'藏书'和'阅读'的研究，譬如对于鲁迅的藏书研究，专著就不止出了一本。最近就出版了韦力写的《鲁迅古籍藏书漫谈》，上下册两大本，但基本上属于'史料'甚至偏向于'收藏'，没有'阅读史'的视野。"① 总而言之，阅读史真正地实现了读者利好的最大化。必须记住，阅读史研究并不把精力投入在读者的私人藏书库。

可以说，将定量方法引入书籍史研究乃法国史学界颇为自豪的事件。"在应用计量法上所取得的进展，为书籍史的研究工作展现了新的前景。计量法在两个方面的应用很成功：在交易和赢利方面，出版的书籍是交易和赢利的对象；在文化发展趋势方面，出版的书籍反映了文化的发展趋势，并通过图像和文字说明这一趋势的意义。"② 即使计量方法饱受争议，莫莱蒂依然坚持沿着年鉴学派的道路前进。他的定量研究尝试处理小说整体，而抛掉它们的独特性。为什么要那样做？它能为文学研究增加哪些东西？莫莱蒂声言："定量方法为文学史家提供如下的东西：推翻例外和系列之间的等级关系，后者变成文化生活的真正主人公。文学史作为形式史，其新颖性少，而平庸性结构比我们所习以为常的多：重复、缓慢、甚

---

① 罗岗：《文学史与阅读史：必要的和可能的——由"改革开放三十年文学"引发的一点思考》，《南方文坛》2008 年第 6 期。
② ［法］雅克·勒戈夫、皮埃尔·诺拉主编：《史学研究的新问题、新方法、新对象》，第311 页。

至讨人厌。然而，大部分生活可能就是那样。我们与其把文学从它的平凡/乏味性质中拖曳出来，不如学着认识它、理解它的意义。"也就是说，莫氏更看重反复发生的事件和结构。定量研究真正需要连续的系列。对他来讲，书籍史/阅读史研究不等于将近三百年来出版的所有小说的书名和数量按照一定的次序和方法排列出来。的确，为小说撰写一部编年史绝非莫莱蒂的志业——那是文献学学者的工作。毋宁说，他的兴趣在于处理各种数据之间的迷人关系以及读者与叙述市场的互动。读者获得书籍的途径很多，但有两种最基本：购买和借阅。"必须记住，买了的书并不一定都阅读；反之，随着公共图书馆的发展，阅读过的书也不一定就是买来的。"① 诚然，家庭/私人购书、藏书具有私密性，而且藏书者阅读书籍与否真的会令人抓耳挠腮。若从此入手而研究书籍市场必定会受到种种条件的限制。记住，莫莱蒂考量的阅读时代起于 1800 年、讫于 1900 年，而不是今天这个能随时为我们提供购书数据的电子化时代。图书馆作为最大的藏书之地，内里所包含的各种信息确实能为书籍史研究提供难得的资料。对于那些爱好实证的研究者来讲，尤其如此。毋庸讳言，图书馆即是莫莱蒂阅读史研究的切入点。亦从此出发，他初步厘清了阅读史和形式史的关联。②

罗歇·夏蒂埃、达尼埃尔·罗什在介绍书籍史的研究方法时，说过："书籍中一眼就看得见的某些要素，为书籍使用的情况提供了信息：书名、插图和印刷工艺。这些要素是重要的研究资料……我们可以就书名提出各种问题来研究。书名一般都概括而忠实地反映了书的内容；特别是近代时期，书名一般都很长：可以从书名着手对书的内容进行计量分析。"③ 插图、印刷工艺由于不在莫莱蒂的研究范围，故此不论。他对书名的计量分析着实给我们带来耳目一新的结论。书名不仅仅提示了整书的内容和主题，有些可能还会有明显的文体指向。卡蒂·屠穆皮娜说她 20 世纪 70 年

---

① ［法］雅克·勒戈夫、皮埃尔·诺拉主编：《史学研究的新问题、新方法、新对象》，第 322 页。

② 以下关于图书馆同小说的关系以及小说的空间传播问题，参见 Franco Moretti, *Graphs, Maps, Trees: Abstract Models for a Literary History*, pp. 143 – 197。

③ ［法］雅克·勒戈夫、皮埃尔·诺拉主编：《史学研究的新问题、新方法、新对象》，第 329 页。

代就发现了这个现象，尤其那些带有副标题的书名。① 例如席勒《唐·卡洛斯》《墨西拿的未婚妻或兄弟阋墙：一部带合唱队的悲剧》。不幸的是，莫莱蒂有意无意地遗漏了这一点。

依照莫莱蒂的自述，在 1993 年左右，他先后咨询了几位书籍史学家，并写信给几家英国图书馆，最终得到了一些小说出版方面的资料和图书收藏目录。从中的某些发现令莫莱蒂惊讶不已。首先，那个时候的大多数读者不买小说，他们基本上从那些商业性的图书机构里借。遗憾的是，我们只知道书架上放了什么书，却不知道它们是否被阅读，因为当时没有留下借书记录。由技术条件落后造成的此一缺失，并没有威胁到莫莱蒂的总体思考框架。在他看来，既然不知道人们实际上读了哪些，若我们发掘一下他们可能/不可能"读哪些"就会更有意义。经过编辑、整理，他拟定了14 份目录。它们分别来自英国的 14 家图书馆：伦敦的埃博斯图书馆和英国图书馆、马德拉斯文学学会图书馆、雷丁的拉夫乔伊图书馆、德比郡的库鲁姆贝尔流通图书馆和休伊特图书馆、诺里奇公共图书馆、贝克尔斯公共图书馆、切尔滕纳姆的戴维斯图书馆和亨里克斯图书馆、纽卡斯尔泰恩的凯伊图书馆、沃维汉普敦理工研究所、牛津的普罗曼图书馆以及彭赞斯的费伯特图书馆。这些目录的内容包括 1838—1861 年出版的小说。莫莱蒂将各目录中的书按字母顺序进行了排列。然而，完全排列出这些书籍只是研究工作的第一步。接着，按照计量方法，他选取每个目录中的前 100个标题进行"对比性随机抽样"。如何分析 14 个目录呢？建立什么样的数据关系？19 世纪的文体分类学使那些标题的文体指向性太过模糊、摇摆，所以他不得不放弃这个理想的分析单元。从它们的"现代性程度"做出的尝试也无斩获。"现代性"这个概念不能统揽一切。实际上，最容易上手的角度即有两个：是不是经典；是不是外来者。莫莱蒂先从"经典性程度"视角着手。《国家人物传记词典》（以下简称《词典》）被视为经典的聚集地。哪怕《词典》的收录不尽完美——事实上的经典作家远远多于它，但它已经足够丰富。而且雷蒙·威廉斯《漫长的革命》已成功地利用《词典》探讨了"英国作家的社会史"即作家们的社会出身、受教育种类以及生活方式。② 威廉斯的方法具有示范作用。莫莱蒂试图弄

---

① Katie Trumpener，"Paratext and Genre System：A Reply to Franco Moretti"，*Critical Inquiry*，Fall，2009，Vol. 36，Issue 1，pp. 159–171.

② Raymond Williams，*The Long Revolution*，Broadview Press，2001，pp. 254–270.

清楚每个目录里被抽样的 100 个标题的作者究竟有多少与《词典》收录相吻合。根据图表所示，英国流通图书馆中的经典小说在《词典》中所占的比例情况为：一些图书馆里的经典文本只有《词典》的 37%，也有一些达到 88% 之多，其波动幅度是比较大的。前一种比例属于藏书量较大的图书馆，后一种属于藏书量较小的图书馆。总体而言，图书馆规模越大，经典越少；反之，一个图书馆越小，经典可能越多。偏离整体趋势的情况也存在，比如藏书大约 600 多册的图书馆里的经典数量实际上最少。毋庸置疑，莫莱蒂更在意总体趋势。小图书馆只有十多个书架，读者的选择自由相应就受到限制。反过来，读者也不必为该选择什么而伤脑筋。现代早期的法国私人图书馆也呈现出相似的模型。空间与形式→空间的不相等和形式的不平等→空间的不相等造成形式的不平等。在这里，空间的大小与形式的多样性成正比。如此，书籍史和形式史的关系得到了初步展示和说明。这是极具讽刺意味的："小规模等同于霸权形式：好像这些图书馆缺乏反抗文化霸权的引力的批判力量。如果只有一本书那就是宗教的。如果只有一个书架那就是经典。"① 由此，莫莱蒂批驳了长期以来在小说经典发生学方面的误解。第一，小说经典不是学校/大学创造的产物。反而，学校接受经典，接受那些经过市场选择的文本，此点只有几个例外。同样，维多利亚时期的那些图书馆也不是经典的创造者。它们就像学校一样反映市场的选择，而且它们比学校更紧跟市场的步伐。换言之，不论大型图书馆还是小型图书馆，都要根据市场的风向标来购进、保存小说文本。第二，小图书馆只收藏超级经典，除了伟大的书之外，"稍微次一点"的作品几乎就没有地位，此为一种错误的做法，也是不正常的现象。它可能会给读者造成一种假象：文学中只有经典。可是，"文学的发展进程绝不像一根扯不断的线那样，它不可能从一种经典形式直接到另一种经典形式"，中间应该存在许多过渡形态、阶段。同时，经典并不形成于一朝一夕，而是经过大浪淘沙、市场反复选择的结果。事实上，现代文学遵循着维克多·什克洛夫斯基所说的断续的、歪斜的道路前行。什克洛夫斯基《散文理论》中有一段话成了莫莱蒂立论的前提："文学遗产的传承不是由父亲到儿子，而可能是由叔叔到侄子……新的文学形式往往产生于文学系统的最底层，而后替代旧的形式……亚历山大·勃洛克把吉普赛歌曲

---

① Franco Moretti, *Atlas of the European Novel, 1800 – 1900*, p. 147.

的主题和节奏经典化，契诃夫把喜剧式新闻杂志引入俄国文学，陀思妥耶夫斯基把侦探小说的技巧作为真正的文学规范。"以间断性代替连续性，这意味着小说在市场中相互博弈，从而出现经典与非经典的区分。什氏的文学形式演化模式后面我们还会谈到。总之，"当一个图书馆把自己的藏书限制在经典时，差的文学被放逐，读者就接触不到文学演化的原料。这样的文学景观太过学院化、太过贫瘠"。也许，远距离阅读法可以唤醒那些原料。

确然，小型图书馆同大型图书馆在规模、容量、结构等方面存有诸多差异。这些差异造成的后果，除了经典书籍（小说）占据了压倒性位置之外，还体现为，当规模大幅度减小时，某些东西可能会丢失。对于这个观点的论证，莫莱蒂列举了图书馆的外国文学作品的收藏量。接下来，我们将讨论小说标题的第二个层面：它的民族国家身份，即 14 个目录中的外国小说的比例。

在《文化转移和书籍的历史》一文里，埃斯帕涅阐明了外文书籍对书籍史研究的意义，他说："在大多数国家，如同在法国和德国，都有外文书籍的收藏，有时可能是整个图书馆的收藏。这些书籍不是用大多数通用的语言撰写的，只有极少数的读者能看懂，这些书籍往往根本未被阅读，而是一种国外的、外国知识象征性的储藏。当然，了解这些外文书籍在接纳环境中有何用处是很重要的。然而更重要的是考察这些储藏的构成，因为通过它的构成，可以了解两种文化的交错形式。"[1] 由此可知，外文书籍不仅是外文书籍，它预示着文化与文化之间可能的交流——毕竟引进何种外文书籍要经过选择。诚然，埃斯帕涅指的是原版的外文书籍，而我们这里论述的是翻译版的外国书籍。之所以做出如此安排，意在说明莫莱蒂把外国书籍作为定量对象绝非无所依凭。通过外国小说，我们可以看到英国小说市场的整体生态。

德国和法国的图书馆可能收藏许多外国书籍，英国图书馆的景象则形成鲜明对比。具体到每一个图书馆，外国书籍的馆藏情况更是大不相同，特别是把时间限定在 18 世纪到 19 世纪。莫莱蒂说："没有外国小说的图书馆简直是个怪物。"[2] 实际情形却是，外国文学作品在一半的小型图书

---

① 韩琦、[意] 米盖拉编：《中国和欧洲——印刷术与书籍史》，第 214 页。

② 自此以下，参见 Franco Moretti, *Atlas of the European Novel*, *1800 - 1900*, pp. 150 - 164。

馆里如此地少，以至于它们几乎消失了。从 100 个小说标题来看，德比郡的休伊特流通图书馆只有两本外国小说：法国作家阿兰—列内·勒萨日《吉尔·布拉斯》、欧仁·苏《巴黎的秘密》；马德拉斯文学学会图书馆仅有一本，即塞万提斯的《堂吉诃德》；彭赞斯的费伯特图书馆则一本也没有。就 14 个图书馆的整体情况而言，即使藏书规模达到 3000 册的图书馆，外国小说远不足 20%，多数的情况是低于 10%：2%、3%、5%、7%、9%。总之，规模的变化影响图书馆的结构：越小的空间与其说意味着外国小说越少，不如说根本没有。放眼整个欧洲，同样的情况发生在 1750—1850 年的小说兴起（take-off）期。莫莱蒂对 1750—1850 年欧洲文学中的外国小说比例做了定量统计——数据来源于 1992 年他在哥伦比亚指导研究生对"国家文献目录"（national bibliography）所做的抽样调查。此项抽样涉及英国、法国、德国、西班牙、荷兰、意大利、波兰、俄国、丹麦，共九个国家。大多数国家都大比例（40%、50%、60%、80%）地从外国进口小说，丹麦所占比例最高。而英国和法国独自形成一个群体，它们很少从其他欧洲国家输入。莫莱蒂说，原因很简单：两个国家那时候自己生产了许多小说，而且其中的很大部分是优秀的小说，所以不需要从外国购买。也可以说，这种自给自足的状态排斥外来文学的入侵。不过，若是缩小焦点、分段而看，两个国家的共同性就随之变少，甚至呈现出截然相反的走势。1750—1754 年英国文学中的外国小说比例是法国的两倍：英国 20%，法国 10%。尔后，法国的比例节节攀升，在 1816 年达到一个高峰，约为 1750—1754 年的两倍多；到 1850 出现拐点，比例下降。英国的比例却是有规律地逐年递减，到 1850 年低至 5%，约为 1750—1754 年的四分之一。这两条相反的轨道令人充满好奇。为了证明自己的统计结果的普遍性、说服力，莫莱蒂再次把视点放回图书馆以找到更多的证据。从 1766 年到 1861 年，英国流通图书馆的外国小说比例呈现出递减趋势，在 18 世纪 90 年代和 19 世纪 20 年代晚期外国小说一度消失。莫莱蒂这样解释其原因：前一个时段最好的理由是对法国大革命的敌视——英国小说中随处可见法国性的反面人物：《威佛利》《潘登尼斯》《大卫·科波菲尔》《伟大前程》之中的年轻英国男子抵御住法国女子的诱惑成为人生最重要的仪式；后一时段缘于文学生产自身的发展规律。据悉，1815—1820 年英国出现了历史小说、战争故事、航海故事、银叉小说、东方故事复兴等文类形式，完全满足了市场需求，所以缩减外国小说输入的空间在所难免。从法国图书阅览室（cabinets de lecture）1810—1860 年外国小说比例抽样统计来看，与其"国家文献目录"所显示出来的情况大体一致：前 30 年左右在 20% 与 30% 之间波动，1840 年左右突然下降，因为那时雨果、大仲马、欧仁·苏和巴尔扎克已经征服了法国市场。总之，不论英国还是法国，当它们的小说生产能够自给自足的时候，都会向外来者关闭大门。只要它们需要，图书馆就会为外国小说留下空间。从统计数据来看，英国显然甚于法国。

英国的叙述市场就像它本身一样变成一个岛。它拒绝与 18、19 世纪的法国书籍市场的相似性。作为一个叙述岛，英国的国际性程度没有想象中的那么高。尽管它自称日不落帝国、殖民地满世界，却一直对外国叙述形式怀抱敌意。这就是莫莱蒂运用定量研究得出的结论之一。"即使从定量数据回到某些选择性的定性分析，结果依然如此"，莫莱蒂自信地说。他列举了许多著名的外国小说的出版时间与翻译成英文版的时间之差：巴尔扎克《欧也妮·葛朗台》《高老头》是在原产地出版 26 年之后，歌德《亲和力》45 年之后，司汤达《巴马修道院》62 年之后、《红与黑》70 年之后，福楼拜《包法利夫人》和《情感教育》均在 29 年之后，《布登勃洛克家族》23 年之后。一些早期的俄国经典小说翻译成英文是在 43 年之后（法文版是在 20 年之后），例如《叶甫盖尼·奥涅金》《死魂灵》《奥勃洛摩夫》《父与子》。1869 年，新牛津街的"穆迪（Mudie）大图书馆"既没有伏尔泰、狄德罗、普希金、巴尔扎克等作家的英文版小说，也没有《维特》《亲和力》《三个火枪手》。几年之后，出版商亨利·维泽泰利（Henry Vizetelly）因为翻译左拉的小说被投进监狱；《每日电讯报》以爱国名义抨击易卜生的资产阶级戏剧为"臭水沟"。那么，英国如此排斥外来形式将带来怎样的结果呢？莫莱蒂坦言，数量必定影响着形式，因为几部外国小说并不只是几部外国小说而已。一般而言，它可能会改变输入国文学市场的生态、形态。英国则由于文学保护力量占有压倒性优势，使外国文学的入侵变得徒劳。一方面，它意味着许多伟大的主题和颇有时代特色的技巧如通奸、政治、奥尔巴赫的"严肃"语调、现实效果、自然主义、思想小说等，通通被拒绝进入 19 世纪的大不列颠。另一方面，其他的技巧如神话故事的结构、幸福的结局、情感道德主义、喜剧占主导之类则享受着某种保护主义一直生存到 19 世纪末。或许，英国的文学市场就这样失去了更多更新的机会。

除了以《国家人物传记词典》和外国小说为参照外，莫莱蒂还以素有"便宜再版系列"之称的"本特利标准小说"（Bentley's Standard Novels）为参照进行了定量研究。令人称奇的是，他得出的结论和上述的差不多一致。所谓"本特利标准小说"[①]是指英国出版商理查德·本特利与他的合伙人亨利·科尔本（Henry Colburn）从 1831 年开始出版的一种一卷本小说。该系列小说被称为"19 世纪出版业的里程碑"。首先，它把一直以来小说出版以三卷为通行形式压缩成一卷本形式。其次，它开创了出版商通过书籍的版权来赢利的模式。最后，它大幅度地降低了书籍出售的价格，一本书仅需要花费六先令。这使小说的普及速度加快、普及范围扩大、普及程度提高。詹姆斯·费尼莫尔·库柏、简·奥斯汀以及许多美国作家的作品赫然在列，并借此流传开来。在超过 24 年的出版期限中，此系列一共发行了 126 卷。莫莱蒂抽样了其中最流行的前 24 个标题，测定了它们在英国流通图书馆的占有率。他的定量结果显示，图表分割成两个广阔的"高原区"：大型图书馆几乎存储了所有的本特利图书；小型图书馆则非常少。后者与前面的抽样图表显示的情况极其相似：小型图书馆生产超级经典——库珀和奥斯汀的小说占抽样的 33%。莫莱蒂还注意到：3/5 的小型图书馆只买本特利的历史小说；1/4 的小型图书馆则只买感伤小说。这意味着，它们购买一种文体，放弃其他的文体：哥特小说、雅各宾小说、《弗兰肯斯坦》、地方小说等，一律难觅踪影。换句话说，"小图书馆不是从整个形态图谱里选择极少量的条目，而是缩小图谱的范围。规模影响形式的多样性——在某种意义上，它减少多样性。小空间不像诺亚方舟那样，允许每个物种都携带两个。事实上，它们直接限制物种的数量"。一言以蔽之，形式的数量受到图书馆空间的影响。进一步说，图书馆空间越小，对形式的影响越大——既可能影响形式的数量，也可能制约形式的种类。换个角度，读者的阅读受到图书馆的影响。图书馆越小，读者可以接触/选择的作品越少，他们的"期待视野"会因之变得越狭窄。图书馆、形式、读者，三者交互作用，从而影响市场。所以，小图书馆就是小市场的标志。莫莱蒂对图书馆与文体形式之间关系的讨论到此并未结束。

---

① 关于本特利标准小说的介绍，参见 Richard Bentley, http：//en. wikipedia. org/wiki/ Richard_ Bentley_ （publisher）。

如果一户人家只有一本书，它便是宗教典籍；一个图书馆，如只有一个书架，它将被经典填充，这是前面介绍过的论断。莫莱蒂进一步说，一个地区若只有一个图书馆，那就是小说的地盘。自此，莫莱蒂的定量对象从具体的小说文本跃升到小说文类本身。直言之，"空间越小，文体类型/样式越少"依然被他视为无懈可击的论断。在18世纪晚期，拥有1000左右人口的英国小镇，70%—90%的可借书籍是小说。如此情况对伦敦那样的大城市来讲简直不可思议，因为在那里，小说最多占文学类书籍总量的1/3。19世纪晚期的借书统计数据和来自英国所有图书馆的报告也证明了小说是地方阅读的主要形式——不是唯一形式。小说的持续成功，意味着其他可阅读的文体形式可能被关在门外。莫莱蒂认为，造成这种差异的最好解释仍然在于流通图书馆的规模：藏书若徘徊在500卷，小说的比例跃至70%；藏书如超过2000卷，比例则低于30%。再次，小图书馆等于高度的形式单调性。另外，地方阅读集中于小说，实质上集中于本国小说。这表明，地方的文学生态比省会城市（大城市）可能具有更多的民族性。

从经典小说、外国小说、本特利标准小说到地方性阅读趣味，始终不变的是图书馆这个空间和定量这种研究方法。莫莱蒂以英国的小说馆藏情况为主轴，试图将书籍史与形式史彻底地勾连起来。图书馆规模与文体形式的比例关系一直被莫莱蒂强调。在整个论证过程中，莫莱蒂从小说的标题入手，避开了任何一本小说的内容——远距离方法不关心具体的单个文本，而着重于文本之间的数量关联。即使19世纪的叙述分类学使莫莱蒂以文类为理想分析单位的计划泡汤，可是他依旧以文类为核心来着手定量研究。记住，不是诗歌，不是戏剧，不是散文，也不是神话，而是小说。因此，贸然将莫莱蒂的结论推而广之，其普适性可能就会遭到质疑。总而言之，空间生产形式理论的第一个层面由此得到了证明。再次重复那个判断，小图书馆意味着少量的形式多样性。抑或，地理的不平衡导致叙述市场的不平衡。特别提醒，上述的所有结论都建立在定量方法的基础之上。或者说，这就是远距离阅读方法能给我们带来的成果。确实，定量方法只能处理数字关系，书籍史研究也有自身的缺陷。罗伯特·达恩顿说："通过史料调查我们可能对过去人们的阅读情况有所了解，但是他们在阅读过程中所产生的内心感受则是我们永远也无法捕捉到的。然而我们至少可以对阅读行为的社会背景比较清楚。"① 莫莱蒂在这方面赖以坚持的动力正在于，借助它能获得更丰富的社会历史背景。不得不承认，莫莱蒂对不同国家书籍史情况加以比较性量化研究，显示了一些颇有意义的规律和带有普遍性的东西。后文还将继续为这个阵营增加成员。

第二节　小说的欧洲传播

在正式进入对小说的欧洲传播的讨论之前，我们有必要概略地回顾一下前一节的部分结论。小图书馆是狭小空间，小空间阻止了形式多样化的可能性，也阻止了外来小说的入侵。同时，小图书馆也制约着读者的选择范围。18 世纪的英国小城镇一般只有小图书馆。小城镇阅读的对象集中于小说文体，即小说是小城镇阅读的核心。因为饱含诸多大众文化因子的小说满足了人们教导或娱乐的需求。"如果一个地区只有一个图书馆，那就是小说的地盘。"小说的阅读呈现地方化的趋势。如果转换空间，情况则大不相同。大型图书馆一般能保证文类形式的复杂性。在大型图书馆，读者能有更多的选择。所以，在伦敦这样的大城市小说并不占主导。甚至可以说，在 18 世纪的一些大都会小说可能仍处于边缘地位。巴赫金的对话理论、狂欢化理论相信小说写作具有"反中心化"、颠倒等级秩序的力量。比较而言，诗歌的话语是规范的韵文，小说话语的散文化则反正规。"从历史上说，诗受意识形态中政治及文化的集中力量的影响，而小说则是反中心化的力量。"② 从书籍生产的地理空间出发，莫莱蒂质疑了巴赫金的论调。他认为，这与小说的出版地理学相冲突，因为中心拥有几乎不受挑战的支配力。"在 18 世纪中叶的英国和 19 世纪中叶的意大利，情形是一样的：小说属于所有文体之中中心化程度最高的。此种中心化随着时间的流逝而增加。"③ 显而易见，巴赫金和莫莱蒂的中心化的所指完全不相同。事实上，"中心"这个概念本身很难定义，因为权力的中心和空间

---

① ［美］罗伯特·达恩顿：《拉莫莱特之吻：有关文化史的思考》，萧知纬译，华东师范大学出版社 2011 年版，第 108 页。

② ［英］格雷厄姆·佩奇：《巴赫金，马克思主义和后结构主义》，张若桑译，《文艺理论研究》1996 年第 1 期。

③ Franco Moretti, *Atlas of the European Novel, 1800 - 1900*, p. 165.

的中心并不总是恰好重合①。明白这一点至关重要。后文也会反复用到此术语。

　　我们来看看莫莱蒂对小说出版地的定量结果。1750—1770 年英国超过 70% 的小说在伦敦出版，20% 出版于都柏林，其他地方的比例则不足 10%。同样地，小说的第一版超过 90% 出版于伦敦，都柏林和其他地方加起来也不到 10%。而且英国的情况远非独一无二。意大利和西班牙与其极为类似。1843—1845 年意大利有 20 本小说在佛罗伦萨的托斯卡纳区出版；20 部戏剧和 34 部诗集出版在其他 12 个托斯卡纳镇。伦巴第区的结果同样如此：98 本小说中，97 本出版于米兰，1 本在贝加莫出版；86 部戏剧和 51 部诗集由其他 7 个伦巴第镇出版。曾经，西班牙"堂·吉诃德图书馆"里的"骑士小说"出版地情况：托莱多和巴利亚多利德各出版三四本小说，巴塞罗那、塞维利亚、巴伦西亚各出版小说两本，其他 4 个地方则各有 1 本。看起来，它们的差距不是很大，说它们基本上平均分布在 9 个城市一点儿也不过分，然而，两百年后差距已经明显拉大。19 世纪前半期西班牙的外国小说出版地情况：295 部在马德里，196 部在巴塞罗那，塞维利亚、加的斯、马拉加各出版 6—40 部，其他 10 个城市各有 1—5 部。细细算来，马德里出版的外国小说数量约等于其他出版地的总和。由此可见，小说的出版中心与阅读中心似乎存在严重的不一致。阅读的地方化和生产的中心化。"矛盾么？""不矛盾"，莫莱蒂回答道，"它们是一枚硬币的两面，因为地方主义并不是与中心不同的东西，而是具有极强的相似性：真正的生活只有在巴黎、伦敦或莫斯科才能经历，而地方性的生活仅仅是个影子"②。两者相互依赖。为什么大都市是小说生产的中心而不是阅读的中心呢？马丁·里昂斯（Martin Lyons）发现 19 世纪前半期的地方出版者专长于故事集，而不是小说或另外一些长篇作品。

　　小说的地方传播将会导致什么样的结果呢？首先是读者忠诚的转向。读者的转向又会对形式有何影响？罗伯特·达恩顿说："二百多年的时间里，人们的阅读生活发生了质的变化。小说的兴起和宗教书籍的衰落阴阳相对，而且这个转变发生的时刻可以确切地追溯到 18 世纪后半叶，特别是出现维特热的 18 世纪 70 年代。《少年维特之烦恼》在德国引起的震撼

　　① ［英］彼得·伯克：《欧洲近代早期的大众文化》，杨豫、王海良等译，上海人民出版社 2005 年版，第 9 页。
　　② Franco Moretti, *Atlas of the European Novel*, 1800–1900, p. 166.

效应，远远超过《新爱洛伊丝》在法国引起的震动，或《帕姆拉》在英国所产生的反响。这三本小说意味着一种新的文学品位的胜利。《少年维特之烦恼》一书最后的一句话似乎象征性地宣告了新的读者群粉墨登场，而传统的基督教文化则悄然下台：'劳工们抬着他的尸体前行，祭司们却一个也看不到'。"① 用马克斯·韦伯的话来说，此一趋势将"世界非神秘化"或曰"世俗化"。这导致新的阅读公众的产生。他们选择大都市小说而非地方忠诚；选择长篇叙述而非短小故事。印刷工业的长足进步使书写文化反对口述文化，或者说限制短篇。莫莱蒂从政治经济角度阐释读者阅读口味的变化。书籍生产的工业化乃是资本不断增殖的结果。在更大的城市，大规模的工业资本更容易发现、获得不可扭转的优势。当小说中的消费越来越普遍，它的生产不论是在每个个体的民族国家还是在更大的欧洲国家系统内都会越来越集中。② 在单个民族国家内部小说的传播前面已经做出了说明。那么，在欧洲国家内部，小说的散布又是怎样的呢？它的散布是均衡的吗？每个国家生产的小说能否在其他国家受到同样的礼遇？在欧洲国家之中，哪些国家是小说生产的中心，哪些一直处在边缘位置，一直在输入他国的小说？

　　跨越城乡之间的界限，去勾勒小说的世界传播地图，莫莱蒂抓住了最显在的层面——小说翻译。前面也讲过图书馆里的外国小说，而且小图书馆基本没有外国小说的空间。这里的空间范围扩大到民族国家以及整个欧洲，乃至全球。那么，小说经过国际性传播之后，全球的叙述市场会形成什么样的格局呢？沃勒斯坦世界体系理论中的边缘、半边缘与中心之类关键词便是莫莱蒂思考的基点。输入的形式究竟与当地的形式和内容会发生什么样的碰撞？分析的工具依然是地图和定量。在这方面，莫莱蒂既为单个文本《堂吉诃德》《布登勃洛克家族》绘制传播地图，也让英国小说、法国小说这样的文本群的欧洲翻译可视化。对于后者，不是让它们静态地居于地图之上，而是用图表揭示了它们的时间维度。

　　莫莱蒂认为，《堂吉诃德》（1605 年/1615 年）乃第一本成功的国际畅销小说。那是一个早熟的国际市场，在 17 世纪早期就已经初步成形。"塞万提斯的成功就像在一个池子里扔进一颗石子，从西班牙激发起一连

---

① ［美］罗伯特·达恩顿：《拉莫莱特之吻：有关文化史的思考》，第 136 页。
② Franco Moretti, *Atlas of the European Novel, 1800 – 1900*, p. 170.

串波浪：翻译之波。"莫莱蒂将其概括为三股浪潮（如表4-1和表4-2所示）：第一波浪潮发生在《堂吉诃德》出版后的两三代之内，即17世纪前半期；第二波出现在18世纪末期；第三波包括哈布斯堡王朝时期、奥斯曼帝国时期、19世纪40年代的中欧（包括意第绪语区）以及19世纪最后30年在大多数亚洲国家。时至20世纪翻译依然在继续。有意思的是，三波之间平均相隔100年。即使莫莱蒂确认《堂吉诃德》的国际市场形成于第一波翻译，但我们还是不得不说，仅仅依据欧洲的传播情况便断定其市场的形成未免失之偏颇。或者说，哪怕在每个欧洲、亚洲国家都能看到《堂吉诃德》的踪影，然而美洲、非洲尚未纳入进来。指认其具有一个欧洲市场，倒也问题不大。纵观《堂吉诃德》300多年的翻译史，我们还能发现，地理空间之间障碍的消除对形式的分布之影响究竟何在。最起码，它们为形式的传播提供了空间上的可能。即是说，即使某个国家有翻译之欲望，也得能买到此书的原本。购到原书最起码的条件之一，便是交通运输道路的畅通。如若不然，只能望洋兴叹。

表4-1　　　《堂吉诃德》在欧洲其他国家翻译出版的时间表①

第一次翻译潮		第二次翻译潮		第三次翻译潮	
国家	翻译出版时间	国家	翻译出版时间	国家	翻译出版时间
英国	1612年	俄国	1769年	匈牙利	1813年
				斯洛伐克	1838年
				罗马尼亚	1840年
法国	1614年	丹麦	1776年	希腊	1860年/1882年
				塞尔维亚	1862年
				冰岛	1872年
德国	1621年	波兰	1786年	挪威	1873年
				芬兰	1877年
				克罗地亚	1879年

---

①　此表根据莫莱蒂所画的三幅"堂吉诃德欧洲翻译"地图而编制。参见 Franco Moretti, *Atlas of the European Novel*, *1800-1900*, p. 172, 84a-c。是的，莫莱蒂把时间描在地图上。其实，看莫莱蒂的地图可能更直观、更有意思。但是限于技术原因，笔者直接把它转换成表格形式。这样，关注的焦点就稍微发生了一点变化：莫莱蒂侧重地图空间，此处更多地指向时间。莫莱蒂思想的精髓如此被去掉，实在遗憾。下同。

续表

第一次翻译潮		第二次翻译潮		第三次翻译潮	
国家	翻译出版时间	国家	翻译出版时间	国家	翻译出版时间
意大利	1622 年	葡萄牙	1794 年	保加利亚	1882 年
				拉脱维亚	1921 年
				爱沙尼亚	1923 年
荷兰	1656 年	瑞典	1802 年	立陶宛	1924 年
				奥地利	1935 年

表 4 - 2   《堂吉诃德》在亚洲国家翻译出版的时间表①

国家	翻译出版时间
土耳其	1860 年/1875 年
埃及/中国②	1872 年
波斯	1878 年
印度鸠遮拉特语区/印地语区	1880 年/1881 年
马来西亚	1883 年
菲律宾	1884 年
日本	1896 年

　　托马斯·曼《布登勃洛克家族》（1901 年）的欧洲翻译与《堂吉诃德》的对比较为鲜明。莫莱蒂概括为两波浪潮：1903—1929 年；1930—1986 年。至于为何会以 1929 年为分界线，莫莱蒂没有做出必要的提示。从表 4 - 3 和表 4 - 4 可以看到，与 17 世纪初期的《堂吉诃德》相比，20 世纪初的《布登勃洛克家族》的欧洲和亚洲传播则花了不到 90 年便完成。它的世界市场的形成更快。诚然，在经济全球化和传媒技术蓬勃发展的带动下，文化之间的交往日益频繁。

---

　　①　此表根据莫莱蒂提供的数据而编制。参见 Franco Moretti, *Atlas of the European Novel, 1800 - 1900*, p. 172。

　　②　中国最早翻译塞万提斯的当属林纾。据史料所载，林纾与陈家麟合译的《群侠传》（即《堂吉诃德》）出版于 1922 年，而莫莱蒂却认定中译《堂吉诃德》出现在 1872 年，两个时间竟然相差半个世纪，未知其数据的出处。

表 4 - 3　　《布登勃洛克家族》在欧洲其他国家翻译出版的时间表①

第一次翻译潮		第二次翻译潮	
国家	翻译出版时间	国家	翻译出版时间
丹麦	1903 年	拉脱维亚/意大利	1930 年
		波兰	1931 年
瑞典	1904 年	法国	1932 年
		爱沙尼亚/西班牙	1936 年
俄国	1910—1915 年	塞尔维亚	1939 年
		葡萄牙	1942 年
荷兰	1911 年	乌克兰	1949 年
		克罗地亚	1950 年
匈牙利	1921 年	罗马尼亚	1955 年
		保加利亚	1956 年
芬兰	1925 年	奥地利	1957 年
		阿尔巴尼亚	1961 年
瑞典/爱沙尼亚	1929 年	马其顿	1964 年
		希腊	1986 年

表 4 - 4　　《布登勃洛克家族》在亚洲国家翻译出版的时间表②

国家	翻译出版时间
以色列	1930 年
日本	1932 年
土耳其	1955 年
埃及	1961 年
中国	1962 年
印度	1978 年

　　从四张表中，我们约莫可以看到小说的世界市场的形成过程。它同时也显示出欧洲国家文化市场的非同时代性。"中心"是一小部分群体，大

---

　　①　此表根据莫莱蒂所画的三幅"堂吉诃德欧洲翻译"地图而编制。参见 Franco Moretti, *Atlas of the European Novel*, *1800 - 1900*, p. 172, 85a-b。

　　②　此表根据莫莱蒂提供的数据而编制。参见 Franco Moretti, *Atlas of the European Novel*, *1800 - 1900*, p. 175。

部分群体在边缘。中心可能生产出丰富多彩的形式，而边缘的自由性或许要少一些。它们往往要被动地迎接来自中心的形式的挑战。我们当然不能就此断定，欧洲小说的世界市场完全到来，因为非洲和美洲大陆的情况，我们无法从图表中知晓——莫莱蒂提供了纽约1924年翻译《布登勃洛克家族》的信息，可对《堂吉诃德》却只字未提。不过，至少有欧洲的统一市场。另外，我们从这里可以看到人们可能会读什么，但不知道他们是否读与怎么读，也无法知道对当地人有什么影响。

　　莫莱蒂说，通过对欧洲小说的定量研究，我们很快认识到，小说有三次而非一次兴起：第一次1720—1750年，中心在法国、英国和稍后的德国；第二次1820—1850年，包括一半的欧洲国家；第三次再晚一点，指向其余的欧洲国家。翻译路线显露出这样一个模型：一端是小群体国家：法国、英国、德国；法国、英国、俄国——一个非常小的群体强烈地在各方向输出。另一端，一个很大的群体，输入很多，很少输出。在两者之间存在着某些地方力量：在汉萨同盟的欧洲的东北方，取得广泛的、直接的成功。但直到1929年在莱茵河的西边或多瑙河的南边都没有一本被翻译。[①] 这个模型还将会重演。

　　为了测量欧洲体系的内部变化，莫莱蒂对19世纪英国的流行小说进行了抽样，并在玛格丽特·科恩的帮助下抽样了法国小说，以作数据比对。换言之，莫莱蒂通过抽样英国小说和法国小说在欧洲的传播以考察小说的欧洲市场的组成情况。至于他为何只选择英国和法国小说，我们将在后文说明。英国的传播样本由140部小说组成：9部1810—1815年的感伤小说、6本司各特的小说（3本早期，3本晚期）、5本东方故事、5本航海故事、5本战争故事（1820—1830年流行的文体）、12本银叉小说、8本地方小说、布尔沃—林顿、埃奇沃思、G. P. R. 詹姆斯的历史畅销书各5本、狄更斯的7本、7本19世纪中叶的宗教小说、10本1850年左右的感伤小说、8本工业小说、8本情感教育小说。法国的传播样本包括48部小说：13本1795—1810年的感伤小说、8本1820年代的次要历史小说、7本巴尔扎克和司汤达早期的现实主义文本、5本乔治·桑的乡村小说、4本雨果的小说、苏的7本、大仲马的4本。进入抽样的翻译英国小说的国家：法国、丹麦、荷兰、波兰、西班牙、匈牙利、意大利、罗马尼

————————

　　① Franco Moretti, *Atlas of the European Novel*, *1800 - 1900*, p. 174.

亚，计 8 个；进入抽样的翻译法国小说的国家：英国、丹麦、荷兰、波兰、西班牙、匈牙利、意大利、罗马尼亚，亦 8 个。这些样本来自当国的"国家文献目录"。它们的抽样结果既以地图，也以图表呈现出来；既有传播的矩阵图表，也有传播的百分比图表。从地图和图表，莫莱蒂看到了一些颇有意思的情况。① 对于为何会出现那样的情况，莫莱蒂很多时候不能给出较为确定的解释。乍看来，这与他所追求的客观性，仿佛有点背道而驰。

首先，我们可以知道，在 19 世纪有哪些小说子型取得了国际性的伟大成功。从英国方面来讲，有司各特、布尔沃—林顿、狄更斯的大多数作品以及情感小说，它们至少被抽样的 6 个国家全部或大部分翻译；就法国而言，有感伤小说和大仲马、苏、雨果等人的小说，它们至少被抽样的 8 个国家全部或大部分翻译。"它是很有规律的、甚至单调的模型：所有的欧洲人带着同样的激情在同一年读同样的小说。所有的欧洲人被一种欲望而不是现实统一起来。"

其次，从总体上来看，罗马尼亚、波兰、匈牙利、西班牙等国家很少引进那些给定的形式。莫莱蒂认为，不是因为它们不感兴趣，而是由于它们缺乏空间。罗马尼亚比丹麦和意大利进口的形式少得多，实在于它的内部市场本来就太小，不允许外来入侵者的挤占。好比前面提到的小图书馆绝少收藏外国小说一样。此外，不是输入几分之几的问题，而是它们只选择极少一部分，排除其余部分。罗马尼亚基本上没有全部翻译过抽样图谱中的任何一种英国或法国小说——大仲马是一个例外，很多英、法小说在那里完全付之阙如。亦可以说，英、法小说在罗马尼亚遭到了不可避免的抵抗。

再次，即使对于单个国家而言，它们对英、法两国小说的偏好也存在极大的差异。一方面，法国和波兰翻译了许多埃奇沃思的小说，詹姆斯的小说则很少，甚至没有；意大利和匈牙利完全相反。另一方面，西班牙对法国小说充满热情，对英国小说却反应平淡；荷兰则相反；意大利两相平均。那么，造成这种截然对立的具体缘由何在？对于前者，莫莱蒂给出的解释为，埃奇沃思和詹姆斯的小说类型太过雷同，而那些国家留给历史小说的总体空间有限，它们之中的某一个或许因为偶然的因素而只抢占到很

① 自此以下，参见 Franco Moretti, *Atlas of the European Novel，1800 - 1900*，pp. 180 - 185。

少的空间。对于后者，它是两个文学核心斗争的标志。它们把欧洲体系分割成各自的象征形式影响区。

最后，就英、法小说而言，哪个更占据霸权地位？法国在百年战争中的胜利延续到文化领域。在南欧和东欧，法国小说大大超过了英国小说（在19世纪中叶的意大利，比率是8∶1）。甚至在新教统治的北边，两个对手也差不多打成平手（在丹麦，大仲马是那个世纪重印最多的作者）。法国的优越在相对的文体上也比较明显：乔治·桑的乡村小说比他的英国同行成功得多；法国的感伤小说在世纪的转折期在每个地方都被大批地翻译，相反，它们的英国同行依然限制在北方。如何解释法国小说的王者地位？莫莱蒂提供了三点理由：（1）也许是英国不断增加的岛国特性的反弹，致使它失去了与大陆口味的联系。换言之，英国的小说不能满足多数读者的期待视野。（2）法语是一种有教养的欧洲人的语言，法国小说借之能旅行得很快、很远，比它们的对手抢先占据"市场利基"。（3）这种不对称是两种传统之间主要形态差异的结果。若是想想斯达尔夫人说过的话："法国人的欢乐情绪和良好趣味在欧洲各国中曾经有口皆碑"①，我们或许能明白法国人在欧洲人心中的位置。亦因之理解，作为文化载体的法国小说为何能唯我独尊。有鉴于此，当美国的电影、电视入侵法国的文化市场时，法国文化固有的强势地位便自动发出猛烈的抵抗。

即使在英、法两国文化的激烈斗争中，法国处于上风，可是欧洲小说的中心依旧不止它一个，而是与英国共同享有。② 正是由于英、法两国的小说居于欧洲小说的中心，莫莱蒂才将它们升格为定量分析图谱的主角。莫莱蒂作此判断的依据何在？抑或，这种中心化有哪些体现？莫莱蒂枚举了如下一些例子，聊表说明。在1750—1850年小说兴起的关键世纪，小说生产的中心化却造成大多数国家的小说都是外国书籍。匈牙利、意大利、丹麦、希腊的读者对法国和英国小说的新形式相当熟悉。有人说，在1800年的意大利叙述市场，写一部意大利小说史可以不涉及意大利小说。真乃咄咄怪事！那里的读者对外国小说有强烈需求，那些需求必须不断得到满足。在西班牙，读者对西班牙小说的起源不感兴趣，它们的唯一需求是攥紧它们熟悉的那些外国模型。不仅如此，莫莱蒂发现，在欧洲之外，

---

① ［英］斯达尔夫人：《论文学》，徐继曾译，人民文学出版社1986年版，第214页。
② 自此以下，参见 Franco Moretti, *Atlas of the European Novel, 1800 - 1900*, pp. 186 - 197.

存在同样的权力关系。例如，萨义德说："在某种情况下，阿拉伯的作者意识到欧洲小说，并且像它们的作者一样写作。"足见这些国家对中心的形式的依赖。另外，小说种类的嬗变亦呈现出中心化趋势。在 1750 年左右即小说的第一次兴起期，这些模型根本不存在，那时的小说类型是多样的、自由的，它笼括许多叙述形式：寓言、传奇、讽刺故事、流浪汉故事、哲理、旅行、色情、传记、自传回忆录、书信体等。① 可是，一百年之后，英国与法国的小说变成范型。作为中心中的霸主，法国小说的种类比英国少得多。可想而知，那些对法国小说情有独钟的国家的小说市场会遇到怎样的瓶颈。这直接导致小说的第二波兴起表现为完全不同的情形：第三人称历史小说，仅此而已——没有更多的形态发明。由此可见，传播同样是强大的保守力量。夸张地说，一种形式，一种输入形式。

　　莫莱蒂坦言，纵观欧洲文学史，小说的这种有限的中心化完全是不平常的或例外的。② 例如，叙事歌谣没有中心，它是一个稳定、自足的群体。彼得·伯克说，欧洲晚期的口头史诗是一个边界体系：没有中心，但有两三种伟大的象征分割，就像基督教和伊斯兰教之间一样。另一个边界是多米尼克·费尔南德兹的巴洛克小说的新月形空间。在其他情况下，形式可能超越欧洲地理的限制：短篇叙事并非真正产生于欧洲，而在地中海网络——带有极强的印度和阿拉伯因素。不同的形式，不同的欧洲。"每种文类都有自己的地理—几何学：但它们都没有一个中心。"小说的地理非常奇特：它关闭了所有外在因素对欧洲的影响，从而增强甚至确定了自己的欧洲性。但这种最好的欧洲形式一步步剥夺了大多数欧洲国家的创造性和文学发展的自律性。两个城市：伦敦和巴黎，统治了欧洲一个多世纪，出版了一半的欧洲小说。"它是无情的、前所未有的欧洲文学的中心化。总之，中心化不是一个既定的事实，而是一个过程。一个非常不可能的过程：是例外，而不是欧洲文学的规则。"套用托马斯·库恩的术语，小说的中心化远非常规文学形态。对于所有文体形式究竟呈现出何种样态为最佳，莫莱蒂期望它们组成一个行星体系（planetary system）。

　　那么，小说的中心化将会给其他国家的叙述市场带来怎样的负担？它们如何利用新输入的形式？全盘接受还是选择性改造？莫莱蒂指出，实际

---

① James Raven, "Britain, 1750 – 1830", in *The Novel*, ed. Franco Moretti, Princeton and Oxford: Princeton University Press, p. 429.

② Franco Moretti, *Atlas of the European Novel*, *1800 – 1900*, p. 186.

上，"来自中心的形式在输入地没有发生改变，只是细节在不同地方呈现不同的样貌。历史小说传播到欧洲和世界，它的情节依然恒定（英国的），只是人物变成了当地人。一方面，象征霸权的坚固性（一种不变的形式在全球传播），一方面它的流动性（细节随着地点而变化，让形式具有识别性并且吸引当地观众）"。"变化的人物，恒定的情节"，似乎可以与结构主义的宣言挂上钩。莫莱蒂继续解析道："从根本上来讲，这是《民间故事形态》的模型。"对普洛普而言，每部故事中人物的名字会各不相同，而他们的行为和功能却不变。但是，形式和它的变异之间的这种不对称关系在概念上不是没有问题的。列维－斯特劳斯在《结构人类学》里批评了普洛普："普洛普发现故事的内容具有可变性，很了不起。但他常常认为它是随意的。这就是他碰到困难的原因，因为即使转变也要遵守规则。"叙述学上的这种悖反，根源乃在于现实。换句话说，输入国文化的具体物质条件必定会跟输入模型产生激烈冲突，使整套既定的程序濒临崩溃。关于这点，莫莱蒂援引了罗伯托·施瓦茨（Roberto Schwarz）关于巴西进口文学的说法。施瓦茨在《巴西的小说进口》里写道："巴西正在引进模型，它的偶然结果是提出主人公思想的侧影，延长它们的指南针。这种方式与巴西的经验一致。或者，从一个结构观点来看，这个方式不包括次要人物——他们在总体框架内负责提供当地颜色。"一个模型与具体现实一致。①

　　依上所述，地理/空间不是一个容器而是一个条件，它制约着小说的散布、影响着小说的样态。我们知道，法国和英国是欧洲小说的中心，但我们不应该忽视这个空间模型的结果。事实上，即使在一个统一的市场，"后来者也并不会复制它们的先辈走过的道路。相反，它们会遵循一条不同的、更狭窄的道路。它们被来自中心的生产的成功所限制"。扩而言之，在文学领域不发达国家的真正的发展将与来自中心的力量相抗衡。②法国和英国始终在中心，大多数的其他国家在边缘，属于中间的群体，随时变化。未来，中间群体是否加入争夺形式霸权，尚不知晓。法国能否继续保持胜利，也得拭目以待。

　　必须提醒，莫莱蒂对自己的定量分析是清醒的。他自称，有些问题之

---

① Franco Moretti, *Atlas of the European Novel*, *1800 – 1900*, p. 193.

② Ibid. , p. 191.

所以只能提供有限的答案，盖出于他只考虑了八九个国家，并且把自己限制在小说翻译——那只不过是问题的一方面罢了。无论如何，选择从翻译角度勘察小说的欧洲传播地图，对定量方法来说是最为适宜的。从数据关系出发，进行一系列分析，固然符合实证的路数，但数据本身的局限可能就是莫莱蒂的局限。鉴于数据不能提供阐释，莫莱蒂必须调动既有的定性资源来解决问题。应该说，他更侧重从文学社会学中为文学地理学的问题寻找答案。

从图书馆到十多个欧洲国家，再到几个亚洲国家，莫莱蒂通过小说的翻译来描绘了小说的世界市场的形成。书籍史、地图、定量依然为他的研究做出贡献——"国家文献目录"为他提供原始资料。小说的世界市场的形成实质上表明，欧洲的民族国家之间的相互依赖普遍存在。不论是统一的欧洲叙述市场，还是分割成几十个完全不同的文化市场，小说都作为一种普遍形式让这些民族国家之间以这样或那样的方式发生联系。空间转移到亚洲。这个大陆的大多数民族国家属于第三世界，而且其中的一部分还是欧洲的殖民地。它们与西方的形式之间剪不断理还乱。中国在接受西方形式时，曾出现过一些争论。官方文件规定，要创作出群众喜闻乐见的"民族形式"。由于中国丰富的文学/小说资源，外来输入形式与本地内容和本地形式之间的冲突相当激烈。中国对外国小说的翻译历史和翻译实践也不可谓不丰富。因此，我们从事文学研究的时候，可以沿着与莫莱蒂完全相反的方向进行尝试：从翻译角度看，中国小说如何影响世界叙述市场，能否影响国际市场。例如，我们可以定量研究"四大名著"、现代小说、十七年时期的小说、改革开放之后的小说等的世界翻译。总之，"空间生产形式"命题在一个更大的范围内得到了阐明。不同的民族国家，为外国小说输入所提供的空间有大小之别。如果说形式与图书馆、小城镇涉及内部空间的话，那么，民族国家之间则关系到形式与外部空间，但更进一步，它们又属于欧洲的内部空间。小说的欧洲，是具有中心的欧洲。中心向四周辐射，边缘根据自己的文化形态选择趋向于哪个中心。按照前面的说法，该中心既是空间中心，又是权力中心。

第三节 世界文学与民族文学之争

"世界文学的时代来临了！世界文学是当前全球化的伴生物。我坚定地支持世界文学这项计划。然而，要想发展并建立起一个完善严密的世界文学学科，将面临巨大的挑战。目前的语境与历史上其他时期的语境——比如说两个世纪之前歌德倡议阅读世界文学的那个时期——具有很大差异，我们今天面临的最大的语境便是全球化：世界范围内的经济交往和文化交流；史无前例的全球旅行和迁徙；银行和其他金融机构所引发的波及整个世界的金融危机；人为因素造成的气候变化正在改变全世界人类和非人类生命，甚至有可能会最终导致人类的灭绝；新技术不断推陈出新——包括电子计算机、手机、互联网、Facebook（脸谱）脸书和 Twitter（推特）等——这些形形色色的通信工具以一种前所未有的方式将全世界的人们紧密联系起来。最近颇受人们瞩目的'世界文学'学科的发展，与气候变化、万维网和金融危机似乎毫无关系，但我认为它是全球化的产物，并且其实可以被证明是形形色色的全球化中的某一个版本。毫无疑问，对讲授和研究世界文学的重新强调，是对技术全球化和经济全球化的多重形式所做出的种种反应之一。……今天普遍存在的从世界各地到地球上其他任何角落的迁徙，意味着世界上越来越多的人都会生活在使用多种语言的多族裔社会中。据我所知，在加拿大的蒙特利尔市的一个区，竟然就有 56 种语言被使用，这简直令人瞠目。在我们这个时代，以全球性的眼光来看待文学似乎是自然而然的，也是天经地义的事。"[①] 这段话系希利斯·米勒在 2010 年上海交通大学"第五届中美比较文学双边讨论会"上的主题发言的开头部分。它给我们提供了一些关于世界文学的信息。总的来说，米勒认为，全球化必然预示着世界文学时代的到来。全球化浪潮自然势不可当，然而就此断定世界文学必然成形是值得商榷的。虽然区域与区域之间的阻隔确实已被消除，无论在现实的地理位置上还是在虚拟空间中，全球都连接成同呼吸共命运的大家庭，世界文学也反映了全球化，但全球化文学与世界文学毕竟不是一回事。很多学者并不以"世界文学"概念来指称米勒所说的那种状况，他们更愿意用全球文学、全人类文学之类的字眼。阿尔曼多·尼希说："我们既有与全球市场和大众文化产业相一致的'全球文学'，又有由众多不同世界组合而成的一个'世界文学'，这些世

---

① ［美］J. 希利斯·米勒：《世界文学面临的三重挑战》，生安锋译，《探索与争鸣》2010年第 11 期。

界正形成一股合力以抵制不被同化到全球市场和单一语言之中去。"① 尤里·鲍列夫认为，"在 21 世纪，将形成全人类文学，这种文学的作品不会失去其民族特色，不会失去其立足于民族传统的根基"②。不止在于术语使用的问题，重要的是两者所透露出来的不同认识论、价值观。高小康对世界文学和全球化文学的区分可备一说。"歌德的世界文学观念基于这样的文化观念：各民族文化和文学本质上是同类的，是可以在一个标准或模范的引导下共同发展的。这是一种一元论的文化观念。"全球化文学则是基于 20 世纪后半期所形成的"殖民主义和民族主义、东方和西方、中心和边缘的对抗"而造成的文化冲突。③ 换言之，它属于异质的文化。无论如何，莫莱蒂的世界文学观也与全球市场的形成有关。

　　提到"世界文学"这个概念，我们总绕不开歌德与爱克曼的谈话。1827 年歌德对比阅读中国的传奇与贝朗瑞的诗歌之后，呼吁德国人跳出自己的狭小圈子，环视周围外国民族的情况。他没有使用同时代人发明的"欧洲文学"一词，而创造性地用了"'世界文学'这个神奇的词"④。他说："民族文学在现代算不了很大一回事，世界文学的时代已快来临了。现在每个人都应该出力促使它的早日来临。不过我们一方面这样重视外国文学，另一方面也不应拘守某一种特殊的文学，奉它为模范。我们不应该认为中国人或塞尔维亚人、卡尔德隆或尼伯龙根就可以作为模范。如果需要模范，我们经常要回到古希腊人那里去找，他们的作品所描绘的总是美好的人。"⑤ 歌德一方面讲世界文学，另一方面又把古希腊这个国别的文学作为模范，看起来是自相矛盾的。而且他忽视了其他民族的文学一样可以作为规范。他的博大胸襟依然以欧洲为中心"将世界上一切优秀的文学吸纳到他们的视野之中，以为这就是世界文学"⑥。《歌德谈话录》的这句话是学界常常引用的，但不要以为它囊括了歌德关于世界文学看法的全

　　① ［意］阿尔曼多·尼希：《全球文学和今日世界文学》，王林、石川译，《中国比较文学》2002 年第 2 期。

　　② ［俄］尤里·鲍列夫：《文化范式的流变与世界文学的进程》，周启超译，《文学评论》2003 年第 3 期。

　　③ 高小康：《"世界文学"与全球化文学界说》，《社会科学辑刊》2002 年第 2 期。

　　④ ［瑞士］弗朗西斯·约斯特：《比较文学导论》，廖鸿钧等译，湖南文艺出版社 1988 年版，第 15 页。

　　⑤ ［德］爱克曼辑录：《歌德谈话录》，人民文学出版社 1982 年版，第 113—114 页。

　　⑥ 高建平：《马克思主义与复数的世界文学》，《马克思主义美学研究》第 7 辑。

部。舒尔茨（H. J. Schulz）和雷恩（P. H. Rhein）合编的《比较文学论文集》把散见于歌德的论著、书信、谈话、日记和期刊之中关于世界文学的论述辑录在一起，① 使我们能一窥其全貌。那么，歌德提出该判断的理由是什么？答案很简单，"民族之间交往的日益频繁"。可是，这个简单的答案，却建立在一次次血腥战争、一场场惨剧之上。歌德说："可恶的战争导致民族间陷入混乱和纷争后，它们不可能回复到原来安宁、独立的生活，也不可能忽视它们业已了解的别的民族的思想和行为方式。它们在无意识中吸收、采纳，并在不同场合渐渐认识到先前所没有意识到的精神和思想上的需要。由此产生了睦邻间来往的意愿，而不再像先前那样闭关自守。它们渐渐渴望有某种或多或少自由的精神方面的交流。"② 当然，"歌德还没有天真到期待——或者是希望——世界各国人民之间有完美的和谐，但是他非常希望借文化了解来提高宽容度，从而使今后的战争在恶意和毁灭性上要小于拿破仑一世发动的历次重大战争。歌德在成年时期经历了那些战争，对他来说，那是文化和文明的全面崩溃"③。歌德的整体世界文学观成为后人思考的起点。同时，人们对歌德的世界文学观也存在着一些误读。

有一种看法代表着人们对歌德思想的普遍误解："世界文学主要研究那些获得了国际性声誉、并在多个国家被译介和传播的各民族文学经典之作。这些作品常常超越了单一民族的文化传统，融合了各民族共有的价值观念和审美品位，具有超民族文化认同的意义。因此，经典性和超民族性对世界文学研究具有重要的指标作用，也是全球化时代世界文学研究的重要内容。"④ 所谓"经典""普世价值"本身就可疑，要确认超民族的经典、审美趣味更是难上加难。况且，在世界格局极端不对称的情况下，西方中心主义的泛滥，往往把平等性变成障眼法、幌子，第三世界的话语、声音常常被压制。莫莱蒂的野心乃是把大量未读的非经典与世界文学结合。詹姆逊对这种误解有一段十分精彩的澄清，他说："人们通常认为'世界文学'应是由一些经典作品组成，它们能超越直接的国家，民族语境而打动形形色色的读者，然而实际上歌德和其他人倡导'世界文学'

① ［德］歌德：《世界文学杂论》，任一鸣译，《文艺理论研究》1988 年第 6 期。
② ［德］歌德：《论世界文学》，查明建译，《中国比较文学》2010 年第 2 期。
③ ［美］简·布朗：《歌德与"世界文学"》，刘宁译，《学术月刊》2007 年第 6 期。
④ 江宁康：《世界文学：经典与超民族认同》，《中国比较文学》2011 年第 2 期。

时的用意并不是这样。要是我们细读歌德在这方面的零散文字，我们会发现他心目中的'世界文学'指的是知识界网络本身，指的是思想、理论的相互关联的新的模式。歌德自己在魏玛遍读当时来自欧洲各地的优秀报刊，像《爱丁堡评论》《两世界评论》等。这些报刊都鼓吹和强调这种不同语境间的思想、文化联系。在歌德看来，真正新颖的有历史意义的事物乃是人们如今有机会有条件接触他国异地的思想环境并与之沟通，为此他创造了'世界文学'这个概念。但这个概念在目前的新语境下似乎已不那么恰当了。我相信某种类似的事物正在一个远为巨大的规模上出现，但我们在鼓励这种事物发展的时候必须特别小心。就文学而言，这并不意味着创作某种立即具有普遍意义的作品，从而跨越民族环境去诉诸所有的人。相反，我认为'世界文学'的含义是积极地介入和贯穿每一个民族语境，它意味着当我们同别国知识分子交谈时，本地知识分子和国外知识分子不过是不同的民族环境或民族文化之间接触和交流的媒介。"① 简言之，詹姆逊认为，世界各民族的文学之间应该建构起一种双向互动关系。对世界文学内涵的革新在大卫·达姆罗什那里表现得更加清晰。达姆罗什1993年出版的《什么是世界文学》从三个层面定义世界文学："世界文学是一种流通模式，是对民族文学的全面折射"；"世界文学是从翻译中获益的作品"；"世界文学是一种阅读模式，一种跨越时空与世界交流的方式"。② 流通、翻译、阅读，三个支点把世界文学的所指变得更为具体。从前述所知，翻译一点，恰恰为莫莱蒂所流连忘返。关于翻译的功能，请记住本雅明在《翻译者的任务》里的阐述。③ 任何经典、任何普世的审美趣味，要想在不同民族之间广泛流传，从根本上来讲，都要借助翻译原书才能完成。

　　与歌德不同，马克思和恩格斯则根据物质生产的空前进步、资本的疯狂扩张及世界市场的形成，而宣告世界文学时代的来临。他们说："过去那种地方的和民族的闭关自守和自给自足状态已经消逝，现在代之而起的已经是各个民族各方面互相往来和各方面互相依赖了。物质的生产如此，

---

① ［美］詹明信：《晚期资本主义的文化逻辑：詹明信批评理论文选》，张旭东编，陈清侨等译，生活·读书·新知三联书店1997年版，第47—48页。

② 李滟波：《全球化语境下的"世界文学"新解——评介大卫·达姆罗什著〈什么是世界文学〉》，《中国比较文学》2005年第4期。

③ ［德］陈永国、马海良编：《本雅明文选》，中国社会科学出版社1999年版，第279—290页。

精神的生产也是如此。各个民族的精神活动的成果已经成为共同享受的东西。民族的片面性和狭隘性已日益不可能存在，于是由许多民族的和地方的文学形成了一个世界的文学。"① 可以说，马克思、恩格斯的宣言为所有的全球化理论奠定了一个基础。至此，歌德的乌托邦式猜想成功落地。比较文学学科也随之产生。

民族国家空间生产民族文学。同样地，世界空间生产世界文学。那么，是否有世界性的文学作品呢？文学的世界性如何理解？莫莱蒂没有泛泛地一头扎进这些问题，相反，他的论述乃以具体的文体——小说——为出发点和落脚点的。它需要大量涉及各民族国家自身的小说资源。由莫莱蒂领衔编撰的两卷本《小说》（由意大利五卷本压缩、翻译而成）实质上在多角度为他的世界文学猜想提供证据。稍微翻翻《小说》的序言，就看到莫莱蒂说，小说的地理和世界文学的出现相重叠。这个假设非常重要。在《对世界文学的猜想》里，莫莱蒂较为全面地论述了自己的世界文学观念。毫不夸张地说，莫莱蒂在世界文学方面发出的声音实在振聋发聩，并引起极大反响，他说："艰巨的任务表明：世界文学不只是文学，而应该更大。我们正在做一些努力，需要再接再厉。这必定是不同的。应该有不同的分类。马克斯·韦伯曾指出：'界定不同学科的范围，不是事物之间'实际上'的相互联系，而是问题在'概念上'的关联。一门新的'学科'出现，总是由于出现了新的问题以及其伴随的新方法。'这正是问题的关键：世界文学不是一个客体，而是一个问题，它要求新的批判方法。没有人曾经仅仅通过阅读更多的文本而发现这种方法。那不是理论形成的途径。理论需要一次跨越、一次假设——从假设开始。"② 马克斯·韦伯《社会科学和社会政策中的客观性》谈到了社会学知识的客观性、真理性问题。③ 社会学关心社会关系。同样，世界文学亦应该关心民族文学之间的关系。莫莱蒂试图清理附着在世界文学身上的某种本质主义。不存在一个叫做"世界文学"的实体，等着我们去找寻其本质，只有携带着民族标记的各种文本组成的共同体。既然世界文学作为一个问

---

① 中共中央马克思恩格斯列宁斯大林著作编译局：《马克思恩格斯全集》第4卷，人民出版社1956年版，第470页。

② ［意］弗兰科·莫莱蒂：《对世界文学的猜想》，诗怡译，《中国比较文学》2010年第2期。笔者对译文略有更改。

③ ［德］马克斯·韦伯：《社会科学方法论》，杨富斌译，华夏出版社1999年版，第146—165页。

题，那么它的方方面面处于不确定的、未知的状态。解决之道当属前面所说的远距离阅读方法。如你所想，莫莱蒂的世界文学观的前提就在歌德和马克思、恩格斯那里。不同之处在于，他借用沃勒斯坦世界体系理论之"唯一而不平等"的公式作为重新思考世界文学的基础。这里的世界不是全球，而是国际，是跨越民族界限的交流和沟通。① 沃勒斯坦的世界体系理论把马克思、布罗代尔的思想糅合在一起。他认为，世界体系是目前为止唯一的社会体系，可以"简单定义为一个带有单一劳动分工和多元文化体系的单元"②。它包括世界经济体系和世界帝国两个变种。在资本主义世界经济体系中有三个结构性位置：核心、边缘、半边缘。具体来讲，该世界经济体系起先以西北欧地区为核心、以地中海沿岸欧洲为半边缘、以东欧和美洲为边缘，后经不断扩张覆盖了全球。"虽然不同国家和地区的位置在不断发生变化，但核心—半边缘—边缘这样的一个结构却是始终存在的。"③ 它们的"这种劳动分工方式建立在地区间存在不平等交换，而各地区之间的经济上和政治上的依赖却是以这种不平等为基础的。该体系的众多后果之一体现于国家结构中，即继续进行的交换过程使边缘国家不断削弱，而核心国家不断增强"④。莫莱蒂在世界文学与世界体系之间坚持一种类比思维。对于他而言，"世界文学的确是一个体系，但是一个内部纷繁多样的体系。此体系是唯一的，但不是整齐划一的。英法是文学的中心，它试图使得这个体系变得整齐划一，然而它不可能完全抹掉实际的差异。（顺便说一句，这里可以看出，世界文学研究是怎样不可避免地演变为世界范围内争夺象征霸权的研究）此体系是唯一的，但不是整齐划一的。回顾一下文学史，事情应该是这样的：如果1750年后小说的普遍兴起，是西欧模式与本土现实妥协的结果，那么，不同地方的本土现实是不同的，正如西方的影响也是不均衡的。回到我所举的例子，西方文学在1800前后对南欧的影响，要比在1940年左右对西非的影响更强烈。各种

---

① Christopher Prendergast, "Negotiating World Literature", *NLR* 8, March-April 2001, pp. 100 – 121.

② ［美］伊曼纽尔·沃勒斯坦：《沃勒斯坦精粹》，黄光耀、洪霞译，南京大学出版社2004年版，第98页。

③ 赵自勇：《资本主义与现代世界——沃勒斯坦的世界体系理论透视》，《史学理论研究》1996年第4期。

④ 同上书，第73—74页。

力量在不断变化，而互动过程中的妥协也在不断变化"①。想想上一节关于莫莱蒂对英国和法国小说定量研究得出的结论，我们就会明白，在世界文学格局中争夺形式霸权，那些边缘的发展中国家尚且处于劣势。同样地，英、法作为欧洲小说的中心，即使它们的形式领地遍布全世界，也永远不可能同化掉当地的形式，因为当地的形式的根基在于当地的物质现实。英、法输出自己的叙述形式时不仅遭到周围国家（半边缘国家）的反抗，而且在远隔重洋之外，它们如想落地生根尚需具备诸多条件、契机。在为柄谷行人的《日本现代文学的起源》写序言时，詹姆逊意识到，在现代日本小说的起飞中，正如三好正雄《沉默的同谋》所言："日本的社会经验素材和西方小说结构之抽象形式间存在着某种难以融合无间的鸿沟。"另外，穆克吉伊《现实主义与现实》有关印度小说起源的研究结果亦与此类似。② 施瓦茨在巴西小说中发现了同样的模型。莫莱蒂对这个模型、"规律"深信不疑，因为它不止出自詹姆逊等 5 人，而是来源于一群小说研究者得出与此一致的看法：加斯帕莱蒂（Gasperetti）和葛茜罗（Goscilo）论 18 世纪晚期的东欧小说，特斯奇和马尔蒂—罗佩次论 19 世纪早期的南欧小说，弗兰克和索姆论 19 世纪中叶的拉丁美洲小说，弗雷登论 19 世纪 60 年代的意第绪语小说，穆萨、赛义德和艾伦论 19 世纪 70 年代的阿拉伯小说，艾文和帕尔拉论同一年代的土耳其小说，安德森论菲律宾作家的《禁止接触》，赵毅衡和王德威论晚清小说，奥贝齐纳（Obiechina）、艾雷来（Irele）、夸逊（Quayson）论 1920—1950 年的西非小说，再加上伊塔马·埃文—佐哈尔。它包括四大洲，跨越两百年，关涉 20 多种文学批评论著。③ 莫莱蒂严谨治学的精神于此可见一斑。然而，莫莱蒂对詹姆逊的模式到底仍存有异议。对詹姆逊而言，那种"关系在本质上是二元的：'西方小说结构之抽象形式模式'和'日本的社会经验原料'，总体上就是指形式和内容"。对莫莱蒂而言，"它多半是三角关系：外国形式、本地材料和本地形式。简单一点说：外国情节、本地人物、本地叙述声音，正是这第三个维度使那些小说似乎很不稳定"④。恰恰如是，

---

① ［意］弗兰科·莫莱蒂：《对世界文学的猜想》，诗怡译，《中国比较文学》2010 年第 2 期。笔者对译文略有更改。

② ［日］柄谷行人：《日本现代文学的起源》，赵京华译，生活·读书·新知三联书店 2003 版，第 237 页。

③ Franco Moretti, "Conjectures on World Literature", pp. 58 – 60.

④ Ibid. , p. 65.

西方形式与当地经验遭遇后使问题复杂起来。输出的西方形式若想在输入国受到一定的重视、发挥一定的功用、实现自己的勃勃野心，必须与当地的经验、素材妥协。否则，它便会被打入冷宫。由于西方形式与当地材料不可能天衣无缝地嫁接在一起，注定中心、半边缘、边缘的世界文学体系格局矛盾不断。今天西方占据要津，成为唯一的世界体系的核心，但多极化的世界政治、经济趋势预示着中心将会多起来。只是不知道风水转到何时，才会转向现在的边缘。以上是莫莱蒂世界文学观的第一层面。

如何理解世界文学形态的历史演化？莫莱蒂借用了历史学家对世界文化的两个比喻：树和波。树即前文所说的达尔文系谱树，是比较语言学的工具；波多用于历史语言学。"树描述了从整一到多样的阶段：一棵树有很多枝桠，例如从印欧语系到许多种不同的语言。波则遵循整一性吞没起初的多样性，好莱坞电影征服了一个又一个市场（或者英语吞没了一种又一种语言）。树需要地理上的不连续性（为了各自向外分叉，语言首先必须在空间中被隔开，就像动物物种那样）；波讨厌障碍，并且在地理连续性中茁壮成长（从波的角度来讲，理想的世界是一个池塘）。它们都在起作用。文化史由树和波组成，虽然世界文化在两种机制之间摆动，但是它的产物不可避免地构成一体。想想现代小说，它当然是波。事实上我多次称它为波。但波撞上了当地的传统，便意味深长地被那些传统所改变。这就是民族文学和世界文学劳动分工的基础：民族文学让人看到树；世界文学让人看到波。劳动分工和挑战，两个比喻都在起作用，但那不意味着它们起着相等的作用。文化史的产物总是综合性的，但在它们的形成过程中哪种机制占主导？内部的还是外部的？民族的还是世界的？树还是波？聚讼纷纭、莫衷一是。幸好尚无定论，因为比较文学学者需要这种分歧。"①此处不拟回应莫莱蒂所展示的疑问，也不去管人们对世界文化史的纷争。此段引文给我们传达出来的重要信息有两条。一方面，不论哪种机制占据主导，可以肯定的是，它们必然会受到地理空间的制约，此为莫莱蒂一贯强调的：空间生产形式。另一方面，现代欧洲小说的世界散播再次说明，形式的整一性吞没多样性在实际操作中是办不到的。中心可以向半边缘、边缘地区发出许多条波浪，就像《堂吉诃德》《布登勃洛克家族》的翻译浪潮一样，但中心必须与当地传统妥协才能存活下来，这是前面反复讲过

---

① Franco Moretti, "Conjectures on World Literature", pp. 66 – 68.

的要点。钱中文对世界文学与民族文学之缠绕关系的反思可作参考，他写道："世界文学是各个国家、民族优秀文学的汇集，很难说是某种独立的文学形态。不同文学之间存在趋同性，但并非一体性；文学在交往、融合中创新，获得新质，同时又存在民族文化的认同；文学受到现代性的制约，具有开放的世界性倾向，但又受到本土化、民族特性乃至民族主义取向的影响。文学的生命力在于民族性与世界性之间，而不是越是世界的就越是民族的，也不是越是民族的就越是世界的。文学既是开放的民族的，又是世界的；既是世界的，又是民族的开放的。"①

日本学者沼野充义支持并应用莫莱蒂在世界文学方面的树、波比喻。沼野充义认为，大江健三郎的作品乃是树和波共同作用的结果。"大江健三郎的小说可以说是在日本制作的小说的系统树的先端萌生出的一枝格外粗壮的'黄金枝'。外国文学为大江文学提供了养分，大江在吸收外国文学时有一个显著的特征。首先，他孜孜不倦地对原文进行细致缜密的解读，然后通过优秀的翻译来反复回味，最后完全转化为自身的血肉。我们可以将之比喻成以原文和翻译为两个焦点的'椭圆形'的吸收方法。……大江文学是一棵接受了世界文学浪潮的洗礼，同时生长于日本土壤的大树。"② 事实上，现代的日本、中国、印度、巴西等国文学市场都因西洋形式的输入而获得了一些异质的东西。各国从其中汲取的养分是不均衡的，但从来没有哪一国的小说创作会被西洋形式所完全同化。

克里斯多夫·普伦德加斯特、弗朗西斯科·奥尔西尼（Francesca Orsini）、埃弗拉因·克里斯塔尔（Efraín Kristal）、乔纳森·艾瑞克（Jonathan Arac）、艾米丽·阿普特（Emily Apter）、耶鲁·帕尔拉（Jale Parla）等人就世界文学与莫莱蒂展开了激烈的对话与针锋相对的驳难。莫莱蒂的《更多猜想》对这些人的批评和建议从三个方面做出了积极的回应：小说的范式地位、中心与边缘的关系及它们对文学形式的影响、比较分析的性质。我们集中引述前两方面。普伦德加斯特、克里斯塔尔质疑道：诗歌同样遵循小说的规律吗？莫莱蒂一再强调，以现代小说的兴起来阐述世界体系的作用，小说仅是一个例子，而不是一个模型、范本。他不得不以自己所熟知的领域为基础。莫莱蒂直言，假若所有文体的散布规律都跟小说一样，

---

① 钱中文：《论民族文学与世界文学》，《中国文化研究》2003 年第 1 期。
② ［日］沼野充义：《树与波——作为世界文学现象的大江健三郎》，孙军悦译，《山东社会科学》2011 年第 7 期。

那就不正常、不可爱了。西欧小说只是个例外。即使在其他领域，差别或许不是很大。如果非要在诗歌方面找个例子，彼特拉克主义（Petrarchism）极佳。由于受到形式化的抒情诗惯例所推动，彼特拉克主义至少流传到西班牙、葡萄牙、法国、英国、威尔士、低地国家、德国领土、波兰、斯堪的纳维亚、达尔马提亚以及新世界。它跟被定量的《堂吉诃德》《布登勃洛克家族》的传播范围相当。就因为它的深刻性和持续性，莫莱蒂怀疑古老的意大利断言：16世纪末，在欧洲写了两万多首模仿彼特拉克的十四行诗。最主要的分歧不在于事实的残酷性，而在于残酷的残酷性：时间从一两个世纪到三五个世纪。莫莱蒂总结说："诚如霍夫麦斯特所言，与爱情诗的波浪式传播比起来，西方小说的'现实主义'看起来就像一个相当短暂的时尚。"①

　　克里斯塔尔说道："我赞成这样的世界文学观：在边缘地区，小说并非必然是理解文学发展之社会意义的特权文类；西方对形式的创造并不具有垄断权；主题和形式可以在几个方向运动——从中心到边缘、从边缘到中心、从一个边缘到另一个边缘，而一些重要的原初形式根本不发生移动。"② 莫莱蒂反驳说："形式确实在几个方向移动吗？这是问题的关键。文学史理论应该反思它们运动的限制条件和背后的原因。据我对欧洲小说的了解，几乎没有任何'重要的形式'是根本不运动的。不通过中心就从一个边缘直接运动到另一个边缘的情况，几乎闻所未闻。从边缘到中心的运动是比较罕见的，即使有，也属不正常。到目前为止，从中心到边缘的运动最为频繁。这些事实真的意味着西方对形式的创造拥有垄断权？当然不是。来自中心的文化有更多资源进行源源不断的创新（文学及其他东西），因此有更多可能生产它，但垄断创造是神学属性不是历史判断。在《猜想》中提出的模型并不意味着只有少数文化具有创新，而否认另外一些文化的可能性：它规定了更容易发生的条件。理论将永远不会废除不平等，它们只是希望解释它。"③ 孰是孰非？克里斯塔尔在伸展理论的可能性，莫莱蒂沿着其思路进行了反驳。关键问题是，要跳出他们的逻辑框架来思考。根据莫莱蒂提供的小说定量成果，中心到边缘的运动确实最常见。但莫莱蒂犯的错误和沃勒斯坦一样，"关注的并不是每个国家的发展

---

① Franco Moretti, "More Conjectures", *New Left Review* 20, March-April, 2003, pp. 73 – 74.

② Efrain Kristal, " 'Considering Coldly...' : A Response to Franco Moretti", pp. 73 – 74.

③ Franco Moretti, "More Conjectures", pp. 75 – 77.

问题，在这方面它的解释能力就是有限的"①。简单地说，这个模型忽视了广大的发展中国家/第三世界国家对世界文化的贡献。边缘不需要中心也能移动到边缘，例如中国对其周边国家的影响。

　　世界文学这个概念最让人诟病之处在于，自从它诞生之后，即使"经历了不同时代的文学研究者和作家的定义和描述"，却"显然有着浓厚的欧洲中心主义色彩"，莫莱蒂对此不无讥讽："比较文学并没有实现这些开放的思想的初衷，它一直是一个微不足道的知识事业，基本局限于西欧，至多沿着莱茵河畔（专攻法国文学的德国语文学研究者）发展，仅此而已"②。张荣翼从后殖民理论出发亦对此进行了批评："当今的所谓'世界文学'是以西方文学的价值标准为中心建立起来的，在这一体系中，第三世界文学被西方的'他者'进行'编码'后，便常常被加以扭曲或变形地理解。这种被'编码'的境遇使所有第三世界国家的文学都有脱离过去传统、失去民族特性的可能，从而也加剧了其边缘化的趋势。"③ 要检测莫莱蒂的世界文学观是不是披着"世界"外衣的欧洲中心主义，我们可以看看其在《小说：历史与理论》里对中国小说的态度。莫莱蒂认为，直到19世纪末叶，东亚和西欧小说各自按照自己的道路在前进，中国清代出现了古典章回体小说的顶峰《红楼梦》。莫莱蒂说，这好比历史在一个实验室里对一个形式做了两种试验。对于比较形态学而言，它是完美的，因为它允许我们看到了一些非既定形式的特征，给我们提供了更多的选择。④ 然而，不要以为莫莱蒂满意于中国的小说。1827年歌德告诉爱克曼，中国生产了1000本小说。因此，西方学者一般认为，时至18世纪，中国小说无论在质上还是量上都优于欧洲。莫莱蒂否认说，这个数字是错误的：生产1000本小说的是法国、英国而不是中国。于是，他问道："18世纪中国为何没有出现小说的兴起，没有欧洲那样的审美转向？"以欧洲的轨迹来苛责中国的发展，这种比较确实带有欧洲中心主义的色彩。莫莱蒂虽然批评欧洲中心，但遗憾的是，他自己依然在里面打转。也许，这跟他的学术抱负有关，他说："研究世界文学（以及比较文

---

　　① 赵自勇：《资本主义与现代世界——沃勒斯坦的世界体系理论透视》，《史学理论研究》1996 年第 4 期。

　　② 王宁：《世界文学的双向旅行》，《文艺研究》2011 年第 7 期。

　　③ 张荣翼：《第三世界文学与"他者编码"》，《文史哲》1995 年第 3 期。

　　④ Franco Moretti, "The Novel: History and Thoery", *New Left Review*, 52, July Aug 2008, pp. 111 – 124.

学系的存在）的理由不是别的，而是因为从一个民族文学角度提出批评，可以作为对其他民族文学，尤其是地方文学的一种永恒的智慧挑战。"①世界文学、比较文学研究最可怕的就是不顾民族差异性，试图找到或贯彻一种单一的阐释模型。

综上所述，莫莱蒂以小说文体为核心，借助书籍史的方法，考察了图书馆、民族国家以及世界等大大小小的空间对小说传播的影响。总的来说，空间的规模制约着形式的数量、类型、读者选择的余地。莫莱蒂得出了一些颇有启发的结论，然而其局限也是存在的。我们必须清楚，作为一个欧洲文学的研究者，莫莱蒂即使在研究中涉及亚、非、美三洲的部分国家的文学，但不代表他就认同它们的文学。换句话说，至少在面对非欧洲国家的文学时，莫莱蒂充满优越感。一部《现代史诗》就足见莫莱蒂试图把全世界文学纳入一种审美理想、阐释框架的野心。这跟他一贯坚称自己偏好多元的阐释模式是矛盾的：方法论与价值立场的悖反。

① ［意］弗兰科·莫莱蒂：《对世界文学的猜想》，诗怡译，《中国比较文学》2010 年第 2 期。

第五章

文类建构文学史

马克思曾说过，所有的学问都是关于历史的学问。有历史才有深度。莫莱蒂的学术工作从来没有放弃这一项。正是致力于文学史的思考，莫莱蒂才发现了现有文学研究存在的问题。"细读"让人迷恋于语言的魅力，但它也往往被目为缺乏历史的维度，过于静态。远距离阅读在布罗代尔的"时间三维度"（短时段、周期、长时段）基础上勾勒文学演进的形态与规律。我们在前面几章或多或少提到过莫莱蒂对文学史的看法。本章将系统地介绍莫莱蒂的文学史观。

众所周知，文学学者如果没有正确的文学史观，将在文学研究中误入歧途。文学史的演化趋势并不等同于人类历史的总体演化趋势。文学史家与一般史学家所承担的任务也不可等同。然而，一般史学观念的更新多半会对文学史家产生影响，只要想想20世纪的新历史主义就能明白。那么，文学史家和一般的史学家有何不同？董乃斌给予文学史家如此定位："弄清史实，是文学史家天经地义的任务，价值衡估是文学史家自然而然在做的事，而探索规律，则是文学史之成为科学的根据，是文学史家有别于一般文学研究者之处。"① 这个论断过于笼统，一般的史学家都会那样干。我们看看，莫莱蒂对文学史学之目的与方法的反思。他从研究对象出发，阐明了文学史家和一般史学家的差异："文学史家并不设法成为真正的历史学家，因为他们处理的是想象性客体。他们称这个对象为'文学史'，但它横亘着一大堆内部矛盾、托勒密周转圆、特定的解释和完全的古怪（长臂猿属于英国文学而不是柯南·道尔），以至于它的学科性完全被带

---

① 董乃斌：《文学史家的定位——关于文学史学的思考之一》，《江海学刊》1994 年第 6 期。

有少量科学自制的历史研究弄得毫无用处。"① 确实，文学史家处理的是人工制品。即使它们有物质载体，但更重要的是语言所生发的那个虚构空间。既然处理的是"想象性"客体，文学史家如何保证一般史学所追求的客观性就成为棘手的问题。文学史有客观性吗？我们是不是应该转换提问的方式？克罗齐说，"一切历史都是当代史"。米歇尔·福柯说，一切历史都来自叙述。叙述产生知识。知识意味着权力。反过来，权力叙述历史。他们似乎都在解构历史。文学史家究竟如何面对这些疑问？克里斯多夫·普伦德加斯特《进化论和文学史：答复弗兰克·莫莱蒂》② 开篇便发问：我们的文学研究学科现在面临三个基本问题：第一，我们的文学史是令人满意的吗？第二，文学史是可能的吗？20 世纪 60 年代皮卡尔（Raymond Picard）和罗兰·巴特对前者有过争论，后者源自对历史理解本身之根基的怀疑。莫莱蒂对这两个问题是相当肯定的。莫莱蒂致力于为第三个问题找出答案：如果文学史是令人满意和可能的，那么如何书写它？是的，远距离阅读——图表、地图、树形的三重奏。它们是文学史的抽象模型。三种书写方式的具体内涵、操作程序及意义，我们在第一章已进行了全面的阐述。本章将立足于三个基本点来展现莫莱蒂的文学史观。莫莱蒂以长时段为总体时间背景，把握文学史的整体趋势；从达尔文式进化论入手，揭示文学史演化的动力、机制、规律；而两者皆在为建构以文类为核心的新文学史景观做奠基。不论是哪个方面，都跟我们惯见的文学史有所差异，显示了文学史书写的新动向。这次，他把小说、悲剧、现代史诗纳入同一阵营之中。不过，主角仍然是他所熟稔的小说。除此之外，在多数情况下，莫莱蒂的注意力并不在单个文本。文类才是他关心的。

第一节　进化论文学史

"重写文学史"的口号已经在中国学界提出三十多年，国内的学者从理论架构、具体操作等方面进行了诸多尝试和持续的争鸣。从逻辑上来讲，重写的第一步应该是对以往文学史观的甄别、清理、审视。文学的演变遵循什么样的模式，见仁见智。葛红兵和温潘亚合著《文学史形态学》

---

① Franco Moretti, *Signs Taken For wonders*：*Essays in the Sociology of Literary Forms*, p. 19.

② Christopher Prendergast, "Evolution and Literary History：A Response to Franco Moretti", *NLR* 34, July-August 2005, pp. 40 – 62.

归纳出以黑格尔为代表的传统形态观、反映论形态观、进化论形态观、人本主义形态观以及刘勰、鲁迅、丹纳、勃兰兑斯、卢卡奇、社会批评、形式主义、新批评、结构主义、接受美学等文学史模式。① 作者对这些模式各自的效度皆做出了详细的剖析。鉴于论题，此处仅讨论进化论的文学嬗变模式。实事求是地说，该书提出的一个疑问"文学史流变是否具有生物机体一样的'诞生→发展→成熟→衰退'周期"可能是对进化论的误解，至少它是以偏概全。个中缘由在本书绪论对达尔文之进化论的廓清中已部分道出，后面介绍莫莱蒂的达尔文式进化论观时还会一一陈述。诚然，诺思罗普·弗莱所设计的四种文体对应四季循环的迭次跌落模式不免荒诞；20 世纪初，王国维的《宋元戏曲考》对中国文学的总体演变态势做出的论断："凡一代有一代之文学：楚之骚，汉之赋，六代之骈语，唐之诗，宋之词，元之曲，皆所谓一代之文学，而后世莫能继焉者也。"② 也难逃简单化之嫌疑。这种"代变论"至少包含两个问题：（1）每个时代都有自己的代表性文体；（2）每种文体都有自己的鼎盛期。它们实际上是局部的进化论和整体的循环论的结合。现当代文学史观常常这样表述：当下的文学总比过去的文学更进步，故而以"五四"为分期，之前的文学名为旧文学，之后的则称为新文学。旧文学代表着封建、反动、腐朽，应该被打倒；新文学则体现进步阶层的需求，理当被赞扬和扶持。③ 正是这种机械的进化论文学史观使进化论本身背上恶名，遭到了诸多不公正的质疑和批判。令人惊讶的是，在这种语境下，莫莱蒂依然倡导和坚持一种达尔文式的进化论文学史观。不过，他的文学史所呈现出来的将是不同的景观。固然，本书第一章第三节谈到莫莱蒂把达尔文的进化树当作分析小说形式微观方面的工具，认为小说的亲代和子代的关系就像一棵树一样有根、有主干、有分支、有突变。但是，树形图就像莫莱蒂所说，在达尔文那里还没有占据绝对的主导地位，所以从该层次指认莫莱蒂是达尔文主义者证据还不够充分。这里我们将全面分析莫莱蒂的达尔文式文学史观，解决文学演化的动力、机制以及变化的规律。

　　我们首先需要厘清莫莱蒂坚持进化论的来龙去脉。依据文献，启发莫莱蒂以进化论思考文学史的并非达尔文本人，而是法国生物学家雅克·莫

① 葛红兵、温潘亚：《文学史形态学》，上海大学出版社 2001 年版，第 29—227 页。
② 王国维：《宋元戏曲考·自序》，中国戏剧出版社 1999 年版，第 1 页。
③ 谢应光：《进化论思想与中国现代文学史观》，《社会科学研究》2004 年第 4 期。

诺《偶然性与必然性：略论现代生物学的自然哲学》中对观念进化与生物进化之间存在某种平行关系的论述。莫诺的大致意思为，观念同生物一样也能进化；它"倾向于使结构永久化并产生自己的同类，并使自己的内容进行融合、重组和分离"；在观念的进化中，选择必定发挥着重要的作用。① 莫莱蒂说："受莫诺的吸引，我将勾勒一种达尔文式的文学进化论。我相信它能解决文学史学遇到的一些有趣的问题，并能为局部的、经验的研究提供一个统一的概念框架。"② 然而，自然科学与文化史的关系如此纠缠不清，莫莱蒂不可能无缘无故就把进化论和文学史勾连在一起。毋宁说，他的思考与美国生物学家斯蒂芬·杰·古尔德的理论息息相关——远非沿着古尔德的方向往前致思，而是从反对古尔德的理论开始。古尔德在《拉马克的影子》里写道："人类文化历史的特征在于它是拉马克式的，与我们的生物学历史形成了鲜明的对照。我们一代人学到的东西，通过交流和书写，可以直接传递给下一代。技术和文化上获得的东西，可以遗传下去。拉马克式进化呈快速和积累式的过程。"③ 不错，人类文化中获得性的特征能直接代代相传。但在莫莱蒂看来，古尔德假设人类文化按照拉马克主义路径往某个方向进化，简直是疯狂的、荒谬的。在《论文学的演变》一文中，莫莱蒂比较了拉马克主义和达尔文主义。前者认为变异（variation）是"直接的""定向的"，后者则主张变异是"随机的""非定向的"。对拉马克而言，进化是一元论的、不可分的发展，单一的适应原则控制着选择和变异；相反，对达尔文来说，它是个二元论的过程，由偶然支配的变异与由必然掌控的选择之间的分裂是不可弥补的。④ 莫莱蒂批评拉马克主义是"不可思议的黑格尔唯心主义"⑤——似乎假定存在着一个可称为"绝对精神"的东西，宣称只有达尔文式才符合文学史变化的状况。易言之，达尔文式进化论文学史坚持文学发展的二元机制。达尔文式文学进化论，正确地回答了文学演化的某些问题：文学演化机制、动力在于偶然与必然的结合；文学演化的节奏表现为间断性平衡；文学今日

---

① ［法］雅克·莫诺：《偶然性与必然性：略论现代生物学的自然哲学》，上海人民出版社1977年版，第123页。

② Franco Moretti, *Signs Taken For wonders*: *Essays in the Sociology of Literary Forms*, p. 262.

③ ［美］斯蒂芬·杰·古尔德：《熊猫的拇指》，生活·读书·新知三联书店1999年版，第50页。

④ 同上书，第262—263页。

⑤ 同上书，第263页。

之功能绝非与生俱来，而是长期适应的结果。

  坚持达尔文式的文学进化观念，意味着反对历史决定论和历史目的论。莫莱蒂说，假如你认为文学是有意识的规划的产物，简直是荒唐至极。[①] 换句话说，文学史如同生物史，偶然变异与必然选择相结合才推动文学史的不断演化。莫莱蒂认为，在修辞变异阶段偶然性占主导，在变异的历史选择方面必然性占主导。在文学史领域中，形式与形式不可能和平地相处，它们会像生物一样，不断争夺生存空间。"在这种文学史中，形式相互争斗，由其语境选择，并像自然物种一样发展和消失……这是一个引人入胜的前景，文学批评抛弃其当下形而上的虚妄，转向某种形式的唯物主义。"[②] 也就是说，在形式斗争之中，最终何种形式会取胜，取决于当时的社会历史背景和形式本身的适应性。另外，对莫莱蒂来说，形式之间不是传统所谓的一种形式是在另一种形式的基础上产生的——不是黑格尔式的否定之否定，而是它们之间可能会发生断裂和突变，某些形式可能因为在竞争中失败而短暂性消失或者永久消失。莫莱蒂认为，文学形式最集中而又往往被深深地遗忘的体现就是"文体"，所以他在《心灵与哈比——论文学史学的目的和方法》一文中，呼吁以文体为支点来书写不同于我们所熟悉的文学史结构。在《真理的时刻：现代悲剧地理》一文中，莫莱蒂就阐述了小说文体和悲剧文体之间的斗争，其结果是形成了德国、斯堪的纳维亚半岛的悲剧世界和英国、法国的小说世界。莫莱蒂说："当文学史必须解释一种成功的更新时，必须意识到，它在处理两个不同的现象，而不是一个。更新是经常的，但不一定能成功；而成功的，多数时候又是未更新的。"换句话说，更新与成功并不必然同步。稍微浏览一下文学史，我们会发现，许多先锋文学实验往往就是那样一种际遇的典型代表。

  在西方学界，对小说的历史进程有一种共识：欧洲小说作为一种文体，其发展大致经历了三个阶段：18世纪的兴起期、19世纪的成功期、20世纪的问题化期。这方面，我们来听听吉列斯比的声音："英语中的novel这个名词一直到十九世纪初还不具有它现在的意义，因而专门从事英国文学研究的批评家们就满足于这样的看法，即小说是在十八世纪'兴

---

① Franco Moretti, *Modern Epic*: *The World-system from Goethe to García Márquez*, p. 19.

② [英] 弗朗西斯·马尔赫恩编：《当代马克思主义文学批评》，北京大学出版社2002年版，第130页。笔者对译文略有更改。

起'的。"① "此前的准小说形式是用'散文虚构故事'（fiction）来加以称谓的。二者之间的区别绝非仅限于名称的不同，而是包含了一种文学形式从诞生到成熟的长期艰难的发展演变过程。"② 这种分期状况被莫莱蒂作为文学演化由偶然变异与必然选择相结合理论的恰切注脚。他做出了这样一个判断：18 世纪偶然性占主导，19 世纪由必然性掌控。对于前者，伊恩·瓦特《小说的兴起》已经收集到较为充分的证据。在 18 世纪，小说充满着不计其数的变异，无法预示未来的发展方向。即使理查逊、菲尔丁开创了英国小说的现实主义传统、建立了艺术的基本准则、扩大了小说在文学舞台上的作用，小说的产量在 1770—1800 年也翻了一番，然而他们的精神并没有立刻被继承，直到 19 世纪 30 年代以后才迎来现实主义的高峰——它的策源地在法国，而非英国。③ 瓦特认为，18 世纪后半期，感伤主义小说、哥特式恐怖小说泛滥，很多作品力图迎合读者口味，满足他们"沉醉于角色的感伤情调和浪漫故事之中的要求"④。斯特恩在某些形式、手法上与笛福、理查逊、菲尔丁存在延续。斯特恩"本来可能成为十八世纪杰出的小说家"，但其《项狄传》更像"是一部小说的滑稽模仿"⑤，属于实验性文本⑥。《项狄传》"藐视讲述故事的常规，没头没尾。所谓的'献辞'于第 1 卷第 8 章出现（其后有些卷卷首又陆续推出了其他一些献辞），而'作者前言'则被无拘无束地撂在了第 3 卷第 20 章。小说的结尾讲的是项狄府里一伙怪人的闲谈，与标题人物特里斯川的经历毫无关联，看去像一段漫不经心的闲笔，并以早在第 1 卷第 7 章就已经死去的约里克牧师的一段半开玩笑的话结束全书。书中不时出现黑页、白页、大理石纹页和各种图解；还有大量的星号、无数的破折号，任意的标点和半截的断句，零星的或整段整页的希腊文、拉丁文"⑦。《项狄传》颠覆的不仅是英国现实主义，还有亚里士多德《诗学》对情节、叙事的种

① ［美］杰拉德·古列斯比：《欧洲小说的演化》，胡家峦、冯国忠译，生活·读书·新知三联书店 1987 年版，第 2 页。
② ［美］伊恩·P. 瓦特：《小说的兴起——笛福、理查逊、菲尔丁研究·译者序》，生活·读书·新知三联书店 1992 年版，第 2 页。
③ ［美］雷内·韦勒克：《批评的概念》，中国美术学院出版社 1999 年版，第 214—245 页。
④ ［美］伊恩·P. 瓦特：《小说的兴起——笛福、理查逊、菲尔丁研究·译者序》，第 335 页。
⑤ 同上书，第 336 页。
⑥ 李维屏、杨理达：《英国第一部实验小说〈项狄传〉评述》，《外国语》2002 年第 4 期。
⑦ 黄梅：《〈项狄传〉与叙述的游戏》，《外国文学评论》2002 年第 2 期。

种规定。然而，事实再次证明传统的强大溶解力，《项狄传》的革新"没有平静地发展为19世纪的文学主流，大多数的18世纪体系已经抛弃和遗忘了这个发展。直到20世纪早期，斯特恩才再次加入变异的行列"①。由理查逊、菲尔丁、斯特恩等人的遭际可知，在18世纪，小说文体的演化存在许多变数，很难确定哪种形式一定能成为未来的胜利者。这是达尔文式进化论告诉我们的第一点。

对莫莱蒂而言，小说在19世纪的成功乃是相对的，我们只要换个角度去看，情况则完全相左。或者说，小说只在某些方面成功，在其他方面可能比以前还不尽如人意。所以，它呈现为一种钟形曲线：从审美自律和社会影响来看，它在钟摆的顶端；就形式多样性和叙述实验而言，它却在钟摆的最低点，也是小说史的最低点。历史之所以在所有文类形式中选择小说，乃在于它最能传达时代精神、民族精神。例如，19世纪的英国选择了菲尔丁，把其他的限制在模糊的边缘。该过程在成长教育小说（Bildungsroman）那里表现得最为突出。《世界之路：欧洲文化中的成长教育小说》的内容显示，成长教育小说在18世纪（17世纪就已经在德国存在）是随意增长的，但在世纪末取得了国际性成功，并在接下来的一个世纪主宰了叙述市场。莫莱蒂问道：社会选择为什么要等到19世纪，不是更早或更晚？他的答案是，就像自然选择一样，来自文学外部的压力，即世纪末的双重革命："一百多年来欧洲都是小说良好的栖居地。私人存在明显地向所有类型的再现方法敞开。但在世纪转折时期，那种可能性变弱了。工业和政治的突变同时影响着欧洲文化，迫使它重绘个人期望的范围，重新定义'历史感'以及它对现代价值的态度。成长教育小说是最适合解决这些问题的象征形式——在新的、选择性背景中，适者生存。在文学生命的激烈斗争中，成长教育小说存活下来，而寓言体、抒情体、书信体及讽刺小说都消失了。"② 由此见出，成长教育小说兴盛的原因似乎在于社会历史背景需要它这种象征形式，然后作家们便自觉地按照时代要求进行创造？抑或，我们只要分析社会历史背景，就能抓住小说的内容。莫莱蒂纠正这种惯常的谬见，他说："社会压力在文学史中仅仅起一半的作用。因为根据达尔文模式，社会背景能选择形式，但不能生产形式。统

---

① Franco Moretti, *Signs Taken For wonders*: *Essays in the Sociology of Literary Forms*, pp. 264 – 265.

② Ibid. , p. 265.

治形式就像统治思想一样，不是统治阶级的形式。它们是统治阶级选择的形式，但统治阶级不生产它们。"生产与选择：生产乃作家偶然性的行为，他们或许仅仅为了表达一己之感慨或情绪——按照各方要求创作的作家也比比皆是；从个体行为变成一种范式或模板，乃历史选择的结果。生产在流通之前；选择在流通之后。这对概念在某种程度上涉及文学的自律与他律问题。正因为文学创作的自律属性，它可以我行我素地进行形式革新、试验。至于那些形式最终会走向何处，文学本身无可奈何。历史选择形式的机制是复杂的，很难用三言两语讲清楚。紧跟时代步伐的形式不一定会成功，反之，某些远离时代的作品会成为经典、世代流传。有多少种文类兴起，又有多少种昙花一现。这就是残酷的文学形式斗争。布迪厄说，文学场域的权力斗争从未停止过。

古生物学家德里克·维克多·阿格尔（Derek Victor Ager）曾把地球的历史比喻为一个士兵的生活：长期的厌恶，短暂的恐惧。那么，文学史是否也显示为如此状况呢？莫莱蒂说："如果我们撇开惯常的文学现代性视角，而思考一下全球悲剧的发展，我们能看到这种文体在其 25 个世纪的生命旅程中，有两次明显的危机，而且两次都异常激烈和快速——仅持续一、两代。第一次在 15 世纪的雅典，第二次在 16 世纪的伦敦。"具体来说，第一次断裂，乃由于那时希腊被土耳其占领，那时唯一的文学形式是民间歌谣。第二次危机的表现为：在莎士比亚之前，英国悲剧简直乏善可陈，通常令人不满意。[1] 粗略算来，悲剧至少有 23 个世纪的稳定期，但它们不是连续的。"长期的厌倦，短暂的恐惧"，这就是文学史演化的节奏。它体现了文学形式之演化在量上的差异。另外，它指向形态的二元性。事实上，这与古尔德和埃尔德里奇所坚信的普遍真理"间断平衡"相当合拍。古尔德言："系谱在其历史上的变化很小，但是迅速的成种事件使得这种平衡发生偶然的间断，进化就是这些间断有差异的生存和发展。"[2] 古尔德不仅为俄国生物学家支持该模式而惊讶，而且他欣喜地发现，马克思主义的辩证法相当于间断模式。辩证法的"量变到质变"过程即指"变化的发生过程是在缓慢的积累后的一个大飞跃，一个系统可以一直维系，直到达到断裂点"。"量变"即平稳期，"质变"即突变期。与

---

① ［英］尼尔·格兰特：《文学的历史》，乔和鸣等译，希望出版社 2004 年版，第 35 页。
② ［美］斯蒂芬·杰·古尔德：《熊猫的拇指》，三联书店 1999 年版，第 128 页。

其说"间断平衡"与"辩证法"同构，还不如说辩证法为间断平衡理论提供了哲学根基或者说哲学解释。回到文学史，大多数现存的文类能够获得自己成功的形式，乃通过大胆的尝试，而非耐心、缓慢的细微变化的积累，即间断、变化是快速的，是成种事件。诚如蒂尼亚诺夫所言："不是有规律的进化，而是跃进；不是发展，而是位移。"①

在连续与间断之间的状态，称为"进化缺环"（missing link）。它包含最容易被遗忘的种种过渡形式。文学中存在着大量的"进化缺环""缺少环节"。挖掘、整理、研究这些过渡形式，对准确把握文学史的演化规律特别有助益。《原—哈姆雷特》（*Ur-Hamlet*）、《第一印象》《威廉·麦斯特》是莫莱蒂使用的三个例证。② 作为今本《哈姆雷特》传说中的祖先，原《哈姆雷特》是每个学者都梦想见到的，但他们根本找不到它。莫莱蒂声言，学者们至今未发现它，并非因为它不存在，而是由于"在变化的间断时刻，实验性和过渡性的形式被进化逻辑给用完了，只有尽可能地用一种稳定形式代替另一种稳定形式"。在莎士比亚之后的两个世纪，印刷时代来临，它宣告了作家们的手抄本可能成为珍贵的文物。两部著名的成长教育小说皆有原始的过渡形式。《傲慢与偏见》的原书名是《第一印象》，但在 1813 年出版时，《第一印象》这个书名不知何故被奥斯汀丢弃，而改为现在的书名。再看看歌德的《威廉·麦斯特》。我们熟知，《威廉·麦斯特》有两部分：《学习时代》和《漫游时代》。但在《学习时代》之前实际上还有初稿《戏剧使命》六部（1777—1785 年），它相当于现行的《学习时代》的前四部。"从《维特》问世到《学习时代》出版，中间经过二十一年。在这时期内歌德的转变很大，他早已脱离了狂飙突进时期的气氛，经过意大利旅行达到古典的境地。所以无论从内容或从文体上看，这两部小说显然属于两个不同的世界。这时人们不能不感谢《戏剧使命》的发现，无论对于歌德的散文的文体，或是歌德小说的技巧，这部抄本好像古希腊的两面神，一方面看着过去，一方面望着将来。若没有这部抄本，人们会感到这两个时期的两部代表作品的中间缺乏一个过渡桥梁。"③ 然而，这个初稿完全由于偶然的因缘，在 1909 年才被发现。在莫莱蒂那里，"缺少环节"的缺席与在场同等重要。

---

① ［俄］尤·迪尼亚诺夫：《文学事实》，张冰译，《国外文学》1996 年第 4 期。
② Franco Moretti, *Signs Taken For wonders: Essays in the Sociology of Literary Forms*, p. 269.
③ ［德］歌德：《维廉·麦斯特的学习时代·译本序》，冯至、姚可昆译，人民文学出版社1999 年版，第 2—4 页。

"它向我们表明了文学的社会选择的根本特征：对形态的犹豫不决缺乏耐心，而急急忙忙地投向稳定形式。"

莫莱蒂的达尔文式文学史既阐释文类、物种、文本等宏观层面的进化，亦关注发生在单个文本内部的微观变化。① 在其中，偶然和必然两端依然有效。不同的是，"我们不能预知会发生'什么'变异，但差不多知道它'何时'会发生：我们能决定'随机变异'必定在何时发生"。物理学家普利高津和斯唐热将之称为"分叉"。变异与分叉关系密切："靠近分叉点系统呈现出很大的涨落。这样的系统好像是在各种可能的进化方向之间'犹豫不决'……一个小的涨落可以引起一个全新的变化，这些新的变化将剧烈地改变该宏观系统的整个行为。人们无疑会把这些和社会现象进行类比，甚至和历史进行类比。"② 莫莱蒂确实在文学史中进行类比。他以弗兰西斯科·奥兰多（Francesco Orlando）提出的比喻率（figurality rate）阐释微观进化。因为"比喻率根据不同的文类、风格而变化，它有助于绘制文学的内在领域与外在边界"。奥兰多接受流行观点：比喻与叙述毫无关联；莫莱蒂则坚持比喻与情节的交互作用。莫莱蒂的大概意思是，比喻性从来就不是稳定的，它也不会随意增长，但在某个时刻，接近叙述分叉时会增加。在悲剧中，分叉对情节而言是必不可少的，比喻性因此非常高；在小说中，远离分叉比喻性降低。一言以蔽之，当比喻率发生变化时，悲剧、小说两个系统便会失衡，可能酝酿出新型的形式。因此，比喻性将会影响到悲剧和小说两种文类的风格、面貌。也可以说，文本内部的微观变化会影响其宏观的层面。

俄国形式主义者蒂尼亚诺夫在献给鲍里斯·艾亨鲍姆的文章《论文学的演变》里，不满于文学史的殖民领地的地位，批判"用文学现象的起源问题代替文学的演变问题"③。同样地，起源与功能是文学演化的两个不同方面。但是，我们往往容易将它们混淆。现在，让我们把目光停留在起源和功能之上。莫莱蒂的理论前提依然由生物学家奠定。达尔文认为，有机体一开始就为了一个目的而建构。古尔德和弗尔巴则主张，文学今日

---

① ［德］歌德：《维廉·麦斯特的学习时代·译本序》，冯至、姚可昆译，人民文学出版社1999年版，第270—273页。

② ［比］伊·普利高津、［法］伊·斯唐热：《从混沌到有序：人与自然的新对话》，第48页。

③ ［法］茨维坦·托多罗夫编选：《俄苏形式主义文论选》，中国社会科学出版社1989年版，第101页。

之功能乃不断适应的结果。此观点打破了进化的目的论。现代抒情诗的"高比喻性"就属于功能变异。

关于莫莱蒂对功能变异的举证，我们来看两个例子：堂吉诃德和梅菲斯特。堂吉诃德是施特劳斯的音乐、毕加索的绘画以及无数文化史著作中经常出现的主角。我们现在的理论都把它当作小说文体。然而，创作情况并非如此。莫莱蒂援引了什克洛夫斯基之文《〈堂吉诃德〉是怎样写成的》中的大胆看法。什克洛夫斯基谈到，"一开始，作者不是有意创造堂吉诃德类型"。具体地说，起初"塞万提斯不是将它作为小说来写，而仅仅是作为产生新形式的诗歌传达机制"。到了中途，塞万提斯才意识到通过小说形式堂吉诃德才能实现自己的美学目的。此乃堂吉诃德的功能变异。

接下来，看看歌德《浮士德》中的一个重要角色：梅菲斯特。歌德创作《浮士德》共历时60年，增删、修改次数不可胜计。莫莱蒂说："梅菲斯特一开始便被设计成浮士德悲剧的核心，但它实际上并不服务于任何目的。另一方面，它在诗歌的史诗扩张中起着决定作用。事实上，这不是歌德最初计划的一部分。然而，没有梅菲斯特，一切都将不存在。换句话说，没有梅菲斯特，就没有《浮士德》的第二部分，甚至可能没有现代史诗。无论如何，现代史诗起始于《浮士德》。全部的文类之所以成为可能，乃因为歌德发现了支撑它的结构的人物。但是，该人物根本不是为了实现那个功能而创造的。而且歌德从玛格丽特悲剧的第一个场景就准备有效地利用它。虽然如此，人们花了四分之一世纪才认识到，歌德都用它干了些什么。"换言之，《浮士德》的第二部分是偶然的结果，而且是延迟的偶然。奇怪吗？确实。如果你认为文学是有意识地设计的产物，那是荒谬的。莫莱蒂继续写道："你要是带有少许不敬看待事情，并想想列维—斯特劳斯在《野性思维》里设计的相互对立原理，这种惊讶感就会消失。尽管歌德的所有作品都有写作计划及井然有序的安排，但《浮士德》的作者不是工程师而是拼贴者。绝非设计一首史诗，然后理性地为它设计好实现的方法。"歌德是在写作悲剧的过程当中，偶然发现这个带有极强史诗潜力的人物。经过数十年的犹豫后，歌德终于组装出一部现代史诗。"如此一来，历史学的主流模式、目的与工具之间的关系被颠倒：工具及具体的技巧可能性就是一切；计划、意识形态、诗学，什么都不是。这很清晰，但不是没有缺陷。恰恰相反，当进入一个稳定的范型中即标准文学的时代，规划和诗学才会发挥作用。但如果范型发生改变，它们就是浪费时间，因为变化是没有计划的：它是最不可靠和最自由、最盲目的修辞实验的结果。"诗学在这条道路后面慢慢前行，常常落后很多。莫莱蒂由此得出结论："拼贴是文学进化的动力。梅菲斯特是史诗拼贴的关键。"必须承认，梅菲斯特的出现是偶然的，因为歌德没有任何真正的戏剧必要性抛弃那熟悉的引诱悲剧的邪恶顾问，而以恶魔替代它。① 其实，20 世纪最伟大的发明"意识流"手法将是最完美的例子。总而言之，文学的演化不是出其不意地发明新的主题或方法，而在于发现所有现存文类的新功能，即俄国形式主义所说的"再功能化"。

以上就是莫莱蒂的文学史演化理论的三个方面：动力、形态（节奏）、功能。当然，莫莱蒂的理论遭到了很多人的抨击。他选择性地对这些批评做出了回应。这些争论有助于我们更深切地理解文学史的演化问题。相关细节，我们将在下一章反思莫莱蒂之思想时再详细描述。

第二节　长时段文学史

对于历史学中的长时段概念诞生的背景、内涵、意义及受到的拥护与批评，我们在本书的"绪论"里已经做了比较详细的阐述。为了严谨起见，这里有必要概略地介绍一下其要点。长时段、周期、短时段作为时间的三维度各有其意义、价值。传统史学重视事件史，似乎它才是具体可感的，而且习惯于从政治的波动出发，去索求历史事件背后隐藏的原因。此外，以政治事件为标准进行历史的分期，也是传统史学的不二法门。例如我们所熟知的1789 年"法国大革命"、1968 年的"五月风暴"。不过，20 世纪的许多史学家对两个历史事件是否具有已被赋予的那些重大意义，存在争议。或许，它们被过分地标出了。对同一个历史事件的认识之所以有如此分歧，关键原因在于那些事件被放置在更长的历史时段之中加以观察。年鉴学派新史学的焦点从短时段（事件史）转向中时段（周期）、长时段，注重总体史观的建构即从政治、社会、经济、文化、心态史等层面入手，全方位地剖析人类经历过的变化。长时段是历史的深层结构，它埋藏着历史演化的动力。我们不能孤立地研究长时段，但必须在长时段的基

① 关于梅菲斯特的讨论，参见 Franco Moretti，*Modern Epic：The World-system from Goethe to García Márquez*，pp. 18 – 19。

础上从事历史的研究。这是布罗代尔的教导。我们既要看到历史的瞬息万
变，也要知道历史中重复出现的结构。上述历史观照样适用于文学史学。
因此，文学历史的分期可以或者以世纪为单位，或者以相当于世纪长度的
单位——根据文学自身的概念及规律如文类、风格、技巧来断代。当然，
这只是从事文学史研究的第一步，不是最终的结果。

　　与达尔文式进化论文学史观交相辉映，莫莱蒂主张从长时段出发去把
握文学发展的总体趋势。莫莱蒂说，我们以往的文学史从来不缺历史事
件、伟大的个人以及伟大的作品。我们也耽于从政治事件角度为文学史分
期。而现在需要从更宏观的视野去审视文学史的演变。另外，远距离阅读
法也呼唤调整进入其视域的时间长度、对象。崭新的长时段文学史要求与
重视单个作家、突出天才和个别事件的传统文学史书写区分开来。事件文
学史、伟人文学史、政治文学史、经典的文学史，不仅存在于西方，20
世纪的中国在很长一个时期的文学史教材亦表现出同样的特征。马俊山认
为，"旧的文学史研究的最大弊端是附庸政治史，而忽略了更加广大的社
会关联和长期的文化演变态势，缺乏全面、精当的外部研究；过分夸大某
些事件与个人，而没有系统的精神现象学的支撑，形成纪事本末加作家作
品论的一统天下；各种意识形态的偏见又使其漏洞百出，不够完备与公
正"。"80 年代中期以前的现当代文学史研究，基本都是按照统一的教学
大纲炮制出来的'官修'史书。它强化了传统正史中的政治意识，以重
大的政治事件作为分期标准和学术骨架，按政治态度区分作家的品位，使
文学史变成了政治史的附庸。它重视剧烈的文坛'事变'而漠视缓慢的
渐进与积累，聚集某些个人的标新立异，却对各个阶层普遍的文学想象与
审美追求无动于衷。叶丁易的《中国现代文学要略》（1956，作家出版
社）便是一个很好的例证。一部波澜壮阔的现代文学史，几乎被作者简化
得只剩下了鲁、郭、茅三座孤零零的高峰，蜕变成了官方认可的'旗手'
个人的历史。但是，也没有真正说清楚产生这些文化'巨人'的社会—
文化机制，及其在中国现代文化—心灵发展史上的地位。从叶丁易开始，
左翼作家的个人史取代了一个民族多姿多彩的形象思维历史，文学史的学
术构造也便凝定在文学运动和论争的大事记加左翼作家作品论的格式上。
若有所变通，如唐主编本，也只是无伤大雅的小修小补。"① 即使到了 21

---

① 马俊山：《现代文学史研究：长时段·中国化·过渡性》，《文艺理论研究》2000 年第 6 期。

世纪的今天，我们对 20 世纪文学史的分期断然采用 1919 年、1949 年及 1976 年三个时间点来切割。它们确实是 20 世纪中国最具标志性的政治事件，但文学不是政治的注脚，尽管我们的政治一再要求文学为其服务。此做法"不只存在一个科学与否的问题，而且是一个野蛮的、残忍的人为断裂。进一步说，它的残酷还来自一直萦绕在脑际的那根意识形态神经"①。可喜的是，已有一部分学者呼吁，应该把 20 世纪的现当代文学看成一个前后贯通的整体。此外，文学史分期标准上的可疑性，延伸到外国文学史领域。1985 年杨周翰在给吉列斯比的《欧洲小说的演化》作序时，讲过这样一段话："我们写的外国文学史的分期一般是文艺复兴为一期，十七世纪为一期，但这不是根据文学本身的特点来分期的，因为文艺复兴和十七世纪都不是文学概念。"② 时至今日，这种状况依然没有多大改善。这些文学史观不仅源于中国漫长的编年史传统，也深深地受到西方近代史学观的影响。

　　现在回到莫莱蒂。我们这里以"长时段文学史"为标题，包含几个层面的意思：（1）长时段是莫莱蒂思考文学演化的总体时间框架，例如《欧洲小说地图集》涉及 1800—1900 年的欧洲小说、《图表、地图、树形》的所有定量图表的时间跨度大约 300 年：1700—2000 年，也就是说，他关注 300 年来小说的演化规律。（2）长时段作为深层结构起作用，在实际操作中，莫莱蒂考察以周期为时间单位的小说文类的变化。简言之，长时段和周期并重。以长时段统摄周期，以周期充实长时段。（3）鉴于前面反复提到莫莱蒂擅长小说，所以，他到目前为止重点践行了小说文体的长时段定量研究。他对"现代史诗"概念的重新思考亦在长时段框架下进行。（4）长时段把小说作为一个"文类整体"来研究，即考察小说文本群，暂时不考虑任何单个文本的内部构成。不是说它们不重要，只是想强调远距离阅读方法的特色。（5）长时段、周期、短时段仅仅是布罗代尔出于研究需要而对绵延不断的历史进行切分的一种方法，我们不应该将其僵化。莫莱蒂遵循布罗代尔的教导而认为，长时段拓宽了我们审视文学的视角。（6）依据长时段建构出来的文学史是缓慢的、平淡的，那些

_____

　　① 张宝明：《长时段、博物馆、主体性——〈20 世纪中国文学通史〉的意义及其局限性》，《安徽师范大学学报》2005 年第 1 期。

　　② ［美］杰拉德·吉列斯比：《欧洲小说的演化·序》，胡家峦、冯国忠译，生活·读书·新知三联书店 1987 年版，第 2 页。

超常的、例外的事件的标出性将受到削弱。以上便是在论述莫莱蒂长时段文学史观之前，所进行的一些必要梳理。

按前所揭，莫莱蒂对英、法、日、意、西班牙、尼日利亚等国小说的兴起或曰演变状况做了定量研究。其结果显示，小说的兴起呈现出多种样态：有起有落、有高潮有低谷，它们交替出现。关于造成那些情势的原因，莫莱蒂原以为从政治上去找比较方便。然而，他也意识到，要是小说生产过程中出现的所有危机都有一个政治根源，不免奇怪。例如，法国18 世纪90 年代出现小说生产的急剧下滑可能跟大革命有关。那么，如何解释18 世纪50—70 年代的下降？原因可能在其他方面。同时期的英国也出现小说生产的危机，但那时的政治制度尚处于一种稳定状态。一言以蔽之，影响小说生产的因素应该多种多样，政治只是原因之一。如何解释两个不相干的个体事件，或者说，小说生产起落中出现相同模式的两个时刻？"如果下降是个体事件，就应该寻找个别原因，例如拿破仑战争、印刷、纸张的成本；如果下降是一种模型，那么我们就应该解释作为整体的模型，而非它的某个阶段。"由此，莫莱蒂引入布罗代尔的长时段理论①。他首先对短时段、中时段、长时段的概念及差异做出了界定：

> 事件、周期、长时段，三种时间框架往往不均衡地存在于文学研究之中。大多数批评家熟稔于事件限定的范围和个案。大多数理论家也熟稔于时间光谱的另一端：处于长时段中的几乎毫无变化的结构。但是，中间的那个层面尚未被文学史家探索。我们应该在时间框架内思考平等地使用它。我们必须明白它的特殊性。我的意思是，周期在历史的流动中组成时间的结构。重要的是布罗代尔的三结构背后潜藏的逻辑：短时段完全流动，没有任何稳定结构；长时段则包含所有的结构，基本不流动；周期是不稳定的，是两者之间的边界。结构指向历史中的重复，因此它是规律、秩序、模型；短暂性，意味着瞬时性——十年、二十年、五十年，这取决于理论的需要。②

从这段话可以得知，短时段和长时段是时间结构的两端。通常，短时

---

① 关于长时段文学史观的论述，参见 Franco Moretti, *Graphs*, *Maps*, *Trees*：*Abstract Models for a Literary History*, pp. 13 – 30。

② Ibid. , p. 14.

段研究的目光盯着超常的、特殊的、不可重复的事件，而遗忘了那些大量存在的、常态的、平庸的事件；长时段研究与之完全相反，它要挖掘出那些规律、秩序。不过，仔细品味该段引文，莫莱蒂的理论立场似乎倾向于周期概念——它兼具流动性和准结构成分，倾向于中间层次。纵观莫莱蒂的长时段研究，在多数情况下，他皆以10—50年为一代、为一个周期来绘制小说的进化曲线图。因此，接下来将要看到的莫莱蒂研究成果都脱离不开周期、代之类的范畴。当然，诚如莫氏所言，代、周期的时间长度本身难免引起争议，所以，10—50年是一个可以选择的区间，一切都依据理论的需要而变动。

事件、周期、长时段不仅仅表明时间的多样性构成。莫莱蒂声称，通过时间结构我们可以对文类做出更为恰切的界定。因为文类作为一种形态上的组合，其成形的首要条件是在时间中持续存在，但事实上它又只能持续一定的时间。时间越接近现代，文类的更替速度越快。即使那些绵延两千多年的文类形式，其最终命运如何，我们不得而知。借此，莫莱蒂就把历史与形式耦合起来。对他而言，文类就像古罗马神话中的两面神："一面朝向历史；另一面望着形式。"故而，文类乃是文学史中间层面真正的主人公。"在这个更合乎理性的层面，流动性与形式交汇在一起。"文类、形式——莫莱蒂反复强调的主题。无论如何，文类都是个案、系列、周期的形态体现。

我们来看看，莫莱蒂对1760—1850年这个长时段区间之内，英国的"霸权形式"的定量分析：书信体小说、哥特小说、历史小说。据图表显示，三种小说子型在前后相续的不同阶段各经历了三次波动——既有高峰，亦有低谷：书信体小说在1760—1790年；哥特小说在1790—1815年；历史小说在1815—1850年。阶段虽然不一样，但它们却表现出极其相似的模式："每次波动期都差不多生产出相等数量的小说；持续时长同样为25—30年；每一次兴起都是在前一波形式退潮之后。"一旦每年出版的小说数量越来越多，一种形式的垄断地位将逐渐被削弱，最后文学市场便被切分成几块。一种形式的垄断被打破之后，其他形式将与其争夺霸权地位。届时，文学市场将为读者提供更多的选择，而当读者失去兴趣、耐心之后，那些形式的市场也会随之消失。反之，能一直保持长盛不衰的形式，其读者群必然不会发生剧烈的缩减，甚至会增加。除此之外，莫莱蒂还发现，小说文类的早期历史中存在一些奇怪的"潜伏期"。例如，感伤小说《帕梅拉》出版于 1740 年；哥特小说《奥特兰托城堡》出版于 1764年；直到 1760 年，写出来的书信体小说、哥特小说都很少。莫莱蒂问道："为什么三种形式第次出现？"又"为什么会出现那些延迟？"他援引什克洛夫斯基《散文理论》、托马斯·库恩《科学革命的结构》中的相关说法予以解释。什克洛夫斯基说："新形式的出现不是为了表达新的内容，而是代替那些已经耗尽自己使用价值的旧形式。"库恩写道：只有托勒密天文学陆续地产生"庞然怪物"时，时间才会给其他竞争者一个机会。这同样适用于文学。确实，统治形式的衰落为它的后继者准备了必要的前提条件。可以肯定的是，"只要统治形式没有丧失艺术价值，那些敌对的形式也就束手无策——是的，有一个例外文本，但例外不能改变整个系统"。例如，1800 年写作的历史小说如埃奇沃思《拉克伦特堡》或司各特《威佛利》被弃掉的初稿，根本没有机会重塑哥特小说衰落后留下的文学领域，直到 1814 年《威佛利》的出现才改变了局面。对于旧形式为何会失去使用价值，莫莱蒂并不赞同什克洛夫斯基的观点。对什克洛夫斯基而言，原因在于艺术的内在辩证法：旧的语言已经自动化、机械化，不能给读者带来陌生感、新奇感。莫莱蒂则认为，不应该把注意力集中于同一种形式的新、旧机制，而应该探索形式与它的历史语境之间的关系。当一种文体的内在形式不能最大限度地表征同时代的现实时，它就已经耗尽了自己的价值。而历史将把机会留给那些竞争者。因此在新的历史现实的压力下，文类要么丢掉旧的形式，要么以那种形式的名义返回到现实，并成为现实"拙劣的模仿者"。总之，三种小说类型的更替除了形式本身的变革外，也牵涉社会历史对读者趣味的影响，即上一节所陈述的内容：历史对形式的选择。那么，这样的周期是常态还是例外？其他的文类形式是否遵循相同的规则？与三种"霸权形式"争夺叙述市场的小说子型具体有哪些？它们的寿命有多长？为什么我们现在对其非常陌生？莫莱蒂对这些疑问，都有所回答。

　　由于文类是周期研究的主角，所以莫莱蒂首先对 1740—1900 年英国的小说形式进行了分类。他的分类标准有这样几条："流行的界定、开始和结束的日期、依据分期需要而做的批评性研究。"鉴于侦探小说和科学小说的发展轨迹比较特殊、持续时间比较长，需要不同的研究路径，他暂时没有将它们纳入图谱之中。定量图表显示，在 160 多年的长时段内，英国竟然存在过 44①种小说文类。多么庞大、丰富的文类群体。但我们的文学史只对其中的一部分熟悉，它们大多数没有获得话语权。远距离阅读方法恰好把那些被遗忘的文类呈现在我们面前。经典与非经典汇聚在一起。这给予我们一个重新审视它们的机会。不要以为大约每四年就产生一种新的文类，记住：文学的进化不是有意识设计的产物，毋宁说，它们的分布是随机的。莫莱蒂表示，它们之中的超过 2/3 群集在 30 年，有六个创造性的爆发期：1760 年代晚期、1790 年代早期、1820 年代晚期、1850 年、1870 年代早期、1880 年代晚期。它们似乎根据某种看不见的节奏集体出现，又集体消失。除了 1790—1810 年的风暴是个例外，大多数时候属于有规律的变化。形式变化并非一刻不停地进行，也不是一次变化那么一点点，而是系统突然地间断，快速的形式革新，然后趋于稳定。稳定时间差不多维持在 20—30 年。这符合达尔文式进化论文学史观——间断平衡：长期的稳定，短暂的恐惧。莫莱蒂借用库恩的术语，称为"常规文学"（normal literature）。"常规文学"指那些重复出现的模式即大约保持 25 年的一个周期。是的，44 种文类的稳定状态周期性地存在。这跟什克洛夫斯基模式大不相同。什氏模式只能解释旧形式的衰落和新形式的兴起，却对一种形式为何代替另外一种形式无能为力。它们是两个不同性质的问题。莫莱蒂认为，如果只涉及两种文类，那么，代替的深层缘由依然如前面所述，在于两种文类形式的内部，即在于两者表征社会现实的能力。例如，书信体小说不足以表征革命年代的创伤，哥特小说则特别擅长。"但当几种文类一起从文学中消失，然后后继者也重复这样的模式，其原因必然不同。因为这些形式不可能独立而又同时地碰上一个不可能解决的问题——那也它太巧了。"莫莱蒂觉得，唯一比较合理的解释是，跟它们的读者有关。换句话说，书籍被阅读，就能生存；反之，则消亡。当整个文类体系一次性消失时，最可能的解释是它的读者也一次性消失。这样，事情又回到上一章讲过的阅读史。可以说，莫莱蒂对这个问题的回答有点

①　44 种小说文类：菜园派小说、新女性小说、帝国哥特小说、自然主义小说、颓废小说、托儿所故事、地域小说、伦敦派小说、乌托邦小说、侵略文学、帝国传奇、校园故事、儿童历险、幻想小说、奇情小说、乡土小说、家庭小说、宗教小说、教育小说、结果与分析小说、神秘小说、宪章派小说、体育小说、工业小说、转变小说、纽盖特监狱小说、航海故事、军事小说、银叉小说、混杂故事、历史小说、福音小说、村庄故事、民族故事、反雅各宾小说、哥特小说、雅各宾小说、漫游小说、间谍小说、感伤小说、书信体小说、东方故事、流浪汉小说、求爱小说。Franco Moretti, *Graphs*, *Maps*, *Trees*: *Abstract Models for a Literary History*, p. 19.

大而化之。确实，读者消失，形式可能失去市场，生产的积极性随之受挫。然而，读者的阅读口味为何发生变化，莫莱蒂并未给出答案。对于这点，他曾说过定量只能提供可资解释的东西，而解释由定性方法来完成。另外，定量提出问题，形式负责解答。所以，一路走来，我们随处可见，莫莱蒂对文学现象的解释的出发点都在形式、都在文类。

莫莱蒂根据它们的"持久性"重新绘制了44种小说文类的分布图表。大约2/3的文类持续时间为23—35年——求爱小说的寿命长达80年。然而，也有部分文类仅仅持续9年、10年或12年，如雅各宾小说、反雅各宾小说、福音小说、宗教小说、新女性小说等。不止英国，法国17—19世纪的大多数叙述文体也有30年左右的寿命。这再次证明，从世界文学视野来看，欧洲文学着实是个例外，而不是规范。为什么有些文类如此短命呢？莫莱蒂说："我猜想，那些带有政治因素的形式服从于短时段的节奏，因此它也随着短时段而消失。"这是一种似是而非的解释。再一次，莫莱蒂确实无法从定量领域给上述问题以令人满意的回答。他依然不得不从形态学入手，审察读者对形式的反响。一句话，读者趣味的转向决定形式的涨落。套用接受美学创始人姚斯的术语，当读者的期待视野不能被满足时，他们就会对形式失去兴趣。

另外，英国小说之中"作者性别身份"，也是莫莱蒂长时段研究关注的对象。艾普丽·艾里斯顿（April Alliston）认为，在18世纪中叶，作家的性别发生了剧烈的转变，女性作者写作的早期小说消失，相应地，男性小说家的数量则出现大幅度的增长。塔奇曼（Tuchman）和福丁（Fortin）《被边缘化的女性》（*Edging Women Out*）指出：1885年之后，男性作家全面"入侵"小说领域，那些女性竞争者最终被边缘化。莫莱蒂批评这组数据不仅不够准确，而且略显粗糙。维多利亚时代中期的"入侵"提供了与18世纪40年代的变化完全相反的假设。莫莱蒂认为，事实上，作家性别的转变经历了五个阶段。历史记录显示：1750—1780年是第一个转变期，男性作家生产的小说是女性作家的两倍多；18世纪80年代晚期是第二次转变，它推翻了性别比率，女性作家占大多数，如布朗宁、安·拉德克利夫、埃奇沃思、奥斯汀；第三个阶段在1820年左右，男性作家又占主导，如司各特、布尔沃、狄更斯、萨克雷；在世纪中叶，形势向女性作家转变，如勃朗特姐妹、盖斯凯尔夫人、玛丽·伊丽莎白·布雷登、乔治·艾略特；第五次转变在19世纪70年代，女性作家被边缘化。法国、西班牙、美国也出现相似的数据。五次转变、五次斗争，男性作家与女性作家交替占据叙述市场。换言之，"在形式斗中争，不论是男性作家还是女性作家，都不可能一劳永逸地占领英国市场"。进一步说，形式永远在两者之间摇摆。莫莱蒂并不认为这种斗争毫无意义，相反，"这个摇摆允许小说运用双重形式、双重天才，激发小说的生产，促使其将其他的竞争者逼迫到边缘"。即是说，正是男性作者和女性作者的广泛积极参与、热情写作，才使小说能获得今日之"霸权文类"的地位。这就是长时段定量研究给我们带来的不一样的结论。女性主义者一度认为，女性在文学领域天然地受到压制，从莫莱蒂的数据来看，并非如此。应该说，文学不仅是各种宏观、微观政治权力的斗争场所，也是性别之间斗争的场域。很显然，如果只研究单个文本是无法发现如此景观的。一句话，莫莱蒂通过定量这种抽象模型，以长时段为总体时间框架，以周期为具体时间单元，将英国小说嬗变的具体情况展现在我们眼前。

　　"周期和文类能解释小说史中的一切吗？"这既是莫莱蒂的疑问，也是我们的疑问。当然不能。不存在一种适用于所有文学现象的阐释模式。然而，"它们发现了隐藏的节奏，显示了我们所说的一些内部结构的问题。对于大多数文学史家而言，小说与各种小说子型文体之间存在范畴的差异。小说是形式的本质，值得为它构建一个总体理论；亚文类更像偶然事件，对它们的研究（是有趣的）在性质上依然是局部的，没有真正的理论结果。44 种文类显示了一幅不同的图景，小说不是作为一个单一的整体而发展，而是周期性地产生一整套文体，然后是另一整套。换句话说，不论历时还是共时地看，小说都是一个文类体系。一些文类在形态上更为重要或更流行，或者两者兼有。我们必须解释这一点。但不能假设它们是唯一存在的文体。所有伟大的小说理论恰恰把小说还原为唯一的基本形式（现实主义、对话理论、浪漫主义、元小说等等）。这个还原给予它高贵和力量，但也擦除了文学史的十分之九"①。小说整体与各种小说子型。莫莱蒂在实际操作中当然更多地论述各种子型，因为它们是具体的、可被量化的。也由此可以见出，小说形式是多样化的，它们组成一个小说系统。这个系统有稳定，也有断裂。它的发展是非连续性的，没有哪一种形式能唯我独尊。这些小说类型不是前述那些基本形式能囊括的。然而，

---

① Franco Moretti, *Graphs*, *Maps*, *Trees*: *Abstract Models for a Literary History*, pp. 29 – 30.

为何 44 种小说文类里的大多数不见了，依然是需要我们继续思考的问题。

确实，莫莱蒂的尝试部分地证伪了现存的阐释模式。定量研究独立于阐释，但定量的结果需要阐释。这意味着超越定量领域。如何解决这种悖论，莫莱蒂一直在努力，却始终没有得出满意的答案。在整个长时段定量研究的过程之中，文类、形式、书籍史总是支点。文类的核心位置，本书的每章基本上都已涉及。那么，文学究竟能建构出怎样的文学史景观呢？

第三节　文类文学史

从本章第一节和第二节的论述中，我们可以看到，它们的某些内容有千丝万缕的勾连。在论述长时段文学史时，我们也会从达尔文式进化论文学史观角度，去审视莫莱蒂的理论。可以说，长时段定量研究从另一个层面为达尔文式进化论文学史观提供了更多数据、实例支撑。以文体为核心建构起来的文学史，当然是以长时段和进化论为基础的。相对前两者，这里的问题更为具体、棘手。它涉及我们书写文学史首先必须面对的问题。有学者鉴于中国丰富的文体理论资源，也倡议建立有别于一般文学史的文体文学史。例如，吴承学对文体文学史的性质、特征的阐述："在文学史研究中，文体史是有一定独立性的研究领域。文体史研究在价值取向以及理论、方法等方面，不仅应该有别于哲学、历史学、政治学、社会学等学科，也应该与一般文学史研究有所区别。比如，文体史的分期不仅与政治史分期不同，与文学史的分期既应该有所联系也有所区别，因为文体史发展和文学史发展各有不尽相同的规律。虽然文体史与文学史研究都离不开对于作家作品的研究，但是文体史研究的重点却在把握各种文体形态总体的规范及其发展演变。文体史与文学史的视角有所不同，其价值判断也有所不同，有些作品在艺术方面水平并不高，在文学史上地位不高，但也许在文体形态方面有独到之处，在文体史上就有独特的地位。同样，在文学史上影响很大的作品，未必在文体史上占有一席之地。"① 虽然吴氏的展望过于宏观，但对我们理解莫莱蒂的思想有一些启发。无论如何，在强调文体史的重要性方面，两者是一致的。莫莱蒂的文类文学史更加复杂。

那么，莫莱蒂为何要提出构建文类文学史？如何建构文类文学史？它

---

① 吴承学：《文体形态：有意味的形式》，《学术研究》2001 年第 4 期。

与既往的文学史模式有何不同？此处的发问，比起本书第二章"文类的权力"来，针对性更强、更加具体。毋庸讳言，莫莱蒂希望超越传统的文学史学。超越的首要任务就在于反思既有文学史学的目的与方法。他在总体理论框架上，进行着文学形式的社会学研究。所以，尽管莫莱蒂言必称形式，但那不是俄国形式主义口中的"语言形式"，而是社会文明的象征形式。确切地说，文类是资本主义文明的象征。玛丽·雪莱《弗兰肯斯坦》、布拉姆·斯托克《德拉库拉》之类的科幻小说、吸血鬼恐怖小说诞生于资本主义的分裂时期，又试图弥合那种分裂。弗兰肯斯坦这个科学怪人与德拉库拉这个吸血鬼，象征着马克思所说的资本与雇佣劳动的关系。卢卡奇的文类批评在莫莱蒂的理论中留下了深深的印痕。

先看看莫莱蒂在《心灵与哈比——对文学史学的目的和方法的反思》中的一段话："文学文本是按修辞标准组织而成的历史产品。处处以历史学科为目标的文学批评的主要问题是，公正地对待它的对象的两个方面：弄懂史学和修辞的各个概念体系。这让人们进行一个双重操作：把由一整套文学文本所构成的历时连续性切割成片段（严格的历史学任务）；再根据与那种连续性有关的形式标准（而不是其他标准）进行切割（严格的修辞学任务）。总体而言，这种理论装置已经存在，它集中在'文类概念'。我认为，这在 20 世纪文论中绝不是偶然。它是能在作品中发现的社会—历史批评的最好结果。这种社会—历史批评的目标在于界定具体文体的内在规律和历史范围：从卢卡奇论小说到本雅明论巴罗克戏剧，从戈德曼论法国古典悲剧到（相似领域中）阿多诺论十二音体系。然而，毫无疑问，文类没有获得它应有的地位，或者说，它没有造就与我们所熟悉的文学史的不同的结构。如果它能系统地被使用，我愿意勾勒一幅将要开启的前景。"①

这段话传达的大量信息，我们撮要析之。由于文学文本既是历史的产物，又是修辞操作的结果，所以文学史写作必须既考虑到文学的历史属性，也要顾及其审美特性，二者不可偏废。此乃文学史异于一般历史的必备要素。双重切割表明，修辞与历史并非毫不相干。新历史主义者海登·怀特沿着维科、肯尼斯·伯克、弗莱、巴尔特、佩雷尔曼、福柯、格雷马斯等人的话语分析，"致力于把比喻当作一种工具来分析历史话语的不同

---

① Franco Moretti, *Signs Taken For wonders*: *Essays in the Sociology of Literary Forms*, p. 9.

层面，诸如本体论和认识论层面、伦理和意识形态层面、美学和形式层面"，从而使其在"如何区分事实与虚构、描述与叙事化、文本和情境、意识形态和科学等方面与其他史学理论家不同"①。怀特认为，修辞生成对历史的想象。他强调"事件的连续性"② 关涉着历史的连续性。与怀特所理解的历史与修辞的一致不同，莫莱蒂不同意单凭"修辞理论能解释文学史的进化特性或者断裂"。所以，他以文类概念统摄历史与修辞。

实际上，《心灵与哈比》的第一个标题便是"修辞与历史"。在莫莱蒂看来，修辞既是话语的机制，也具有"情感属性和社会属性即评价属性"。修辞与法律、政治、道德、广告等社会活动有关，因此不能把它仅仅限制在文学领域。修辞分析内在于文类或文学作品的社会历史背景知识。这不得不令人想到弗莱《批评的解剖》。在《修辞批评：体裁的理论》一章，弗莱追溯修辞的历史后，说道："不管怎么说，构成文学批评中的体裁的基础是属于修辞性的。"③ 他们的一致性表明，在建构文类文学史时，修辞、技巧是不可缺少的一个层面。

既然卢卡奇《小说理论》、本雅明《德国悲剧的起源》、戈德曼《隐蔽的上帝》、阿多诺《音乐社会学引论》不断尝试对具体文类的社会历史批评，却为何只能停留在西方马克思主义一条线上，最终没有成为整个文学学术圈的主潮？或者说，"为何批评家会对这些发展产生强烈的抗拒"？一方面，他们的恢宏理论先验色彩浓厚，"在谈论文学与社会的时候，套用公式和武断是二者的最大缺陷。他们所说的艺术'真实'，常常是看不见摸不着的东西，并带有很大的任意性。而且，他们那种从一般到个别、从个别到一般的'总而言之'的思维方式，使他们在方法论上的设想和许诺很难兑现"④。何况卢卡奇后来还批判了自己的早期著述。而且他们不是系统地运用文类概念，缺乏整体的文学史愿景。另一方面，想撼动传统文学史模式的强大惯性谈何容易。根据莫莱蒂的意见，我们把文类没有建构出别样文学史的原因归纳如下：

第一，文学史家像一般史学家一样，目光紧紧盯着那些特殊的政治事

---

① ［美］海登·怀特：《元史学——十九世纪欧洲的历史想像·中译本前言》，陈新译，译林出版社 2004 年版，第 1—2 页。

② 林庆新：《历史叙事与修辞——论海登·怀特的话语转义学》，《国外文学》2003 年第 4 期。

③ ［加］诺思罗普·弗莱：《批评的解剖》，百花文艺出版社 2006 年版，第 359 页。

④ 方维规：《卢卡奇、戈德曼与文学社会学》，《文化与诗学》2008 年第 2 期。

件，以致文学史机械地成为那些历史事件的延伸。与风起云涌、波澜壮阔的事件相对应，那些所谓的伟大作品或者伟大个体是文学史如胶似漆的情人。即使是一些重大的历史争论，几乎都没有完全排除对那些毫不相干的作品和作者进行再度阐释。在这个过程之中，文类概念被判定发挥次要的、边缘的功能。"就如俄国形式主义的惯例—陌生化两个概念所明显昭示的那样，体裁仅仅作为背景、作为一个不透明平面而出现。它唯一的作用是让杰作的影响更不可一世。正如事件破坏和嘲弄了连续性原则一样，杰作也显示了对标准的胜利以及其真正伟大之处在于不可还原性。"① 在这样的文学史观支配下，"大多数的文学史著作，要么是社会史，要么是文学作品中所阐释的思想史，要么只是写下对那些按编年顺序加以排列的具体文学作品的印象和评价"②。沉醉于如此文学史的批评家们，暗自庆幸自己对理论的运用自如。

第二，一种体裁的形成往往表现为漫长的、不连续的过程。将体裁概念纳入年鉴学派所说的长时段进行考察，情况尤其突出。缓慢的原因在于，文体概念本身要求存在一系列具有共性的作品。毫不客气地说，缺乏共性，就没有文类。"它假定文学作品的产生遵从普遍的规律体系，而批评的任务主要是展示它们的胁迫和控制力量的范围。"从另一个层面来看，即使文学史家们愿意从文类概念入手，他们也可能因文类自身常常处于未完成状态而苦恼。这种模糊的、暧昧的状态，与"处处以历史学科为目标"的追求不相符称——它偏爱明晰性、客观性、可预测性、可验证性。

第三，莫莱蒂认为，"文学批评一直面临着卢卡奇式的困境：保持生活的温度和形式的纯粹性"。正是两者之间残忍的断裂，导致历史与修辞变成毫不相干的领域。与此同时，分裂还造成文类概念仍然被局限在理论的边缘——能被认识和接受，但很少或者勉强被使用。相反，只要将两者融合在一起，实现卢卡奇所向往的"总体性""和谐性"，便能把文类概念扶正到应有的地位，从而摆脱处于理论边缘的尴尬。

卢卡奇1910—1920年的早期著作《心灵与形式》《现代戏剧发展史》《小说理论》踩着新康德主义、黑格尔、狄尔泰、韦伯的"精神科学"步

---

① Franco Moretti, *Signs Taken For wonders*：*Essays in the Sociology of Literary Forms*, p. 13.
② ［美］雷·韦勒克、奥·沃伦：《文学理论》，三联书店1984年版，第290页。

子前进。这些哲学背景迫使卢卡奇不断地为形式概念赋予形而上的内涵，以便形式能够与心灵内容合为一体。"作为艺术的先验规定性，所有种类的艺术都在力求实现这样的要求。"① 另外，卢卡奇希望把生活维持在一种流动的、开放的、不确定性的状态。所以，资本主义碎片化的日常生活范畴及不真实的生活状况，"对于卢卡奇来说变成了异化的同义词，这种异化遭到了强烈的拒斥"②。理想的日常生活仅存在于古希腊时代湛蓝的星空之下。在此过程中，"卢卡奇的目标是避免一个对文化分析而言必不可少的概念：惯习"。这个关键的概念显示出，一旦形式拥有确定的社会根源，便可以进驻日常生活，并以难以察觉的、常规的方式塑造生活，从而产生更加显明的效用。然而，该概念"也增强了那种残酷的幻灭感，因为它剥夺了历史存在向变化的敞开与审美形式的原始纯粹性"③。由此造成的严重后果表现为，形式凝结成抽象的、先验的、空洞的、悲剧的、与生活相反的东西。卢卡奇批判物化/异化生活的精神为之后的许多马克思主义者所继承。在此基础上，后学们不断纠缠于历史与形式的双重对立。阿多诺的"反形式"、马尔库塞的"新感性"均属于对断裂与鸿沟所做出的审美乌托邦式超越。既然文类兼具历史性和修辞性，那么谈论文体即意味着，毫不迟疑地强调文学对日常生活的异化和形式僵化的耗损作用。这促使我们努力改变文学史学的任务、目的和文学自身的形象。

从进化论和长时段来看，文学史的演化进程越慢，越具有不连续性。如果从文类建构出文学史，文学将呈现出一番新的景象。莫莱蒂说："目前，批评家用于切分历史连续性的标准名目繁多、变来变去。譬如，作为个体的作者的生活，像矫饰主义或自然主义之类的风格分期概念，发生在其他历史领域的断裂，或明或暗地依赖于无孔不入的'时代精神'，以及文类概念本身。在大多数情况下，最终的结果是形成一张巨大而粘人的蛛网。在这张网中，历史的断层失去明晰性。如果文类能得到恰当而又系统的详细阐述，它也许会促进对历史研究的边缘的凝固。这样，根据严格的形式原则重塑的历史，将会是更精确、更具中断性的历史。不仅在历时性方面（这些是部分的情况），更重要的是在共时性方面：在每一个时代，

---

①　王雄：《卢卡奇与形式美学》，《文学评论》1996 年第 2 期。

②　[匈]乔治·马尔库什：《生活与心灵：青年卢卡奇和文化问题》，孙建茵译，《求是学刊》2011 年第 5 期。

③　Franco Moretti, *Signs Taken For wonders: Essays in the Sociology of Literary Forms*, p. 12.

不同的甚至是相互冲突的象征形式共存，每一个都被赋予不同的扩散性和历史持续性。文学史必须把它的对象作为一个磁场来表征——磁场总体的平衡与失衡，源自在其中活动的各种个体力量之合力。"①

借助这段既带批评又蕴含展望的话语，我们可以清楚地知道，莫莱蒂期盼着把切分历史连续性的标准分派给文类概念。只有那样，历史的断层才不会被遮蔽。重绘文学史必须打破历史主义与意识形态合谋而对文学演化形态所进行的施魅：历史连贯不断地向前进化。事实上，文学在观念、形式、修辞、技巧、文类、媒介和接受诸方面都存在断裂。"文学史存在着延续与断裂的双重性，这一矛盾构成了文学史线索的基本链环。"② 它们迫使着参与文学活动的各种力量调整自己的作用力方向。在文类文学史的烛照之下，所有象征形式将前所未有地享受到各项平等权利。

文类文学史将预示着，跨越传统文学史所津津乐道的一系列二元对立：经典与非经典、杰作与庸常之作、高雅文学与大众文学、内容与形式。这亦是莫莱蒂的远距离阅读视野始终倡扬的基本立场。推翻它们之间的等级结构，让它们服务于文类文学史的每一个层面。或许，它将导致话语权力的重组。诚如吴承学所言，某些当下披上杰作外衣的文学作品，未必就在文类文学史的场域里继续领跑。瑞恰慈的实验已经说明，只要改变条件，那种情况会怎样不可思议地发生。然谁主沉浮，未敢妄断，拭目以待。

书写文类文学史时，敷衍地将以前的文学史里面的同类作品堆砌起来，绝非莫莱蒂愿意看到的景象。然而，依据文类来建构文学史，首先遇到的一个问题如第二章所述，如何界定文类，那些文类边界非常模糊的文本怎么办？按照当下比较普遍的做法，秉持一种开放性的文类观念，不断地调整文类的内涵和外延。相反的要求是，"文类应有整合的功能，必须以系统的方式确定不同体裁各自的位置，要是仅仅把不同种类、代表不同规模的文学体裁不加区分地进行罗列的话，非但不能在文类上给人启迪，反而会造成混乱"③。如前所述，莫莱蒂也承认，目前的文类学太过混杂。尽管他提出"解决方法应集中在某些主要的修辞'优势种'和重组以此为基础的不同体裁的体系"，但他在这方面的做法是策略性的：与其做徒

① Franco Moretti, *Signs Taken For wonders: Essays in the Sociology of Literary Forms*, p. 16.
② 张荣翼：《文学史：延续与断裂的双重构造》，《黑龙江社会科学》1995 年第 1 期。
③ 杜心源：《文学史：文类、叙事和历史语境》，《华东师范大学学报》2009 年第 4 期。

劳无功的理论界定，不如在实践中给出一些暗示。

颠覆传统文类教条的理论著作在 20 世纪不断涌现。法国学者罗杰·加洛蒂拓展现实主义的边界。加洛蒂《论无边的现实主义》的有些观点虽然值得商榷，但它向我们表明，突破传统的文类划分方法，将为我们迎来更广阔的文学研究领域。从另一方面来讲，文类文学史要超越民族界限仍然困难重重，特别是涉及两种异质的文化。这方面我们所熟知的现象是中西悲剧的差异。究竟以哪种文化的悲剧观为标准，或者，求同存异。就悲剧这个概念本身而言，包含着极其复杂的内容。雷蒙·威廉斯在《现代悲剧》中说："我们可以通过多条路径接触悲剧。它是一种直接经验，一组文学作品，一次理论冲突，一个学术问题。"① 他的现代悲剧理论基于自己独特的人生体验，而将那些视域融合起来。

让文类在文学史书写中发挥主要作用，意味着以文类的起源、兴起、演变为主轴，探讨它的文类规范的边界、霸权以及其中存在的种种矛盾、冲突、超越。规范与反规范、单个文本之间、单个文本与文类整体等要素互相博弈，构成一曲混响之音。这将会颠覆事件史为主导的现行文学史。由于文学史、文类的缓慢演进，只有以长时段才能看清其趋势。同时，达尔文式进化论文学史观必将派上用场。因为文体的演变不会是持续不断的，而是存在着许多冲突、间断甚至暂时性的消失。我们必须为它们找出背后那只看不见的推手。

另外，作为文类批评的重要倡导者，弗莱说："基于体裁的文学批评，其目的与其说是如何分类，倒不如说要搞清楚这类传统和相互关系，从而揭示许许多多文学方面的关系；若不为这些文学关系确定语域，我们是不会注意到它们的。"② 再次重复韦勒克、沃伦的那句话："很清楚，文学类型这一题目为研究文学史和文学批评以及它们二者之间的关系提出了重要的问题。这一题目也在一个特定的文学发展的来龙去脉中提出了关于种类和组成它的独立单位之间、一个类别和多个类别之间的关系以及许多一般概念的本质等哲学性的问题。"③ 易言之，从文类观念出发书写的文学史，不单单是表述某种文类本身的历史，更为重要的任务还包括文类之间的关系、一种文类与文类总体的关系、文类与社会的关系以及它们所携带的意

---

① [英]雷蒙·威廉斯：《现代悲剧》，丁尔苏译，译林出版社 2007 年版，第 3 页。
② [加]诺思罗普·弗莱：《批评的解剖》，百花文艺出版社 2006 年版，第 360 页。
③ [美]雷·韦勒克、奥·沃伦：《文学理论》，三联书店 1984 年版，第 271 页。

义。正如赵毅衡所言，任何符号行为都关涉意义。

我们以两部小说史为例，看看西方学者在文类文学史方面的建树。当仁不让地应属德国人埃里希·奥尔巴赫在这方面做出的尝试。奥尔巴赫以一部《摹仿论》横扫当年的西方学界。爱德华·赛义德称为"一个无法忘怀的人文主义的典范"。"与以往的文学史著作不同，《摹仿论》的一个独特视角就在于，它是将一部现实主义文学史置于西方文体演变的历史进程中加以描述的。奥尔巴赫给自己设定的一个主要任务，便是考察日常生活是如何突破古典文学的文体分用规则，进入高雅的、严肃的文学作品的。正如该书'后记'所指出的，19世纪前期在法国形成的现实主义文学是一种全新的美学现象，它彻底摆脱了那些有关文体分用的古典学说的束缚，从而顺应不断变化的生活现实，拓展了愈益多样的表现形式。"①

美国学者吉列斯比《欧洲小说的演化》是"一部文类的专史，也可以算是一部欧洲小说的断代史。说它是断代史主要是因为这一段时间的文学，有的西方文学史家认为，在风格上有一致性，即所谓巴罗克风格，所以可以断代。他们把巴罗克既作为风格概念，又作为一个断代概念，接下去便是古典主义时期。"② 吉列斯比的著作没有包括小说体裁的所有阶段，更多在欧洲小说的未成熟阶段下功夫，但其长时段的色彩不容置疑。

莫莱蒂不仅是在理论上提倡写就文类文学史，而且并身体力行地进行实践操作。截至目前，此尝试集中于两部作品：《世界之路：欧洲文化中的成长教育小说》《现代史诗：从歌德到加西亚·马尔克斯的世界体系》。先看前者。威廉·麦斯特、伊利莎白·班内特、于连·索雷尔、拉斯蒂涅、简·爱、巴扎罗夫、多萝西娅·布鲁克等不同时代、不同国度的人物被串联在一起，全因为他们都是欧洲小说黄金时代的共同主人公：青年人。《世界之路》将叙述理论与社会史奇特地组合起来，阐释了作为欧洲文化中介的教育成长小说的历史轨迹。这种形式探讨了革命与复辟、经济腾飞与审美愉悦、个体自律与社会规范之间奇异的妥协。③ 在后者那里，现代史诗比现代主义这个术语更能概括现代艺术的特征。莫莱蒂把悲剧、哲学故事、抒情诗、百科全书、散文、小说、魔幻现实主义等相互龃龉、

①　杨冬：《一部独特的现实主义文学史——由奥尔巴赫〈摹仿论〉所引发的思考》，《文艺争鸣》2006年第2期。

②　[美]杰拉德·吉列斯比：《欧洲小说的演化·序》，三联书店1987年版，第2页。

③　Franco Moretti, *The Way of the World*: *The Bildungsroman in European Culture*, 2000.

彼此区隔的术语，均以"史诗"一词名之。它打破了时间和空间的界限，祛除了对文类的僵化分野，也跨越了民族国家的界限，而以世界文学的视角去思考文类的历史发展。

莫莱蒂的文类文学史书写，尚有一个相当独特的地方：对大众文学（其中的大多数，常常被称为"低等文类"）甚为重视。在他的研究序列当中，对侦探小说、电影的定量分析和科幻小说、吸血鬼小说/恐怖小说对资本主义的寓言，总让人印象深刻。进一步说，他十分看重大众文学研究对于修正以往文学史体系偏差的意义。

> 大众文学并不像许多批评家所认为的那样是无差别的、无意义的膨胀。它拥有很多惊奇，不仅是因为它的内在意义，也因为它清楚地阐明了不同类型的作品。侦探小说的修辞能让我们更好地理解形式和文化问题——约瑟夫·康拉德的叙述解决（它与侦探小说相反）依赖于这些问题。如果在布拉姆·斯托克的光亮之下阅读波德莱尔，人们会发现矛盾修辞法的功能具有意想不到的内涵。不幸的是，在我所搜集的论大众文化的文章中，问题的这个方面没有得到充分探讨。就在几年前，写《吸血鬼》还容易被误认为游手好闲的人。人们的主要担心将证明他的作品是合法的："你瞧：《吸血鬼》也是文学史的一部分"。想知道斯托克研究是否对改变"伟大"的文学的轮廓做出了贡献，实在走得太远。不过，现在我相信，这是一条值得探寻的道路，而且它有可能允许我们通过很高的理论精度和历史忠实性，重构过去的文学体系。①

种种迹象表明，莫莱蒂对侦探小说情有独钟，并敢于在理论上为提高其地位而张目。对他而言，侦探小说是关于叙述性质的叙述，是现代社会的必备形式。不似通常所认为的那样，侦探小说绝非反文学的。它表达着对文学的模糊吁求。② 托尼·本尼特曾表示，马克思主义批判工程忽视通俗文学，不光是马克思主义文学批评本身的遗憾，也是政治的遗憾，"结果损害了构想和进行经典化文本研究的方式"③。莫莱蒂的这些论点，无

---

① Franco Moretti, *Signs Taken For wonders*: *Essays in the Sociology of Literary Forms*, p. 15.
② Ibid. , pp. 149 – 150.
③ ［英］弗朗西斯·马尔赫恩编：《当代马克思主义文学批评》，第 204 页。

疑对马克思主义批评向来的疏忽与错误，具有一定的纠偏补弊意义。再反观中国现行的文学史教材，侦探小说、恐怖小说、冒险小说、科幻小说、武侠小说等通俗文类难登学院派的正统文学史。精英们给予的理由冠冕堂皇，它们太过商业化、太过庸俗、太容易稍纵即逝，缺乏必要的和持久的审美价值。事实果真如此吗？未必。讽刺的是，当下的文学生态，纯文学与俗文学互相蔑视。

　　归根结底，文类文学史，是文类体系史，是长时段文类体系史——不只是 160 年间，44 种小说文类。需要声明的是，文类文学史只是众多文学史模式中的一种，它究竟能否变成"霸权模式"，不能草率地做出断言。如果成为霸权模式，也必须做好被挑战的准备。无论如何，在一定程度上，"文体分类是文学史研究的基础，没有文体分类，无法开展文学史的叙述，没有文体流变的阐释，就没有真正的文学史"①。从总体上来讲，建构文类文学史的难度大于一般的事件文学史、政治文学史。文类文学史潜在的一个大难题在于，我们可以写一部小说史、一部戏剧史、一部诗歌史、一部散文史，然而，我们该怎样将它们组合成文学史整体？还是在一个整体文学史框架下，写作分体文学史？这几种文体之间互相渗透而形成的跨文体现象，怎么处理？在多数历史时期，一种文体的存在，顶多意味着其他文体的边缘化，此段文学史如何书写？问题远比方法多。无论如何，这至少是一种颇有意义的尝试。

　　韦勒克、沃伦在 20 世纪末叶为文学史撰写规定了两项任务。一是，描述读者、批评家和同时代的艺术家们从来没有完全中断地对艺术坚实的结构的解释、批评、鉴赏过程。二是，"按照共同的作者或类型、风格类型、语言传统等分成或大或小的各种小组作品的发展过程，并进而探索整个文学内在结构中的作品的发展过程"②。时至今日，韦勒克、沃伦的这些原则依然值得我们铭记，即使冒着被讥为形式主义的风险——总想着避让形式主义的标签，无助于许多文学问题的解决。为此，我们必须纠正文学史编写的体例，必须"在文学史撰述中强化文体意识，积极发挥文体的结构功能"，代替"王朝分期法"③ 或曰依据政治变化来分期。当然，新的文类文学史的诞生绝不可能毕其功于一役。

---

① 侔荣本：《论文学史的文体分类及其流变》，《江海学刊》1999 年第 3 期。
② ［美］雷·韦勒克、奥·沃伦：《文学理论》，第 293 页。
③ 叶岗：《文体意识与文学史体例》，《绍兴文理学院学报》1999 年第 2 期。

从达尔文式文学史（包括树形思维）到长时段文学史，再到文体文学史，它们组成了莫莱蒂文学史观的全部。莫莱蒂抛弃事件文学史、政治文学史、"英雄"文学史，最终响应着年鉴学派的总体/整体历史观。不可否认，年鉴学派的总体史观受益于马克思。布罗代尔说，马克思"同时具备着历史的整体观和长时段观，所以在马克思身后，历史就再也不能是以往的那种历史了"①。在这个意义上，"如果作为（资本主义文明）象征形式和文化惯例史组成部分的文学史，能够重写自身，那么，它也许就能在社会的总体历史背景中找到自己的角色和尊严"②。像通常的情况一样，这将解决部分问题。同时，也有可能产生其他的风险：总体史或社会史之类概念太过宽泛，而不能控制任何一项具体的、局部的研究。

总而言之，文学史不是少数几个伟人、少数几部所谓的"经典"组成或支撑起来的历史；不是学院学派写就的一部部文学史教材；不是意识形态抢占话语霸权之后的阉割形态。真正的文学史由一部部活生生的文学作品构成。它们在市场之内流通，接受所有读者的趣味的检验。那些能在文学史中生存下来的文学文本，必定是能适应历史选择机制的。文学史是一切文学形式的斗争场所。小说战胜悲剧、史诗、诗歌，因为它满足了资本主义不断兴盛的大众文化的口味。它是资本主义的伴生物，也维护着资本主义的力量。不论文学已经承担了什么功能、未来还能承担什么功能，都在历史的演化之中被赋予。文学的功能不是一成不变的。这就是莫莱蒂的文学史观所告诉我们的东西。

---

① ［法］费尔南·布罗代尔：《卡尔·马克思》，张慧君译，原 中央编译局 http://www.cctb. net，转引自中山大学哲学系 http：//philosophy. sysu. edu. cn/papers/ShowArticle. asp? ArticleID = 316。注：该文系"布罗代尔为纪念马克思逝世一百周年于 1983 年 3 月 16 日在法国《世界报》上发表的一篇短文"。

② Franco Moretti, *Signs Taken For wonders*: *Essays in the Sociology of Literary Forms*, p. 18.

第六章

反思莫莱蒂的文论思想

　　综观以上五章，我们从远距离阅读法（定量图表、空间图表、形态图表）、文类、空间、文学史等角度，描述、阐释了莫莱蒂的文论思想。进一步说，我们不仅介绍了莫莱蒂的研究方法，而且详述了他的论证思路及由之得出的结论。历数莫莱蒂的文学研究生涯，他将文学与生物学、历史学、社会学、地理学、统计学、哲学等学科的知识资源整合在一起。如此思维方式倒非他个人的独创。他踏着前辈们的足迹前行。古斯塔夫·朗松、雷蒙·威廉斯都有把文学史与经验科学结合起来的呼吁。问题的关键在于，他要在诸多已饱受争议甚至武断地遭到诅咒的理论——譬如，俄国形式主义、卢卡奇的早期理论、数学之于文学、进化论、实证主义之于文学——协助之下，实施自己的思想之旅。这是一件既有趣又冒险的事情。然而，那些冒险总带给我们连连惊喜。于是，我们不得不审慎地对待。面面俱到地评价莫莱蒂的每个论断，是一项颇为浩大、繁杂的工程。幸好，在前面的行文过程中，我们已给予部分结论以必要的质疑与反驳。基于此，本章拟从以下三个方面入手，反思莫莱蒂的那些比较突出并引起或即将引发极大争论的理论。

　　首当其冲的应当是，莫莱蒂把自然科学的方法运用到文学研究领域之中的合法性。不假思索地视莫莱蒂为科学至上主义者或者唯自然科学者，完全是一种误解。这点可以从《图表、地图、树形》的题记中寻找到证据。该题记援引了罗伯特·穆齐尔的"世纪长篇小说"《没有个性的人》里面的一句话："渴望真理的人成了科学家；想自由挥洒自己的主观性的人可能成为作家；那些需要两者之间的东西的人该做什么呢？"莫莱蒂便是那个既渴望真理又不愿意放弃自己的主观性的学者。如此令人惊颤的追求。实际上，他力图在自然科学和人文科学之间找到一个平衡点。如绪论所言，实证主义马克思主义者德拉—沃尔佩直接促发了他对文学研究范型的反思。从根本上来说，他的思维框架融合了英美实证主义和大陆理性主义两大传统。只是鉴于传统文学研究向德、法形而上学借法过多，他才刻意强调经验主义、实证主义方法对革新文学研究的作用。即使再怎么渴慕文学研究之客观性、真理性、精确性，我们也需要牢记戈德曼的告诫，他说："我们不能忘记严密和精确必须处于所有科学思考的中心，也不能忘记在历史科学和社会科学中，这种严密的本质和地位不同于理—化科学之严密的本质和地位。"① 一方面，我们将从当代文学面临的危机出发，考察莫莱蒂坚持的理论是否对我们应对那些挑战有所启示；另一方面，我们也从跨学科角度去阐发莫莱蒂的文论的意义。

　　概览西方和中国的文学学术圈的总体趋势，对形式有种矛盾的态度：既爱又恨，尤其在语言学转向之后。俄国形式主义、英美新批评、结构主义扑倒之后，继之而起，符号学、叙事学似乎催生了形式主义（广义）的新时代。另外，各种"后学"以及文化研究逐渐远离形式，更着重于各种价值系统的解构与重构。观前文所述，莫莱蒂自始至终都致力于使用自己的新方法，回答文学形式与社会之间存在的诸多问题。这就是本章第二节的由来。由于莫莱蒂被贴上西方马克思主义者的标签，而他又自称是一个唯物主义者，我们必须知道他能在马克思主义的文论思想史序列当中处于怎样一个位置。或者说，他对西方马克思主义文论研究有无推进，有多少推进。阐述莫莱蒂对马克思主义文论的贡献，对于本书而言，总觉得是一件举步维艰的事情。幸亏，莫莱蒂的一句话给我们提示了突破口。所以，在论述过程中，我们把线索限定在马克思主义文论之内。

　　此外，莫莱蒂的世界文学理论和文学史观在西方学界引来了不少的关注。世界文学方面的争论，我们在前面已经论述。鉴于文学史观本身对文学理论、文学批评的影响，我们必须通过那些争论，不仅诊断莫莱蒂本人的思想，也窥探西方对该命题思考的大致脉络与方向。

---

　　① ［法］吕西安·戈德曼：《文学社会学方法论》，段毅、牛宏宝译，工人出版社 1989 年版，第 172 页。

第一节　跨学科的文学研究

作为一个相对古老而又充满诱惑的领域，文学研究在其生存与发展的过程中，一直是挑战与机遇并存、矛盾与革新同在。回顾近三百年来的文论史，文学研究的视点经历了从再现论到表现论、从表现论到文本论、从文本论到读者论等转换；研究方法从传记、心理学、社会学、思想史等外部研究转向语言形式、结构之类的内部研究（韦勒克、沃伦《文学理论》）。每一次转换代表一次危机。每一次危机都被成功地化解，从而扩大了文学研究的边界。实质上，这些挑战和化解，属于文学理论内部的自我调整，它们不足以撼动文学存在的根基。然而，最近几十年的境遇却与以前不大相同。实际的情况表现为，文学生产的迫切性、紧要性被无情压缩，文学存在的价值、意义、权力，不再像以前那样完全不证自明。文学研究也因之遭受到前所未有的难堪和合法性质疑。

本雅明早在20世纪中叶就已经分析过，机械复制技术给艺术生产与接受所带来的前景，并与阿多诺展开了激烈的辩论。目前，不单单是先锋性文学实验对文学观念的消解，而且某种文学文类屠戮其他文类从而夺取文学市场的霸权位置。消费主义的大行其道和数码技术、网络技术、传媒技术的日新月异，带来了文学生产、流通、接受各环节的剧烈变革，特别是基于网络平台，产生了数量庞大的超文本网络文学。它至少以"非线性文本结构""消弭了阅读（包括批评）与写作的界限""超媒体"三大特征持续地颠覆着传统的文学理论和批评原则。① 所以，在中国当下的文坛"由过去以传统文学为主的单一格局，演变为'三分天下'的新格局：以文学期刊为阵地的传统型文学、以图书出版为依托的市场化文学、以网络传媒为平台的新媒体文学"②。然则，采取什么样的批评和审美理论、原则去处理三者，是急需我们去应对的问题。到底是坚持单一阐释模式，还是多种模式？多模式意味着什么？一方面，"网络为文学创作带来了新的载体，丰富了文学作品的体裁。用以往的文学理论来为因特网上的文学作品分类，恐怕难以对号入座"。③ 要是具体到莫莱蒂的文类文学史，如何

---

① 刘俐俐、李玉平：《网络文学对文学批评理论的挑战》，《兰州大学学报》2004年第5期。
② 白烨：《文学批评的新境遇与新挑战》，《文艺研究》2009年第8期。
③ 汪小熙：《论因特网给文学研究带来的课题与挑战》，《学术交流》2000年第2期。

来摆脱此困境？另一方面，这些网络文学隶属于大众文学的范畴，质量和水平良莠不齐，很显然，不能草率地为它们贴上经典的标签。那么，它们能不能成为经典呢？这对经典的传统定义而言是个不小的挑战。不仅是定义本身的问题，更涉及权力结构的重组。诸如此类。

计算机信息技术的发达所造成的另一个结果，是图像时代的来临以及影像文化的泛滥。诚如詹姆逊所言："现代社会空间完全浸透了影像文化，萨特式颠倒的乌托邦的空间，福柯式的无规则无类别的异序，所有这些，真实的，未说的，没有看见的，没有描述的，不可表达的，相似的，都已经成功地被渗透和殖民化，统统转换成可视物和惯常的文化现象。"如此一来，"现在突然一种一直被视为似乎不能容忍任何乌托邦的可恶的普遍可视性正在受到欢迎并洋洋自得：这就是真正的形象社会时期，从此在这个社会中人类主体面临（用保罗·威利斯的说法）每天多达一千多个形象的轰炸（与此同时曾经属于私人的生活也在信息银行中被彻底地观看，审查，详细列举，度量和计算）。人类开始生活在一个非常不同的空间与时间、存在经验及文化消费的关系中"①。雅克·德里达在《明信片》里甚至预测，在这个由电子技术统治的王国中，"整个的所谓文学的时代将不复存在"②。可以说，"图像转向"是对"语言转向"的宣战与蔑视。它"被看做是已经持续几个世纪的打破偶像崇拜的论争与偶像崇拜习惯之间矛盾的一种延续"③。确实，现时代钟情于、沉浸于电影、电视、动漫的观众，远比静坐在窗前阅读小说的人多得多。只消一瞥各种大众传播媒介上发布的信息，我们便能知晓，影视明星与文学作者的地位孰轻孰重。居伊·德波把这样一个时代称为"景观社会"。德波声言，"景观不是影像的聚集，而是以影像为中心的人们之间的社会关系"，不能把它"理解成大众传播技术制造的视觉欺骗，事实上，它是已经物化了的世界观"④。让·波德里亚发展了德波和麦克卢汉的理论。他悲观地认为，消费社会使用大众传播媒介，生产的是符号性的"拟像"和"仿真"，是"伪事件"

---

① ［美］弗雷德里克·詹姆逊：《文化转向》，胡亚敏等译，中国社会科学出版社 2000 年版，第 108 页。

② 转引自徐巍《图像时代文学创作的危机与选择》，《社会科学》2011 年第 9 期。

③ ［斯洛文尼亚］阿莱斯·艾尔雅维茨：《图像时代》，胡菊兰、张云鹏译，吉林人民出版社 2003 年版，第 25—26 页。

④ ［法］居伊·德波：《景观社会》，王昭风译，南京大学出版社 2006 年版，第 3 页。

和"新现实"①。沃尔夫冈·韦尔施的观点相对中性一点：传媒现实与日常生活现实的相互渗透。② 一言以蔽之，读图时代逐渐挤压了文学的生存空间——文学成为边缘存在，解构了康德所奠定的"审美静观"或审美无利害性美学规范。与此同时，"审美泛化"或曰"泛审美化"成为不争的事实。

面对外部环境如此巨大的变化，我们不必如临大敌、战战兢兢；也不必成天空喊"危机""挑战"而无所适从，因为那样无助于问题的解决。相反，我们应该充分利用时代所提供的资源，去拓宽文学研究的领域，让它变得更久、更广、更深。换句话说，"文艺学、美学必须在承认电子媒介的巨大冲击使整个社会发生广阔而深刻的变化的基础上，在承认生活与审美、生活与艺术之间关系发生新变化、出现新动向的基础上，研究这些变化和动向，适应这些变化和动向，做出理论上的调整"③。学界在理论上、立场上最流行的调整是，把文学当作一种文化样式，从大文化观入手，从事文学的文化研究与文化的文学研究，以发掘文学本有的文化意义和价值。

文化研究发端于雷蒙·威廉斯和以理查德·霍斯特、斯图亚特·霍尔、理查德·约翰逊为代表的英国伯明翰学派。他们在马克思主义理论的基础上从事文化的分析、整理、阐释、批判、革新。威廉斯更以"文化唯物主义"命名自己的学说。文化研究并不是进行单纯的文化审美体验。约翰·哈特利绘制文学研究的历史地图时，说："文化研究脱胎于理解社会变革的一种努力。更为重要的是，它是一种知识上的努力，旨在表明，如何激发某些领域的社会变革，同时抑制某些领域的社会变革。"④ 可见，文化研究具有强烈的实践性指向、政治性旨趣及理性精神。它的影响所及，遍布全球，无往而不胜。中国曾在 20 世纪 80 年代中期，掀起过一股显赫的"文化热"，但它很快便在 80 年代末落下帷幕。作为主要的参与者和见证者之一甘阳总结说，这股思潮是以"中西之争""古今之争"为

---

① ［法］让·波德里亚：《消费社会》，刘成富、全志钢译，南京大学出版社 2000 年版，第 99—136 页。

② ［德］沃尔夫冈·韦尔施：《重构美学》，陆扬、张岩冰译，上海译文出版社 2002 年版，第 250 页。

③ 杜书瀛：《消费社会与文学理论的新挑战》，《文艺争鸣》2007 年第 11 期。

④ ［澳］约翰·哈特利：《文化研究简史》，季广茂译，金城出版社 2008 年版，第 6 页。

核心而讨论中国的现代化问题。① 经过短暂的沉寂之后，自90年代开始，它以"文化批评"的面目出现。② 不可否认，前后两次的性质是有差别的。后者不仅作为一种思维范式，而且在向学科化方向迈进。

那么，文化研究到底对文学研究有何意义呢？或者说，文化研究转向对文学研究有什么刺激？关于这点，有很多说法。兹仅撮举一两种。有人认为，文化研究的"实践性品格、政治性旨趣、开放性精神和批判性特征使文学研究抛弃了那种过于狭窄和精细的文本研究范式，越来越重视在广阔的文化语境下考察文学的构成和意义，从而使文学研究更加具有反思精神、更加有理性意识、更加注重与现实的联系"③。不能说这种观点就一定错误，但可以肯定的是，它是不恰当的，因为文学的社会学研究能比它更好地实现那些理论预期。陶东风主张，"文化研究作为一个跨学科的知识领域，有助于打破文学研究和批评、尤其是大学与研究机构中的文学理论话语生产，与社会公共领域的日益严重的分离，促使文学工作者批判性地介入公共性的社会政治问题。在文化研究的视野，文学研究从根本上说是一种具有批判性的文化研究，是一个解放工程。文学批评家应当自觉地参与重大的文化价值问题的讨论，并把这种讨论与自己的学术研究有机地结合起来，建构一种以学术研究为基础的对抗性公共领域"④。若果真如此，文学已丧失的崇高地位又能得到恢复。不过，这样的展望还是略显大而无当。而且"让文学工作者批判性地进入公共性的社会政治问题"的提法已经偏离了文学研究的本意，几乎把文学理论变成一种社会理论。所以，在2004年出现了"文学理论与文化研究之争"，"以文学理论的两座重镇——中国人民大学文艺学教研室和首都师范大学文艺学教研室的具有新锐性的学科带头人为代表的学人认为，文化研究是文学理论研究的方向，文学理论应该走向文化研究；而以文艺理论的权威重镇——北京师范大学文艺学研究中心德高望重的学科带头人为代表的另一批学人则认为，文学理论的研究方向应该按照文学理论本有的框架深入"⑤。实际上，美

---

　　① 甘阳主编：《八十年代文化意识》，上海人民出版社2006年版，第3页。

　　② 林岗：《文化热、文化批评与消费时代》，《学术研究》2006年第3期。

　　③ 段吉方：《从文学研究到文化研究：范式转换与观念变革》，《北京理工大学学报》2003年第6期。

　　④ 陶东风：《跨学科文化研究对于文学理论的挑战》，《社会科学战线》2002年第3期。

　　⑤ 张法：《文学理论与文化研究之争——对2004年一种学术现象的中国症候学研究》，《天津社会科学》2005年第3期。

国早在 20 世纪 90 年代就出现过类似的争论。"一方面，耶鲁大学英语系教授 H. 布鲁姆忧虑地指出：现在所谓的'英语系'行将更名为'文化研究系'，……如今进入耶鲁大学的学生中，怀有真正阅读热情的屈指可数。另一方面，威斯康星大学英语系教授 G. 杰伊却把这种冲突称为 20 世纪 90 年代以来'美国文学与文化的战争'，他主张从文化的角度去研究美国文学，'对美国文学的定义和教学不必众口一词'。"① 笔者很显然不赞同，文学研究的最终走向是文化研究。如果真的是那样，文学研究的学科性将会消失。诚然，文学研究可以而且必须借鉴文化研究的方法，但文化研究不能代替文学研究。它顶多是整个文学研究方法论系统的补充。当前，文学的文化研究有一种令人难以接受的怪诞现象，"不少研究中国现代文学的学者一旦进入各种意义上的文化'话语'，便忘记了'却顾所来径'，放野马似的干脆甩开了文学，冠冕俨然地进入了思想史文明史的学术庙堂，致使他们的文学研究失去了应有的文学味和美感，甚至有时在论述内容和行文方式上与历史学论文等难分轩轾"②。忽略了语言，抛弃了情感，文学还能是文学吗？文化研究之于文学研究，真是剪不断、理还乱。不论如何，陶东风所说的"文化研究的跨学科"思维范式对文学研究来讲，意义重大，甚至是必不可少的。

在为莫莱蒂的《真理的时刻：现代悲剧地理》写题解时，弗朗西斯·马尔赫恩有言："后来他的著述朝着一种文化分析的方向发展。"③1987 年出版的《世界之路》在这方面表现得特别突出，它的副标题"欧洲文化中的成长教育小说"直接传达出相关的信息。然而，从莫莱蒂 20 世纪 90 年代末期之后的著作来看，马尔赫恩的预测（马氏编选的《当代马克思主义文学批评》出版于 1992 年）算不上准确。因此，我们更愿意判定，莫莱蒂所偏爱的是跨学科/多学科整合的思考路数、范型。

"跨学科研究"是迎接那些挑战比较有效的一种调整方向。"学科互涉"的理论和实践在各个学科之中随处可见，呈蓬勃兴盛之势。中国的学者也已充分地认识到跨学科对文学研究的重大意义。蒋述卓认为，"只有面对新的文艺现象，并在跨学科的背景下去解释它，才能进一步发挥人文

① 江宁康：《论当代美国文学与文化研究之争》，《外国文学》2004 年第 5 期。
② 朱寿桐：《文学的文化研究与文化的文学研究》，《社会科学战线》2003 年第 2 期。
③ ［英］弗朗西斯·马尔赫恩编：《当代马克思主义文学批评》，第 124 页。

学科的作用。这也是人文学科的与时俱进"①。代迅认为，跨学科是"文学研究实现学术创新的一条重要途径，也是当今国内外文学研究中的一个重要发展趋势"②。从以往的经验来看，文学研究向来不缺向其他学科的开放，存在过"社会批评理论向政治经济学的跨越，传记批评理论、原型批评理论向心理学的跨越，文本批评理论向符号学的跨越，接受批评理论对于阐释学的跨越，女性批评理论对于性别学的跨越，后殖民批评理论对于民族学、文化学的跨越"③，诸如此类。朱丽·汤普森·克莱恩《跨越边界》一书梳理了"文学中的学科互涉谱系"④，为我们提供了重要的参考。现在重要的问题是，文学研究应该跨哪些学科、怎么跨。在人文科学内部互跨很容易，往往不需要太多的理论论证，并已结出累累硕果。就拿王国维来说，他在 20 世纪初便"有意识地运用哲学美学方法、心理学方法和史学方法综合考察和探究文学的审美性及其感人的艺术魅力"⑤，开现代式的、中西结合的文学研究风气之先。可是，在人文科学与自然科学之间的互涉则不那么轻松，当关联到具体的自然科学理论和假设时，尤其如此。乔治·莱文解释说："科学与文学有三种主要联系，第一种植根于科学对文学的影响；第二种是科学语言，这种科学语言是受到重要的社会意识、宗教信仰、文化思潮及时代风气的影响而产生的；第三种是相互关联。"⑥ 前两种侧重文学与科学之间的同一性，第三种即直指到学科互涉问题。概览一下过往的实践，文学研究已经吸收了系统论、混沌理论、耗散理论、心理学、量子力学、统计方法等方法和假设。

正像"复杂性思维范式"创始人埃德加·莫兰所提醒的那样，"跨学科性不能掌握各学科并不逊于联合国不能掌握各国家。在这种跨学科性中，每个学科首先期望自己的领土主权得到承认，然后以做出某些微小的交换为代价，使边界线不是被消除了而是变得更加牢固"⑦。也就是说，

---

① 蒋述卓：《跨学科交叉对文艺学开拓与创新的推进》，《暨南学报》2004 年第 2 期。

② 代迅：《跨学科是文学研究的重要创新之路》，《江西社会科学》2007 年第 1 期。

③ 鲁枢元：《略论文艺学的跨学科研究》，《人文杂志》2004 年第 2 期。

④ [美] 朱丽·汤普森·克莱恩：《跨越边界——知识、学科、学科互涉》，姜智勤译，南京大学出版社 2005 年版，第 174—227 页。

⑤ 康梅钧：《试论王国维的跨学科性文学批评方法》，《井冈山师范学院学报》2004 年第 3 期。

⑥ [美] 朱丽·汤普森·克莱恩：《跨越边界——知识、学科、学科互涉》，第 212 页。

⑦ [法] 埃德加·莫兰：《复杂思想：自觉的科学》，陈一壮译，北京大学出版社 2001 年版，第 102 页。

跨学科研究不应该消解各学科本身的自主性和自律性。所以，无论如何，"文学研究在不断'扩容'的过程中，需要有明确的对象意识、边界意识、学科意识。可以对文学进行跨学科、多学科的研究，文学研究可以有自身的文化之维，但其目的是对文学自身的丰富而非消解，是对文学自身的深化而非解构"①。那个不能遗忘和舍弃的底线，就是文学乃语言性的存在样态。我们必须秉持这样的立场。不论是跨地理学（制图学）、生物学、统计学（定量研究），还是跨历史学、社会学、书籍史，莫莱蒂始终让它们为自己的文学研究服务。归根结底，他的研究路线是从文学出发，途经诸多学科（特别是自然科学）的会诊，最终又落脚到文学本身。这是非常令人欣慰的。

换个角度看，莫莱蒂的致思方式亦是对传统文学研究规范的挑战。如前所述，莫莱蒂不相信，单一的阐释框架能说清楚文学生产的诸多方面，以及文学与更大的社会系统之间的多样关系。对于诸要素之间的关联，他说："不可否认，人类社会是多样的、复杂的、由多因素决定的，但理论的难题明显在于它试图确定不同历史因素的等级地位。"② 因此，他需要发现更多、更有效、更具正当性的阐释模式。而跨学科的思维方式，恰恰有助于他以更广阔的视野、更能验证、更多样的维度去阐释文学的生产问题。它们即是"图表、地图、树形的三重奏"。

毋庸讳言，莫莱蒂大规模地从事抽样、统计的数据处理工作以及制作文学地图，完全得益于电子技术的发展。试想，在没有计算机的条件下，他收集资料肯定步履维艰，数据计算必然费时费力，数据的精确性定将大打折扣。极端一点说，画出来的那些图表甚至还会丑陋不堪。另外，从特定的意义上来讲，我们可以大胆地指认，莫莱蒂把传统的文字性描述变成一幅幅形象化的图表，顺应了图像时代的潮流。

从哲学基础方面来看，莫莱蒂的思维方式源自经验主义、实证主义。这点在前文之中已经反复说明。注重实证的、经验的辩证方法，本是马克思主义哲学的基本特征。③ 所以，德拉—沃尔佩侧重从经验角度去发展马克思主义，即使有不当之处，却绝非对马克思精神的背离。实证方法在性质上与思辨的形而上学相对。应该说，思辨和实证各有其优劣。实证主义

---

① 张永清：《文学研究如何应对视觉文化的挑战》，《江海学刊》2001 年第 1 期。
② Franco Moretti, *Signs Taken For wonders*: *Essays in the Sociology of Literary Forms*, p. 18.
③ 鲁克俭：《马克思实证方法与孔德实证主义关系初探》，《社会科学》1999 年第 4 期。

之于文学研究绝不是一种新鲜的方法。韦勒克在《近年来欧洲文学研究中对于实证主义的反抗》里说，它是 19 世纪便开始流行的文学研究方法趋势：注重材料的收集，用因果关系及泰纳有名的口号种族、环境、时代等外界因素去说明文学。① 然而，精神科学对其进行了不遗余力的抨击，拒绝人文科学对自然科学的模仿。在中国，清代乾嘉学派的考据之风便颇有实证色彩。后来，胡适在杜威经验主义的烛照下，也不失时机地提倡科学主义。他认为，科学的方法，不外乎"尊重事实，尊重证据"；在应用上，"大胆的假设，小心的求证"②。

　　吴炫对实证方法在今日中国的遭遇有这样的看法："实证之所以对我们具有一种科学意义，恐怕并不在于它所注重的观察、实验、材料论证以及逻辑分析。因为仅就这些来说，我们的社会科学和自然科学领域并不缺少相应的实践。或者说，我们实际上是一直在强调论点和论证（材料证实与逻辑分析）的相结合作为判别一个命题是否具有科学性和学术性的重要手段。实证之所以在今天被重新提起，很大程度上是在于纠正我们过去是在一种不自觉的状态下将实证作为一种研究方法，而不是一种文化精神建设的失误。这种失误的危害性是显然的：一方面，它表现在我们的研究中过分地强调材料的实证意义，以至于一种机械实证论（机械实证论与我们传统考证研究方法有着一定的关联）。这种机械实证论影响到文艺理论，便是靠大量的作品来验证理论自身，而不能被作品所验证，或者一下子不能有效作用于创作的理论，便被宣布为无意义。"③ 该诊断应该说是很准确的。基于此，我们应该对实证方法在理论上进行全面的廓清，在实践上改掉过去的痼疾。万里长征，我们需要正确地迈出第一步。除此之外，目前还有一种相当流行的论调：实证将损害文学的审美属性，把文学研究变成一项技术活。李伟昉对它的辨析值得我们深思，他说："实证方法绝不是纯然地只关注事实的求证而排斥审美的批评方法，实证过程就包孕着一定的审美批评成分。同样，真正的审美批评又是包含着实证精神的批评。缺乏实证的审美只能使批评滑入主观臆断的泥潭，从而使研究失去扎实稳

---

① ［美］雷内·韦勒克：《批评的概念》，张金言译，第 246 页。
② 胡适：《治学的方法与材料》，转引自《中国现代学术经典·胡适卷》，陈平原编校，河北教育出版社 1996 年版，第 738 页。
③ 吴炫：《文学批评中实证与思辨的得失》，《文艺争鸣》1989 年第 4 期。

健的可信度。"① 总而言之，哪怕实证方法有这样或那样的缺陷，即使处身于当下的学术氛围和环境，我们仍然愿意郑重地重申实证主义对文学研究的重要性。有鉴于此，莫莱蒂在这方面的尝试，确实值得我们认真地甄别、借鉴、学习。

　　加拿大学者斯蒂文·托托西在解决文学研究的合法性问题时，所贯彻的一种"整体化和经验主义"的新实用主义方案，与莫莱蒂的猜想和模式异曲同工。托托西意识到，今天的人学科学日渐整体性地沦落，出现了制度性危机，文学研究"在总体社会话语中越来越被边缘化"。他强调文学与社会的系统联系，把文学视为社会的一个子系统。而且文学系统是开放性的、变化的。它是一个由"写作、出版、发行、阅读、检查、模仿、继承、改写、翻译"等环节相互作用、相互影响的系统。对他而言，要实现文学研究的合法化，必须采用复合方法，"分析首先立足于观察，其次建立在通过资料收集得到的经验主义论据上"。这是一种精确的方法论。以建构主义认识论框架为基础，托托西提出了整体化和实验主义文学研究方法理论。他详细地论证了文学研究的多元学科和科内整合、文化参与和读者对经典形成的意义、文学的性别/伦理建构、文学翻译理论以及电子信息技术与文学研究等命题。一方面，系统化文学研究法"含蓄地吸收和发展信息科学观点"；另一方面，"经验主义方法产生了运用信息科学工具的研究"。电子革命带给文学的最及时最重要影响在于对书籍阅读的勘察。② 托托西对自己的理论和实践相当自信："一旦整体化和经验主义研究法得以广泛实施，对文学学术界以及广泛的社会话语里的教学、批评和理论都会产生深远的影响。"③ 不过，托托西绝不狂妄，他严肃地说："我决不是将整体化和经验主义文学与文化研究法则视为唯一可行的途径。"④

　　"跨学科"：莫莱蒂、托托西的文学研究方法论和实践，也是中西文学学术界不容小觑的趋向。它将对从业者提出较高的要求。在此前提下，文学研究的产物以知识的面貌呈现出来。或许，那是令普通读者头疼的知识。当然，没有方法是绝对可靠和绝对有用的，任何方法都有自己的效用域，即使号称以真理为鹄的自然科学方法也概莫能外。只有把方法和对象

---

① 李伟昉：《比较文学中的实证方法与审美批评》，《文学评论》2005 年第 5 期。
② ［加］斯蒂文·托托西：《文学研究的合法化》，第 211—213 页。
③ 同上书，第 10 页。
④ 同上书，第 7 页。

恰当地融合在一起，才能得出相对准确的结论。根本上，任何科学所生产的知识都具有不确定性。复杂学认为，"现象和诠释都是复杂的；进程仅仅是暂时的线性的发展，当出现两歧状态、混沌状态时它们的发展历史也就终结了，然后再组成新体系。这些进程的结果在本质上具有不可预知性，而在出现两歧状态时则会产生复杂的历史影响；从这两个角度讲这些进程都是不确定的"①。所以，我们反对任何形式的唯科学主义。

第二节　令人又爱又恨的形式

在中国的文化语境之中，形式主义向来是一个极容易受到轻慢的概念。这既跟我们长期以来的文艺政策有关，也是我们的文化传统的延续。孔子"文质彬彬"的教诲至今仍然潜移默化地影响着我们的判断。目前流行的文论教材的腔调，基本是内容与形式的统一或者内容与形式相互征服。辩证是辩证了，却似乎不能从根本上解答那些挥之不去的疑惑。纵观中国古代文学史，形式主义流派、文类往往前仆后继，如魏晋时期的永明体、北宋初的西昆体、四六骈文之属。可是，"文以载道""文以明道""兴寄""风骨"之类的理念始终占据着文论话语的主流。在西方，俄国形式主义、英美新批评、索绪尔语言符号学、法国结构主义、"美国的佩尔斯逻辑符号学以及在这些潮流中建立的叙述学"②，也曾名噪一时，但它们都已不同程度地受到批判和摒弃。即便如此，我们也不能想当然地认为，形式必有终结的一天。事实上，形式是我们不可能回避的问题。我们只有通过形式，才能辨认不同的文本。因为语言形式是文本最直接、最显在的层面。杜威·佛克马有言："也正是形式标记使文学文本与其他文本区别开来，同时创造出一种与我们日常经历和关注焦点不同的话语，一种开阔了我们自由运用想象的空间的话语。我希望我已展示了没有文学形式维度的研究是不行的……在《超越形式主义》（*Beyond Formalism*）中，杰弗里·哈特曼（Geoffrey Hartman）写道：'有多种超越形式主义的方式，

---

① ［美］伊曼纽尔·沃勒斯坦《知识的不确定性》，王昃译，山东大学出版社 2006 年版，第 98 页。

② 赵毅衡：《反讽时代：形式论与文化批评》，复旦大学出版社 2011 年版，第 145 页。

但最糟的莫过于不研究形式'。"① 日内瓦学派批评家让·鲁塞断言，关于
文艺现象的一切重大问题都存在大量无把握的和针锋相对的意见，"但如
果说有一个概念挑起了矛盾或分歧，那正是形式这个中心概念"②。英国
人李斯托威尔写道："只要略微瞥视一下美学的历史，就可以知道形式论
的重要地位了。从希腊时代一直到今天，它一再居于显著的地位。"③ 一
句话，以形式作为文学研究的出发点，我们才能真正把握住文学的审美属
性和形而上的价值。当然，我们并不是说，形式乃一个文本唯一的东西。
这些略微陈旧的观点远非不证自明。

可以说，形式确实令我们又爱又恨。爱与恨，都各有理直气壮的理
由。据思想史、观念史家的考证，形式概念本身的内涵相当复杂、含混、
交错。不过，令人惊诧的是，人们从来都是不加区分地使用形式这个范
畴。走笔至此，我们无意亦无暇全面清理形式自身的各项所指，列举各家
各派对形式的定义，仅仅引述瓦迪斯瓦夫·塔塔尔凯维奇对形式范畴所进
行的相当细致的区分。塔塔尔凯维奇认为，形式这个名词有五种概念。形
式甲："形式是各个部分的安排"，反面是元素、部分，它历经长久的历
史而成为艺术论中最基本的概念。形式乙：形式意指"直接呈现在感官之
前的事物"，一直与内容争夺话语权。形式丙：形式意指"一个对象的界
限或轮廓"，对立面是质料，在 16、17 世纪是艺术的口号。形式丁：由亚
里士多德发展而来，指称"某一对象之概念性本质"，反面是"对象的偶
然特征"，历史和形式甲一样古老，但往往被现代美学家给忽略。形式
戊：由康德首创，指的是"吾人心灵对其直觉到的对象所作之贡献"，对
立面为来自经验的外部世界的杂多，在 19 世纪末才引起人们的兴趣。④ 呜
呼！如此众多的形式观和形式研究途径。依据维特根斯坦的理论来看，形
式概念已然形成了一个庞大的家族。换句话说，"形式就是传统形而上学
概念中的一个用法界限含混、'血缘'关系模糊的大'家族'"⑤。没有一

---

① ［荷］杜威·佛克马：《松散的结尾并非终结：论形式手段、互文性与文类》，王蕾译，
《西南民族大学学报》2007 年第 7 期。
② 张旭曙：《西方美学中的"形式"：一个观念史的理解》，《学海》2005 年第 4 期。
③ ［英］李斯托威尔：《近代美学史述评》，蒋孔阳译，上海译文出版社 1981 年版，第
188—189 页。
④ ［波］瓦迪斯瓦夫·塔塔尔凯维奇：《西方六大美学观念史》，刘文潭译，上海译文出版
社 2006 年版，226—249 页。
⑤ 张旭曙《西方美学中的"形式"：一个观念史的理解》，《学海》2005 年第 4 期。

种要素足以使人宣称形式是什么东西，"相反，它们的关系纯粹是来源于这些重叠本身"①。正因为它们的家族相似性，使人们能在其中各取所需。我们的行文策略是，把关注的重点放在马克思主义这条以社会批评著称的线上：从卢卡奇到莫莱蒂——马克思主义与形式主义的秘密对话，已经过托尼·本尼特的著作的彻底破解（见《马克思主义与形式主义》）。为什么是马克思主义呢？这跟莫莱蒂自己的问题域密切相关。

在构建文学史抽象模型的著作《图表、地图、树形》的结尾，莫莱蒂写道："如果非要让我给这些尝试指定一个公分母，我可能愿意选择唯物主义的形式概念。它是对 20 世纪 60 年代和 70 年代的马克思主义问题式（problematic）的回应吗？既是又不是。是，乃因为那个批判季节的伟大思想——形式是文学最深刻的社会要素，即形式就是力量——对我而言依然有效。不是，则因为我不再相信，单一的阐释框架能解释文学生产的诸多方面和它们与更大的社会系统之间的复杂关系。因此，这本书是某种概念上的兼收并蓄，并且许多例子具有试验性。在各种模式的兼容性方面仍有许多事情需要做。不过，在此时此刻，开发新的概念可能性似乎比在每个细节上证明它们更重要。"②

在马克思主义文论的发展系谱中，20 世纪六七十年代出现了结构主义与马克思主义的会合。阿尔都塞是这一事业的开创者。马歇雷、戈德曼追随着阿尔都塞的图式，阐述了文学生产的结构发生学原理。意大利在这一时期愈益受到巴黎文化潮流及其辩论重点的影响。③ 事实上，法国结构主义和俄国形式主义都基于索绪尔语言和言语的根本区分，但它们采用的方法不尽相同。④ 法国派专注于文学话语实践与意识形态机制之间的矛盾与合谋。巴利巴尔和马歇雷重新提出"文学是什么"这个经典问题。他们认为，文学是一种观念（即意识形态）形式，"文学文本是整个意识形态再生产的动因"⑤。与此相对，德国派思考文学与社会系统的关系时，摇摆于形式与内容的二分。后来的英、美派——主要是伊格尔顿和詹姆

---

① ［德］沃尔夫冈·韦尔施：《重构美学》，陆扬、张岩冰译，上海译文出版社 2006 年版，第 13 页。

② Franco Moretti, *Graphs*, *Maps*, *Trees*: *Abstract Models for a Literary History*, p. 92.

③ ［英］佩里·安德森：《当代西方马克思主义》，第 36 页。

④ ［美］弗雷德里克·詹姆逊：《语言的牢笼——结构主义与俄国形式主义述评》，钱佼汝译，百花洲文艺出版社 1997 年版，第 83 页。

⑤ ［英］弗朗西斯·马尔赫恩编：《当代马克思主义文学批评》，第 39—58 页。

逊——总结了两派的理论要点，并尝试吸取它们的有效成分。

卢卡奇的形式理论，一方面源自其"总体性"的哲学追求；另一方面立足于黑格尔所奠定的内容与形式之抽象统一。黑格尔的美学理论/艺术哲学依据内容与形式的斗争结果，而将艺术类型分为象征型、古典型、浪漫型三种。在象征艺术里，理念还在摸索正确的自我表达方式，因为理念仍是抽象的、未定型的。① 古典型表明理念与形象的完美融合。形式占据上风的浪漫型艺术，标志着散文化时代的到来和艺术的行将终结。卢卡奇亦失望于形式独尊所造成的碎片化世界。因为它摧毁了人们的精神家园，把他们变成四处游荡的无主孤魂。为此，他坚持拯救黑格尔的内容。只不过，他将黑格尔的"绝对精神""理念"内容换成了"心灵"。这些努力集中体现在《心灵与形式》里。他说："批评家就是那种在形式中瞥见命运的人：他们最深刻的体验也就是形式间接地、不自觉地隐藏在自身中的心灵的内容。形式是他的伟大的体验，形式——如同直接的现实——是表象的因素，是他的作品的真实的活着的内容。这个形式，从生活象征的一个象征沉思中跃出，通过这个体验的力量得到了它自己的生命。它成为一种世界观，一种面对它所来自的生活的态度：一种再塑它、重新创造它的可能。"② 而内部与外部、心灵与形式的统一最是神秘的时刻。由此观之，卢卡奇把形式与社会历史内容直接等同起来，没有为它们设定一个必要的中介。这为之后的法兰克福学派所诟病。不过，晚年卢卡奇"对形式与历史之间中介问题的重要性有所觉察，在《审美特性》中试图对此作出补充性的研究。他一方面设想从'日常思维'来解释'科学和艺术这样两种对现实更高的感受形式和再现形式'的起源，另一方面又设想'由反映中反复的、持续的、相对稳定的因素中推导出形式'"③。即便如此，卢卡奇最终还是不可避免地把形式凝结为形而上学的、先验的抽象范畴。

法兰克福学派在处置形式问题时，与卢卡奇的战略完全相左。阿多诺批评卢卡奇抱怨"形式在现代艺术中受到过分强调"的宣言具有庸俗特性。这种不满情绪源自卢卡奇那"朴素的形式概念"：把"形式片面地当做纯粹的组织结构"。对阿多诺而言，"形式是实质性的"，是艺术内容的

---

① ［德］黑格尔：《美学》第二卷，朱光潜译，商务印书馆1979年版，第4页。
② ［匈］《卢卡奇早期文选》，张亮、吴勇立译，南京大学出版社2004年版，第129页。
③ 陈浩：《形式与历史的转义——论现代西方的形式社会学》，《文艺评论》2003年第5期。

中介。① 作为一种自然而然的普遍存在，形式"确保艺术既对文明的过程贡献力量，也以其纯然的存在对其进行批评。形式是改变经验存在的法则；因此形式代表自由，而经验生活代表压抑"②。形式的真正性质在于体现非同一性，从而组成无中心的星丛。阅读阿多诺的《否定辩证法》和《美学理论》之后，詹姆逊发现，"一部艺术作品的内容，归根结蒂要从它的形式来判断，正是作品实现了的形式，才为作品于中产生的那个决定性的社会阶段中种种有力的可能性提供了最可靠的锁钥"③。现代主义艺术的独特形式正是对资本主义异化的反抗。艺术的革命性质在马尔库塞那里得到了弘扬。马尔库塞认为，在一个由新技术控制的单向度工业社会，人的需要和才能的自由发展受到威胁、压制、破坏。④ 而那已然成为政治因素的新感性则表现着生命超升的欲望。由于美学是"自由社会的可能形式"，所以启动审美之维，才能激发新感性。⑤ 新目标需要的审美形式，在现实中转化为艺术作品的形式。"形式是艺术本身的现实，是艺术自身。"就像俄国形式主义所强调的那样，"艺术正是借助形式，才超越了现存的现实，才成为在现存现实中，与现存现实作对的作品"⑥。由此可见，法兰克福学派把克服异化的希望寄托于审美乌托邦。他们承续了马克思所创立的意识形态批判传统。

　　詹姆逊呼吁超越现代主义的意识形态神话，以辩证批评作为文学批评的目标。在此前提下，他支持一种开放的文类观念。在他看来，"文类不是相当独立和自治的自成体系的语言产物"，而是一种社会制度。这意味着，"文类习惯本身的存在决不证明艺术作品的自治性，反而说明了自治性的幻觉何以能够产生，因为文类环境把世俗因素规范化，并因此而将其纳入形式结构之中，否则，这些世俗因素将在艺术作品内部作为内容而死去"⑦。伊格尔顿重申马克思主义的阶级斗争立场，将审美与意识形态结

---

① ［德］阿多诺《美学理论》，王柯平译，四川人民出版社 1998 年版，第 248 页。

② ［德］同上书，第 251 页。

③ ［美］弗雷德里克·詹姆逊：《马克思主义与形式》，李自修译，百花洲文艺出版社 1997 年版，第 43—44 页。

④ ［美］赫伯特·马尔库塞：《单向度的人——发达工业社会意识形态研究》，刘继译，上海译文出版社 1989 年版，第 2 页。

⑤ ［美］赫伯特·马尔库塞：《审美之维》，李小兵译，广西师范大学出版社 2001 年版，第 98—99 页。

⑥ 同上书，第 111—112 页。

⑦ ［英］弗朗西斯·马尔赫恩编：《当代马克思主义文学批评》，第 182—183 页。

合，引导文学批评走向政治批评。综合来看，"在以詹姆逊、伊格尔顿为代表的晚近的马克思主义批评中，文化、社会历史、意识形态分析与语言、形式、符号分析综合在一起，呈现为一种复杂的分析模式"①。总之，对艺术形式的探讨充分彰显了西方马克思主义文论话语的独特性。对西方马克思主义者而言，形式绝非自治性的，而是向所有的社会因素敞开。他们希望艺术作为一种象征、隐喻形式能够参与生活世界的形塑。

我们已经把马克思主义文论的形式史，从卢卡奇追溯到詹姆逊和伊格尔顿。它表明了西方马克思主义对形式概念的不同理解和态度。然而，最终我们不得不回到起点，即回到那个在《现代戏剧发展史》中提出"文学中真正的社会因素是形式"的卢卡奇。伊格尔顿对那样一种提法的惊讶溢于言表。他说："这可不是历来认为马克思主义批评所应有的那种评论。一则，马克思主义批评传统地反对一切文学上的形式主义，抨击它惯于把注意力转向纯技巧性问题，剥夺了文学的历史意义，将文学降低成为一种审美游戏。这种观点确实注意到了这种技术至上的批评方法与高度资本主义社会行为之间的联系。二则，大量的马克思主义批评在实践中不够重视艺术形式方面的问题，将这个问题搁置一边，一味搜索政治内容。"②葛兰西对偏重内容之风尚的反省值得我们重视。他说："谈论内容比谈论形式'更为容易'，因为内容可以条理分明地加以'概括'。"③ 不可否认，这种理论上的惰性是很可怕的。卢卡奇的文学社会学以西美尔的《货币哲学》和马克斯·韦伯关于新教伦理的著作为榜样。④ 在卢卡奇那里，社会因素和形式都有特定的含义。与之后的法兰克福学派将形式概念泛化不同，卢卡奇此时的形式特指艺术形式，即小说、史诗、悲剧等文类。小说作为一种形式，调和物质与精神、生活与本质的分裂。⑤ 同时，他尽一切可能把社会与抽象的经济基础区分开来。"当然，在实际情况中会有很多困难，因为正是形式，它从来不是接受者的自觉的体验，甚至连形式的创造者也没意识到这一点。接受者确实相信，是内容对他产生了影响；他

---

① 汪正龙：《马克思主义与形式主义对话的可能性——西方二十世纪马克思主义文论与形式主义文论关系初探》，《文艺理论研究》2008 年第 3 期。

② ［英］特里·伊格尔顿：《马克思主义与文学批评》，文宝译，人民文学出版社 1980 年版，第 24 页。

③ ［意］葛兰西：《论文学》，吕六同译，人民文学出版社 1983 年版，第 24 页。

④ 杜章智等编译：《卢卡奇自传》，社会科学文献出版社 1986 年版，第 211 页。

⑤ ［美］弗雷德里克·詹姆逊：《马克思主义与形式》，第 145 页。

没有意识到，让他有可能发觉内容的恰恰是形式：快慢，节奏，强调，省略，色调的明和暗等等。所有这些都是形式或者形式的一部分，都是通向形式的途径，形式是作品中看不见的中心。"① 相比于伊格尔顿所说的大多数马克思主义者对形式和审美的敌视，卢卡奇的做法确实与传统格格不入。继而，它又开启了马克思主义文论的新传统。

莫莱蒂毫不犹豫地沿着卢卡奇的那个命题——多次在文中提及它——从事文学形式的探索。但是，他不愿意在内容与形式的二分的框架下，谈论形式问题。因此，社会因素不是被处理为文学作品的背景或内容，至少他从未使用那样的术语去指称内容。就形式的所指而言，包括技巧、结构、修辞、比喻、叙述手段、文类等。虽然没有挑明，但是行文方式已经透露出，他基本上把文类处理为形式问题。另外，罗伯托·施瓦茨《巴西的小说进口》所宣扬的"形式是社会关系的抽象（或表征）"也启发了莫莱蒂对形式与社会关系的考察。借之，他分析到，在世界文学体系的形成过程中，边缘地区本能地抵抗来自中心地区的形式，最终则以妥协的方式形成了外地形式、当地形式、当地材料的三元形态。归根结底，只有当地的形式才最适合表征当地的社会因素。

莫莱蒂思考形式的路径既扎根于社会学，又属于地理学。形式与社会的双边关系，始终是莫莱蒂思想的中心。看看他在《现代史诗》里对文论家的期许："一半的形式主义者处理'如何'；一半的社会学家处理'为何'。我们赞同形式主义者还是社会学家？是的，如果社会学家接受文学的社会因素在于它的形式，并且文学按照自己的规律发展；如果形式主义者接受文学随着更大的社会变化而变化——它总是'紧跟'。不论如何，这不意味着重复（'反映'）已经存在的世界，恰好相反，它解决了由历史造成的问题。"② 即使要求社会因素与形式的双向互动，莫莱蒂也不同意卢卡奇的审美反映论。这种初看起来的陈词滥调，既强调文学自身的规律，又将其作为一个社会子系统。关键的问题是，如何用之分析具体的文学作品。于此，可以显示出莫莱蒂与其他马克思主义者的不同之处，或者说，他对马克思主义文论的贡献。简单地说，莫莱蒂从空间维度去审视文类。马克思主义文论家从来不缺乏空间意识，例如本雅明《德国悲剧

---

① 转引自方维规《卢卡奇、戈德曼与文学社会学》，《文化与诗学》2008 年第 2 期。
② Franco Moretti, *Modern Epic: The World-system from Goethe to García Márquez*, p. 6.

的起源》的地理指向相当明显，巴赫金的"时空体理论"将时间与空间统一起来。莫莱蒂的独特之处便在于，运用地图和定量模型讨论地理空间如何生产形式和形式如何生产空间。具体结论，兹不赘述。正像大卫·曼特里斯所批评的那样，莫莱蒂对地理和空间存在的差异，缺少系统化的理论区分。① 毕竟，社会空间与地理空间不是同义语。另外，在讨论过程中，莫莱蒂大量借鉴了当代叙述学的研究成果，把时间性的叙述流转换成空间性存在，重构了现代小说中的空间结构的类型。

作为新生代的西方马克思主义者，托尼·本尼特对莫莱蒂的思考非常感兴趣。他不仅恰到好处地总结出"远距离阅读法"的要点，而且辩证地评论了莫莱蒂使用统计和把文学形式的行为可视化的技巧，以及其对文学社会学的意义。本尼特发现，莫莱蒂试图确立文学与文学之外的世界的关系时，忽视了文学制度的作用和文学实践的社会组织对这些关系的调节。他从两方面阐述了自己的观点。第一，把莫莱蒂的方法和布迪厄的理论与实践进行比较。众所周知，布迪厄的《艺术的法则：文学场的生成和结构》一书，用地图分析了福楼拜的《情感教育》。布迪厄通过内部阅读揭示了《情感教育》的权力场域结构。该结构乃是主人公弗雷德里克和作者本人所置身其中的社会空间结构。② 本尼特认为，布迪厄的社会分析原理与莫莱蒂专注于通过英国小说的发展和线索在侦探小说中的作用的文学形式分析形成鲜明对比。布迪厄的地图不关心文学形式的运行，而在莫莱蒂看来，文学地图发现了叙述的逻辑和文学史唯一真正的现实：社会、修辞和它们之间的相互作用。第二，莫莱蒂通过进化树和进化范式阐释文学变化的机制。对此，文类构成了莫氏演化机制分析的关键。为何文体会产生、变化和消失呢？什么东西控制着它们的发展周期呢？在本尼特看来，莫莱蒂对这些问题的解释是机会主义的，因为他只借助英国小说来进行说明，证据难免匮乏，结论不免效力有限。而且通过文类体系来定义小说倒是不错的选择，但这个体系的建构面临着许多困难。无论如何，对本尼特而言，莫莱蒂通过形象化的表现方法将生产出新的知识对象。从知识谱系来看，莫莱蒂重视文学形式与俄国形式主义对体裁和文学技巧的强调

---

① David Matless, "Book Review", *Progress in Human Geography*, Dec99, Vol. 23, Issue 4, pp. 393 – 405.

② ［法］皮埃尔·布迪厄：《艺术的法则：文学场的生成和结构》，刘晖译，中央编译出版社2001年版，第7—8页。

密切相关。不过，莫莱蒂克服了形式主义的弱点：以一种偶然和归纳的方式去解释文学和文学之外的历史之间的关系。关于此点，我们在下一节还将继续讨论。最后，本尼特批评到，莫莱蒂完全悬置了制度因素对某些形式特征的发展的作用，尤其是元形式（关于形式的形式）过程（meta-formal processes）——它们并不服从统计探索和可视化的图像。如果从这个层面去考虑，将有助于纠正莫莱蒂著作中过分的形式主义倾向。[①] 因此，我们必须意识到，艺术体制作为形式与社会生活的中介的重要作用。[②] 正是艺术作为一种体制取得独立地位，审美现代性/审美自律才能成为现实。

第三节　我们需要怎样的文学史

根据本书第五章的论述，在 20 世纪，存在很多种文学史撰写模式。其中，形式史模式代表着一种意义重大的思维倾向。它从"语言、技巧、风格等视角切入和把握文学史演化的内在机制和过程"，凸显了文学根本的审美特征，"在相当程度上是对只谈历史却忽略文学倾向的反拨"[③]。毋庸讳言，这种文学史观的始作俑者便是俄国形式主义。现在看来，该流派对文学研究视角的更新表现出全方位性。什克洛夫斯基的陌生化、雅各布森的文学性等向内转的口号与实践，直接延伸到新的文学史的建构。回顾它的发展历程，俄国形式主义历经了从理论诗学过渡到文学史的阶段，也就是说，从静止的、孤立的共时性语言技巧特征分析，转向把文学形式放在历史进程中动态地加以考察。[④] 无论如何转变，它的基本出发点岿然不动。正如巴赫金所说："形式主义者关于文学历史发展的观点，完全是由把作品看作意识外的现实的理论以及由他们关于艺术接受的学说得出的。"[⑤] 巴赫金对俄国形式主义文学史观的全面批判，在某种程度上丰富

---

　　① Tony Bennett, "Counting and Seeing the Social Action of Literary Form: Franco Moretti and the Sociology of Literature", pp. 277 - 297.

　　② 参见拙文《作为体制的艺术——浅析比格尔的〈先锋派理论〉》，《东北大学学报》2011 年第 2 期；［德］彼得·比格尔《先锋派理论》，高建平译，商务印书馆 2005 年版。

　　③ 温潘亚：《文学史：文学形式辩证自生的历史——形式主义文学史观论》，《福建论坛》2006 年第 9 期。

　　④ 陶东风：《俄国形式主义的文学史观》，《外国文学评论》1992 年第 3 期。

　　⑤ ［俄］巴赫金：《文艺学中的形式主义方法》，李辉凡、张捷译，漓江出版社 1989 年版，第 213 页。

了形式主义文学史模式。

　　形式主义者拥有自觉的文学史意识和迥异于传统的文学史书写规则。蒂尼亚诺夫在《论文学的演变——献给鲍里斯·艾亨鲍姆》里对文学史的处境有所省察，他说："文学史如果最终要成为一门科学，就应该符合真实性的要求。所有关于科学的词语，首先是'文学史'这个词，都应该重新加以研究。'文学史'这个词意思非常含糊不清，它既包括确切意义上的文学事实的历史，也包括一切语言学活动的历史；另外，这个词也自命不凡，因为它把'文学史'看作是一门即将列入'文化史'范围的学科，而'文化史'已是具有科学编目分类的系列。可是直到现在，文学史还没有这样的权利。采取什么样的观点决定着历史研究的类型。这可以分为两种主要的类型：一是关于文学现象起源的研究，一是关于文学变化性的研究，也就是这个系列演变的研究。"① 蒂尼亚诺夫的此番言论针对俄国以往的学院派批评家而发。因为"无论是波捷勃尼亚还是维谢洛夫斯基及其门徒，总是固守教条，把文学研究当作其他学科的附庸来看待"②。据此，被解放之后的文学史，呈现出独立的、自律的特征。在两种类型之间，俄国形式主义侧重研究诗歌语言对日常语言的扭曲、变形以及由此带来的惊奇感。

　　形式主义者十分看重文学的发展因素，但其演变形态不是文学与文学之外的社会历史条件的博弈，相反，它是内部形式之间的相互更替。什克洛夫斯基说："艺术作品是在与其他作品联想的背景上，并通过这种联想而被感受的。艺术作品的形式决定于它与该作品之前已存在过的形式之间的关系。艺术作品的材料必定特别被强调，被突出。不单是戏拟作品，而是任何一部艺术作品都是作为某一样品的类比和对立而创作的。新形式的出现并非为了表现新的内容，而是为了代替已失去艺术性的旧形式。"③通常的文学史观念强调既有规范的权威性质，"它暗示了后代创作是在前代文学传统的引导之下才出现的；在形式主义者看来，文学史恰恰是不断突破旧有传统，在旧的文学表达方式失却陌生化效果的同时，以新的陌生

---

　　①　［法］茨维坦·托多罗夫编选：《俄苏形式主义文论选》，第101页。
　　②　杨冬：《从理论诗学到文学史研究——关于俄国形式主义的再思考》，《北华大学学报》2009年第4期。
　　③　［苏］维·什克洛夫斯基：《散文理论》，刘宗次译，百花洲文艺出版2010年版，第31页。

化效果取而代之的过程"①。此为一种新形式与旧形式更替的自律论模式。艾亨鲍姆甚为赞同什克洛夫斯基的理论,他的《"形式方法"的理论》指明:"向文学史过渡是形式的概念演变的结果,而不是研究课题的简单扩大。文学作品恰好不是作为一种孤立现象被感觉的,它的形式是在和其他作品的联系中而不是从它本身被感觉的。因此,形式主义者最终摆脱了被看作是制作图样和分类的形式框框,摆脱了对一切教条都津津乐道的某些学院派积极奉行的形式主义框架。"②

作为通过"系统位移理论"和"进化的结构原则"两个角度建构"动态的语言结构文学观"③ 的首倡者,蒂尼亚诺夫与什克洛夫斯基、艾亨鲍姆等人的观点形成鲜明对比。蒂尼亚诺夫认为,"一切对统一的静止概念的尝试都不会成功"④。文学理论的概念的变革必须建立在文学事实的累积之上,或者说,文学概念的基本特征就在于与文学事实的不断相撞。

形式主义者的文学史观起先专攻语言的自动化——陌生化的感觉机制,最后才抓住文学体裁问题。体裁是比语言更大的结构系统。蒂尼亚诺夫的理论体现出这一转变。他主张一种体裁的位移理论。他看到了体裁规范本身的虚妄性和非权威性。他说:"设想一下静止系统的体裁是不可能的,因为体裁自身意识的产生是由于与传统体裁碰撞的结果(意即,由于更替感——即使是部分地——传统体裁的位置为'新的'所占据)。一切在于,新现象更替了旧的,占据其位,而不是旧的在'发展'。此时,新的是它旧的更替者。何时没有了这一'替代',体裁便就衰落、消亡了。"⑤体裁的此种更替规律,成为莫莱蒂的文学进化论的理论支撑。蒂尼亚诺夫进而假定文学演化存在一定的阶段性。他说:"在分析文学进化时,我们可以看到以下几个阶段:1. 针对自动化的结构原则,辩证地形成对立的结构原则;2. 它的应用在进行——结构原则找寻最容易的应用方法;3. 它广布于极其大量的现象之中;4. 它自动化的同时生成许多对立的结构

①　张荣翼:《试析文学史的自律论模式》,《社会科学研究》2003 年第 1 期。

②　[法]茨维坦·托多罗夫编选:《俄苏形式主义文论选》,第 36 页。

③　张冰:《蒂尼亚诺夫的动态语言结构文学观——〈文学事实〉评述》,《国外文学》2008年第 3 期。

④　[俄]尤·迪尼亚诺夫:《文学事实》,《国外文学》1996 年第 4 期。

⑤　同上。

原则。"① 这种乍看起来颇像黑格尔的正—反—合的辩证模式，其实是不辩证的、非必然的。巴赫金认为，蒂尼亚诺夫列举的所有进化阶段，"既不是一般的进化阶段，也不是文学的进化阶段"。因为该公式带有极大的偶然性、随意性。只有引入意识形态和社会历史维度才能真正说清楚文学的进化机制和规律。

"'自动化—可感觉性规律'是形式主义的基础"，这是巴赫金对俄国形式主义理论的概括。他批评道："形式主义者理解的文学进化，绝不是文学内部的事情。因为根据他们的理论，一种形式到另一种形式的过渡，完全不是由文学独特的本性决定的，而是由'自动化—可感觉性'的心理规律决定的，是由与文学的独特本性毫无关系的最一般规律规定的。"② 通过"自动化—可感觉性"的心理感受而考察文学发展，与形式主义所追求的文学史的科学性目标，实相违背。因为接受者对同一个文本的感受存在巨大的差异，而且那些感受也是不稳定的、不可靠的。最重要的是，"无论是自动化还是可感觉性，（都）不能（被）认为是艺术结构本身的特征以及对它内在特点的说明"③。由此看来，"文学的文学性不是孤立地取决于它的内在属性，而取决于它的价值和功能，取决于它在不同'文学系统'中与其他文本所确立的关系"④。最终，巴赫金把体裁诗学归结为体裁社会学，回到俄国形式主义所批评的粗暴反映论。

莫莱蒂的文类文学史从宏观架构到微观分析，皆与俄国形式主义有扯不断的联系。他在论述历史和形式之间的交互关系时，体现出的理论严谨性更胜一筹。他以具体的作品巩固了蒂尼亚诺夫的体裁观。不同之处在于，莫莱蒂以进化论来阐释文类的演变，并且始终专注于文类形式和技巧。

如前所述，哪怕已经存在许多种文学史撰述的方法和模式，却根本不能使莫莱蒂满意。《心灵与哈比》放言："没有什么方法论与史学的框架完全令我信服。我所做的所有改变都受到这样一种过时的、乏味的信念所驱使：批评的任务是为它所讨论的现象提供最好的阐释。"⑤ 由此可见，

① ［俄］尤·迪尼亚诺夫：《文学事实》，《国外文学》1996年第4期。
② ［俄］巴赫金：《文艺学中的形式主义方法》，第223页。
③ ［俄］巴赫金：《周边集》，李辉凡等译，河北教育出版社1998年版，第333页。
④ ［英］托尼·贝内特：《俄国形式主义与巴赫金的历史诗学》，《黄淮学刊》1991年第2期。
⑤ Franco Moretti, *Signs Taken For wonders: Essays in the Sociology of Literary Forms*, p. 2.

对他而言，能最好地阐释文学现象和文学事实的模式才是最好的。那么，他的文学史模型是否能令从事文学研究的同行们满意呢？我们去看看普伦德加斯特与他的对话，便能略知一二。

在莫莱蒂的三重奏文学史模型中，"树形"特别能抓住普伦德加斯特的眼球。① 一方面，它们组成了一个开始和一个结束，因而把三个问题绑在一起，也进一步让我们回到莫莱蒂早期的作品——树形是长期反思和研究的结果。另一方面，《图表、地图、树形》的最后一章是在更高层次的理论综合上运行的，它是一篇元论文，提供了总体原则和莫莱蒂计划的潜在假设。不过，它在纯理论中没有被提出。莫莱蒂的鲜明风格是句法省略（不是句子的句子）。那么，当句子变成"争论"时会发生什么呢？普伦德加斯特试着揭示争论性省略之下的断层。他从四个方面考察争论的逻辑结构，前三个（科学先辈、实证主义先辈、生存机制、作为选择的阅读、文体和技巧的旅行、文化与自然）是预期理由，第四个（类比的风险）是结论。无论如何，文学不是生物有机体，文学文本没有基因，所以不能表面地把进化概念运用到文学史。类比推理是来自科学的术语，但不等于科学推理本身。不可否认，莫莱蒂的类比存在诸多不足。最后，普伦德加斯特说："更灵活地适应不同想象时态的文学史似乎更有迷人的前景。"

在《开始的结束：答复克里斯多夫·普伦德加斯特》② 一文中，莫莱蒂对普伦德加斯特的批评做出了回应。他认为，普伦德加斯特的反对具有经验主义的、推理性的、政治的性质。莫莱蒂承认在《地图》一书中得出的具体结论太少。他从"线索""可论证的因果关系""胜者的历史""从地理学到形态学""分支""解释与阐释""知识、批判、自我批判"等具体方面就普氏的质疑做出了反驳。他依旧坚持形式是社会关系的抽象，但是我们也必须"告别方法论缥缈的高雅，回到社会历史混乱的现实"。

达尔文进化论在文学研究中的复兴，不止发生在莫莱蒂一人身上。它近年来在美国形成了一股"文学达尔文主义"潮流。约瑟夫·卡罗尔提倡以进化论批评代替后现代批评模式，并以之重新阐释造成《哈姆雷特》

---

① Christopher Prendergast, "Evolution and Literary History: A Response to Franco Moretti", pp. 40 – 62.

② Franco Moretti, "The End of the Beginning: A Reply to Christopher Prendergast", *New Left Review* 41, September-October2006, pp. 71 – 86.

悲剧的原因。① 1995 年的《进化论与文学理论》写道："知识是一个生物学现象，文学是知识的一种形式，因此文学本身是一个生物学现象。"② 所以，要把文学研究包含在一个更宏大的进化论领域。③ 从起源上来看，卡罗尔的理论回应了生物学家威尔逊提出的学科"契合"理论。学科契合的结果便是产生了诸如"进化心理学、进化人类学、行为生态学、认知心理学等等新达尔文主义新兴学科"④。卡罗尔用进化心理学讨论了作家的人格因素，且将之引入文学批评。尽管文学达尔文主义还在发展之中，也存在这样或那样的问题，但它对于后现代主义对价值观不负责任的解构做出了有力的回击。莫莱蒂作为文学达尔文主义者，与卡罗尔的研究路数肯定有所不同。应该说，他们在生物进化论之中各取所需，以解决不同的文学问题。莫莱蒂的精力集中于文学的演化动力、机制、形态，而卡罗尔的视野更为开阔。如果我们把两者的思考结合起来，对我们的文学史研究和撰写可能大有裨益。

　　文学史的书写从来就不是文学自身的事情，也不是借助几个美学概念就能完成的任务。从相关领域寻找方法论，是我们习惯的做法。固然，我们可以积极地从自然科学、社会科学、历史学中，借鉴各样适当的方法从事文学史的书写，但是我们必须时刻保持一种敞开的心态，开放所有的文学现象的维度。"保持文学史文本及文学史记载材料的零散性、偶然聚合性和不断的分延性，不以一个统一的中心来辐射文学史全程，不以一个统一的逻辑或线索来勾连文学史历史，而代之以一个又一个边缘性论述，让这些边缘性论述彼此构成一张网络，从而在量上构成对文学史全方面的包罗，但在质上保留大量的空白、互交、相悖。"⑤ 柯林伍德有言，历史的变化永不停止，"所以每个新的一代都必须以其自己的方式重写历史；每一位新的历史学家不满足于对老的问题作出新的回答，就必须修改这些问题本身；而且——既然历史的思想是一条没有人能两次踏进去的河流，——甚至于一位从事一般特定时期的一个单独题目的历史学家，在其

---

① 杨元：《约瑟夫·卡罗尔的进化论文学批评理论与实践》，《当代外国文学》2011 年第 3 期。

② 转引自王丽莉《文学达尔文主义与莎士比亚研究》，《外国文学》2009 年第 1 期。

③ Joseph Carrol, "Evolution and Literary Theory", *Human Nature*, Vol. 6, No. 2, pp. 119 – 134.

④ 胡怡君：《文学达尔文主义》，《外国文学》2011 年第 2 期。

⑤ 葛红兵：《文学史模式论》，《扬州大学学报》1998 年第 3 期。

试图重新考虑一个老问题时，也会发现那个问题已经改变了"①。总之，从变化着的文学事实和文学现象出发，以更为宏观的视野和更为细部的技法去处理它们，我们的文学史将更加丰满，而不是成为某种方法的堆积与独霸。

---

① ［英］柯林伍德：《历史的观念》，何兆武、张文杰译，商务印书馆 1997 年版，第 345—346 页。

结　语

　　本来，每个理论家的精力有限、兴趣一定，加之当今的学科分化日益细密，各学科生产的知识的数量也是以前许多世纪无法比拟的，所以欲在一个领域有所建树已属不易，更何况进行跨学科的研究实验。作为一个文学研究者，莫莱蒂从来都没有放弃过自己的目标和定位。纵观已出版的诸多著作，形式、空间、文学史三者从未销声匿迹过：从早期论文集《被当做奇迹的符号》的文学形式的社会学研究，到20世纪90年代实施的文学地理学与文学社会学的交互渗透，再到2000年左右对前两个阶段的思考的总结和对未来研究的展望。应该说，莫莱蒂是在明确的"问题意识"的支配下，做出方法和对象抉择的。也就是说，他不是为研究而研究，而是抱着极强烈的现实关怀。只是他关怀的不是当下的现实，而是历史中的、档案中的事实，但借古鉴今便是它的意义。自此而言，我们更愿意称莫莱蒂为文学史家。从前面的论述中，我们很容易就能了解到，他所涉及的小说基本上停留在20世纪以前。换句话说，他在故纸堆里面发现了问题。什么问题？出版得多，阅读得少。这至少需要文学研究做三件事情：它们的意义何在；它们为何被冷落；如何重新阅读它们。最终，这会不会挑战文学研究的范式。

　　如果将莫莱蒂的研究对象和研究方法拆开来看，它们各自都算是文学理论领域的老人了，然而当把它们组合（三重奏）在一起时，却焕发出新的生机。例如，同样关注文学与资本主义的关系：通常的做法是，以文学与社会的同构为前提，考察文学如何折射与反映历史场景、时代变革、社会生活以及文学的社会功能；莫莱蒂则利用地图、计量，分析文学作品对社会空间的生产能力和社会空间对文学市场、文学样态的影响。尤其在全球化趋势愈演愈烈的今天，莫莱蒂顺应潮流，以西方学者少见的野心，省察世界空间对世界文学生产的意义。同样是文学社会学路径，莫莱蒂却独辟蹊径。

三种模型各渊源有自，纵然抽象、简化、过滤掉了文本的多样性，却也别有一番形象性。人们可能会赞成，三种模型一旦在文学学科流行起来，文学研究难免会有浓厚的技术主义色彩。不论是定量图表、地图还是树形图的绘制，都需要相关领域的专门知识和技术训练。因为建立基于数理逻辑的模型远不像绘制本文中的那些表格一样简单。这对向来习惯于"自由挥洒自己的主体性"的中国文学学术圈而言，无异于一个巨大的挑战，也提出了更高的要求。笔者也不例外。也正由于此，本书从头至尾，都未曾对莫莱蒂所绘制的各种图表，摆出过应有的异议姿态。实际上，西方学者对莫莱蒂的图表思维褒贬不一。文学研究领域的同行自不消说。有趣的是，那些研究引来了他所借法的那些学科的学者之强势围观。有位社会学家曾经向莫莱蒂进言，[1] 他处理一些数据的方式压根不是统计研究的套路；地理学家批评他的地图像几何图形；[2] 生物学家认为，他对进化论虽有误解，倒也在某种程度上"更新了阅读进化论的方式"[3]。然而，我们不能因为事情有难度就否定方法的可行性和正当性。毕竟，莫莱蒂已经运用那些方法得出了与传统不一样的、有价值的结论。当然，谨慎地对待莫莱蒂的方法是无可厚非的、必需的。

实质上，莫莱蒂趋向文学研究的科学化路径。客观性、精确性、可量化、可验证性是科学化的基本标志。在这条道路上，他并不孤独。韦勒克说："由于内心感受到数学和统计学令人目眩的成功，许多人尝试着使文学理论尤其是文体分析经得起数量化的检验，他们似乎相信一切不能测量的东西都不是真实的。"[4] 莫莱蒂当然不可能那么极端。中国的文学理论界最近对该问题同样进行了积极思考，陆续发表了一系列文章，也从多个角度回答了文学研究的科学性的一系列问题，我们同样要认真研究。可是，要从具体的研究实践中实现文学研究的科学性却困难重重。莫莱蒂的

① Franco Moretti, "Markets of the Mind", *New Left Review* 5, September-October 2000, p. 111.
② Timothy Mennel, "Book Review", *Annals of the Association of American Geographers*, Sep 2006, Vol. 96, Issue 3, pp. 684–686.
③ Franco Moretti, *Graphs, Maps, Trees: Abstract Models for a Literary History*, p. 113.
④ 转引自周宪《文学研究方法精确性三题》，《文艺研究》1985年第4期。

尝试或许在这方面对我们有很大的帮助。至少，他的科学性的前提出自世所公认的自然科学。换句话说，文学研究的科学性不止通过遵守逻辑思维的原则、规范来保证。反过来说，自然科学中的方法若运用不当，也会损害文学研究的科学性，甚至把文学研究搞成不阴不阳的怪胎。

另外，莫莱蒂必须回答在经过经验观察、问卷调查、抽样统计、定量分析等实证程序之后，如何解决阐释问题。文学现象背后的原因尤其需要解释。同时，阐释是任何文学研究都绕不过的一环，也正是阐释构成了人文科学的"人文性"。他自己也承认定量图表、地图、树形图只能产生供阐释的东西，无法进行阐释。所以，莫莱蒂在这方面还有很长一段路要走。不然，他的努力最终只能成为小众化的实验。毕竟，文学涉及人的情感、价值、意义。冷冰冰的一堆堆数据摆在那里，太过无情，一点都不可爱。说到底，文学研究一定要把握住那些能刺激人们的神经、诱发人们的激情的要素。所以，遵循文学学科自身的逻辑和特点也是不容置疑的。尽管传统理论宣扬的"价值无涉"理念被法兰克福学派的霍克海默批之为资产阶级的意识形态幻象，但价值中立确实是实证主义顽固的追求。那么，追求理论科学性的莫莱蒂是否已经弃绝马克思主义批判理论的介入性和价值判断？这个问题不能一概而论。早期的著作可能比较明显，但在20世纪90年代之后的著作里很难发现。或许，他仅仅把"文学是资本主义文明的象征形式"当作命题来研究，如此而已。

确实，我们一直都在突出远距离阅读法所具有的意义。然而，事实上，对莫莱蒂来讲，远距离阅读与细读并行不悖。他要是不细读那么多小说，是无法完成对"形式生产空间"命题的论证的；他要是不细读那么多小说，是不可能绘制出"线索"和"自由间接文体"的树形图的。不过，与英美新批评注重从语言的节奏、语音、语素等方面着手细读不同，莫莱蒂的出发点在修辞、技巧、结构，这更像结构主义的路数。从某种程度上来说，远距离阅读能为细读保驾护航，拓宽它的视域，帮助其跳出封闭的狭小天地，而又不失自己之本色。文本之内的阅读和文本之上的阅读效果各有千秋。微观的细读和宏观的远距离阅读共同作用将为文学研究开辟一片新的天地。以微观为基础，理解宏观的形态；在宏观的帮助下，勘测微观层面的演化规律。如此一来，我们的文学研究就会更深、更宽、更持久。总之，远距离阅读方法扩大了我们的文学研究的领域，重新界定了文学研究的对象。然而，如何保证之后研究的有效性，便成了莫莱蒂和我们都不得不面对的问题。另外，莫莱蒂的实验给予我们的更多是关于文学的知识。这是 20 世纪西方文学研究的典型模式，即知识论模式。那么，作为审美经验的文学去了哪里？换句话说，我们阅读文学艺术作品的经验以何种方式存在？这个问题莫莱蒂的远距离阅读应是无法回答的。

本书绪论里面讲过，20 世纪是理论模式爆炸的时代，要在文论思想史里面为莫莱蒂找到一席之地确实不那么容易。除了他使用的方法之外，保守一点说，有两个命题是很有意义的，即"形式生产空间""空间生产形式"和"文类的权力"。后一个命题，由于正文谈得已经足够，这里暂且略过。我们重点看看前一对命题。"形式生产空间"有别于以往的"文学反映生活"的命题。后者强调文学作品对现实空间的模仿、复制、再现。一部作品是不是好的文学作品、伟大的文学作品，关键要视其模仿的相似度、逼真度。评判的标准在现实那里。这是一种典型的同构思维。但是，现实世界与文学作品的虚构世界，毕竟是两个异质的空间。前者涉及文学形式象征空间的能力和方式，例如小说对民族国家、都市、乡村的想象。一般而言，它强调文学对空间的塑造能力，或者虚构空间对现实空间的改造程度。改造的方式越多，能力越强，越能说明文学的魅力。评判标准在文学那里。"空间生产形式"不等于"一时代有一时代之文学"、一空间有一空间之形式。毋宁说，它意味着从空间出发，考察文学市场的形成。这样，接受美学、阐释学、读者反应批评等派别的理论诉求变成真正的文学研究实践。同时，它可能激活那些我们以前不够重视甚至忽略掉的东西，尤其是图书馆这个狭小空间，却是各样权力斗争的场域。

莫莱蒂惊讶于 19 世纪小说生产的数量的庞大，并尝试解决那些遗留问题。我们为他的发现和革新精神而欢欣鼓舞。如把目光转回到当下的文化语境之中，我们的心情可能变得沉重起来。稍稍扫视一下，便会明白文学研究今天的处境，不只是处理几何级增长的文学生产而已——这方面莫莱蒂的模式也许能胜任。消费主义和图像/读图主义的迅速蔓延，致使文学日趋处于边缘化的状态。计算机技术的发达也改变了文学的生产、传播、阅读方式，导致"文学类型的边缘化——语言艺术日渐被音像艺术所挤占""书写文学的边缘化——文学存在方式由书面向电脑网络转变""语言媒介的边缘化——文学由单媒介向多媒介延伸"①。在这样巨大的冲

---

① 欧阳友权：《高科技对文学基本理论研究的挑战》，《社会科学战线》2001 年第 2 期。

击之下，文学研究的边界不断被消解，文学理论面临着意想不到的挑战，有人甚至宣布文学理论已经死亡。对于新生事物，传统文论的阐释能力有限，惶惑不已。不论是选择固守一隅，还是主动开放，理论家们都需要迈过许多难关。另外，文学的边缘化还意味着，它被赋予的审美乌托邦功能可以被其他种类的艺术所替代，比如电影艺术。这才是致命的。然而，我们必须相信文学作为话语实践活动自有其独特的魅力。所以，我们引用希利斯·米勒对文学研究的总结和憧憬来为本书作结。米勒说："文学研究从来就没有正当时的时候，无论是在过去、现在，还是将来。不管是在过去冷战时期的文学，还是现在新的系科格局正在形成的全球化了的大学，文学只是符号体系中一种成分的称谓，不管它是以什么样的媒介或者模式出现，任何形式下的大学院所共同的、有组织的、讲究实效的、有益的研究都不能把这种媒介或者模式理性化。文学研究的时代已经过去，但是，它会继续存在，就像它一如既往的那样，作为理性盛宴上一个使人难堪、或者令人警醒的游荡的魂灵。文学是信息高速公路上的沟沟坎坎、因特网之神秘星系上的黑洞。虽然从来生不逢时，虽然永远不会独领风骚，但不管我们设立怎样新的研究系所布局，也不管我们栖居在一个怎样新的电信王国，文学——信息高速路上的坑坑洼洼、因特网之星系上的黑洞——作为幸存者，仍然急需我们去'研究'，就是在这里，现在。"①

---

① ［美］希利斯·米勒：《全球化时代文学研究还会继续存在吗?》，国荣译，《文学评论》2001 年第 1 期。

主要参考文献

一 中文参考文献

［德］阿多诺：《美学理论》，王柯平译，四川人民出版社 1998 年版。

［美］M. H. 艾布拉姆斯：《镜与灯——浪漫主义文论及其批评传统》，郦稚牛等译，北京大学出版社 1989 年版。

［斯洛文尼亚］阿莱斯·艾尔雅维茨：《图像时代》，胡菊兰、张云鹏译，吉林人民出版社 2003 年版。

［德］爱克曼辑录：《歌德谈话录》，朱光潜译，人民文学出版社 1982 年版。

［美］本尼迪克特·安德森：《想象的共同体——民族主义的起源与散布》，吴叡人译，上海人民出版社 2008 年版。

［英］佩里·安德森：《当代西方马克思主义》，余文烈译，东方出版社 1989 年版。

［英］佩里·安德森：《西方马克思主义探讨》，高铦等译，人民出版社 1981 年版。

［德］埃里希·奥尔巴赫：《摹仿论——西方文学中所描绘的现实》，吴麟绶等译，百花文艺出版社 2002 年版。

［法］弗雷德里克·巴比耶：《书籍的历史》，刘阳等译，广西师范大学出版社 2005 年版。

［俄］巴赫金：《文艺学中的形式主义方法》，李辉凡、张捷译，漓江出版社 1989 年版。

［俄］巴赫金：《小说理论》，白春仁、晓河译，河北教育出版社 1998

年版。

　　［俄］巴赫金：《周边集》，李辉凡等译，河北教育出版社1998年版。

　　［英］杰弗里·巴勒克拉夫：《当代史学主要趋势》，杨豫译，上海译文出版社1987年版。

　　［美］威廉·邦奇：《理论地理学》，石高玉、石高俊译，商务印书馆1991年版。

　　包亚明主编：《后现代性与地理学的政治》，上海教育出版社2001年版。

　　包亚明主编：《现代性与空间的生产》，上海教育出版社2003年版。

　　北京师范大学中文系比较文学研究组：《比较文学研究资料》，北京师范大学出版社1986年版。

　　［德］瓦尔特·本雅明：《本雅明文选》，陈永国、马海良编，中国社会科学出版社1999年版。

　　［德］瓦尔特·本雅明：《发达资本主义时代的抒情诗人》，王才勇译，江苏人民出版社2006年版。

　　［德］瓦尔特·本雅明：《机械复制时代的艺术作品》，王才勇译，中国城市出版社2002年版。

　　［德］彼得·比格尔：《先锋派理论》，高建平译，商务印书馆2005年版。

　　［日］柄谷行人：《日本现代文学的起源》，赵京华译，生活·读书·新知三联书店2003年版。

　　［法］让·波德里亚：《消费社会》，刘成富、全志钢译，南京大学出版社2000年版。

　　［法］波瓦洛：《诗的艺术》，任典译，人民文学出版社1959年版。

　　［英］彼得·伯克：《法国史学革命：年鉴学派，1929—1989》，刘永华译，北京大学出版社2007年版。

　　［英］彼得·伯克：《欧洲近代早期的大众文化》，杨豫、王海良等译，上海人民出版社2005年版。

　　［丹］勃兰兑斯：《十九世纪文学主流》第四分册，徐式谷等译，人民文学出版社2009年版。

　　［法］皮埃尔·布迪厄：《艺术的法则：文学场的生成和结构》，刘晖译，中央编译出版社2001年版。

　　［美］哈罗德·布鲁姆：《西方正典：伟大作家和不朽作品》，江宁康译，译林出版社 2006 年版。

　　［法］费尔南·布罗代尔：《菲利普二世时代的地中海和地中海世界》第一卷，唐家龙、曾培耿等译，商务印书馆 1996 年版。

　　［法］费尔南·布罗代尔：《论历史》，刘北成、周立红译，北京大学出版社 2009 年版。

　　［法］费尔南·布罗代尔：《资本主义论丛》，顾良、张慧君译，中央编译出版社 1997 年版。

　　陈大康：《明代小说史》，上海文艺出版社 2000 年版。

　　陈平原编校：《中国现代学术经典·胡适卷》，河北教育出版社 1996 年版。

　　陈永国编译：《游牧思想——吉尔·德勒兹、费利克斯·瓜塔里》，吉林人民出版社 2003 年版。

　　程虹：《宁静无价——英美自然文学散论》，上海人民出版社 2009 年版。

　　［奥］斯特凡·茨威格：《三大师》，申文林译，人民文学出版社 2001 年版。

　　［美］罗伯特·达恩顿：《拉莫莱特之吻：有关文化史的思考》，萧知纬译，华东师范大学出版社 2011 年版。

　　［英］达尔文：《物种起源》，周建人等译，商务印书馆 1997 年版。

　　［法］居伊·德波：《景观社会》，王昭风译，南京大学出版社 2006 年版。

　　［法］德勒兹、加塔利：《千高原》，姜宇辉译，上海书店出版社 2010 年版。

　　［美］诺曼·K. 邓津、伊冯娜·S. 林肯主编：《定性研究：方法论基础》，风笑天等译，重庆大学出版社 2007 年版。

　　［美］查尔斯·蒂利：《身份、边界与社会联系》，谢岳译，上海人民出版社 2008 年版。

　　董学文等主编：《当代世界美学艺术学辞典》，江苏文艺出版社 1990 年版。

　　杜章智等编译：《卢卡奇自传》，社会科学文献出版社 1986 年版。

　　［法］达维德·方丹：《诗学：文学形式通论》，陈静译，天津人民出

版社 2003 年版。

冯宪光：《"西方马克思主义"美学研究》，重庆出版社 1997 年版。

［英］罗德里克·弗拉德：《计量史学方法导论》，王小宽译，上海译文出版社 1997 年版。

［加］诺思罗普·弗莱：《批评的解剖》，陈慧等译，百花文艺出版社 2008 年版。

［英］爱·摩·福斯特：《小说面面观》，苏炳文译，花城出版社 1984 年版。

甘阳主编：《八十年代文化意识》，上海人民出版社 2006 年版。

［法］吕西安·戈德曼：《文学社会学方法论》，段毅、牛宏宝译，工人出版社 1989 年版。

［德］歌德：《歌德全集·论文学艺术》，范大灿等译，人民文学出版社 1999 年版。

［德］歌德：《维廉·麦斯特的学习时代》，冯至、姚可昆译，人民文学出版社 1999 年版。

［意］葛兰西：《论文学》，吕六同译，人民文学出版社 1983 年版。

［英］尼尔·格兰特：《文学的历史》，乔和鸣等译，希望出版社 2004 年版。

葛红兵、温潘亚：《文学史形态学》，上海大学出版社 2001 年版。

［美］斯蒂芬·杰·古尔德：《生命的壮阔——古尔德论生物大历史》，范昱峰译，生活·读书·新知三联书店 2001 年版。

［美］斯蒂芬·杰·古尔德：《熊猫的拇指》，田洺译，生活·读书·新知三联书店 1999 年版。

［美］威尔弗雷德·L. 古尔灵等：《文学批评方法手册》，姚锦清等译，春风文艺出版社 1988 年版。

［德］于尔根·哈贝马斯：《后形而上学思想》，曹卫东、付德根译，译林出版社 2001 年版。

［澳］约翰·哈特利：《文化研究简史》，季广茂译，金城出版社 2008 年版。

［日］海野一隆：《地图的文化史》，王妙发译，新星出版社 2005 年版。

韩琦、［意］米盖拉编：《中国和欧洲——印刷术与书籍史》，商务印书馆 2008 年版。

何兆武、陈启能主编：《当代西方史学理论》，中国社会科学出版社 1996 年版。

［古罗马］贺拉斯：《诗艺》，杨周翰译，人民文学出版社 1962 年版。

［德］黑格尔：《美学》第二卷，朱光潜译，商务印书馆 1979 年版。

［美］林·亨特编：《新文化史》，江政宽译，麦田出版社 2002 年版。

胡经之、张首映主编：《西方二十世纪文论选》第二卷，中国社会科学出版社 1989 年版

胡壮麟、刘世生主编：《西方文体学辞典》，清华大学出版社 2004 年版。

［美］海登·怀特：《元史学——十九世纪欧洲的历史想像》，陈新译，译林出版社 2004 年版。

黄鸣奋：《超文本诗学》，厦门大学出版社 2002 年版。

霍俊江：《计量史学基础——理论和方法》，中国社会科学出版社 1991 年版。

［英］特伦斯·霍克斯：《结构主义和符号学》，瞿铁鹏译，上海译文出版社 1987 年版。

［法］马·法·基亚：《比较文学》，颜保译，北京大学出版社 1983 年版。

［美］杰拉德·吉列斯比：《欧洲小说的演化》，胡家峦、冯国忠译，生活·读书·新知三联书店 1987 年版。

蒋述卓等：《城市的想象与呈现：城市文学的文化审视》，中国社会科学出版社 2003 年版。

［美］詹姆逊：《后现代主义与文化理论》，唐小兵译，北京大学出版社 1997 年版。

［俄］卡冈：《艺术形态学》，凌继尧、金亚娜译，学林出版社 2011 年版。

［美］乔纳森·卡勒：《当代学术入门：文学理论》，李平译，辽宁教育出版社 1998 年版。

［美］乔纳森·卡勒：《结构主义诗学》，盛宁译，中国社会科学出版社 1991 年版。

［美］道格拉斯·凯尔纳、斯蒂文·贝斯特：《后现代理论：批判性的

质疑》，张志斌译，中央编译出版社 2001 年版。

［德］康德：《判断力批判》，邓晓芒译，人民出版社 2004 年版。

［英］马克·柯里：《后现代叙事理论》，宁一中译，北京大学出版社 2004 年版。

［英］柯林伍德：《历史的观念》，何兆武、张文杰译，商务印书馆 1997 年版。

［美］拉尔夫·科恩主编：《文学理论的未来》，程锡麟等译，中国社会科学出版社 1993 年版。

［英］罗宾·乔治·科林伍德：《艺术原理》，王至元、陈华中译，中国社会科学出版社 1987 年版。

［美］杰里·A. 科因：《为什么要相信达尔文》，叶盛译，科学出版社 2009 年版。

［美］朱丽·汤普森·克莱恩：《跨越边界——知识、学科、学科互涉》，姜智勤译，南京大学出版社 2005 年版。

［英］迈克·克朗：《文化地理学》，杨淑华、宋慧敏译，南京大学出版社 2003 年版。

［德］沃尔特·克里斯塔勒：《德国南部中心地原理》，常正文等译，商务印书馆 2009 年版。

［意］克罗齐：《美学原理 + 美学纲要》，朱光潜等译，人民文学出版社 2008 年版。

乐黛云：《比较文学原理》，湖南文艺出版社 1988 年版。

［法］J. 勒高夫、P. 诺拉等主编：《新史学》，姚蒙编译，上海译文出版社 1989 年版。

［法］雅克·勒戈夫、皮埃尔·诺拉主编：《史学研究的新问题、新方法、新对象》，郝名玮译，社会科学文献出版社 1988 年版。

［英］李斯托威尔：《近代美学史述评》，蒋孔阳译，上海译文出版社 1981 年版。

李卫华：《价值评判与文本细读——"新批评"之文学批评理论研究》，中国社会科学出版社 2006 年版。

［以］里蒙—凯南：《叙事虚构作品》，姚锦清等译，生活·读书·新知三联书店 1989 年版。

厉以宁：《资本主义的起源——比较经济史研究》，商务印书馆 2003

年版。

　　［以］艾米娅·利布里奇等：《叙事研究：阅读、分析和诠释》，王红艳主译，重庆大学出版社 2008 年版。

　　［法］克劳德·列维—斯特劳斯：《结构人类学——巫术·宗教·艺术·神话》，陆晓禾等译，文化艺术出版社 1989 年版。

　　［美］凯文·林奇：《城市的印象》，项秉仁译，中国建筑工业出版社 1990 年版。

　　［匈］卢卡奇：《卢卡奇早期文选》，张亮、吴勇立译，南京大学出版社 2004 年版。

　　［美］杰弗里·马丁：《所有可能的世界：地理学思想史》，成一农、王雪梅译，上海人民出版社 2008 年版。

　　［英］弗朗西斯·马尔赫恩编：《当代马克思主义文学批评》，刘象愚等译，北京大学出版社 2003 年版。

　　［美］赫伯特·马尔库塞：《单向度的人——发达工业社会意识形态研究》，刘继译，上海译文出版社 1989 年版。

　　［美］赫伯特·马尔库塞：《审美之维》，李小兵译，广西师范大学出版社 2001 年版。

　　［德］克劳斯·迈因策尔：《复杂性中的思维》，曾国屏译，中央编译出版社 2000 年版。

　　［加］阿尔维托·曼古埃尔：《阅读史》，吴昌杰译，商务印书馆 2002 年版。

　　［美］刘易斯·芒福德：《城市发展史——起源、演变和前景》，宋俊岭、倪文彦译，中国建筑工业出版社 2005 年版。

　　［法］安德烈·梅尼埃：《法国地理学思想史》，蔡宗夏译，商务印书馆 1999 年版。

　　［美］托马斯·门罗：《走向科学的美学》，石天曙、滕守尧译，中国文艺联合出版公司 1984 年版。

　　［法］埃德加·莫兰：《复杂思想：自觉的科学》，陈一壮译，北京大学出版社 2001 年版。

　　［法］埃德加·莫兰：《复杂性思想导论》，陈一壮译，华东师范大学出版社 2008 年版。

　　［法］雅克·莫诺：《偶然性与必然性：略论现代生物学的自然哲

学》，上海人民出版社 1977 年版。

倪梁康：《现象学及其效应——胡塞尔与当代德国哲学》，生活·读书·新知三联书店 1994 年版。

［美］威廉·劳伦斯·纽曼：《社会学研究方法——定性研究与定量研究》，人民邮电出版社 2010 年版。

［美］R. E. 帕克等：《城市社会学——芝加哥学派城市研究文集》，宋俊岭等译，华夏出版社 1987 年版。

［瑞士］皮亚杰：《结构主义》，倪连生、王琳译，商务印书馆 1984 年版。

［比］伊·普利高津、［法］伊·斯唐热：《从混沌到有序：人与自然的新对话》，曾庆宏、沈小峰译，上海译文出版社 1987 年版。

钱中文主编：《巴赫金全集》第 4 卷，白春仁等译，河北教育出版社 1998 年版。

［法］热切尔·热奈特：《热奈特论文集》，史忠义译，百花文艺出版社 2000 年版。

［法］蒂费纳·萨莫瓦约：《互文性研究》，邵炜译，天津人民出版社 2003 年版。

［美］爱德华·W. 萨义德：《文化与帝国主义》，李琨译，生活·读书·新知三联书店 2004 年版。

［英］拉曼·塞尔登编：《文学批评理论——从柏拉图到现在》，刘象愚等译，北京大学出版社 2006 年版。

［俄］安德鲁·桑德斯：《牛津简明英国文学史》，谷启楠等译，人民文学出版社 2000 年版。

佘江涛等编译：《西方文学术语辞典》，黄河文艺出版社 1989 年版。

［俄］维·什克洛夫斯基：《散文理论》，刘宗次译，百花洲文艺出版社 2010 年版。

［俄］什克洛夫斯基等：《俄国形式主义文论选》，方珊等译，生活·读书·新知三联书店 1989 年版。

［英］斯达尔夫人：《论文学》，徐继曾译，人民文学出版社 1986 年版。

［英］C. P. 斯诺：《两种文化》，纪树立译，生活·读书·新知三联书店 1994 年版。

〔美〕罗兰·斯特龙伯格：《西方现代思想史》，刘北成、赵国新译，中央编译出版社 2005 年版。

〔美〕爱德华·W. 苏贾：《后现代地理学——重申批判社会理论中的空间》，王文斌译，商务印书馆 2004 年版。

〔波〕瓦迪斯瓦夫·塔塔尔凯维奇：《西方六大美学观念史》，刘文潭译，上海译文出版社 2006 年版。

〔法〕托多罗夫：《巴赫金、对话理论及其他》，蒋子华、张萍译，百花文艺出版社 2001 年版。

〔法〕茨维坦·托多罗夫：《象征理论》，王国卿译，商务印书馆 2010 年版。

〔法〕茨维坦·托多罗夫编选：《俄苏形式主义文论选》，蔡鸿滨译，中国社会科学出版社 1989 年版。

〔加〕斯蒂文·托托西：《文学研究的合法化》，马瑞琦译，北京大学出版社 1997 年版。

〔美〕伊恩·P. 瓦特：《小说的兴起》，高原、董红钧译，生活·读书·新知三联书店 1992 年版。

王国维：《宋元戏曲考》，中国戏剧出版社 1999 年版。

王先霈、王又平主编：《文学理论批评术语汇释》，高等教育出版社 2006 年版。

王一川：《语言乌托邦——20 世纪西方语言论美学探究》，云南人民出版社 1994 年版。

〔英〕雷蒙·威廉斯：《现代悲剧》，丁尔苏译，译林出版社 2007 年版。

〔德〕马克斯·韦伯：《非正当性的支配——城市的社会学》，康乐、简惠美译，广西师范大学出版社 2005 年版。

〔德〕马克斯·韦伯：《社会科学方法论》，杨富斌译，华夏出版社 1999 年版。

〔德〕马克斯·韦伯：《新教伦理与资本主义精神》，于晓、陈维纲等译，生活·读书·新知三联书店 1992 年版。

〔德〕沃尔夫冈·韦尔施：《重构美学》，陆扬、张岩冰译，上海译文出版社 2002 年版。

〔美〕雷·韦勒克、奥·沃伦：《文学理论》，刘象愚等译，生活·读书·新知三联书店 1984 年版。

[美] 雷纳·韦勒克：《近代文学批评史》第二卷，杨自伍译，上海译文出版社 1989 年版。

[美] 雷纳·韦勒克：《近代文学批评史》第六卷，杨自伍译，上海译文出版社 2005 年版。

[美] 雷内·韦勒克：《批评的概念》，张金言译，中国美术学院出版社 1999 年版。

[美] 乌尔利希·韦斯坦因：《比较文学与文学理论》，刘象愚译，辽宁人民出版社 1987 年版。

[意] 德拉·沃尔佩：《趣味批判》，王柯平、田时纲译，光明日报出版社 1990 年版。

[美] 伊曼纽尔·沃勒斯坦：《沃勒斯坦精粹》，黄光耀、洪霞译，南京大学出版社 2004 年版。

[美] 伊曼纽尔·沃勒斯坦：《知识的不确定性》，王昺译，山东大学出版社 2006 年版。

吴承学：《中国古代文体学研究》，人民出版社 2011 年版。

伍蠡甫主编：《西方文论选》上卷，上海译文出版社 1979 年版。

[法] 伊夫·谢夫勒：《比较文学》，王炳东译，商务印书馆 2007 年版。

谢纳：《空间生产与文化表征：空间转向视阈中的文学研究》，中国人民大学出版社 2010 年版。

徐友渔：《"哥白尼式"的革命——哲学中的语言转向》，上海三联书店 1994 年版。

[古希腊] 亚里士多德：《诗学》，罗念生译，人民文学出版社 1962 年版。

阎嘉主编：《文学理论精粹读本》，中国人民大学出版社 2006 年版。

杨义：《重绘中国文学地图——杨义学术讲演集》，中国社会科学出版社 2003 年版。

姚蒙：《当代史学主流——从年鉴派到新史学》，远流出版公司 1988 年版。

[英] 特雷·伊格尔顿：《二十世纪西方文学理论》，伍晓明译，陕西师范大学出版社 1987 年版。

［英］特里·伊格尔顿：《马克思主义与文学批评》，文宝译，人民文学出版社 1980 年版。

［瑞士］弗朗西斯·约斯特：《比较文学导论》，廖鸿钧等译，湖南文艺出版社 1988 年版。

［美］詹明信：《晚期资本主义的文化逻辑：詹明信批评理论文选》，张旭东编，陈清侨等译，生活·读书·新知三联书店 1997 年版。

［美］普雷斯顿·詹姆斯、杰弗雷·马丁：《地理学思想史》，李旭旦译，商务印书馆 1989 年版。

［美］弗雷德里克·詹姆逊：《马克思主义与形式》，李自修译，百花洲文艺出版社 1997 年版。

［美］弗雷德里克·詹姆逊：《文化转向》，胡亚敏等译，中国社会科学出版社 2000 年版。

［美］弗雷德里克·詹姆逊：《语言的牢笼——结构主义与俄国形式主义述评》，钱佼汝译，百花洲文艺出版社 1997 年版。

［美］弗雷德里克·詹姆逊：《政治无意识——作为社会象征行为的叙事》，王逢振、陈永国译，中国社会科学出版社 1999 年版。

张增一：《创世论和进化论的世纪之争——现实社会中的科学划界》，中山大学出版社 2006 年版。

赵一凡主编：《西方文论关键词》，外语教学与研究出版社 2006 年版。

赵毅衡：《反讽时代：形式论与文化批评》，复旦大学出版社 2011 年版。

赵毅衡：《符号学原理与推演》，南京大学出版社 2011 年版。

赵毅衡：《文学符号学》，中国文联出版公司 1990 年版。

赵毅衡编选：《“新批评”文集》，中国社会科学出版社 1988 年版。

赵毅衡编选：《符号学文学论文集》，百花文艺出版社 2004 年版。

中共中央马克思恩格斯列宁斯大林著作编译局：《马克思恩格斯全集》第 4 卷，人民出版社 1956 年版。

周发祥：《西方文论与中国文学》，江苏教育出版社 1997 年版。

周振甫：《文心雕龙今译》，中华书局 1995 年版。

朱光潜：《西方美学史》，人民文学出版社 2002 年版。

［法］罗兰·巴特：《从作品到文本》，杨扬译，《文艺理论研究》

1988 年第 5 期。

[法] 罗兰·巴特：《文本理论》，张寅德译，《上海文论》1987 年第 5 期。

白烨：《文学批评的新境遇与新挑战》，《文艺研究》2009 年第 8 期。

[俄] 尤里·鲍列夫：《文化范式的流变与世界文学的进程》，周启超译，《文学评论》2003 年第 3 期。

[英] 托尼·贝内特：《俄国形式主义与巴赫金的历史诗学》，《黄淮学刊》1991 年第 2 期。

[美] 简·布朗：《歌德与"世界文学"》，刘宁译，《学术月刊》2007 年第 6 期。

曾繁仁：《重评克罗齐的表现论美学思想》，《山东大学学报》1988 年第 4 期。

陈波：《论方法论原则的核心地位》，《社会科学》1990 年第 10 期。

陈定家：《"超文本"的兴起与网络时代的文学》，《中国社会科学》2007 年第 3 期。

陈浩：《形式与历史的转义——论现代西方的形式社会学》，《文艺评论》2003 年第 5 期。

陈军：《"文学性"内涵新论——文类意识对"文学性"内涵研究的启示》，《内蒙古社会科学》2008 年第 1 期。

陈军：《文类与文本类型性》，《内蒙古社会科学》2010 年第 11 期。

陈晓兰：《腐朽之力：狄更斯小说中的废墟意象》，《外国文学评论》2004 年第 4 期。

陈昭瑛：《马克思主义的文类社会学》，《马克思主义美学研究》1998 年第 1 辑。

代迅：《跨学科是文学研究的重要创新之路》，《江西社会科学》2007 年第 1 期。

[俄] 尤·迪尼亚诺夫：《文学事实》，张冰译，《国外文学》1996 年第 4 期。

董乃斌：《文学史家的定位——关于文学史学的思考之一》，《江海学刊》1994 年第 6 期。

杜书瀛：《消费社会与文学理论的新挑战》，《文艺争鸣》2007 年第 11 期。

杜心源：《文学史：文类、叙事和历史语境》，《华东师范大学学报》2009 年第 4 期。

段吉方：《从文学研究到文化研究：范式转换与观念变革》，《北京理工大学学报》2003 年第 6 期。

俖荣本：《论文学史的文体分类及其流变》，《江海学刊》1999 年第 3 期。

方维规：《卢卡奇、戈德曼与文学社会学》，《文化与诗学》2008 年第 2 期。

方宗熙：《论拉马克学说》，《山东大学学报》1953 年第 1 期。

房伟：《论现代小说民族国家叙事的内部线索与呈现形态》，《中国现代文学研究丛刊》2011 年第 2 期。

冯宪光：《重庆抗战时期的文学地理学问题》，《社会科学研究》2005 年第 6 期。

冯毓云：《二元对立思维的困境及当代思维的转型》，《文艺理论研究》2002 年第 2 期。

［荷］杜威·佛克马：《松散的结尾并非终结：论形式手段、互文性与文类》，王蕾译，《西南民族大学学报》2007 年第 7 期。

［荷］杜威·佛克马：《所有的经典都是平等的，但有一些比其他更平等》，李会方译，《中国比较文学》2005 年第 4 期。

［英］约翰·弗雷泽：《德拉－沃尔佩和他的学派》，夏伯铭译，《现代外国哲学社会科学文摘》1982 年第 4 期。

傅晓燕、何云波：《狄更斯：城市职业作家三要征研究》，《求索》2007 年第 3 期。

高国荣：《年鉴学派与环境史学》，《史学理论研究》2005 年第 3 期。

高建平：《马克思主义与复数的世界文学》，《马克思主义美学研究》第 7 辑。

高小康：《"世界文学"与全球化文学界说》，《社会科学辑刊》2002 年第 2 期。

［德］歌德：《世界文学杂论》，任一鸣译，《文艺理论研究》1988 年第 6 期。

［德］约翰·沃尔夫冈·冯·歌德：《歌德论世界文学》，查明建译，《中国比较文学》2010 年第 2 期。

葛红兵：《文学史模式论》，《扬州大学学报》1998 年第 3 期。

郭英德：《中国古代文体分类学刍议》，《中山大学学报》2005 年第 3 期。

胡怡君：《文学达尔文主义》，《外国文学》2011 年第 2 期。

黄梅：《〈项狄传〉与叙述的游戏》，《外国文学评论》2002 年第 2 期。

季红真：《文学批评中的系统方法与结构原则》，《文艺理论研究》1984 年第 3 期。

江宁康：《论当代美国文学与文化研究之争》，《外国文学》2004 年第 5 期。

江宁康：《世界文学：经典与超民族认同》，《中国比较文学》2011 年第 2 期。

蒋述卓：《跨学科交叉对文艺学开拓与创新的推进》，《暨南学报》2004 年第 2 期。

井建斌：《布罗代尔史学思想新论》，《殷都学刊》2001 年第 2 期。

康梅钧：《试论王国维的跨学科性文学批评方法》，《井冈山师范学院学报》2004 年第 3 期。

［瑞士］克洛德·拉费斯坦：《构成边界理论的要素》，信达译，《第欧根尼》1987 年第 2 期。

李俊玉：《当代文论中的文本理论研究》，《外国文学评论》1993 年第 2 期。

李权文：《承前启后的创见：R. S. 克莱恩的情节观》，《作家》2009 年第 6 期。

李维屏、杨理达：《英国第一部实验小说〈项狄传〉评述》，《外国语》2002 年第 4 期。

李伟昉：《比较文学中的实证方法与审美批评》，《文学评论》2005 年第 5 期。

李艳丰：《论韦勒克"整体性"文学批评观的理论与现实意义》，《深圳大学学报》2010 年第 1 期。

李瀼波：《全球化语境下的"世界文学"新解——评介大卫·达姆罗什著〈什么是世界文学〉》，《中国比较文学》2005 年第 4 期。

林岗：《文化热、文化批评与消费时代》，《学术研究》2006 年第

3 期。

　　林庆新：《历史叙事与修辞——论海登·怀特的话语转义学》，《国外文学》2003 年第 4 期。

　　刘华杰：《被"劫持"的达尔文：对进化论传播历史的一点反思》，《中华读书报》，2009 年 9 月 30 日，第 9 版。

　　刘俐俐、李玉平：《网络文学对文学批评理论的挑战》，《兰州大学学报》2004 年第 5 期。

　　刘美森：《〈文心雕龙〉的应用写作语体论》，《秘书之友》1998 年第 4 期。

　　刘小新：《文学地理学：从决定论到批判的地域主义》，《福建论坛》2010 年第 10 期。

　　刘尊明：《中国文学史研究定量分析方法论》，《江西师范大学学报》2010 年第 1 期。

　　鲁克俭：《马克思实证方法与孔德实证主义关系初探》，《社会科学》1999 年第 4 期。

　　鲁枢元：《略论文艺学的跨学科研究》，《人文杂志》2004 年第 2 期。

　　陆扬：《空间理论和文学空间》，《外国文学研究》2004 年第 4 期。

　　罗岗：《文学史与阅读史：必要的和可能的——由"改革开放三十年文学"引发的一点思考》，《南方文坛》2008 年第 6 期。

　　[匈]乔治·马尔库什：《生活与心灵：青年卢卡奇和文化问题》，孙建茵译，《求是学刊》2011 年第 5 期。

　　马俊山：《现代文学史研究：长时段·中国化·过渡性》，《文艺理论研究》2000 年第 6 期。

　　[美]阿伦·梅吉尔：《边界与民族国家》，张旭鹏译，《山东社会科学》2009 年第 12 期。

　　米家路：《城市、乡村与西方田园诗——对一种文类现象语境的"考古学"描述》，《四川外语学院学报》1992 年第 1 期。

　　[美]J. 希利斯·米勒：《世界文学面临的三重挑战》，生安锋译，《探索与争鸣》2010 年第 11 期。

　　[美]希利斯·米勒：《全球化时代文学研究还会继续存在吗?》，国荣译，《文学评论》2001 年第 1 期。

　　[美]艾伦·莫厄斯：《英国摄政时期的花花公子作家》，陶友兰译，

《译文》2005 年第 3 期。

[意] 弗兰科·莫莱蒂：《对世界文学的猜想》，诗怡译，《中国比较文学》2010 年第 2 期。

莫聿：《"文学经典"解读》，《中国社会科学院研究生院学报》2007 年第 3 期。

南帆：《文类与散文》，《文学评论》1994 年第 4 期。

[意] 阿尔曼多·尼希：《全球文学和今日世界文学》，王林、石川译，《中国比较文学》2002 年第 2 期。

欧阳友权：《高科技对文学基本理论研究的挑战》，《社会科学战线》2001 年第 2 期。

潘知常：《从作品到文本——在阐释中理解当代审美观念》，《江苏社会科学》1999 年第 4 期。

[英] 格雷厄姆·佩奇：《巴赫金，马克思主义和后结构主义》，张若桑译，《文艺理论研究》1996 年第 1 期。

钱翰：《从作品到文本——对"文本"概念的梳理》，《甘肃社会科学》2010 年第 1 期。

钱志新、丁荣余：《三元结构探原》，《文史哲》2000 年第 3 期。

钱中文：《论民族文学与世界文学》，《中国文化研究》2003 年第 1 期。

钱中文：《体裁：审美特性，规范与反规范》，《文艺理论研究》1989 年第 1 期。

秦海鹰：《互文性理论的缘起与流变》，《外国文学评论》2004 年第 3 期。

尚永亮：《数据库、计量分析与古代文学研究的现代化进程》，《文学评论》2007 年第 6 期。

[意] 亚尔多·斯卡里恩奈：《克罗齐的文学批评观》，杨岂深译，《国外社会科学文摘》1961 年第 8 期。

苏耕欣：《自然与文明、城市与乡村——评英国哥特小说中的浪漫主义意识形态》，《国外文学》2003 年第 4 期。

孙晶：《布罗代尔的长时段理论及其评价》，《广西大学学报》2002 年第 3 期。

孙卫国：《西方书籍史研究漫谈》，《中国典籍与文化》2003 年第

3 期。

　　唐磊：《试论古代文学研究中计量方法的应用》，《中国社会科学院研究生院学报》2006 年第 2 期。

　　陶东风：《俄国形式主义的文学史观》，《外国文学评论》1992 年第 3 期。

　　陶东风：《跨学科文化研究对于文学理论的挑战》，《社会科学战线》2002 年第 3 期。

　　汪小熙：《论因特网给文学研究带来的课题与挑战》，《学术交流》2000 年第 2 期。

　　汪正龙：《马克思主义与形式主义对话的可能性——西方二十世纪马克思主义文论与形式主义文论关系初探》，《文艺理论研究》2008 年第 3 期。

　　王纪人：《上海文学地图之历史变迁》，《上海师范大学学报》2004 年第 2 期。

　　王丽莉：《文学达尔文主义与莎士比亚研究》，《外国文学》2009 年第 1 期。

　　王宁：《世界文学的双向旅行》，《文艺研究》2011 年第 7 期。

　　王宁：《叙述、文化定位和身份认同——霍米·巴巴的后殖民批评理论》，《外国文学》2002 年第 6 期。

　　王雄：《卢卡奇与形式美学》，《文学评论》1996 年第 2 期。

　　王作成：《布罗代尔"地理环境决定论"辨析》，《思想战线》2003 年第 6 期。

　　温潘亚：《文学史：文学形式辩证自生的历史——形式主义文学史观论》，《福建论坛》2006 年第 9 期。

　　吴承学：《文体形态：有意味的形式》，《学术研究》2001 年第 4 期。

　　吴思敬：《一切尚在路上——新诗经典化刍议》，《江汉论坛》2006 年第 9 期。

　　吴炫：《文学批评中实证与思辨的得失》，《文艺争鸣》1989 年第 4 期。

　　谢天振：《文类学的研究范围、对象和方法初探》，《外国语》1988 年第 4 期。

　　谢应光：《进化论思想与中国现代文学史观》，《社会科学研究》2004

年第 4 期。

徐巍：《图像时代文学创作的危机与选择》，《社会科学》2011 年第
9 期。

严楚江：《形态学中的植物演化问题》，《厦门大学学报》1955 年第
3 期。

颜崑阳：《论"文类体裁"的"艺术性向"与"社会性向"及其
"双向成体"的关系》，《首都师范大学学报》2006 年第 1 期。

杨冬：《从理论诗学到文学史研究——关于俄国形式主义的再思考》，
《北华大学学报》2009 年第 4 期。

杨冬：《一部独特的现实主义文学史——由奥尔巴赫〈摹仿论〉所引
发的思考》，《文艺争鸣》2006 年第 2 期。

杨元：《约瑟夫·卡罗尔的进化论文学批评理论与实践》，《当代外国
文学》2011 年第 3 期。

姚文放：《文学传统与文类学辩证法》，《学术月刊》2004 年第 7 期。

叶岗：《文体意识与文学史体例》，《绍兴文理学院学报》1999 年第
2 期。

叶舒宪：《伊甸园生命树、印度如意树与"琉璃"原型通考——苏美
尔青金石神话的文明起源意义》，《民族艺术》2011 年第 3 期。

叶辛：《浅析简·奥斯汀笔下的伦敦》，《铜仁学院学报》2011 年第
2 期。

张宝明：《长时段、博物馆、主体性——〈20 世纪中国文学通史〉的
意义及其局限性》，《安徽师范大学学报》2005 年第 1 期。

张冰：《蒂尼亚诺夫的动态语言结构文学观——〈文学事实〉评述》，
《国外文学》2008 年第 3 期。

张法：《文学理论与文化研究之争——对 2004 年一种学术现象的中国
症候学研究》，《天津社会科学》2005 年第 3 期。

张良丛、张锋玲：《作品、文本与超文本》，《文艺评论》2010 年第
3 期。

张荣翼：《第三世界文学与"他者编码"》，《文史哲》1995 年第
3 期。

张荣翼：《试析文学史的自律论模式》，《社会科学研究》2003 年第
1 期。

张荣翼：《文学史：延续与断裂的双重构造》，《黑龙江社会科学》1995 年第 1 期。

张旭曙：《西方美学中的"形式"：一个观念史的理解》，《学海》2005 年第 4 期。

张永清：《文学研究如何应对视觉文化的挑战》，《江海学刊》2001 年第 1 期。

张芝联：《费尔南·布罗代尔的史学方法 》，《历史研究》1986 年第 2 期。

张仲民：《从书籍史到阅读史——关于晚清书籍史/阅读史研究的若干思考》，《史林》2007 年第 5 期。

[日] 沼野充义：《树与波——作为世界文学现象的大江健三郎》，孙军悦译，《山东社会科学》2011 年第 7 期。

赵自勇：《资本主义与现代世界——沃勒斯坦的世界体系理论透视》，《史学理论研究》1996 年第 4 期。

周宪：《文学研究方法精确性三题》，《文艺研究》1985 年第 4 期。

朱刚：《从文本到文学作品——评伊瑟尔的现象学文本观》，《国外文学》1999 年第 2 期。

朱寿桐：《文学的文化研究与文化的文学研究》，《社会科学战线》2003 年第 2 期。

二　外文参考文献

John Barrell, *The Idea of Landscape and the Sense of Place*, 1730—1840: *An Approach to the Poetry of John Clare*. Cambrige: Cambrige University Press, 2010.

Thomas O. Beebee, *The ideology of genre*: *a comparative study of generic instability*. P ennsylvania: P ennsylvania State University Press, 1994.

John Frow, *Genre*. London and New York: Routledge press, 2006.

Stephen Jay Gould, *Punctuated equilibrium*. Cambridge, Massachusetts, London and England: The Belknap Press of Harvard University Press, 2007.

Franco Moretti, *Graphs*, *Maps*, *Trees*: *Abstract Models for a Literary History*. London and New York: Verso Press, 2005.

Franco Moretti, *Distant Reading*. London and New York: Verso

Press, 2013.

Franco Moretti, ed. , *The Novel*. Princeton and Oxford: Princeton University press, 2006.

Franco Moretti, *Modern Epic: The World-system from Goethe to García Márquez*. Translated by Quintin Hoare. London and New York: Verso Press, 1996.

Franco Moretti, *The Way of the World: The Bildungsroman in European Culture*. Translated by Albert Sbragia. London and New York: Verso Press, 2000.

Franco Moretti, *Atlas of the European Novel, 1800—1900*. London and New York: Verso Press, 1999.

Franco Moretti, *Signs Taken For wonders: Essays in the Sociology of Literary Forms*. Translated by Susan Fischer, David Forgacs and David Miller. London and New York: Verso Press, 1988.

Raymond Williams, *The Long Revolution*. Canada: Broadview Press, 2001.

Kurt H. Wolff, ed. , *The Sociology of Georg Simmel*. Glencoe and Illinois: The Free Press, 1950.

Tanya Agathocleous, Gosselink Karin, " Debt in the Teaching of World Literature", *Pedagogy*, Fall, 2006, Vol. 6, Issue 3.

Nancy Armstrong, "The Way We Read Now", *Novel: A Forum on Fiction*, Summer, 2009, Vol. 42, Issue 2.

Anis Bawarshi, "The Genre Function", College English, Jan2000, Vol. 62, Issue 3.

Thomas O. Beebee, " Book Review ", *Comparative Literature Studies*, 2008, Vol. 45, Issue 4.

Alexander Beecroft, "World Literature Without a Hyphen", *NLR* 54, November-December 2008.

Tony Bennett, "Counting and Seeing the Social Action of Literary Form: Franco Moretti and the Sociology of Literature", *Cultural Sociology*, Jul 2009, Vol. 3, No. 2.

Joseph Carrol, " Evolution and Literary Theory ", *Human Nature*, Vol. 6, No. 2.

David Cunningham, "'Very Abstract and Terribly Concrete': Capitalism and The Theory of the Novel", *Novel: A Forum on Fiction*, Summer 2009, Vol. 42, Issue 2.

Willianm Deresiewicz, "Representative Fictions", *Nation*, 12/4/2006, Vol. 283, Issue19.

Wai Chee Dimock, "Genre as World System", *Narrative*, Jan 2006, Vol. 14, Issue 1.

Dirk De Geest, Hendrik Van Gorp, " Literary Genres from a Systemic-Functionalist Perspective", European Journal of English Studies; Apr 99, Vol. 3, Issue 1.

Ian Duncan, "Primitive Inventions: Rob Roy, Nation, and World System", *Eighteenth Century Fiction*, Oct 2002, Vol. 15, Issue 1.

Brian Evenson, "A Fine Mess", *Novel: A Forum on Fiction*, Fall 2007, Vol. 41, Issue 1.

Jean Franco, "Globalisation and Literary History", *Bulletin of Latin American Research*, Oct 2006, Vol. 25, Issue 4.

Franco Moretti, "History of Novel, Theory of novel", *Novel*, Spring 2010, 43, 1.

Kevis Goodman, "Ascholar'sTale: Intellectual Journey of a Displaced Child of Europe", *Wordsworth Circle*, Autumn2008, Vol. 39, Issue 4.

Stephen Jay Gould, Elisabeth S. Vrba, "Exaptation: A Missing Term in the Science of Form", *Paleobiology*, Vol. 1 (Winter, 1982).

T. Ryan Gregory, "Understanding Evolutionary Trees", *Evolution: Education and Outreach*, Volume 1, Number 2.

William Irwin, "Against Intertxuality ", *Philosophy and Literature*, Oct 2004, 28, 2.

Jr. Tally T. Robert, "Book Review", *Modern Language Quarterly*, Mar 2007, Vol. 68, Issue 1.

Kristeva Julia, " 'Nous Deux' or (Hi) story of Intertxuality", *Romanic Review*, Jan-Mar 2002, 93, 1/2.

Efrain Kristal, " 'Considering Coldly…': A Response to Franco Moretti", *NLR* 15, May-June 2002.

Royce Mahawatte, " 'Life That Is Not Clad in theSame Coat-Tails and Flounces': The Silver-Fork Novel, George Eliot and The Fear of the Material", *Women's Writing*, Vol. 16, No. 2, August 2009.

David Matless, "Book Review", *Progress in Human Geography*, Dec99, Vol. 23, Issue 4.

Maxwell Richard, "Book Review", *Modern Philology*, May2001, Vol. 98, Issue 4.

Timothy Mennel, "Book Review", *Annals of the Association of American Geographers*, Sep2006, Vol. 96, Issue 3.

Carolyn R. Miller, "Genre as Social Action", *QuarterlyJournal of Speech*, 70 (1984).

Franco Moretti, "Conjectures on World Literature", *New Left Review* 1, January-February 2000.

Franco Moretti, "Markets of the Mind", *New Left Review* 5, September-October 2000.

Franco Moretti, "The Slaughterhouse of Literature", *Modern Language Quarterly*, March 2000.

Franco Moretti, " The Novel: History and Thoery", *New Left Review*, 52, July- Aug 2008.

Franco Moretti, "More Conjectures", *New Left Review* 20, March-April, 2003.

Franco Moretti, "The End of the Beginning: A Reply to Christopher Prendergast", *New Left Review* 41, September -October 2006.

Mario Ortiz-Robles, "Local Speech, Global Acts: Performative Violence-and the Novelization of the World", *Comparative Literature*, Winter 2007, Vol. 59, Issue 1.

Jale Parla, "The Object of Comparison", *Comparative Literature Studies*, 2004, Vol. 41, Issue 1.

Tony Pinkney, "Understanding Modernism: A Response to Franco Moretti", *NLR* I/167, January-February 1988.

Christopher Prendergast, "Evolution and Literary History: A Response to Franco Moretti", *NLR* 34, July-August 2005.

Christopher Prendergast, "Negotiating World Literature", *NLR* 8, March-April 2001.

Leah Price, "The Novel's Empirical World", *Novel: A Forum on Fiction*, Fall 2007, Vol. 41, Issue 1.

Michael Rothberg, "Quantifying Culture?: A Response to Eric Slauter", *American Literary History*, Summer2010, Vol. 22, Issue 2.

Val Scullion, "Invasion of the Head", *Gothic Studies*, May 2008, Vol. 10, Issue 1.

Andrew Smith, "Demonizing the Americans: Bram Stoker's Postcolonial Gothic", *Gothic Studies*, Nov 2003, Vol. 5, Issue 2.

Katie Trumpener, "Paratext and Genre System: A Reply to Franco Moretti", *Critical Inquiry*, Fall 2009, Vol. 36, Issue 1.

Tamara S. Wagner, "The Silver Fork Novel", http://www. victorianweb. org/genre/silverfork. html.

http://en. wikipedia. org/wiki/Franco_ Moretti.

http://en. wikipedia. org/wiki/Nanni_ Moretti.

http://english. stanford. edu/bio. php? name_ id = 84.

http://news. stanford. edu/news/2006/april26/aaas-042606. html.

http://en. wikipedia. org/wiki/Richard_ Bentley_ (publisher).

后 记

本书是在我的博士论文的基础上修改而成的。它能顺利出版有赖于四川大学文学与新闻学院"研究生导师著作丛书和博士论文丛书"项目给予的经费支持，在此深表谢意。

首先，诚挚地感谢我的博士生导师冯宪光教授。他自始至终都对我的论文和书稿进行耐心细致的指导。当论文写作遇到阻滞时，他那高屋建瓴、举重若轻的点拨总让我茅塞顿开。他的严谨、博学、宽容一直激励着我前进。不论是在学术上还是在人生道路上，他的教诲都令我受益终生。

感谢我的硕士生导师傅其林教授多年来在多方面给予我的指导、关心和帮助。他的勤奋、务实以及执著于学术的精神深深地影响着我。

感谢赵毅衡教授和马睿教授对我的鼓励与启发。

感谢中山大学的田昊博士为我复印了莫莱蒂的部分著作，让我的研究工作的基础更扎实。

与刘智勇、饶广祥等学友的交流，也给我一些启迪，感谢他们。

感谢和我一起度过三年时光的同窗们，他们是娄孝钦、田启涛、银浩。那些一起谈天说地的日子丰富了单调、枯燥的生活。

感谢责任编辑任明的辛苦工作，感谢中国社会科学出版社提供的平台。

最后，感谢我的父母和弟弟一直以来无怨无悔地对我的支持，感谢我的妻子对我的理解和照顾。

高树博

2015 年 7 月于川大